손민호의
문학 터치
2.0

손민호의
문학 터치
2.0
민음사

서문

밥벌이를 위한 글

"여기에 모이는 글 부스러기들은 대부분이 밥을 벌기 위해 허둥지둥 쓴 글들이다."

김훈이 기자 시절의 글을 책으로 묶으며 첫머리에 얹은 글이다. 김훈의 말마따나 나도 밥벌이를 위해 끼적인 글을 그러모았다. 나는 2005년 6월부터 2008년 5월까지 꼬박 3년간 일주일에 한 번씩 '문학터치'란 칼럼을 《중앙일보》에 연재했다. 이 글의 모태가 거기다.

그러므로 이 책은 깊이 있는 문학 해설서가 못 된다. 아니 깜냥이 한참 떨어져 깊이 따위는 엄두도 못 냈다. 그래도 책을 엮은 이유는 이 책 자체가 21세기 들머리, 한국 문학의 한 풍경이 될 수 있다고 믿어서이다. 반듯하거나 엄중하지 않아도, 어딘가 장난 같고 무언가 어설퍼 보여도 문학으로 호명될 수 있는 시대가 도래하였다고, 겁도 없이 믿기 때문이다.

한때 《문학동네》 편집 위원이었고 10년 넘게 문학 기자로 있던 조선일보 박해현 선배는 문학터치를 보고 "어딜 감히 문학을 터치(!)하려 드느냐, 불경하다."며 놀리곤 한다. 그 농(弄) 안에 문학터치의 본색이 들어 있다. 문학터치는 여느 신문 기사와 다르다. 육하원칙 따위는 문학터치에 없다. 어지간하면 구어체를 구사했고 되도록이면 단문을 추구했다. 무엇보다 요즘의 젊은 작가들을 집중적으로, 것도 요란스레 다루었다.

일주일마다 기사 같지 않은 기사를 써 대다 보니 별별 일을 다 겪었다. 나를 앉혀 놓고 조목조목 잘못을 짚어 준 문단 어르신도 계셨고, 일부러 찾아와 토닥토닥 등 두드려 준 어르신도 계셨다. 서열 따위는 아랑곳 않는 나의 편파적인 기사 판단에 젊은 작가들은 당연히 좋아했고, 젊은 독자들은 덩달아 좋아했다. 신문기자를 지망하는 대학생 몇몇이 새로운 기사 형식을 문학터치에서 발견했다며, 스크랩도 모자라 필사마저 서슴지 않는다는, 나로선 가슴 서늘한 얘기도 들었다.

그렇다고 신문 칼럼을 통째로 옮겨 놓은 건 아니다. 이 글은 온전히 새로 쓴 글이다. 회당 원고지 여덟 장 분량의 글을 서너 곱절 늘렸다. 덩치가 커졌으니 속엣것도 달라졌다. 문학터치가 아닌 다른 기사나, 여기저기에 내다 팔았던 다른 글 부스러기도 부지런히 수집했다. 인터넷 검색만 하면 쉬이 찾아 읽을 수 있는 신문 기사를 책에다 옮겨 놓을 만큼 뻔뻔스럽진 못하다.

무엇보다 연재 분량의 태반을 걸러 냈다. 문단에서 말하는 젊은 작가만 발라서 내놓았다.(여기서 잠깐. 문단이 인정하는 젊은 작가의 기준은 애석하게도 사회 통념과 꽤 차이가 난다. 요즘의 문단은 1960년대 중반 이후 출생자, 그러니까 얼추 마흔 줄에 들어섰거나 마흔을 지척에서 바라보는 연배를 젊은 작가로 분류한다. 이 정도면, 군대에서 최소한 중대장이다. 쩝!) 문학적 연령으로는 2000년 언저리에 등단했고, 창작집을 한두 권쯤 보유한 이가 대부분이다. 책에서 언급하는 서른 명 중에선 1964년생 천명관이 최고령이고 1982년생 한유주가 가장 어리다.

그러니까 나는 간격을 말하는 것이다

굳이 이들만 끄집어낸 까닭은 이 책이 일종의 세대론에 빚지고 있어서다. 어르신들이 요즘 코미디를 보고 웃지 못하는 건 젊은 세대의 감각에 제때 반응하지 못하기 때문이다. 마찬가지로 문단 어르신들이 젊은 소설을 난감해하고 젊은 시를 내팽개치는 이유 또한 젊은 세대의 문학에 공감하지 못해서라고 나는 믿는다. 나는 지금, 세상이 변했으니 문학도 변했다고 말하는 것이다.

나는 문단이 분류하는 요즘의 젊은 작가들과 같은 세대다. 또래로서 나는, 그들을 옹호하고 응원한다. 4·19세대도 아니고 386세대도 아니면서 무슨 세대 타령이냐 따질 수 있겠다. 혹여 그럴까 싶어 미리 답변을 준비했다. 것도 두 개나 된다. 말하자면 우리는 다음과 같은 세대다.

—너바나의 「Never Mind」 앨범을 들으며 마르크스의 『공산당 선언』을 읽은 세대다.(홍콩 배우 장국영이 죽었다고 소설까지 썼던 동갑내기 소설가 김경욱은 우리를 "영웅본색 세대"라 이른다. 그건 김경욱처럼 트렌치코트가 어울리는 치들에게만 적용되는 용어라고 나는 생각한다.)

—이미 세상이 부도난 줄도 모르고(혹은 알면서도 다른 방식으로 사는 길은 미처 배우지 못해) 자본주의의 마모되지 않는 볼트와 너트로의 변신을 자발적으

로 도모한(혹은 변신을 시도하다 불량 딱지가 붙은) 세대다.

나는 문학을 전공하지 않았다. 그렇다고 작가를 생물학적 연령으로 분류할 수 있다거나 편을 나눌 수 있다고 믿지도 않는다. 그 정도로 어리석지는 않다. 그러나 아래를 읽어 보시라.

> 딸랑이를 흔들어 주려 자크를 내리자 개구리의 배가 열십자 드라이버로 갈린다 온통 새까만 개흙으로 뒤덮인 내장 속으로 나는 삽질하는 밀랍 인형에 태엽을 감아 밀어 넣는다
>
> — 김민정, 「내가 날 잘라 굽고 있는 밤 풍경」에서, 『날으는 고슴도치 아가씨』, 열림원, 2005

이 살벌한 언어의 나열을, 1976년생 김민정은 시라고 쓰고 앉아 있다. 설사라도 잔뜩 퍼질러 놓은 것 모양, 문장은 비어와 속어로 질펀하다. 무릇 시라 하면 곱게 다듬고 매만져진 언어이어야 한다는 고래의 가르침에서 김민정은 멀찌감치 떨어져 있다. 사실 이와 같은 모반은 예전에도 있었다. 혹자는 세상에 맞서는 무기 삼아 언어를 해체했고, 또 다른 혹자는 여성성을 되찾는 수단으로 문법을 결딴냈다.

그러나 1976년생 김민정은 다르다. 지가 좋아서, 그냥 이렇게 쓰는 게 좋아서 이렇게 쓴다. 주위에서 뭐라 떠들면 "왜 또 지랄이야." 한마디 내뱉고는 저 쓰고 싶은 걸 쓴다. 1968년생 소설가 박민규가 어느 고상한 지면에다 평론가 일군을 향해 "좆까라, 마이싱!"이라고 내지른 것도 나는 기꺼운 마음으로 이해한다.

스무 해 전의 시인들은 온몸으로 시대를 앓은 뒤에야 시 한 수 낳을 수 있

었다. 하나 요즘의 젊은 시인들은 컴퓨터 앞에 앉아 놀이를 하듯이 시를 생산한다.(나랑 동갑내기인 시인 강정은 이를 "참혹한 유희와 즐거운 고뇌"라고 부른다.) 어젯밤 문단 어르신들이 인사동에서 동동주 홀짝이던 시각, 그들은 홍대 앞 클럽에서 온몸을 흔들어 대고 있었다. 나는 그 간격을 말하는 것이다.

2000년대로 넘어오면서 문학은 너무 빨리, 그리고 너무 많이 변해 버렸다. 아무리 모양새가 달라져도 본령이란 건 있다지만, 이것만으로는 오늘의 한국 문학을 규명하지 못한다. 가리타니 고진(柄谷行人)이 근대문학의 종언을 실감한 시공간이 하필이면 2002년 서울이었다는 사실을 나는 주목한다.(가리타니 고진, 조영일 역, 『근대문학의 종언』, 도서출판 B, 2006, 48~50쪽) 지금 돌이켜 보니, 그 변화의 현장을 헤집고 다니는 게 내 밥벌이였다.

나는 요즘의 젊은 작가들을 또래의 감각으로 정리하고 싶었다. 이건 문학적 연륜 또는 내공과 별 관계가 없다고 생각했다. 때로는 감수성이 지성을 능가할 수 있다고 믿었다. 이 책이 반 푼이라도 값어치를 할 수 있다면, 오로지 이 작업 덕분이라고 믿는다. 나는 여기서 감히 21세기 한국 문학의 새 지형도를 탐색하려 한다.

미리 밝혀 두지만, 분명 어설프고 엉성할 터이다. 한 명씩 따지다 보면 맞아떨어지지 않는 경우도 생길 터이다. 그렇다고 걱정만 이는 건 또 아니다. 문학터치는 애초부터 편파적이었다.

밥벌이를 위해 시작한 일이었지만 이젠, 밥벌이를 위한 일만은 아니다.

　책은 당대의 젊은 작가 서른 명을 소개한다. 가나다 순서대로 나열만 해선 지리멸렬을 넘어서기 힘들 것 같아 약간의 배치와 분류를 시도했다. 시인과 소설가를 일곱 개 범주로 나누거나 묶은 것이다. 물론 이 금 긋기 작업은 전적으로 나 혼자의 판단에 따른 것이다. 다시 말해 지극히 주관적이고 개인적인 구분이다.

　그렇다고 함부로 떨어뜨려 놓거나 대충 뭉쳐 놓은 건 아니다. 작가의 문학적 성향이나 기질 등을 두루 헤아린 결과다. 최근 발표 작품이 가장 먼저 고려됐음은 물론이다. 이어 술 마시다, 수다 떨다, 또는 싸우다 알게 된 작가의 됨됨이도 반영했다. 특히 작가의 개인사를 많이 집어넣으려 애썼다. 문학도 결국 사람이 하는 일이어서다.

　젊은 작가들을 유형으로 나눠 설명하려는 이유가 있다. 우선 나는 "요즘의 젊은 작가"로 뭉뚱그려지는 문단의 논의 수준에 이의를 제기한다. 요즘의 젊은 작가들은 하나의 집합명사로 설명될 수 없다고 나는 생각한다. 그 어느 때보다도 요즘의 젊은 작가들은 스펙트럼이 넓고 다양하다. 그들은 말 그대로 제각각이다.

　말 그대로 제각각인 그들을 몇 개의 테두리 안에 넣는 건, 이 책이 그들로 통하는 간이역이길 바라서다. 너무 흩뜨려 놓으면 혹여 길을 잃지 않을까 염려해서다. 이 책이 요즘의 젊은 문학을 가리키는 이정표일 수 있다면, 하여 설핏 비치는 윤곽이라도 그릴 수 있다면 나는 그저 고맙겠다.

　다른 이유는, 한국 문학에 소원한 한국 독자들에게 철철 끓는 당대 문학의 현장을 보여 주고 싶어서다. 자신하는데, 여기서 소개하는 몇몇 작가들은 요즘 잘 나간다는 몇몇 일본 대중작가보다 훨씬 재미있고 통쾌하다. 한국 문학은 칙칙해서 싫어요, 따위의 변명은 이들 앞에서 먹히지 않는다. 이들의 문학이 안 읽히는 까닭은 아직 이들이 알려지지 않아서라고, 나는 자신한다.

《창작과비평》 2000년 겨울 호를 들추다 「21세기 문학의 방향」이란 제목의 기획 특집을 읽게 됐다. 거기에 실린 황석영 선생의 강연 중에 이런 대목이 있었다.

> 한국의 저널리즘은 10년 단위로 세월이 바뀔 때마다 새로운 장삿거리를 들고 나오는데, 이때 들고 나오는 새것은 언제나 바다 건너에서 들여온 것이다.

10년마다 저널리즘이 새 장삿거리를 들고 나온다는 구절에 나는 밑줄을 쳤다.(바다 건너 이후는 뺐다.) 오늘 내가 시도하는 작업이, 그러니까 이 책이 바로 그 장삿거리를 들고 나온 것인지 모르겠다. 만에 하나 그렇다손 치더라도, 뭐라도 있다면 부지런히 내다 팔고 싶다. 내다 팔 게 아무것도 없을 때가 실은 더 무섭다.

고맙고 사랑한다

여기에 이름이 있는 분들께, 그리고 여기에 이름이 없는 분들께 모두 죄송하다. 여기에 적힌 이름에게는 당신들을 내 마음대로 지껄였기에 죄송하고, 여기에 없는 이름에게는 여기에 이름이 없어 죄송하다. 결국 모든 건 내 흠(欠)

과 결(缺)이다. 앞서 적었듯이 나는 공정한 사람이 못 된다.

다른 저자처럼 나도 고마운 분들의 이름을 부른다. 늘 부족한 지면에도 젊은 기자의 기명 칼럼을 허락해 준 《중앙일보》 식구들이 먼저 고맙다. 필자를 격려하고 충고를 아끼지 않은 장은수 대표와 민음사 편집부도 고맙다. 내 기사의 가장 열렬한 독자 엄니와 아버지, 여동생이 고맙고, 5년 전엔 수줍은 목소리로 "성석제요? 이름은 들어 봤어요."라고 말했던, 그러나 지금은 한국 문학의 계보를 줄줄 읊어 대는 아내가 고맙다. 이어 황송하게도 미당과 같은 날 태어난 내 딸 앞에 아빠가 쓴 책을 내놓을 수 있어 기쁘다.

하나 진정 고마운 분들은 따로 있다. 오늘 이 책을 있게 한, 우리의 젊은 작가들이다. 한 명씩 호명하고 싶은 마음 간절하다. 고맙고 사랑한다.

수전 손택이 1964년 발표한 『해석에 반대한다』를 읽다 보면 "트뤼포, 고다르, 안토니오니 같은 유럽 신예 감독들"이란 구절을 만나게 된다. 지금은 세계 영화사의 거장으로 추앙받는 그들도 반세기 전엔 풋내기에 불과했다. 마찬가지로 여기의 젊은 작가들이 한참 세월이 흐른 뒤에도 부지런히 암송되고 있기를 바란다. 오늘 우리가 100년 가까이 앞선 이광수, 정지용, 백석, 이상을 달달 외우는 것처럼 말이다.

하여 이 글은 자체로 시한적이다. 당연하다. 내가 여기서 소개하는 "요즘의 젊은 작가들"이 세월이 흐른 뒤에도 요즘의 젊은 작가일 수는 없다. 그들이 요즘의 젊은 작가들로 불리는 기한 안에서 이 글은 유효하다.

"신문 기사보다 못한 시"라고 했던 건 김수영이다. 시인이기 전에 신문기자였던 그가, 자신의 밥벌이를 헐뜯은 이유를 짐작한다. 기자이기 전에 시인이었기에, 마감에 쫓겨 허둥지둥 내던진 글 따위는 거들떠보기도 싫었을 터이다. 시인은 못 되지만 마음은 같다. 신문지 안에서나 용납되던 미욱한 글을 신문지 밖에 내다 놓는다. 부끄럽다.

서소문에서
孫民好

차례

Her
Stories

noVel,
fiction
and
story
-telling

Taking
the
Red Pill

외환 위기 이후 생겨난 몇 가지

청년 백수, 비정규직, 노숙자,
대출은 쉽고 빠르게(고리대금 자본주의 시대의 구호)
and some new coined english vocab,
such as IMF, work out, Global Standard,
moral hazard and etc.

외환 위기 이후 사라진 몇 가지

중산층, 평생 직장, 혁명, 우리,
꿈(계획이 아니라, 꿈!)

한숨과 체념의 소설

청년백수
전성시대

구경미

박민규

김애란

윤성희

In-section 21세기 한국 문단 풍경
바둑과 문학이 닮은
몇 가지

21세기 '노는 인간'에 관한 실증적 생태 보고서

구경미

구경미

내세울 만한 친분은 없다. 언젠가 술자리에서 마주쳤을 뿐이다. 상대의 속을 꿰뚫는 듯한, 또는 무언가 못마땅한 듯한 눈매만 인상에 남아 있다. 내 기사에 뭐라 토를 달았던 것 같고, 그 소리의 반은 듣고 반은 흘리며 나는 해장국 국물만 허겁지겁 떠 넘겼던 것 같다. 분명한 건, 둘 다 술이 얼추 오른 뒤였다는 거다. 맞다. 서울 청진동의 한 해장국 집이었고, 두꺼운 외투를 입은 채였다. 그래, 맞다. 2005년 겨울이었다. 구경미의 첫 단편집 『노는 인간』이 나오고서 얼마 안 된, 어느 문단 술자리의 끄트머리였다. 지금 돌이켜 보니 그는 그때 내 기사에 무언가 할 말이 있었던 것 같다. 하지만 죄송스럽게도, 지금 내 기억에 남은 건 그 매운 눈매뿐이다. 들리는 바에 의하면, 자신이 창조한 소설 주인공의 푹 퍼진 일상과 별반 다름없이 살고 있단다. 출판사 편집자로 일하다 때려치우고, 한동안 놀다 다른 출판사에 취직하고, 그러다 다시 때려치우는 일을 되풀이한단다. 1972년 경남 의령에서 태어났고, 1999년《경향신문》신춘문예로 등단했다. 2008년 벽두, 첫 장편 『미안해, 벤자민』을 발표했다.

그녀는, 나는 도대체 왜 살고 있는 걸까, 라고 마흔세 번쯤 생각했다. 아무리 생각해도 살아야 할 이유가 없었다. 그렇다고 살지 않아야 할 이유도 없었다. 어느 날 문득, 딱히 살아야 할 이유가 없는데도 살아가는 자신을 발견했고, 그러고 나자 사는 목적, 의미, 가치, 기타 등등 삶에 있어 꼭 필요할 성싶은 아무런 명분도 없다는 것을 덩달아 깨달아 버렸다. 그 증거로 그녀는 최근 몇 년 동안 삶의 명분이 되어 줄 만큼 기쁨도 슬픔도 분노도 느끼지 못했다는 것을 역시 동시다발적으로 깨달았다. 깨달음은 한순간, 그리고 한꺼번에 오는 것이다. 가끔 우울하다는 생각은 했다. 더 가끔 무엇에 대한 투덜거림인지도 모르면서 참 시시하다는 생각은 했다. 그러나 그뿐이었다. 우울하다는 생각은 기표화되지 않았다. 시시함 역시 삶에의 천착으로 나아가는 능동적 혹은 파괴적 힘으로 발전하지 않았다.

—「초지일관 그녀는」에서, 『노는 인간』, 열림원, 2005, 35쪽

노는 인간 정치 사회학

21세기 벽두 한국 소설의 화두는 단연 '백수'다.

여기서 백수는 엄밀한 사회과학 개념이 못 된다. 안정된 밥벌이가 없으면, 그러니까 먹고사는 꼴이 딱하면 대체로 백수로 구분된다. 경제학 개론이 정의하는 완전 실업자나 반(半)실업자는 물론이고 실업 통계에 잡히지 않는 자발적 실업자도 포함한다. 외환 위기 이후 정착된 고용 양식, 즉 비정규직 노동자나 계약직 노동자도 21세기 한국 문학에선 당연히 백수다. 이따금 작가 자신도 이 범주에 소속된다. [1]

소설에 백수가 나오는 게 뭐 그리 새롭냐고 물을 수 있겠다. 맞는 얘기다. 자고로 한국 소설은, 없는 사람의 예술이었다. 밥벌이가 있어도 시원치 않고, 그나마도 없어 빈둥대는 인생이 한국 소설의 주요 프로필을 장식해 왔다. 한국 소설은 이들의 처지를 최대한 딱하게 재현하거나, 이들을 선동해 계급투쟁 전선에 내다 세웠다. 굳이 백수를 들먹이지 않더라도 한국 소설에서 지지리 궁상은 수시로 되풀이됐다. 백수 타령이 전혀 새로운 소재가 아니란 뜻이다.

그럼에도 오늘의 백수 소설은 새롭다. 여태의 한국 소설에서 찾아볼 수 없던 새로운 인간형을 기용하고 있어서다. 21세기 한국 소설이 보여 주는 신세기 백수의 일상은 지난 세기 보릿고개 문학에서 보였던 쪼들린 살림과 사뭇 다르다. 그 변화한 양상을 하나씩 짚어 본다.

우선 그들은 계급적으로 각성하지 않는다.(또는 못 한다.) 혹여 불온 세력이 그들을 부추기더라도 그들은 한 치의 흔들림 없이 제자리, 즉 백수로서의 위상과 영역을 고수한다. 쉽게 말해 아무 생각 없이 놀고 자빠져 있다는 얘기다. 지들 딴에는 제 처지를 한껏 향유하고 있는 셈이다. 계급의식 따위는 아랑곳 않는다는 점에서, 21세기 백수는 자본주의의 악랄한 착취 구조에서 한 발짝 비켜서 있다.

가끔 신세타령이 엿보이긴 한다. 하나 그들의 불만은 단 한 번도 반사회적 행동으로 전개되지 않는다. 악독 고용주를 향해 정의의 이름으로 어퍼컷을 날리기는커녕 촛불 켜 들고 밤새 광화문 거리를 방황하지도 않는다. 고작해야 긴 한숨 한 번이면 그만이다. 그들에게 푸념은, 지들 딴에는 나름 강력한 저항의 방식이다.

그들은 또, 한없이 게으르다. 자본주의의 정언명법인 근면의 정신은, 안타깝게도 그네들 사전에 없다. 이 지점에서 요즘의 백수 소설은 한국 현대 소설의 오랜 전통을 위반한다. 소위 보릿고개 소설의 문법은, 악다구니 정신에 있었다. 아무리 배고프고 힘들어도 한국인은 열심히 일하고 부지런히 일했다. 죽도록 일해서 출세하면 해피엔드고, 죽도록 일해도 형편 나아지지 않으면 비극이었다.

그러나 오늘의 백수는 온종일 진탕 늘어져 있다. 그게 전부다. 말하자면 그들은, 노동 의욕을 상실한 존재다. 여기서 짚고 넘어가야 할 건, 요즘 소설에 등장하는 백수의 평균 연령이다. 그들은 대부분 20~30대다. 이른바 청년 백수다. 학벌도 높은 편이다. 우리나라 경제의 버팀목이 되어 생산 현장에서 묵묵히 땀 흘리고 있어야 할 그들이 온종일 퍼져 있는 것이다. 21세기 청년 백수의 시대정신은 '귀차니즘'이다. 안일과 나태, 그리고 무기력이다.

언뜻 룸펜 프롤레타리아(Lumpen prolétariat)가 연상되기도 한다. 19세기 독일의 현자도[2] 이들은 조심해야 한다고 경고한 바가 있다. 그들의 눈엔 오로지 빵만 들어오기 때문이다. 하나 21세기의 백수는, 사회의 먹이사슬에서 완전히 이탈하진 않았다. 한두 발짝, 한시적으로 떨어져 있을 따름이다. 고등교육을 마친 백수란 점에서 이들의 노동 이탈은 다분히 자발적이다.

물론 21세기 백수 소설이 죄다 이런 식은 아니다. 박민규의 백수는 좀처럼 투덜대지 않는다. 되레 그들은 자본주의 체제의 충직한 주구(走狗)에 가깝다. 하나 분연히 떨쳐 일어서지 못하는 건 매한가지다. 박민규의 백수는 보잘것없는 제 밥그릇을 위하여 잠자코 견디고 묵묵히 참는다. 이 때문에 21세기 백수 소설은 평단으로부터 쓴소리를 듣곤 한다. 혈기 방장한 젊은 놈들이 체제에 순종하는 인간형이나 조몰락대고 있다고 말이다.

그러나 내 생각은 다르다. 1998년 이후, 그러니까 IMF니 헤지 펀드(hedge fund)니 하는 듣도 보도 못한 외래어가 어느 날 불쑥 밥상머리 대화에 끼어든 뒤로, 부모님 세대의 로망이었던 월급쟁이가 어떻게 몰락했는지 우리의 두 눈은 똑똑히 지켜봤다. 아침마다 넥타이 매고 번듯한 직장에 출근하는 내일을 꿈꿨던 이 땅의 청춘은, 월급쟁이의 처참한 말로를 목도하며 좌절했다. 아니, 공포에 몸을 떨었다.

아무리 생각해 봐도 월급쟁이가 지은 죄라곤, 시키는 대로 일한 것밖에 없었다. 그러나 그들은 하루아침에 평생 몸 바쳐 일한 직장을 잃었다. 정리 해고, 노숙자, 비정규직, 신용 불량, 가정 해체 따위의 흉흉한 신조어가 먹구름 모양 드리운 사회에서 우리의 삶은 구겨지고 주눅 들었다.

21세기 백수 소설은 이와 같은 배경에서 잉태됐다. 백수 소설을 쓰는 요즘의 젊은 작가는 20대 언저리에 외환 위기를 맞았다. 그들은 이미 부도

<hr>

 1980년대 중반부터 1990년대 초반에 대학을 다닌 이라면, 범위를 좁혀 술자리에서 "돌아오지 않는 화살이 되어"로 시작하는 노래를 불렀다거나 두 홉들이 소주병으로 제작하는 화염병엔 티슈 7장 반이 적격이란 비법을 아는 이라면 19세기 독일의 현자는 친숙한 인물이다. 그땐 그렇게 불렀다. 유사한 방식으로 호명되는 인물이라면 19세기 러시아의 선동가가 있겠다.

판결이 내려진 사회를 향해 감자 바위 한 방 먹이고 제 발로 걸어 나오거나, 바수라지도록 어금니 깨문 채 사회 안으로 기어들어 갔다. 백수 소설은, 애초부터 선택권을 부여받지 못한 이 시대 청춘의 자화상이다.

아시는가. 깊어 가는 자본주의의 계절, 들끓는 피가 탈주할 곳은 어디에도 없다. 혁명이 사라진 시대, 혁명을 입에 담는 건 어느 이국의 관광지에서 체 게바라(Ché Guevara) 배지를 살 때뿐이다. 혁명이 사라진 시대, 혁명을 말하는 건 위선이고 기만이다. 다시 말해 공갈이다.

만약에 그런 문학을 주문하는 이들이 있다면 지금 묻는다. 당신은 자본의 성은이 온 누리에 충만한 이 은혜로운 세기를 감히 그렇게 살고 있느냐고 말이다. 당신은 자본의 중력을 무시하고 자유로이 공중 부양할 수 있느냐고 말이다. 문학의 시대적 사명? 웃기지 마시라. 그딴 소리야말로 판타지다.

아시는가. 2000년대, 청춘은 체념을 먼저 배운다.

구경미의 노는 인간론

말하자면 구경미는, 백수 소설의 시대를 선언한 작가다. 단편집 『노는 인간』이 그 경전이랄 수 있겠다. 제목부터가 예사롭지 않다. 노는 인간이라. 매니페스토(Manifesto)의 비장함마저 배어난다. 우선 구경미가 『노는 인간』에서 까발린 21세기 백수의 습성을 보자. 백수 여자 친구와 '나'의 대화문이다. 짧게 끊어 치는 대화가 갈마드는, 이른바 스타카토형 대화문이므로 낭송하면 더 큰 효과를 얻을 수 있다. 낭송 요령은 다음과 같다.

— 나: 다소 따지는 투로.

— 백수 여자 친구: 심드렁하다는 풍으로, 또는 “얘가 오늘 왜 이래.”의 호흡으로.

— 순서: 남자 먼저, 이후 번갈아서. 짬 두지 말고 쫓기듯이.

> 탁구 좋아해? 아니. 배드민턴은? 어릴 때 잠깐. 자전거는 탈 수 있어? 없잖아. 있으면? 오르막만 아니면. 오르막 없는 길이 어딨어. 그러니까 내 말이. 그러니까 뭐? 못 탄다고.
>
> 우리가 등산 간 적이 있던가? 너 등산 싫어하잖아. 넌 좋아하고? 아니. (……) 혹시 축구 야구 복싱 이런 거 좋아하는 건 아니겠지? 보는 건 괜찮아. 도대체 네가 좋아하는 스포츠가 뭐야? 마라톤. 마라톤? 어. 마라톤 선수였어? 그렇게 묻는다면 난 구경꾼이지. 거리 응원? 집에서. 집에서 테레비로? 어. 누워서? 어. 졸다 깨다 하면서? 그럴 때도 있고. 넌 매일 놀면서 무슨 돈으로 먹고 사냐? 그러니까 조금씩 먹잖아. 많이 벌어서 많이 먹으면 되잖아. 그거나 이거나. (……) 하루 종일 집에 있으면 안 답답해? 밖이 더 답답하지. 도대체 집에서 뭘 하는데? 책도 읽고 잠도 자고 생각도 하고. 무슨 생각? 이런저런. 언제까지 이렇게 살 건데? 모르지. 지금 삶에 만족해? 대체로.

— 「봉덕동 블루스」에서, 『노는 인간』, 127~128쪽

백수 소설을 말하면서 구경미를 앞장세운 건 이 때문이다. 어떠신가. 할 줄 아는 것 없고 하고 싶은 것 없는, 무언가 아쉬운 것 없기에 딱히 바라는 것도 없는, 이 대책 없는 청춘이 사는 법을 구경하신 소감이. 구경미

는 백수의 후줄근한 삶을 후줄근한 그대로 보여 준다. 어떠한 문학적 수사
나 포장 없이 구경미는 꾀죄죄한 백수의 일상을 실시간 중계한다.[3]

　구경미의 특장이 여기에 있다. 거창한 서사보다는 구질구질한 삶의 현
장을 낚아채는 날랜 감각 말이다. 다음은 구경미 버전의 백수 생활 백서
다. 인물의 특징을 예리하게 포착한 캐리커처를 감상하는 듯하다.

　　— 소설가: 하루 일과라는 게 고작 몇 시간씩 게임 하고 글 조금 쓰고
　　다시 게임 하고 심심하면 책 읽고 그런 거잖아. 친구도 안 만나고 운동
　　도 안 하고 청소도 안 하고 열두 평짜리 집 안이 행동반경의 다잖아.

—「노는 인간」에서, 「노는 인간」, 10쪽

　　— 주부: 남편은 기특하게도 아침을 먹지 않았으므로, 게다가 주로 밤
　　늦게 퇴근했으므로 당당하게 원하는 만큼 잘 수 있었다. 만날 사람도
　　없었고, 찾아갈 곳도 없었으며, 한낮에 전화벨이 울림으로써 내 잠을
　　깨우는 일도 없었다. 자다 지치면 무목적성의 산책을 했고 산책에서
　　돌아오면 다시 잤다.

—「그리고 싱가포르」에서, 앞의 책, 179쪽

　　— 회사원, 직위 실장: 직원이 가리키는 곳에 내 이름 석 자만 써넣으
　　면 되는 일이었다. 직원은 설명하지 않았고 나는 읽지 않아서 서류에
　　무슨 내용이 기재돼 있는지는 몰랐다. 안다고 해서 달라질 것은 없었

[3] 일부 비평이 지목하는 구경미의 단점이기도 하다. 왜? 중계는 있되 분석은 없어서이다. 하지만 난 별
로 신경 안 쓴다. 어디서건 의미를 엮어 내야 하는 게 비평의 업이므로. 무지렁이 독자 입장에선 작가 고
유의 시선이 투영된 우리네 사는 모양만 엿볼 수 있어도 마냥 즐거우므로.

다. 몰라서 불편한 것도 없었다. 내 일은 서류의 내용을 아는 것이 아
니라 사인하는 것이었으므로 나는 그렇게 했다. 나는 직무에 충실한
사람이었다. 할 일만 정확하게 할 뿐 더 하지도 덜 하지도 않는 사람
이었다.

—『미안해, 벤자민』에서, 문학동네, 2008, 24~25쪽

— 실직 남편: 아내는 내게 하루 용돈으로 오천 원 이상은 주지 않았
다. 그렇다고 내가 용돈 인상을 요구하거나 불만을 내비친 것은 아니
었다. 집에 들여놓는 수입이 한 푼도 없는 마당에, 더구나 아내에게 직
업이 없다는 점을 감안한다면, 아내에게서 매일 나오는 오천 원은 오
히려 기적 같은 것이었다. 여기서 아내의 특징 하나를 들추자면, 아
내는 다른 마누라들처럼 도망도 안 가고 내 눈앞에서 바람을 피웠다.
(……) 아내는 내가 알면서도 모르는 척하는 누군가로부터 용돈을 받
았다. 그러므로 내가 알면서도 모르는 척하는 누군가는 아내와 나, 두
사람에게 용돈을 주는 셈이었다.

—『미안해, 벤자민』에서, 44~46쪽

구경미의 백수엔 뻔뻔한 구석이 있다. 몇 푼 돈 앞에서라면 간 쓸개 다
빼 줄 듯이 구는 인간이 수두룩하다. 하나 구경미의 백수는 대체로 '귀차
니즘'의 전도사다. 적확하게 표현하면 마냥 빈둥대는 거고, 고상하게 표현
하면 무위도식의 정신을 실천 중이시다. 개중에는 '돈을 경멸하고, 돈을
버는 행위마저 경멸하는' 반체제 분자도 잠복해 있다. 이를테면 『미안해,
벤자민』의 김세준에게 그런 혐의를 적용할 수 있겠다.

가만히 따져 보면 구경미는 체제 비판적이다. 근면과 성실의 시대정신을 어떤 방식으로든 어기고 있어서다. 그러니까 구경미의 백수는, 작정하고 무위(無爲)의 삶을 구가하고 있는 거다. 구경미가 장자(莊子)의 지령에 따라 행동하는지는 확인된 바 없다. 그러나 그는 사회 구성원으로서 마땅히 수행해야 할 의무를 고의로 유기하자고 부추긴다. 상상해 보시라. 앞서 열거한 대로 세상 사람들이 제 직분을 망각하고 살아간다면 세상 꼴이 어떻겠는가.(어떻긴, 딱 요즘 요 꼴이지.)

속도와 경쟁의 시대, 아무것도 하지 않고 하루를 버틴다는 건, 가끔 있을 수 있는 일이다. 하나 아무것도 하지 않고 한 달을 보내고 그것도 모자라 제 청춘을 모두 허비하는 건 가끔이라도 있을 수 없는 일이다. 어쩌면 그건, 가장 래디컬(radical)한 방식의 저항일 수 있다.

구경미

자본주의가 깜빡한 사람들

청년백수 전성시대

사람들

박민규

박민규

 1968년 울산에서 태어났고, 중앙대 문예창작과를 졸업했다. 해운 회사, 광고 회사, 잡지사 등 여러 직장을 전전하다 2003년 한 해에 장편소설 문학상 두 개를 연거푸 수상하며 화려하게 등장했다. 『지구영웅전설』로 문학동네 신인작가상을, 『삼미 슈퍼스타즈의 마지막 팬클럽』으로 한겨레문학상을 받았다. 그의 학창 시절 동료에 따르면 박민규는, 학교에 잘 나오진 않았지만, 소설보다 시에 더 관심이 많았다. 좀처럼 문단에 나오지 않고 두문불출하는 편이다. 어쩌다 얼굴을 마주하더라도 말수가 워낙 적어 몇 마디 못 나눈다. 이럴 땐 록 밴드 얘기를 꺼내면 효과가 있다. 창비 편집인 백낙청 선생이 "한국 문학의 보람"이라고 한껏 치켜세운, 자칭 "무규칙 이종 소설가"다. 단편집 『카스테라』(2005)와 장편 『지구영웅전설』(2003), 『삼미 슈퍼스타즈의 마지막 팬클럽』(2003), 『핑퐁』(2006)을 펴냈다. 이 가운데 『삼미 슈퍼스타즈의 마지막 팬클럽』은 스테디셀러다. 일일이 세어 보니 수상 경력도 화려하다. 한겨레문학상(2003), 문학동네 신인작가상(2003), 신동엽창작상(2005), 이효석문학상(2007)을 수상했다.

"시간이 없다는 것은, 시간에 쫓긴다는 것은─돈을 대가로 누군가에게 자신의 시간을 팔고 있기 때문이다."

— 『삼미 슈퍼스타즈의 마지막 팬클럽』, 한겨레신문사, 2003, 264쪽

나 홀로 전쟁

누가 뭐래도 21세기 한국 소설은 박민규로부터 출발했다.

이 수상한(또는 괴이쩍은) 소설가의 출현(출몰이 더 적합할지 모른다.)으로, 유구한 역사를 자랑하는(또는 유구하다고 자위하는) 한국 소설은 새로운 단계로 진화했거나, 대가 끊기고 말았다. 아무튼 박민규의 등장은, 그에 대한 호불호를 떠나, 21세기 벽두 한국 문단을 송두리째 뒤흔든 일대 사건이다.

박민규의 업적(!)이라면, 소설 하면 떠오르는 온갖 통념과 상식을 깡그리 무시했다는 데 있다. 국어 교과서가 가르치는 규범을 그는 악착같이 거부했다. 박민규의 습격은, 전면전을 선언한 것처럼 전방위적이었고 초토화 작전을 수행 중인 것처럼 필사적이었다. 박민규는 소설 안과 밖에서 기존의 한국 소설과 '나 홀로 전쟁'을 도발했다. 역사상의 여느 게릴라전 모양 박민규도 나름의 전략에 따라 행동했다. 아래는 그 행동 전술 네 가지다.

첫째, 외모. 박민규의 비주얼은 소설가답지 않다. 긴 생머리 늘어뜨리거나 뽀글뽀글 아줌마 파마를 하고 나타난다. 쫙 달라붙는 검은색 가죽 바지를 즐겨 입으며, 얼굴의 절반을 덮는 고글 모양의 선글라스를 낄 때도

있다. 일용직 근로자 못지않은 꾀죄죄한 행색이 문단의 통상적인 드레스 코드란 걸 염두에 둘 때 록 스타가 연상되는 박민규의 차림은 자체로 반(反)문학적이다.

둘째, 등장인물의 탈(脫)인간화. 너구리, 기린, 개복치, 펠리컨, 대왕 오징어 등 「동물의 왕국」에서나 봤음 직한 포유류, 어류, 파충류 따위를 박민규는 제 소설 안에서 방목한다. 푸른 별 지구를 지키느라 여념 없는 원더우먼, 슈퍼맨, 울트라맨 등속의 지구 영웅도 박민규는 제 소설 안에서 통솔한다. 무엇보다 그네들은, 박민규 소설 안에서 평범한 영장류와 별 차이 없는 활약을 펼쳐 보인다.

셋째, 황당무계한 사건의 연속. 인류를 비롯한 범생태계가 합동해 도모하는 사건이란 게 도무지 어처구니가 없다. 이를테면 『핑퐁』은, 탁구 시합 얘기다. 기껏 탁구 얘기냐며 코웃음 쳤다면 조심하시라. 전 세계 60억 인류의 운명이 11점 7세트 4선승제의 탁구 시합으로 결판나니까. 개연성? 그딴 거하고 박민규는 상관이 없다. 아버지가 기린으로 변신하고 너구리가 목욕탕에서 신입 사원의 등을 미는 구절을 읽으며 개연성 운운하는 건 되레 억지일 수 있다.

넷째, 형식 파괴. 박민규는 글쓰기에 관한 최소한의 약속마저도 개의치 않는다. 예컨대 박민규는 따옴표나 말줄임표, 인용 부호 따위를 사용하지 않는다. 행갈이 역시 들쭉날쭉 제멋대로다. 두 쪽 이상의 지면을 "핑퐁핑퐁핑퐁핑퐁……."으로 채우기도 하고, 아래와 같이 단락을 구분하기도 한다.

… 그 일이 있은 지 얼마 후

형이 죽었다.

사고였다. …

— 「갑을고시원 체류기」에서, 『카스테라』, 문학동네, 2005, 298쪽

당신이 소설의 관습에 해박까지는 아니어도 감 정도는 잡고 있는 독자라면 이쯤에서 다음과 같이 물을 수 있겠다. "이것도 소설이냐?" 그러나 현재까지의 전황을 종합해 보건대 "이래도 소설이다."라는 축이 우세한 편이다. 무엇보다 그 판세는, 시간이 지날수록 박민규 쪽으로 기울어지는 추세다. 이른바 박민규 키드, 그러니까 박민규를 읽으며 소설가를 꿈꾸다 급기야 박민규 아류를 자처하며 문단에 진입한 새 피까지 계산에 넣으면, 박민규 쪽의 위세는 실로 막강하다 할 수 있다.

박민규를 둘러싼 소동 또는 오해

박민규는 부지런히 전선을 확대했고, 마침내 문단 질서와 정면으로 부닥쳤다. 그러나 박민규는 야코 죽지 않았다. 강고한(또는 공고하다고 믿어 왔던) 문단 질서를 향해 연방 스커드 미사일을 쏴 올렸다. 이를테면 이런 식이었다.

— 2004년 문예지 《대산문화》 여름 호에서. 평론의 오독 여부를 묻는

질문에 2년차 소설가는 이렇게 답했다.

"누구에게나, 꼴린 대로 생각할 권리가 있다."

그 글의 제목은 불경하게도 "좆까라, 마이싱이다!"이었다.

— SF 소설 「깊」이 2007년 황순원문학상 최종심에 진출한 뒤 이메일 인터뷰에서.

"SF가 이런 유의 문학상 최종심에 오른 건 아마도 최초가 아닌가 생각합니다. 누군지는 모르겠지만 SF를 최종심에 올릴 줄 아는 심사 위원들께 박수를 보냅니다. '왜들 이러셔.'의 기분이 드는 것도 사실이지만 그래도 '당신들…… 대단해.'라는 생각입니다."

파격을 넘어선, 차라리 이단이란 표현이 어울리는 박민규의 행적을 문단은 아니꼽게 바라봤다. 그럴 수밖에. 기존 질서를 깡그리 부정하고 나온 이 젊은 소설가를, 엄숙한 문단이 한없이 봐줄 수는 없는 노릇이었다. 박민규를 둘러싼 수상한 소문이 시나브로 떠돌기 시작했다.

하나 그건, 내가 알기에 험담이고 모함이었다. 내가 아는 박민규는, 문단에서 수군거려지는 박민규와 하등 상관없는 별개의 존재였다. 아래는 이 두 박민규에 관한 내 나름의 생각이다. 아니, 박민규에 덧씌워진 오해를 풀고자 하는 내 딴의 정성이다.

오해 ① 박민규는 가볍다?

박민규는 술술 읽힌다. 시도 때도 없이 시시껄렁한 농담을 걸어오는데, 그 재미가 퍽 쏠쏠하다. 성석제 식의 능청스러운 수다와는 또 다른, 그러니까 허무 개그풍의 웃음 코드다. 가령, 지구와 나와의 세대 차이를 말하는 다음의 경우다.

지구의 나이는 45억 년이다. 인류의 나이는 300만 년이고, 나는 스무 살이다. 누가 뭐래도 세대 차이가 날 수밖에 없다.

—「몰라 몰라, 개복치라니」에서, •4 「카스테라」, 102쪽

박민규의 문학성을 의심하는 축이 바로 이 대목에서 눈을 반짝인다. 말장난이 심하다는 게 그네들 주장이다. 소설이 이딴 식으로 시답잖아도 되는가, 그들은 박민규를 읽으며 한국 문학의 앞날을 걱정한다. 글쎄다. 나로서는, 한국 문학의 애먼 앞날까지 걱정할 필요는 없어 보인다. 앞서 인용한 구절 바로 다음에 이어지는 문장을 보자. 그러면 알 수 있다.

이에 비한다면 자본주의의 나이는 고작 400년에 불과하다. 나는 아무래도 그쪽이 편했다. 말과 눈치가 통하고, 우선 먹고 마시고, 입는 게 비슷했다. 즉 그런 이유로, 나는 지구와 인류보다는 자본주의와 함께 살아왔다고 말할 수 있다. 우리는 함께 늙어 간다. 당신이라면, 아마도 내 말을 이해할 것이다.

—「몰라 몰라, 개복치라니」에서, 앞의 책, 102쪽

•4 다시 소설 제목을 보자. 「몰라 몰라, 개복치라니」. 참으로 난감한 제목이다. 무슨 뜻일까. 알고 보면 별 뜻은 없다. 대신 박민규의 노림수가 숨어 있다. 대형 열대어 개복치의 학명이 'mola mola'다. 박민규는 여기서 퍼닝(punning)을 시도한 것이다. 쉽게 말해 말장난이란 얘기다. 그러면 박민규는 왜 소설 제목에다 장난을 쳤을까. 한국에서 문학은 우선 해석되어야 하는 풍조를 조롱한 것이다. 그래, 한번 이것도 해석해 봐라, 이렇게 제목을 던져 놓은 것이다. 이런 장치를 영화 쪽에선 맥거핀(MacGuffin)이라 한다.

오해 ② 박민규는 못됐다?

앞서 적었던 것처럼 박민규는 문단에서 골치 아픈 존재다. 문단 질서를 드러내 놓고 비웃고 있어서다. 특히 비평을 향한 그의 불신은 "그래, 당신이 그렇게 잘났어?"라는 투의 불쾌한 대꾸를 종종 야기했다.

오해를 살 만도 한 게, 그는 문단 행사에 참석하는 일이 드물다. 어쩌다 나타났다 해도 몇 마디 안 하고 슬그머니 종적을 감춘다. 문단 행사에서 박민규 옆자리에 앉아 살가운 대화를 나누는 치는 손가락으로 꼽을 정도다. 그건 그가 워낙 말수가 적어서고, 술을 잘 마시지 못해서다.

그러나 박민규는 내가 아는 한, 순정의 사나이다. 그는 어느 전업 작가보다도 부지런히 글을 쓴다. 이유가 있다. 언젠가 그는 내 앞에서 "치매에 걸린 어머니 약값을 대기 위해 열심히 써야 한다."고 털어놓은 적이 있다. 집에서 어머니를 모셨는데 너무 힘이 들어 요양원에 보냈다며 한참을 고개 숙였던 일도 기억에 있다. 2007년 정초 어느 술자리에서 처음 들었고, 2008년 5월 박경리 선생 빈소에서 다시 들었다.[5]

박민규에겐 어머니 말고도 또 한 명의 여성이 있다. 그의 아내다. 직장 때려치우고 소설을 쓰기로 결심했을 때 아내는 "생활비는 내가 벌 테니 걱정하지 말라." 하고 독려했었다. 그래서 그는 지금도 "아내에게 잘 보이려는 욕심"으로 글을 쓴다.

[5] 조문객의 발길이 뜸해진 5월 6일 자정 무렵, 박민규는 조용히 빈소로 들어왔다. 마침 몇몇 젊은 작가가 빈소에 남아 있어 그들과 함께 잠깐 앉아 있다가 다시 조용히 나갔다. 빈소 입구에서 알은체를 하며 "박경리 선생하고 친했어요?"라고 묻자 그는 조용히 대답했다. "생전에 선생을 뵌 적은 없어요. 하지만 박경리 선생 같은 큰 작가가 돌아가셨는데 명색이 소설 쓰는 놈이 조문도 안 하면 안 될 것 같아서 왔어요."

박민규가 잡지사 편집장이던 시절, 그의 밑에서 일을 했던 한 시인의 증언을 옮긴다. 아내와 나란히 길을 걷던 박민규가 아내의 신발 끈이 풀린 걸 보게 됐다. 그는 즉시 아내 앞에 무릎을 꿇고 앉아 그녀 신발 위에 어여쁜 리본을 만들었다. 그러고선 쑥스러운 웃음을 지어 보였다.

오해 ③ 박민규는 삼미 팬이다?

박민규의 출세작 『삼미 슈퍼스타즈의 마지막 팬클럽』의 화자(話者)는 인천에 사는 열두 살 소년이다. 삼미의 어린이 팬클럽 회원으로, OB는 당연히 불구대천의 원수다. 1982년 삼미가 세웠던 기록 중에 최다 득점 차 역전패가 있다. 4월 25일, 0대 2로 뒤지던 OB가 9회 말 투 아웃 상황에서 무려 8점을 뽑으며 역전승한 것이다. 그때 그는 이렇게 적었다.

'한 민족끼리 이래도 된단 말인가?' (……) 나로 하여금 회색 곰, 북극곰, 불곰, 말레이곰, 반달가슴곰, 더불어 너구리를 사칭하는 판다라 할지라도 — 세상의 곰이란 곰은 모조리 죽이고 싶도록 만들었던 이 경기.

—『삼미 슈퍼스타즈의 마지막 팬클럽』에서, 65쪽

그러나 그는 인천과 무관하다. 울산에서 고등학교까지 졸업했다. 좋아하는 야구단은 끔찍하게도 OB다. 아니, 그런데 어떻게 이런 소설을……, 하고 묻자 그는 거의 날마다 인천 야구장을 찾아갔고, 신문·잡지 등 옛 자료를 샅샅이 뒤졌고, 인천의 야구 팬 50여 명을 만나 취재했다고, 너무 당연한 걸 왜 묻고 앉아 있느냐는 표정으로 또박또박 대답했다.

아뿔싸! 당했다, 그것도 보기 좋게…….

세상이 깜빡한 사람들

맨 처음 작가 범주를 나눌 때 박민규는 범주 하나를 독차지했다. 그러나 이내 생각을 고쳐먹었다. 그건 좀 심하다 싶었다. 그래서 집어넣은 범주가 여기 '청년 백수 전성시대'다. 해괴망측하고 기상천외한 최첨단 장치로 단단히 무장돼 있지만 그 안에 감춰 놓은 청춘의 눈물을 알고 있어서다.

단편 「그렇습니까? 기린입니다」의 한 토막. 편의점 사장이 아르바이트하는 여자 애의 허벅지를 더듬는다. 그때 함께 아르바이트를 하던 고교생 나는 "허벅지를 만지면 시간당 만 원을 줘야 되는 게 아닌가." "만지는 게 나쁜 게 아니다. 그리고 고작, 천 원을 주는 게 나쁜 짓이다." 하고 혼자 생각한다. 이른바, 자본주의 시대 노예의 산수다.

어쩌면 피라미드의 건설 비결도 억울함이었는지 모른다. 지금 관두면 너무 억울해. 아마도 노예들의 산수란, 보다 그런 것이었겠지.

— 「그렇습니까? 기린입니다」에서, 「카스테라」, 76쪽

바로 여기에 박민규의 비애가 있다. 이 시대 청춘의 출구 없는 삶, 불안하고 억울한, 딱히 잘못한 것도 없는데, 어디에 하소연할 데도 없는 삶, 꿈이나 희망 따윈 이미 허황된 것으로 굳어 버린 막막한 삶 말이다.

박민규는 이들을 "세상이 깜빡한 사람들"이라 부른다. 장편 『핑퐁』에서 왕따 중학생 둘이 스스로를 일컫는 표현이다. 승률 1할 2푼 5리 인생도, 별반 다르지 않다.

박민규에 따르면 세상은 온통 엉망진창이다. 그럼 무리를 지어 나가서

싸우기라도 해야 옳은데, 사람들은 입도 뻥긋하지 않는다. 한 평 남짓한 고시원 안에 애써 자신을 끼워 맞추고, "잠깐이다."를 수없이 되뇌며 부장의 성추행을 꾹꾹 감내한다. 시도 때도 없이 출몰하는 UFO는, 박민규가 진즉에 지구인에게서 희망을 포기했다는 은하계 차원의 증거다.

다시 「그렇습니까? 기린입니다」를 보자. 무능한 아버지는 결국 집을 나간다. 그리고 어느 날. 아버지를 닮은 기린이, 내가 푸시맨 아르바이트를 하는 지하철역에 나타난다. "아버지 맞죠?"라고 다그치자, 기린은 "그렇습니까? 기린입니다."라고 천천히 대답한다.

소설을 읽고서 한참 뒤 만났을 때 나는 왜 하필 기린이냐고 물었다. 박민규는 진지한 표정으로 대답했다.

"자본주의가 가장 어쩔 수 없는 동물이라고 생각했습니다."

박민규

시시한 삶이 꾸는 시시한 꿈

김애란

 신상 정보는 생략한다. 바로 다음 장에서 이어지므로. 대신 김애란을 모를 줄 알았던 유명 인사 두 명의 인물평을 싣는다. 우선, 2008년 노벨 문학상 수상 작가 르 클레지오. 최근에 읽은 한국 소설 중에서 기억에 남는 작품을 묻자 전혀 예상치 못한 대답이 돌아왔다. "최근 발표된 작품 중에는 한국 사회의 문제를 아주 사실적으로 다루고 있는 수작이 많습니다. 특히 김애란의 「달려라, 아비」가 인상적이었습니다." 이어 나랑 동갑내기 영화감독 장진. "소설가 김애란 씨를 꼭 만나 보고 싶어요. 최근에 김애란 씨 전화번호를 알아냈는데 전화 걸 계기가 없어서 고민하고 있는 중이에요." 한 세기쯤 뒤, 21세기 초엽 한국 소설의 대표작 중 하나로 기록될 것이라 굳게 믿는 김애란의 첫 창작집 『달려라, 아비』(2005)는 신인의 첫 단편집 임에도 5만 부 이상 팔려 나갔다. 2007년에 두 번째 단편집 『침이 고인다』를 냈고, 조만간 첫 장편소설을 선보일 예정이다. 2005년 한국일보문학상을 수상했다.

그런데 큐마트를 오래 다니다 보니 나는 뜻밖에 의도하지도 원하지도 않은 내 정보들이 매일 매일 그가 들고 있는 바코드 검색기에 찍혀 나가고 있다는 것을 깨달았다. 예컨대 그는 나의 식성을 안다. 대여섯 종류의 생수 중 내가 어떤 물을 가장 좋아하는지, 자주 사 가는 요구르트가 딸기 맛인지 사과 맛인지, 흑미밥과 쌀밥 중 무엇을 더 선호하는지 등을 말이다. 원한다면 그는 내 방의 크기도 추측할 수 있다. 쓰레기봉투를 매번 10리터를 사 가는 나는 결코 큰 방에 살고 있을 리 없다. 그는 나의 가족관계도 알 수 있을 것이다. 새벽마다 와서 햇반을 사가는 여자, 필수품을 스스로 사는 어린 여자, 젓가락은 한 개만 가져가는 그 여자는 독신이리라. 그는 나의 고향을 안다. 편의점에 겨울옷을 정리한 택배를 부치러 갔을 때, 그는 수수료를 받으며 내 주소를 확인했다. 그는 나의 생리 주기를 안다. 그는 정기적으로 생리대를 사 가는 나를 본다. 그는 콘돔 갑을 뒤집어 계산대에 올려놓는 나를 본다. 그는 나의 식생활에서 성생활에 이르기까지 모두 '보고' 있다. (⋯⋯) 그는 나도 모르는 나의 습관을 알고 있을지도 모른다.

— 「나는 편의점에 간다」에서, 『달려라, 아비』, 창비, 2005, 47쪽

문단 여동생의 탄생

2005년 들머리. 문단에 낯선 이름이 떠돌기 시작했다. 김애란. 등단한 지 3년이 안 된, 풋내기 소설가의 이름이었다. 소문은 의외로 신속히 퍼져 나갔다. "김애란 읽어 봤어?" "아, 그 80년생!" 이런 식의 대화가 심심치 않게 성립했다. 소문은 세대도 뛰어넘었다. "김애란이, 개 좋데." 먼저 말을 걸어온 건 1942년생 소설가 김원일 선생이었고, 나랑 동갑내기 소설가

김종광은 어느 술자리에서 농 섞인 푸념을 늘어놓았다. "70년대생 뜨기도 전에 80년대생이 떠 버리는구나."

서너 달쯤 지난 2005년 봄. 황순원문학상 1차 심사가 있었다. 그때도 김애란은 화제, 아니 논란의 주인공이었다. 심사 위원들이 작당을 하고 김애란을 2심 후보로 올려야 한다고 목소리를 높였다. 하나 김애란에겐 후보 자격이 없었다. 황순원문학상은 작품집을 한 권 이상 발표한 기성 문인만 후보로 삼는다. 충분히 알아듣게끔 규정을 설명했는데도 심사 위원들은, 귀가 어두운지 물러서지 않았다. 평론가 김형중은 "규정이 잘못됐다." "이참에 규정을 바꿔라." 하며 아예 강짜를 부렸다. 소요는, 간신히 진압됐다.

그로부터 두어 달 뒤, 황순원문학상 2차 심사가 열렸다. 심사 위원 다섯 명이 모여 앉아 "왜 김애란이 2심에 못 올라왔느냐"며 따져 물었다. 주저리주저리 지난 과정을 설명하자, 이번엔 평론가 김동식이 제 머릴 쥐어뜯으며 경기를 일으켰다. 그가 들려준 사연은 다음과 같다. 김동식은 김애란의 첫 창작집 해설을 맡은 평론가였다. 그러나 그는 다른 일에 치여 원고 마감을 차일피일 늦추고 있었고, 그로 인해 창작집 출간도 미뤄지고 있었다. 김동식의 말이 끝나기가 무섭게, 나머지 심사 위원들은 지극히 당연하다는 태도로 김동식을 질타했다.

다시 시간이 흘러 가을. 김애란이 한국일보문학상 수상자로 선정됐다는 소식이 들렸다. 김애란의 첫 창작집이 묶이지도 않은 상태였다. 한국일보문학상엔 황순원문학상과 같은 규정이 없었다. 그래도 김애란의 수상 소식은 놀라웠다. 그는 한국일보문학상 최연소 수상자의 기록을 갈아 치웠다. 그리고 두 주일 뒤, 김애란의 첫 창작집 『달려라, 아비』가 세상에 나왔다.(해설은 물론 김동식이었다.) 출간 일주일을 앞두고 나는 아래와 같이 기사를 썼다. 신화의 탄생을 알리는 첫 보도였다.[6]

김 · 애 · 란. 1980년 인천 생. 충남 서산여고 졸업한 1999년, 한국예술종합학교 극작과 입학. 2002년 11월 대산대학문학상을 받으며 등단. 한국예술종합학교 황지우 교수의 수업 다섯 개를 이수함.[7] 여태 발표한 작품 수 단편 9편. 키 162센티미터, 몸무게는 비밀. 주량은 맥주 1000cc 정도. 밤새 글 쓰고 오후 느지막이 기상. 쌍둥이 언니랑 서울서 함께 살고 부모는 서산에서 이발소와 식당을 각각 운영 중. 사랑 애(愛), 빛날 난(爛)을 써 애란. 기억하시라, 이름이 김애란이다. (……) 잊지 마시라. 이름이 김애란이다. 올 문단이 거둔 최고 수확 중 하나다.

[6] 기사 반응은 뜨거웠다. 이를테면 이런 경우도 있었다. 술자리에서 한 여성 작가가 옆구리를 꼬집으며 항의를 표시했다. "뭐? 기억하시라? 잊지 마시라? 내 기사도 좀 그렇게 쓰시지." 훗날 김애란은, 첫 인터뷰 당시를 이렇게 회고했다. "처음엔 이상한 기자라고 생각했어요. 왜 이런 걸 묻지? 하지만 기사를 읽고 나서 아, 이렇게 쓰려고 작전을 짠 거였구나. 기자란 그런 거구나, 조심해야겠구나." 나로서는, 다음과 같이 항변할 수 있겠다. 위 기사엔 잘못된 정보가 들어 있다고, 하여 이 김에 바로잡는다고. 김애란의 주량은, 맥주 1000cc와 관계가 없다고. 부모님의 충격을 염려한 자체 검열 또는 회계 조작이었다고.
[7] 소문에 의하면 한예종 교수 황지우의 수업 방식은 독특하다. 여러모로 바쁜 시인은 한 달치 진도를 하루에 몰아치곤 했다. 아침부터 밤까지, 중간 중간에 배달 음식으로 끼니를 해결하며 하루 종일 수업을 했다. 과목당 학생 수는 많아야 대여섯 정도. 그러니까 황지우의 학생들은 한국 최고의 시인으로부터 세칭 '소수 정예 과외'를 받는 셈이었다. 황지우는 체벌도 서슴지 않았다. 김애란에 따르면 숙제를 못해 왔다거나 맞춤법이 틀리면 30센티미터 자로 손바닥을 맞아야 했다. 그 얘길 전해 들은 한 시인의 진단. "학생이 틀리면 맞을 짓이고, 자기가 틀리면 문학적 해체고."

이번엔 시간을 뭉텅 잘라 2007년 가을. 김애란의 두 번째 창작집 『침이 고인다』가 나온 시점이다. 그사이 김애란은 "2000년대 젊은 소설의 대표 명사"(차미령)로 훌쩍 커 버렸다. 상찬은 말 그대로, 줄줄이 이어졌다. 거기엔 창비 편집인 백낙청의 것도 있었다. 백낙청 선생은 "최근 문학 현장에 대한 관심을 가지도록 자극을 준 신인 작가"로 김애란과 박민규를 거론하며 "한국 문학의 보람"이라고 치켜세웠다.(《창작과비평》 2006년 봄 호)

김애란을 말하는 이들에겐 흥미로운 공통점이 있다. 소설을 얘기하지만 꼭 소설만 얘기하는 건 아니다. 꼭 사람 얘기가 곁들여진다. 그러니까 김애란이란 사람에 대한 애정 같은 게 묻어나는 것이다. '아이고, 이 이쁜 것, 이 대견한 것!' 따위의 마음씨 말이다. 소설가 이기호가 "이 양반은 남녀노소 모두에게 작업을 거는구나."라고 이른 것이나, 평론가 신형철이 "(김애란을) 사랑하지 않는 것은 가능한가?"라고 되물은 것도 비슷한 맥락이다. 나 역시 그 대열에 기꺼이 동참했다. 아래는 『침이 고인다』를 읽고서 쓴 리뷰 기사의 일부다.

문단에서 김애란은 곧잘 '애란이'로 통한다. 나이 탓이겠지만 꼭 나이 때문은 아니다. 2년 전과 달리 요즘엔 김애란보다 어린 축도 몇 된다. 그런데도 김애란은 여전히 '애란이'로 통한다. 21세기 벽두, 배우 문근영이 '국민 여동생'이듯이, 김애란은 '한국 문학의 여동생'이다.

문학 기자로서 한 작가의 탄생과 성장을 지켜보는 건 즐겁고 뿌듯한 일이다. 아니 영광스런 경험이다. 나에게 김애란은 그런 작가다.

왜 21세기 한국 문학은 김애란에 열광할까. 여기엔 합의되지 않은, 몇 가지 이유가 있다. 내 생각에 김애란의 매력은 이 '합의되지 않은'에 있다. 김애란의 매력은 한마디로 요약되거나 정리되지 않는 매력이다. 김애란 매력의 몇 가지 층위, 또는 지형을 짚는다.

① 아버지 비틀기

비평이 먼저 눈여겨본 대목이다. 「달려라, 아비」를 비롯한 김애란의 몇몇 작품은, '아버지 계보학'으로 일컬어지는 한국 소설의 전통을 살짝 거스른다. 저 멀리 미당으로부터 조세희, 이문열을 거쳐 김소진, 박민규, 천운영에 이르기까지 한국 소설에서 아버지는 배척하거나 화해해야 할 상대였다. 그러나 김애란의 아버지는 갈등의 대상도 아니고 포용의 대상은 더 아니다. 김애란의 아버지는, 여태의 한국문학이 경험하지 못한 생경한 모습의 아버지다. 그러니까 김애란의 아버지는 뭐랄까, 좀 철이 덜 든 아버지다.

> ― 처녀 적의 어머니가 동침 조건으로 제시한 콘돔을 사기 위해 달동네 꼭대기에서 약국이 있는 시내까지 생애 최고의 달리기를 한 아버지.
>
> ―「달려라, 아비」에서, 『달려라, 아비』

> ― 고추를 보여 주면 스카이 콩콩을 사 주겠다고 막둥이 사내아이를 꼬이는 아버지.
>
> ―『스카이 콩콩』에서, 앞의 책

— 점심 때 복국을 잔뜩 사 먹이고선 사람을 죽이는 독이 복어에 들어 있으니 밤에 잠을 자면 안 된다며 공갈치는 아버지.

—「누가 해변에서 불꽃놀이를 하는가」에서, 앞의 책

— 결혼 선물로 받은 금반지를 친구들과 술 마시다 저당 잡힌 아버지.

—「칼자국」에서, 『침이 고인다』

한국 소설의 태반은 소위 '가족 로망스'다. 한국 소설은 버릇처럼 제 가족 이야기에서 시작했다. 다시 말해 가족은, 한국 소설에서 최소한의 인적 단위였다. 항시 부재중이었던 아버지와 고생으로 점철된 어머니의 한평생이 한국 소설에서 보이지 않게 된 건, 그리 오래된 일이 아니다.

비평이 찾아낸 김애란의 매력이 예 있다. 김애란이 비틀어 놓은 아버지 상(像)은, 한국 소설의 전통에서 김애란이 살짝만 비켜서 있다는 걸 가리킨다. 김애란은, 요즘의 젊은 소설 모양 아버지란 존재를 아예 지우지 않는다. 대신 비스듬히 내려놓는다. 이 애매모호한 지점이 중요하다. 김애란이 새롭지 않은 듯하면서 새롭다는 저간의 평은, 이 철부지 아버지에서 비롯한다.

② 빤히 들여다보기

젊은 독자가 김애란을 즐겨 읽는 이유다. 엉뚱한 듯싶지만 의외로 정곡을 찌르는 김애란의 화법은 요즘 세대의 감각과도 맞아떨어진다. 어찌 보면 광고 카피를 닮은 구석이 있다. 가볍고 경쾌하게, 발랄하고 참신하게,

무엇보다 감각적으로.

이를테면 "레는 곁눈질하는 느낌이고, 솔은 까치발 선 인상을 줬다. 미는 시치미를 잘 떼고, 파는 쾌활할 것 같았다."(「도도한 생활」에서)와 같은 수사법은, 오롯이 김애란의 것이라 할 수 있다. 저 먼 곳의 풍경을 눈앞에 끌어다 놓듯이 묘사하는 생생한 문장과 장난기 가득한 얼굴로 살짝 윙크를 하는 듯한 비유는 김애란의 전매특허라 할 만하다.

김애란에겐 버릇이 있다. 남을 바라볼 때 김애란은, 그 큰 눈 껌뻑이며 상대의 눈을 물끄러미 쳐다본다. 그 깊이와 무게에 눌려 상대는 김애란의 눈길을 피하기 십상이다. 소설 안에서도 김애란은 세상을 이렇게 바라본다. 김애란은 세상을 삐딱하게 보지 않는다. 오래도록 빤히 들여다본다. 여기서 김애란 특유의 화법이 시작된다. 예를 들어 "여관의 이름은 여관이다. 여관 모르냐, 뭐 다른 설명 필요하냐는 듯."(「성탄 특선」에서)과 같은 문장은, 그 오랜 관찰의 결과다.

③ 반지하방에 갇힌 청춘의 꿈

내가 으뜸으로 치는 김애란의 매력이다. '청년 백수 전성시대'의 범주 안에 그를 데려다 놓은 것도 이 때문이다. 김애란의 소설은 즐거이 읽히지만, 마냥 유쾌한 독서 체험은 못 된다. 책장을 덮고 난 뒤의 여운 때문이다. 그 울림은 길고 쓰라리다.

김애란의 주인공은, 대체로 반지하방이나 옥탑 방·고시원 등지에 산다. 재수생·취업 준비생 등이 즐비하고, 형편이 나아 봤자 변두리 학원의 강사다. 우선 그들이 사는 모습을 보자.

— 요즘 계급을 나누는 건 집이나 자동차 이런 게 아니라 피부하고 치아라더라.

—「도도한 생활」, 『침이 고인다』, 26쪽

— 문득 나의 하늘은 당신의 천장보다 낮다는 생각이 들었다.

—「도도한 생활」, 앞의 책, 28쪽

— 그만둘까 하는 마음이 들 때마다, 월급날은 번번이 용서를 비는 애인처럼 돌아왔다.

—「침이 고인다」, 앞의 책, 50쪽

— 좁고 어두운 학원 화장실에 앉아 있을 때면, 내가 쓰는 화장실이 나를 말해 주는 것 같아 울적해지곤 했다.

—「자오선을 지나갈 때」, 앞의 책, 119쪽

— 나는 우리가 대학 가서 연락하지 않을 거라는 걸 알고 있었다. 왜냐하면 노량진은 모든 것이 '지나가는' 곳이기 때문이었다.

—「자오선을 지나갈 때」, 앞의 책, 144쪽

하나 중요한 건, 그들의 처지가 아니다. 생(生)을 향한 그들의 태도다. 사는 게 험하고 버거워도 그들은 나름의 방식으로 씩씩하다. 빚쟁이가 몰려들고, 어머니가 광에 몰래 들어가 숨죽여 울다 나오고, 비좁은 독서실에서 연필처럼 잠을 청하고, 입고 나갈 옷이 변변치 못해 엉뚱한 변명 늘어놓으며 크리스마스이브 데이트를 거절하고, 당장 학비가 모자라 밤새 아르바이트를 해도, "피곤하다. 피곤하다."를 입에 달고 살아도 그들은 희망의 끈을 놓지 않는다.

그렇다고 그들의 희망이란 게 그리 거창하지도 않다. 반지하방에 피아노를 들여놓고, 4인용 독서실에 몸을 구겨 넣고선 캠퍼스 활보하는 대학생을 꿈꾸고, 생활비 빡빡해도 화장실 세정제는 반드시 사 넣고, 크리스마스이브를 보낼 데이트를 혼자 꿈꾸는 것 정도가 고작이다. 소박하다고? 그러나 이마저도 꿈꾸지 못하는 게 요즘 우리네 형편이다. 꿈꿀 사정이 안 되서가 아니라 꿈꿀 여유가 없어 꿈을 포기하고 사는 게 요즘 우리네 꼴이다. 오늘 우리는 꿈이 거세된 사회에서 살고 있다.

편의점에서 읽는 세상

내가 가장 좋아하는 김애란 소설은 「나는 편의점에 간다」다. 김애란으로 인해 흔하디흔한 편의점이 한국 소설의 무대에 새로이 등재되었다고 나는 믿어 의심치 않는다. 왜 여태의 한국 소설은 편의점을 소홀히 취급했을까, 나는 혼자 의문을 품었다.

말하자면 24시간 편의점은, 21세기 한국인의 신세를 일정 비율로 축소해 놓은 미니어처다. 거기서 파는 물건의 대부분은 일회용이다. 편의점에서 산 물건을 집 안에 모셔 두는 사람은 없다. 해당 물건의 주인 모양 효용 가치가 떨어지면 가차 없이 내다 버려진다. 편의점은 스스로 일회적이다. 단골 식당 드나들듯이 특정한 브랜드나 업소를 찾아가야 할 일말의 필요도 느끼지 못한다. 단골이 없으므로 외상도 없고 덤도 없다. 거기선 오로지 단발의 거래만 성립한다. 거래가 되풀이된다 해도 마일리지 모양 신뢰가 쌓이는 건 아니다. 사람은 항시 들끓되, 사람 냄새가 풍기지 않는 까닭이다. 무엇보다 편의점은 평균율의 가치를 전파한다. 편의점을 찾는 사람은 제각각이지만, 편의점을 털러 가지 않는 이상 편의점을 찾는 목적은 제각각이지 않다. 편의점 안에서 모든 사람은, 물론 수중에 돈이 있다는 한도 안에서 평등하다.(그렇다고 목돈이 필요한 것도 아니다.) 말하자면 24시간 편의점은, 자본주의 체제의 성지다.

언뜻 시시해 보이는 편의점에서, 다시 말해 너무 일상적이어서 문학적으로 의미를 부여하기엔 어딘가 모자라 보였던 편의점에서, 오늘 우리네 사는 모양을 섬세하게 발라낸 김애란이 나는 좋다. 하필이면 편의점이어서 나는 좋다. 잰 체하는 소설이 애용하는 미술관이 아니고, 한낱 관광지 사진 배경으로나 기능하는 물레방앗간이 아니고, 구태여 먼 길 떠나야 하는 저 먼 나라가 아니어서 좋다. 담배 사고 로또 긁는, 이냥저냥 시시한 편의점이어서 나는 좋다.

김애란은 시시한 삶을 말한다. 그리고 김애란은 시시한 삶이 꾸는 시시한 꿈을 말한다. 시시하다는 걸 빤히 알면서도 시시한 꿈을 꾸고, 그 시시한 꿈 안에서 애써 안위하는 시시한 삶의, 절대 시시하지 않은 슬픔을 말한다.

시시하다는 건, 서럽다는 거다. 오늘도 편의점 문을 열고 들어서는 김애란은 벌써 알고 있는 거다.

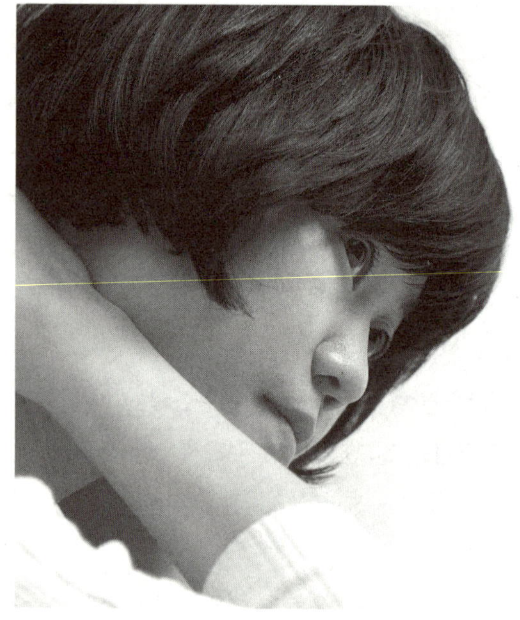

김애란

별 볼일 없는 인생의 별 볼일 있는 이야기

윤성희

윤
성
희

who 치마 입은 모습을 아직 못 봤다. 늘 청바지 차림이었다. 목소리도 씩씩하고 웃음소리도 시원시원하다. 주위 사람 잘 챙기고, 성가신 문단 잡일도 싫은 기색 없이 쓱쓱 해치운다. 독자로서 윤성희에게 다음과 같은 부탁을 한 적이 있다. "연애 소설 좀 써 보시지." "저번에 발표한 단편이, 실은 연애 소설이었는데." "그게 어떻게 연애 소설이냐?" "경험이 없어서……." "그럼 부자들 얘기는 어때?" "그건, 더 자신이 없는데." 첫인상은 톰보이(tomboy)지만, 알고 보면 캔디다. 틈만 나면, 혹은 여윳돈만 생기면 친한 작가 몇몇과 여행을 다닌다. 1973년 경기도 수원에서 태어났고, 1999년 《동아일보》 신춘문예로 등단했다. 청주대 철학과를 졸업한 뒤 서울예대 문예창작과를 다시 다녔다. 10년도 안 된 작가 이력이지만 벌써 상을 세 개나 탔다. 2005년 현대문학상과 올해의 예술상을, 2007년 이수문학상을 받았다. 단편집은 세 권. 『레고로 만든 집』(2001), 『거기, 당신?』(2004), 『감기』(2007).

우린 살 수 있을까요? 나는 소리가 나는 쪽으로 고개를 돌리면서 말했다. 그럼요. 전 기적을 믿습니다. (……) 차라리 주문을 외우죠. 우린 기적의 사나이들이다. 우린 기적의 사나이들이다. 지금 제 목소리가 오른쪽에서 들리는 아저씨는 기적의 사나이 원. 그리고 왼쪽에서 들리는 아저씨가 기적의 사나이 투. 저는 기적의 사나이 쓰리. 말이 끝나자마자 나와 첫 번째 목소리가 대꾸했다. 그런데…… 저는 아직 아저씨는 아니거든요.

—「부분들」에서, 『감기』, 창비, 2007, 239쪽

판촉 사원이 되다

2007년 초여름. 윤성희의 세 번째 단편집 『감기』가 출간된 직후. 문학 터치에서 내가 쓴 기사는 이러했다.

아무래도 모르겠다. 아무리 한국 문학이 안 읽힌다 해도 윤성희 소설이 안 팔리는 까닭은 영 모르겠다. 한국 소설이 칙칙하단 이유로 외면당하는 건 알고 있다. 하나 윤성희는 다른 경우다. (……) 이유는 단 하나. 아직 그의 이름이 낯설어서일 터이다.

문단에서 화제가 된 기사이긴 한데, 기억에 남아 있는 건 독자의 항의 이메일이다. 문학터치 열혈 독자라는 그녀는 "윤성희 세일하세요?"라고 물었다. 나는 답장을 안 해 줬다. 한편 윤성희는, 되레 억울하다고 항변했다.

"내 소설 팔리는데…….”

"얼마나 팔리는데?"

"재판(再版)도 찍고 그러는데.”

"좋아, 그럼 질문. 상금이 많아, 인세가 많아?"

"그게 그러니까, 음…….”

이 글은, 말하자면 저번 기사의 확장판이다. 아직도 나는 윤성희 소설이 잘 팔리지 않는 까닭을 알지 못한다. 해서 내처 윤성희 판촉 사원으로 나설 참이다. 혹 윤성희의 사주가 있었던 것 아니냐 따위의 의심은 거두시길. 전적으로 내가 알아서 하는 짓이므로. 나는 윤성희 소설이 안 팔리는 이유가 한국 문학의 구조적 문제하고도 관계가 있다고 여기고 있으므로. 나아가 문학 기자로서 응당 떠맡아야 할 소임이라 다짐하고 있으므로.

다만 이 글이 윤성희 판매고에 도움이 될지 여부는 장담 못한다는 걸 미리 밝힌다. 저번 기사도 효능은 영 미미했다는 사실을 아울러 밝힌다.

윤성희를 읽는 세 가지 단계

윤성희 소설은 의외로 만만치 않다. 내 생각에 그건, 윤성희가 욕심이 많아서다. 원고지 1000장짜리 장편에 펼쳐 놓아도 거뜬한 소설 감을 원고지 100장짜리 단편에 꾹꾹 눌러 담고 있어서다. 하여 소설의 속 맛을 못 느끼는 부작용이 종종 발생한다. 그래서 준비했다. 이름 하여, 윤성희 마스터를 위한 단계별 독서 요령이다.

① 초보자용 매뉴얼: 웃기는 소설

윤성희는 웃긴다. 시종 낄낄대며 독서를 만끽할 수 있다. 사실 이만으로도 충분하다. 요즘처럼 각박한 세상, 한바탕 웃음 터뜨릴 수만 있어도 그게 어디냐.

한데 무언가 수상하다. 웃기긴 웃긴데 좀 이상하다. 간질이는 방식이 다르다고 할까. 윤성희는, 독자의 웃음을 유발하는 비법을 방 안에 틀어박혀 홀로 수련한 게 틀림없다. 「이어달리기」의 한 토막을 보자. 고속버스 추락 사고가 터진다. 마침 근처에 있던 네 자매가 버스 승객을 구출한다. 방송국 기자가 겨우 목숨을 건진 할머니를 인터뷰한다. 다음은 할머니가 전한 구조 당시의 상황이다.

> 이마가 찢어진 할머니는 피가 눈으로 들어가 눈을 뜰 수가 없었다. 그때 둘째가 할머니의 손을 잡았다. 할머니는 눈을 감은 채 말했다. 난 곧 죽을 것 같아. 둘째가 할머니의 손으로 자신의 배를 쓰다듬었다. 이 아이가 아들인 것 같아요? 딸인 것 같아요? 할머니는 아들일까, 딸일까를 생각해야 했기 때문에 정신을 붙들고 있었다.

— 「이어달리기」에서, 『감기』, 178쪽

늘 이런 식이다. 한창 분위기를 달궈 마침내 위기의 절정에 도달하나 싶을 때, 윤성희는 이야기 맥을 살그머니 놔 버린다. 짐짓 딴청을 부리는 것이다. 바로 앞의 서사와 전혀 별개의 이야기가 쑥 끼어들면서 웃음이 비어진다.

이번엔 「하다 만 말」을 보자. 아버지 사업이 망해 집이 통째로 넘어갈 판이다. 어떻게든 집은 구하자는 마음에 식구들이 각자 가지고 있는 통장을 내놓는다. 그때 어머니가 이불 홑청을 뜯기 시작한다. 그 안엔 방 한 칸, 딱 방 한 칸 얻을 돈이 들어 있다. 돈을 본 할아버지, 한참 뜸을 들이더니 입을 연다. "요즘엔 재혼만 전문으로 해 주는 회사가 있다더라. 거기 가입비만 내 다오." 할아버지의 난데없는 한마디가 쨍그랑, 무거운 공기를 깬다.

윤성희의 유머는 일종의 상황극이다. 급박하거나 심각한 찰나, 등장인물이 도발하는 엉뚱한 대사와 황당한 행동이 웃음을 일으킨다. 하여 심각한 얘기여도 심각하게 읽히지 않고, 눈물 쏙 빼는 얘기어도 킥킥대며 읽을 수 있다. 독자 입장에선, 웃어야 할지 울어야 할지 난감할 때도 있다. 콩트 같은 상황 하나만 더 보자.

그녀의 남편은 터무니없는 싸움에 말려 죽었다. (……) 남편이 버스에서 방귀를 뀌었을 때, 남편의 뒷자리에 앉은 사람들은 모조리 얼굴을 찌푸렸다고 한다. 버스에는 교도소에서 갓 출소한 남자가 타고 있었다. 그 남자가 남편에게 다가와 말을 건넸다. "내가 사회에 나와 처음 맡는 냄새가 이래야 되겠어." 마침 남편은 보름 동안이나 아무하고도 싸우지 않은 상태였다. 그래서 자신도 모르게, 갓 출소한 전과 3범의 남자 목덜미를 움켜쥐었다. "이 공기가 니 거냐?"

— 「이어달리기」에서, 『감기』, 180쪽

② 중급 단계: 바짝 졸인 문장

윤성희 문장은 짧다. 짧기보단 바쁘고, 바쁘기보단 바짝 졸여 낸 느낌이다. 윤성희는 좀처럼 부사를 부리지 않는다. 형용사도 드물다. 형용사가 드물다는 건, 묘사를 하지 않는다는 얘기다. 대신 그는 서사에 집중한다. 하여 그녀의 등장인물은 시종 바쁘다. 열심히 수다 떨고 부지런히 사건을 벌여야 한다. 그래야 진도가 나간다. 어쭙잖은 감상 따위는 끼어들 겨를이 없다. 말하자면 윤성희 소설은, 주어와 서술어의 소설이다.

> 사람들 사이로 여자의 뒷모습이 보였다가 사라졌다가 다시 보였다. 아버지는 달려가 그 여인을 와락 안고 싶은 충동이 일었다. "정말?" 어머니가 말끝을 흐렸다. "아버지, 대답 잘하셔야 해요." "브레이크 페달을 만들면서 나는 살면서 중요한 게 뭔지 알게 되었지. 그건 잘 멈추는 일이거든." (……) 아버지는 오랫동안 그날의 기차표를 버리지 않았다. 좌석번호가 38번이었다. (……) "내가 보기엔 전혀 행운의 숫자가 아니야, 하, 하." 어머니는 입을 크게 벌리고 웃었다. "억지로 웃는 거 다 보여요." 내 말에 웃음을 멈춘 어머니는 밥을 더 먹을까, 라고 중얼거렸다. "아냐. 행운의 숫자가 맞아. 이번 주 당첨 번호였거든." 어머니가 들고 있던 숟가락을 놓쳤다.

—「구멍」에서, 앞의 책, 20쪽

앞 인용문이 보여 주는 상황이 금세 파악됐다면 당신은 상당한 내공의 독자다. 단락엔 두 개의 사건이 포개져 있다. 기본 설정은 가족의 밥상머리 대화. 그 대홧거리가, 옛날 아버지가 기차에서 여자를 만났던 일이다. 윤성희는 이 두 개의 이야기를 주먹밥 뭉치듯이 하나로 합쳤다. 간접 인용도 없이 바로 섞어 버렸다. 하여 이야기는 옛날로 갔다가 지금으로 돌아오기를 반복한다. 이렇게 엉켜 붙을 수 있는 건, 문장이 가벼워서다. 이러구러 잔뜩 늘어놓다 보면 이토록 민첩하게 두 시제 사이를 왕복할 수 없다. 그리고 다시 읽어 보시라. 한 구절이라도 묘사가 들어 있는지.

> 아버지는 '세계모텔'이라는 숙소를 찾아냈다. "저기로 가자. 이름이 마음에 든다." 아버지가 앞장서서 걸었다. 모텔은 나라 이름으로 구분되어 있었는데, 가장 비싼 방은 '프랑스'와 '미국'이었다. (……) "오스트리아가 호주냐?" 어머니의 말에 종업원이 헛기침을 하면서 억지로 웃음을 참았다. 식구들이 방으로 올라간 뒤, 종업원은 곧장 여자 친구에게 전화를 걸어서 우리 식구들의 흉을 봤다. 오늘 밤, 종업원은 다시 잠들고 싶지 않을 정도로 무서운 악몽을 꿀 것이다.
>
> —「하다 만 말」에서, 『감기』, 42쪽

소설은, 언뜻 보기에 전지적 작가 시점이다. 여관방 고르는 한 가족의 모습을 저 높은 곳에서 내려다보듯이 보여 주고 있다. 그런데 맨 마지막 문장은 뭐지? 작가가 이렇게 서사에 개입해도 되나? 19세기 신소설도 아니고, 뭐지?

비밀은, 소설을 끝까지 읽으면 알 수 있다. 할리우드 영화 「식스 센스」식의 막판 반전이 기다리고 있다. 참고로 나는, 소설을 읽고 난 뒤 오소소 소름이 돋았다. 이 대목은 그러니까, 막판 반전을 위해 미리 깔아 놓은 복선인 셈이다. 책을 사서 꼭 확인해 보시라. 말했었나? 윤성희 판촉 사원이 되기로 작정했다고.

③ 상급자 코스: 다행이야, 그렇지?

윤성희 소설의 인물은 하나같이 별 볼일 없다. 직업도 그다지 내세울 게 못 된다. 시장에서 국밥을 말거나, 계약직 신분으로 편의점이나 고속도로 톨게이트로 출근하거나, 잘해야 마을버스 운전기사나 손바닥만 한 사무실의 말단 사원 정도다. 물론 만사태평의 백수도 즐비하다. 그렇다고 집안은 좋으냐. 아버지 사업은 툭하면 망하고, 살던 집에선 당장 쫓겨날 판이다. 재수도 더럽게 없다. 수십 년 찍어 오던 복권 번호가 딱 한 번 건너뛴 주말, 덜컥 당첨된다.

말하자면 변두리 인생인데, 윤성희가 보여 주는 변두리의 삶은 그다지 우울하거나 칙칙하지 않다. 되레 윤성희는 그들의 일상을 명랑 만화 모양 발랄하고 유쾌하게 그려 낸다. 시시껄렁한 유머를 주고받는 모양도 그렇고, 무엇보다 그들은 역경 앞에서 좀처럼 좌절하지 않는다. 집안이 거덜 나도 서해안에 꽃게 먹으러 떠나는 식이다. 황당하다 못해 한심하다는 생각도 든다. 이렇게 철딱서니 없어도 되는 건지 이처럼 무대책으로 살아도 되는 건지, 한편으로 부아가 치민다.

근거 없는 낙관주의일까? 글쎄다. 찬찬히 읽어 보면, 윤성희가 부지런 떨며 실어 나르는 우리네 삶의 풍경은, 당대 어느 작가의 그것보다 끔찍하고 비참하다. 그들이 놓여 있는 처지에서 개선의 여지라곤 일절 없다. 악화되지 않으면 그나마 다행인 삶, 다시 말해 현상 유지도 버거운 삶이다.

그건 절망이다. 희망이 없으니 절망일밖에. 그 절망 위에서 윤성희는 웃는다. 꿋꿋하고 씩씩하게, 웃는다. 웃음이 안 터지면 웃는 시늉이라도 한다.

"다행이야, 그렇지?" 윤성희 소설에서 각운(脚韻) 모양 자주 등장하는 말이다. 사는 게 말이다. 별거 아닌 거다. 실없어 뵈도 허허 웃으며 그렇게, 제 스스로 토닥이는 거다. 윤성희를 읽고서 배운 세상 사는 이치다.

> 저는 종종 제 소설 속 주인공들에게 이런 말을 해 주곤 합니다.
> "걱정 마라. 애야."
> 그러나 실은 소설 속 주인공들이 제게 그런 말을 더 자주 해 줍니다.
> "걱정 마라. 애야."
> 그리고 주변의 많은 사람들이 제게 그런 말을 더욱 더 자주 해 줍니다.
> "걱정 마라. 성희야."
>
> — 제14회 이수문학상 수상소감에서, 『이수문학상 수상작품집』, 홍영사, 2007, 19쪽

끝으로 윤성희만의 절망 퇴치법(또는 불행 망각법)을 전수한다. 친구 넷이 여행을 갔다가 한 명이 산속에서 목을 매 자살한다. 아래는 나머지 친구 셋이 이 황망한 비극을 견디는 방법이다. 나는 맨 마지막 구절에 밑줄을 그었다.

갑자기 O가 쪼그려 뛰기를 시작했다. 쪼그려 뛰기를 100번 하고 나자 잔디에 엎드려 팔굽혀펴기를 했다. 미친 년, 재수 없게 죽고 지랄이야. 팔을 굽혔다 폈다를 반복할 때마다 O는 마구 욕을 해 댔다. 죽으려면 아무도 없는데 가서 죽지! 미친 년! 팔굽혀펴기가 끝나자 O는 다시

잔디에 누워 윗몸일으키기를 했다. O의 이마에 땀이 맺혔다. H와 K가 O의 옆에 나란히 누웠다. 그리고는 윗몸일으키기를 따라 했다. 미친 년, 죽고 지랄이야. 미친 년, 죽고 지랄이야. 윗몸일으키기를 한 번 할 때마다 욕을 한 번씩 했다. (……) 허리가 끊어질 듯 아팠지만 그들은 윗몸일으키기를 멈추지 않았다.

이제 배고프다. 윗몸일으키기를 끝낸 다음 그들은 남은 음식을 마저 먹기 시작했다.

— 「잘 가, 또 보자」에서, 『거기, 당신』, 문학동네, 2004, 253~254쪽

윤성희 ⓒ 백다흠

바둑과 문학이 닮은 몇 가지

21세기 문학 판을 들여다보다 문득 장난기가 발동했다. 오늘의 한국 문학을, 문학과 동떨어진 전혀 다른 세상에 빗대 말할 수 있지 않을까? 물론 억지로 끼워 맞추는 꼴밖에 안 되겠지만, 21세기 한국 문학의 특징을 상징적으로 보여 줄 수 있지 않을까? 이런 상상 놀이에 빠져 본 것이다.

가령, 21세기 한국 문학을 대표하는 작가들로 야구 팀 라인업을 짜 보는 식이다. 1번 타자는 누가 좋을까? 상대 선발투수를 교란하고 돌파력도 갖춰야 하므로 박민규나 천명관이 어떨까. 옆에서 누가 뭐라 해도 제 플레이만 열중하는 플레이어니 1번 타자에 적격이겠다. 2번 타순은 작전 수행 능력이 뛰어나고 성실해야 하니까 김경욱이 마침맞겠다. 작전하면 김경욱이고 부지런하면 또 김경욱이니까. 3번 타자는? 타율이 높아야 하므로 대중 친화력이 빼어난 정이현이 어울리겠고, 4번 타자는 타선의 중심이니까 아무래도 경험 많은 김연수에게 맡겨야겠다. 수비 조직력의 핵심 포수는, 두루두루 평판 좋은 문태준이나 여러모로 든든한 천운영이 적합하겠고. 스몰 베이스볼을 추구한다면 아기자기한 플레이에 두각을 보이는 김애란이나 윤성희를 기용하는 게 낫겠다. 변칙 작전을 구사할 의향이면 박형서, 한유주, 김태용 등을 출장시키는 것도 일리가 있겠다. 이렇게 혼자 공상하며 노는 것도, 제법 재미가 있다.

이런 생각도 해 봤다. 21세기 들어 문학 판 못지않게 급격히 바뀐 동네가 또 하나 있다. 프로 기단(棋壇)이다. 프로 바둑계는 시방 누천 년 이어져 내려온 규범과 단절을 선언하고 정신 스포츠로의 탈바꿈을 도모하고 있다. 한국 바둑계의 변신을 바라보며 나는 21세기 한국 문학을 떠올렸다. 따져 보니 둘은, 예전부터 닮은꼴이었다.

<u>진입 장벽</u>: 바둑과 문학 모두, 일반인이 흔히 접하는 문화요, 유희다. 반면에 이 둘은 높은 진입 장벽으로 악명이 자자하다. 지극히 대중적인 장르인 동시에 지극히 전문적인 분야인 셈이다. 문학에서 공인된 자격을 얻으려면, 익히 알려진 대로 수백 대 일의 경쟁률을 돌파해야 한다.(《중앙일보》 신인문학상의 경우 1000대 1이 넘는다.) 바둑은? 더 심하다. 한국에서 프로 기사는 1년에 열 명도 채 안 뽑는다. 그리고 하나 더. 바둑이나 문학이나 일단 진입 장벽 안에 들어서면 그네만의 세상이 따로 존재한다.

　　<u>외부의 충격</u>: 누천 년 역사를 생각하면 바둑에서 제한 시간은 신종 규칙에 해당한다. 관전의 개념이 도입된 근대 이후에야 바둑은 제한 시간 제도를 마련했다. 여기서 중요한 건, 제한 시간이 갈수록 짧아진다는 사실이다. 텔레비전 중계 시간 등 외부 환경의 변화 때문이다. 어지간한 국제 기전도 요즘엔 제한 시간 두 시간을 넘기는 경우가 드물다. 이틀거리 기전의 전통을 지키는 건 일본의 본인방전뿐이다. 한국 문학도 강력한 외부 충격에 직면했다. 소설 말고도 읽을거리가 넘쳐 나는 세상이 도래한 참이다.

　　<u>체질 전환</u>: 규칙이 바뀌었으니 전술이 바뀌는 건 당연지사다. 속기 바둑이 대세를 이루면서 장고를 거듭해 최선의 수를 발견하는 게 아니라 상대가 시간에 쫓겨 실수를 범하게끔 유발하는 신종 전술이 생겨났다. 이름하여 '시간 공격'이란 전술이다. 이세돌과 같은 수읽기가 빠른 기사가 애용하는 수법으로, 제한된 시간을 요령껏 활용하는 게 전술의 핵심이다. 시간 공격을 위해선 판을 최대한 어지럽게 짜야 한다. 초장부터 국면을 쑥대밭으로 만들어야 한다. 그래야 상대방이 시간을 더 소비한다. 이 경우 돌의 모양을 중시하는 포석 이론 따위는 무시되기 일쑤다. 이른바 꼼수라 불리는 속임수도 기꺼이 동원된다. 누천 년 지켜 온 바둑 이론이 불과 몇 년 사이 헌신짝처럼 내다 버려지는 것이다. 예와 도를 중시하던 바둑의 가치도 덩달아 빛이 바래는 오늘이다. 이제 바둑은 오로지 승부다.

　　한국 문학이 21세기 들어 예전의 진정성을 잃었다고들 한다. 인간에 대한 천착 없이 경박한 재미나 좇는 함량 미달의 이야기가 난무한다고들 한다. 심지어 누구는 "문학이 잡담이냐?"며 한탄하기도 한다. 지당하신 말

씀이다. 하나 어쩌랴. 세상이 바뀌었는데. 비평과 언론이 이구동성으로 당대 으뜸이라 치켜세워도 1만 부가 채 안 팔리는 판국인데. 문학이 문화의 본령이요, 대세였던 시대가 이울고 있는데.

<u>서열 주의</u>: 문단이나 기단이나 도제식 수업을 고수한다. 하여 이 두 동네에선 연공서열의 기세가 여전히 등등하다. 이창호, 이세돌 등 20~30대 기사와 50대 이상 기사와의 기력(棋力) 차이는 이미 상당하다. 솔직히 20~30대 기사가 한두 점 접어주고 둬도 만만치 않다. 요즘엔 10대 기사가 더 성적이 좋다. 그러나 한국 바둑계는 여전히 몇몇 어르신의 입김에 좌우되는 듯한 인상이다. 몇몇 어르신의 반대로, 한국 바둑계는 정신 스포츠로의 전환에 차질을 빚고 있다. 그사이 한국 바둑은 중국에 밀리는 추세다. 문단 사정도 별반 다르지 않다.

이 장을 읽기 전의 몇 가지 준비 사항

☞ 박찬욱 영화 보기, 또는 《KINO》 같은 옛날 영화 잡지 뒤지기,
또는 변두리 극장에서 동시 상영 영화 두 편 다 보고 나오기.

☞ 홍대 앞 클럽에서 수전 손택의 『해석에 반대한다』 읽기.

☞ 프로야구 경기 라디오 중계로 듣기.

☞ 오토바이 타고 서울 시내 질주하기.

☞ 랭보 시집 도전하기.

☞ 혼자 여행가기.

☞ 지도 보며 놀기.

☞ 조카 녀석이 갖고 노는 레고 뺏어서 놀기.

☞ 볼륨 끝까지 올리고 Nirvana 듣기.

☞ 인터넷에서 야설 보기.(야동이 아니라!)

☞ 집에서 요리하기.(라면은 요리가 아닙니다.)

☞ 인격 함양.(권여선 편에만 해당하는 특별 준비 사항.)

☞ 마지막으로…… 예술은 개성이다, 100번 받아쓰기.

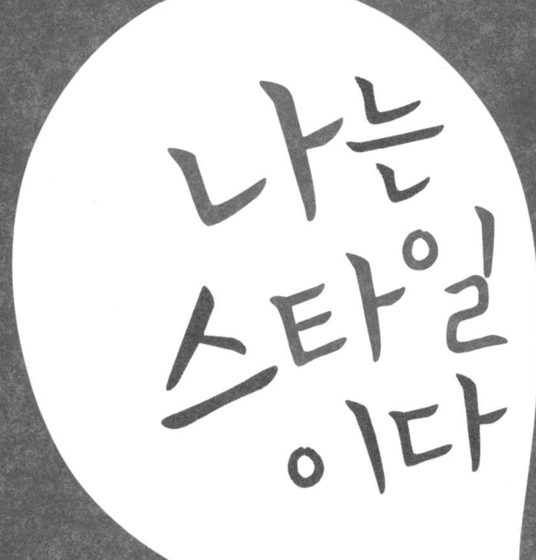

김경욱

김중혁

권여선

강정

김경주

김훈에 관하여

세대 공감,

장귀룽이 아니라
장국영이다

김경욱

김경욱

1971년 광주에서 태어나 서울대 영문과를 졸업한 뒤 국문과로 옮겨 박사 과정까지 마쳤다. 1993년 《작가세계》 신인상에 중편 「아웃사이더」가 당선되면서 소설가가 됐다. 내 또래 작가 중에서 가장 모범적이고 세련됐다. 우선 외모. 밤 깎아 놓은 것 모양 반듯하게 생겼다. 공부 잘하게 생겼고, 실제로도 잘한다. 광주가 고향이지만 토시 하나 틀리지 않는 말투에서 남도 억양을 집어내는 건 불가능하다. 생활 역시 한 치 흐트러짐이 없다. 담배는 피우지 않고 소주도 한 병을 상한으로 정해 놓고 더 이상 마시지 않는다. 나를 비롯한 문단 또래 대부분이 김경욱이 술에 취해 비틀거리는 모습을 본 기억이 없다. 김경욱의 혈관엔 파란색의 차가운 피가 흐르고 있을 것만 같다. 소설 역시 잔재미나 감동 따위와는 거리가 있다. 이른바 대중문화 코드를 원용해 소통이 단절된 현대 사회의 병리를 분석적이고 논리적인 문체로 진단한다. 15년 이상의 경륜 때문인지 특유의 성실함 덕분인지 또래 중에서 작품 수도 많다. 단편집 『바그다드 카페에는 커피가 없다』(1996), 『베티를 만나러 가다』(1999), 『누가 커트 코베인을 죽였는가』

(2003), 『장국영이 죽었다고?』(2005), 『위험한 독서』(2008)와 장편소설 『아크로폴리스』(1995), 『모리슨 호텔』(1997), 『황금 사과』(2002), 『천년의 왕국』(2007)을 발표했다. 2004년 한국일보문학상, 2008년 현대문학상을 수상했다. 현재 한국예술종합학교 교수로 있다.

자신을 눈이 빠지도록 바라보는 사람은 거들떠보지 않는다는 점에서

텔레비전은 바람둥이 연인과 같다.

당신이 어떤 채널을 선호하는지, 어떤 프로그램을 즐겨 보는지 말해 준다면 나는 당신이 누구인지 어떤 사람인지 말해 줄 수 있다. (……) 디스커버리 채널을 즐겨 보는 당신은 몽상가이거나 좌절한 완벽주의자일 가능성이 높다. 히스토리 채널을 즐겨 보는 당신은 배고픈 인문주의자거나 실패한 혁명가쯤 되겠지.

—「나비를 위한 알리바이」에서, 『장국영이 죽었다고?』, 문학과지성사, 2005, 136쪽

21세기형 소설가 & 21세기형 소설

"어이, 김 교수."

내가 김경욱을 부를 때 호칭이다. 글 쓰는 일 말고 다른 벌이를 가진 또

래들은 대체로 이렇게 불리는 걸 꺼린다. 일례로 불교 방송 PD 문태준에게 "문 PD"라고 불렀다가 정색하는 통에 사과까지 한 일도 있다. 글쟁이들은 보통 자신을 소개할 때 "시 쓰는 문태준입니다." "소설 쓰는 윤성희입니다."란 상용 어구를 애용한다. 하나 김경욱은, 내가 "김 교수"라 부르면 바로 "어?"하며 돌아본다.

김경욱은, 여러모로 또래 문인의 귀감이 될 만하다. 모범적이고 반듯하게 산다는 얘기다. 이를테면 김경욱은 시간표를 짜서 생활한다. 밤에는 잠을 자고 낮에 글을 쓴다. 그것도 미리 정해 놓은 일과에 따라 글을 쓴다. 오전 두 시간 책상 앞에 앉았다가 테니스 한 시간 치고 다시 오후에 책상에 앉고, 이런 식의 규칙과 질서를 그는 꼬박꼬박 지킨다. 그가 쓰는 글이 논문이라면 일견 수긍할 수도 있겠다. 하나 김경욱이 쓰는 건 소설이고, 김경욱이 하는 건 문학이다.

술자리에서도 끝까지 남아 있는 걸 본 기억이 없다. 술자리엔 자주 나타나지만 술에 취하진 않는다. 중간에 슬그머니 자리를 뜨다가 들키면 쑥스러운 표정 한 번 짓고 얼른 제자리로 돌아와 앉는다. 그리고 다시 기회를 엿봐 줄행랑을 친다. 이런 그를 깍쟁이라 의심할 수도 있겠다. 그러나 그는 누구보다도 또래와 잘 어울린다. 술판이 벌어지면 너 나 할 것 없이 꼭 김경욱을 찾는다. 술을 잘 마시는 편도 못 되고 술자리 흥 돋우는 성격도 아니지만 김경욱이 안 보이면, 다시 너 나 할 것 없이 김경욱을 찾는다. 그건, 김경욱이 또래 모두에게 편안하고 막역한 친구여서다. 나에게도 마찬가지다. 김경욱은 내가 친구 먹은 첫 번째 작가다.

아무래도 김경욱의 이미지는 문학 판의 유구한(또는 뻔한) 전통과 어긋나 있다. 도리어 펀드 매니저 같은 세련된 이미지의 직업이 더 어울려 뵌다. 하나 나는 김경욱의 이 이질적인 스타일을 주목한다. 문학을 대하는 김경욱의 태도에서 나는 21세기 한국 문학의 달라진 위상을 읽는다. 무언가 쓰지 않고선 가슴이 터질 것 같아 원고지 앞에 앉았다는 선배 작가와 스케줄 조정하며 컴퓨터 자판 두드리는 김경욱의 사이엔 넘나들기 힘든 간격이 존재한다.

내 생각에 김경욱은, 자신만의 방식으로 제 직업에 투철할 따름이다. 문학을 한다는 미명 아래 술잔 앞에서 마냥 시간을 허비하거나 어쭙잖은 감상에 빠질 시간이 없는 거다. 공부하고 글 쓰는 일만으로도 스물네 시간이 빠듯한 거다. 이런 맥락에서 그는 프로다. 체계적인 훈련 프로그램에 입각해 식사량부터 수면 시간까지 빈틈없이 관리되는 프로스포츠 선수 모양 김경욱 역시 제 일과를 스스로 조절하고 통제하는 거다. 낭만이나 풍류 따위론 더 이상 문학을 지탱할 수 없다는 사실을 김경욱은 몸소 증명하고 있는 거다. 나는 다음의 구절을, 김경욱이 문학을 업으로 살아야 하는 자신에게 프로그래밍한 명령어로 이해한다.

아마추어라면 질색이다. 아마추어 정신 따위는 고대 올림픽에서나 필요한 거다. 시대착오적이라는 얘기다. 자본주의 사회에서 아마추어리즘은 모럴 해저드에 버금가는 죄악이다.

— 「성난 얼굴로 바라보라」에서, 『장국영이 죽었다고?』, 159쪽

인간 김경욱에게서 나는 21세기 소설가의 모습을 본다. 또 나는 김경욱

의 소설에서 21세기 소설의 모습을 본다. 그건 요즘의 젊은 소설이 집단으로 앓고 있는 증세와 비슷한 거다. 더 이상 새로운 이야기를 찾기 힘든 세상, 나아가 문학이란 이러하고 저러해야 한다는 규범이 효력을 상실한 오늘, 문학을 하겠다고 나선 젊은이가 공통으로 느끼는 갑갑증 같은 거 말이다.

요즘엔 어느 누구도 배가 고파 펜을 들지 않으며, 시대의 울분을 삭이지 못해 책상 앞에 앉지 않는다. 그렇다 보니 쓸 거리도 마땅치 않고 어떻게 써야 좋은 건지도 막막하다. 하여 여태 상상도 못했던 생경한 꼴의 문학이 여기저기서 터져 나오는 거다. 예컨대 한유주가 이야기가 없는 소설을 쓰는 건 한유주의 말마따나 새로운 이야기를 할 수가 없어서다. 박형서가 개연성 따위를 포기하고 시시껄렁한 농담으로 소설을 꾸리는 건 근대서사 문학의 시대가 종료됐다고 믿기 때문이고, 천명관이 19세기 런던에서 일어났던 소소한 사건을 소설이랍시고 쓰고 앉아 있는 건 한국이란 좁은 땅덩어리가 제약하는 한계를 넘어서고 싶어서다.

김경욱도 마찬가지다. 고심 끝에 김경욱이 채택한 전술이 이른바 접목〔implant〕이다. 소설 바깥의 것으로부터 소설 감을 끌어온다거나 이전 텍스트로부터 새 텍스트의 재료를 빌려 와 가공하는 공법이다. 예를 들어 그는 움베르토 에코의 『장미의 이름』의 구성을 패러디한 장편 『황금 사과』를 2002년 발표했고, 2007년엔 김훈의 스타일이 노골적으로 엿보이는 역사소설 『천년의 왕국』을 썼다. 이와 같은 김경욱의 작업은 자칫하면 오해를 살 수 있다. 남이 먼저 개척한 길을 따라가는 모양새로 비쳐질 수 있어서다. 그러나 그 오해마저 계산을 마친 전략이라면 사정이 달라진다. 김경욱은 고의로, 그것도 아주 정밀한 레시피에 따라 기존의 것을 반죽해 전혀 다른 새것을 생산한다.

20세기 소설가와 가장 다른 면모를 보이는 21세기 소설가가 누구냐는 질문에 나는 주저 없이 김경욱이라고 대답한다. 그건 작품이 얼마나 해괴망측하냐와 다른 문제다. 김경욱의 작업은 전략과 전술에 따라 철두철미하게 진행된 일종의 프로젝트여서다.

그러나 나는, 김경욱의 기법에 별 관심이 없다. 그건 이미 여러 비평가가 성의껏 규명해 놓은 바다.(굳이 한 명을 대라면 나는 손정수를 들겠다. 김경욱에 관한 한 손정수는 가장 정통한 비평가다.) 내 관심사는, 김경욱에게서 읽히는 1970년대산 문학의 감수성이다.

세대 공감

김경욱은 1970년대산의 문화적 자의식이 가장 도드라지는 작가다. 1970년대산의 문화적 자의식? 텔레비전·영화·만화·팝 음악 따위가 단순히 향유(또는 소비)되는 문화 상품에 그치지 않고 성장을 위한, 나아가 생활을 위한 필요조건이 된 세대의 의식을 가리킨다. 김경욱이 1970년대산의 자의식이 얼마나 투철한 작가인지 알아낼 수 있는 방법이 있다. 이제껏 그가 쓴 소설 중에서 제목 몇 개만 짚어 보면 된다.

―「바그다드 카페에는 커피가 없다」: 「바그다드 카페」는 독일 감독이 만든 영화 제목이다. 한국엔 1990년대 초 개봉했던 걸로 기억하는데 그때 관객 반응은, 걸작이란 환호와 지루해서 죽을 뻔했다는 비난으로 나뉘었다. 페미니즘 영화였고, 젊은 여성 관객의 지지가 있었다. 1990년대 초반 대학가엔 영화 바람이 일었다. 김경욱의 말마따나 "1990년대의 캠퍼스에서 어지간히 끼 있고 눈치 빠른 녀석치고 한 번쯤 영화감독을 꿈꾸지 않은

자들은 없었"(「장국영이 죽었다고?」에서)던 시절이었다.(그러고 보니 요즘 잘 나
간다는 한국의 영화감독 태반이 그때 대학을 다녔다.) 요즘엔 와인을 주문하는 매
너에서 교양인의 척도를 가늠하지만 그땐 어떤 영화를 선호하느냐에 따
라 교양의 수준이 판가름 났다. 이를테면 스탠리 큐브릭 정도는 알고 있어
야 했고 「공각기동대」나 「에반게리온」 등속의 일본 아니마(anima) 테이프
를 어떻게든 구해서 봐야 했고,(일본 영화가 수입되기 전이었으므로) '미장센'
이니 '누벨바그'니 하는 영화 용어를 일상에서 구사할 수 있어야 했다. 그
맘때 신종 직업이 탄생했다. 이른바 영화 평론가다. 그들은 영화 좀 본다
는 이들을 위한 'must-see film list 100' 같은 걸 틈만 나면 발표했다. 그 순
위에 든 영화는, 극장에서 놓쳤으면 비디오테이프라도 구해서 봐야 했다.
그 'must-see film'의 단골 출연진이 「바그다드 카페」, 「아비정전」, 「천국보
다 낯선」 따위였다. 나 역시 비디오로 「바그다드 카페」를 봤고, 내 20자 평
은 다음과 같았다. 아무것도 아닌 얘기를 갖고 이렇게까지 만들어 낸 감
독의 수완에 경의를 보낸다. 황량한 사막과 덩그러니 놓인 카페, 그리고
「Calling you」란 주제가가 기억에 남아 있다.

　─「베티를 만나러 가다」: 「에덴의 동쪽」이란 영화 마니아의 대화방 안
팎에서 벌어지는 이야기를 담은 김경욱의 단편 제목. 소설 속 주인공의 아
이디가 "아비(阿飛)"다. 맞다. 장국영이 주연한 「아비정전」의 그 아비다.
「에덴의 동쪽」은 한 세대 전의 청춘 아이콘 제임스 딘이 출연한 영화고
"베티"는 프랑스 감독 장 자크 베넥스의 「베티 블루」란 영화에서의 그 베
티다. 「바그다드 카페」와 비슷한 시기에 한국에 개봉했던 걸로 기억하는
데 「베티 블루」는 '놓치면 후회하는 프랑스 예술영화 10선(選)' 쯤에 꼭 끼

는 영화였다. 여배우 베아트리체 달이 눈두덩을 시퍼렇게 칠하고 눈물 흘리는 마지막 장면이 인상적이었다. 야한 줄 알았는데 사기당했다, 당시 남성 관객의 주된 평가였다.

　—「모리슨 모텔」: 김경욱의 두 번째 장편소설 제목이자 1960년대 미국 히피 문화를 선도한 록그룹 더 도어스(The Doors)가 1970년 발표한 앨범 재킷. "모리슨"은 그룹의 리더 짐 모리슨(1943-1971)의 이름에서 따왔다. 1971년산 한국인이 더 도어스의 동시대 팬이었을 확률은 희박하다. 짐 모리슨이 죽은 뒤 얼마 안 돼 그룹이 해체됐기 때문이다. 1971년산 대부분이, 그러니까 팝 음악 좀 들었고 영화 좀 봤다는 축이 더 도어스의 팬이 된건 1991년 즈음이었다. 1991년은 올리버 스톤이 짐 모리슨의 일대기를 다룬 영화「더 도어스」를 제작한 연도다.

　—「누가 커트 코베인을 죽였는가」: 나도 알고 싶다. 누가 우리의 우상을 죽였는지.(공식 사인은 자살이다.) 고(故) 커트 코베인(1967-1994). 1980년대를 풍미했던 헤비메탈을 제치고 얼터너티브의 지평을 연 록그룹 너바나의 리더. 정규 앨범을 세 장밖에 못 내고 해체된 그룹이지만 너바나는 1990년대란 시대 자체의 아이콘이었다. 너바나의 두 번째 앨범「Never mind」는 우리 세대에게 여전히 'must-have item'이다. 문학이든 음악이든, 요절은 신화를 남긴다.

　—「장국영이 죽었다고?」: 여기서 말하고 싶은 건 단 하나. 2003년 만우절, 호텔 24층에서 떨어져 죽은 홍콩 배우는 외래어 표기법이 가르치는 '장궈룽'이 아니라 '장국영'이다. 장궈룽이라니, 말도 안 된다.

　김경욱에 따르면 1970년대산은 "텔레비전만 볼 수 있다면 밥이 없어도 좋았던"(「미림아트시네마」에서) 어린 시절을 보낸 세대고, 이쑤시개를 물고 어슬렁대는 주윤발 흉내를 내며 철부지 사춘기를 보낸 세대이며,(이때도 '저우룬파'라 부르면 안 된다.)[8] 옛 애인을 회고할 때 함께 봤던 영화가 먼저 생각나는 세대이자, 장국영처럼 러닝셔츠 차림으로 거울 앞에서 맘보를 추며 혼자 놀았던 세대다. 그러니까 우리는 인생의 각 단계를, 그때마다 향유했던 대중문화 기호로 재조립할 수 있는 세대다. 우리에게 대중문화는, 여가의 한 영역에서 소비하는 상품이 아니다. 인생의 각 단계에서 실존을 구성하는 필요충분조건이다.

이와 같은 세대 공감은, 다른 세대는 공유하기 힘든 또래만의 아우라와 같은 것이다. 한국전쟁을 경험한 어르신들이 동란 직후의 곤궁했던 시절을 전후 50년 내내 읊는 것이나, 한글세대가 4·19 때의 열정과 좌절을 한 세기 넘도록 곱씹는 일, 386세대가 화염병과 최루탄으로 그네들의 청춘을 요약 정리하는 습관 따위와 감히 비교할 수 있는 집단 경험이다. 김경욱이 회상한 1990년의 봄을 옮겨 적는다. 그날 종로 거리엔, 나도 있었다.

3당 합당을 규탄하는 시위였을 것이다. 극장에 들어가니 이미 영화가

---

[8] 우리 세대에 주윤발이 있었다면 우리보다 10년 앞선 세대엔 이소룡이 있었다. 이 두 세대의 10대 시절은, 홍콩 배우를 흉내 내는데 고스란히 바쳐졌다. 검은 교복과 이소룡 시늉으로 1980년 언저리를 회고한 영화 「말죽거리 잔혹사」의 감독은 유하다. 그는 1990년대를 대표하는 시인이었고, 386세대다. 그가 1991년 상자한 시집 『바람 부는 날에는 압구정동에 가야 한다』는 1990년대 소비문화를 신랄하게 묘파한, 시대의 경전이었다. 한데 지금 다시 읽어 보니, 시집에서 30대 나이로 1990년대를 지켜보는 자의 시차가 엿보였다. 이는 10년쯤 뒤 1980년대생이, 1970년대생이 재현한 2000년대 풍경을 인용할 때도 적용될 법한 세월의 이치다. 아니, 이는 문학의 본질에 관한 것이다. 문학엔 어쩔 수 없이 시차가 발생한다.

시작된 뒤였다. 요즘은 뒤늦게 입장한 관객을 위해 극장 직원이 손전등을 비춰 주며 자리로 안내해 주지만 그때만 해도 극장의 경영주들은 신자유주의를, 글로벌 스탠더드를 들어 본 적도 없었다. 아이엠에프는 상상도 못할 시절이었고 할리우드 영화의 직배를 반대하며 외화를 상영하는 극장에 뱀을 풀어 놓던 시절이었다.

— 「낭만적 서사와 그 적들」에서, 『장국영이 죽었다고?』, 100~101쪽

가난한 이야기

김경욱의 소설은, 말하자면 '만들어 낸' 소설이다. 이야깃감을 발굴해 내거나 온몸으로 경험한 뒤 거기에다 살을 더하고 뼈대를 세워 지어낸 이야기가 아니다. 김경욱의 소설은 냉정한 논리와 차가운 분석으로 조직한 구조물이다. 김경욱은 소설에서 굳이 이야기를 강조하지 않는다. 되레 두드러지는 건 메마른 문체와 분석적인 구절이다. 이를테면 김경욱은 사랑도 아래와 같이 멋없이 기술하는 작가다.

연애의 초기 단계, 세상의 그녀들에게 건네는 사소한 물건들(이를테면 길거리에서 파는 머리핀 같은)의 사용 가치는 교환 가치에 의해 결정되지 않는다. 머릿결을 고정시키는 머리핀은 그것을 살 때의 당신의 환한 표정과 자상함을 환기시켜 그녀의 관심을 당신에게 집중시킨다. 교환경제의 규칙을 교란시킨다는 점에서 자본주의의 가장 위협적인 적은 공산주의가 아니라 사랑이다.

— 「낭만적 서사와 그 적들」에서, 앞의 책, 104쪽

　　김경욱은 하고 싶은 말을 소설이란 형식의 글에 담아낼 따름이다. 이렇게 인정하고 보면 김경욱 소설의 빡빡한 느낌이 한결 덜하다. 김경욱에게 소설은, 일종의 수단이다. 그래서 김경욱이 들려주는 우리 젊었을 적 이야기는 애절하거나 아득하지 않다. 김경욱은, 이러한 제 소설을 '가난한 이야기'라 부른다.

　　김경욱의 이 대목을 나는 높이 산다. 김경욱은 1990년대를 향수하지 않는다. 남들이 하나같이 복받치는 감정을 억누르지 못할 때, 물기 어린 시선으로 되돌아보거나 벅찬 감정으로 잔뜩 부풀릴 때 김경욱은 시종 냉정함을 유지한다. 한 번도 제 가슴을 달구지 않는다. 바둑에서 복기(復碁)라도 하듯이 하나씩 따지고 잘잘못을 가린다. 김경욱 소설에서 기억력 비상한 주인공이 유독 흔한 건 이와 무관하지 않다.

　　누군가는 우리 젊었을 적을 기록해야 한다. 우리 세대엔 김경욱이 있다.

김경욱 © 백다흠

엇박자 잇동이 사는 법

김중혁

1971년 경북 김천에서 태어났다. 시 쓰는 문태준, 소설 쓰는 김연수와 고향 친구다. 계명대 국문과를 졸업했고 2000년《문학과사회》로 등단했다. 소설가로 정체를 한정하기엔 재주가 넘친다. 팝 음악 족보는 다 꿰차고 있고, 실제로 음반과 오디오 수집광이다. 영화도 좋아하고 그림도 제법 그린다.《현대문학》에 카툰을 연재한 적도 있고,《한겨레》에서 여행·음식 기자로 일하기도 했다. 한겨레신문사 입사를 결심했던 2006년 12월, 불쑥 전화를 걸어 "선배님, 앞으로 잘 부탁합니다."며 자진 신고했다. 그때 내 답은 다음과 같았다. "기자는 '님'자 안 붙인다. 아직 한참 더 배워야겠다."『펭귄뉴스』(2006),『악기들의 도서관』(2008) 소설집 두 권을 냈다. 2006년 첫 창작집을 묶자마자 주요 문학상 최종심에서 유력 후보로 거론됐다. 의외로 어르신들도 김중혁 소설을 좋아한다. 김윤식 선생은 심지어 "이처럼 자신만만하고 영특한 작가가 계속 글쓰기 판에 남을 수 있을까." 하고 근심을 드러낸다. 2008년 봄 김유정문학상을 받았다. 개인 홈페이지(www.penguinnews.net)도 있다.

 생각해 보면, 나는 레고 블록이다. 나라는 것은 무수히 많은 조각들로 이뤄진 덩어리일 뿐이다.

(이하 절대 무순) 더 킹크스, 톰 웨이츠, 엘비스 코스텔로, 보스턴 레드삭스, 글렌 굴드, 알렉스 칠튼, 줄리안 반즈, 맨체스터 유나이티드, 무라카미 류, 줌파 라히리, 레이먼드 카버, 윌리엄 깁슨, 빅터 파파넥, 다카하시 겐이치로, 더 비틀즈, 기타노 다케시, 팀 버튼, 밥 말리, 제프 버클리, 스티븐 킹, 브루크너, 자클린느 뒤 프레, 내셔널 지오그래픽, 전자신문, 벤 하퍼, 다이언 아버스, 비스티 보이스, 아이팟, 위저, 케니 버렐, 휴렛패커드 레이저젯, 아이비엠 X40, 트레이 파커-오, 케니-, 롤러코스터, 셀러스천 100, 도스토예프스키, DJ 섀도우, 벤 크웰러, 폴 오스터, 치보 마토, 커트 보네거트, 알도1967, 이글루, 케빈 미트닉, 와콤 타블렛, 레이지 어게인스트 더 머신, 티렉스, 소닉 유스, 벨벳 언더그라운드, 세계 단편 문학 전집, 스티븐 레비, 엘리엇 스미스, 마팔다, 스누피, 크릭, 첼리비다케, 그래험 룬드웨이트, 러셀 셔먼, 보르헤스, 알프레드 히치콕, 키드 코알라, 바슐라르, 데이미언 라이스, 알프, 장영주, 아카세가와 겐페이, 리누스 토발즈, 일리 에스프레소, 무라카미 하루키, 로트링, 슈타틀러 피그먼트 라이너, 마그네틱 필즈, 루 리드, 레이먼드 챈들러, 앙리 카르티에 브레송, 바스키아, 커트 코베인, 비치 보이스, 이메이션, 뱅앤올룹슨, 더 스미스, 캐논, 파비오 비온디, 리히터, 구글, 마리오 바르가스 요사, 앤서니 보뎅, 앤서니 던, 장 보드리야르, 이누잇 혹은 에스키모, 스파게티 알리오, 올리오 에 페페론치노, 하디스 메를로, 그리고, 베스 기븐스……, 등등.

 조립되고 해체되고, 또다시 조립되면서 이 블록들은 지금의 나를 만들었다. (……) 나는 그들에게서 영감 받았고 영향 받았으며, 그들의 문장과 생각과 철학을 디제이처럼 리믹스해 왔다.

— 작가의 말에서, 『펭귄뉴스』, 문학과지성사, 2006, 376~377쪽

prologue — 내 낡은 서랍 속의 세상

어느 밤 문득 심란해지면 나는 서랍을 정리한다. 서랍을 책상으로부터 떼어 낸 다음 방바닥에 내용물을 확 쏟아 붓는다. 두 평 남짓한 내 방은 이내 잡동사니 세상으로 변신을 마친다. 발 디딜 틈 없는 방바닥을 한동안 내려다본다. 서랍이 의외로 많은 걸 품고 있었다는 사실이 새삼스럽다. 평소엔 거들떠도 안 봤던 것들을 하나씩 만지작대며 나는 분류 작업을 시작한다. 분리 기준은 다음과 같다. 서랍 안으로 귀향할 운명은 오른쪽, 쓰레기통으로 방출될 팔자는 왼쪽.

내 낡은 서랍 속에는, 가수 이적의 낡은 서랍처럼 바다까지는 아니어도, 참으로 여러 겹의 세상이 들어 있다. 사진 속 두 눈이 또랑또랑한 오래전의 주민등록증, 십 수년 전 어느 카페에서 만든 10퍼센트 할인 카드.(한 번이라도 사용했기를…….) 일본인 펜팔 친구가 보내 준 엄지손가락 크기의 곰 인형,(이름이 마리였지 아마, 마리 노무라.) 가스가 다된 일회용 라이터,(개수론 단연 압권이다.) 초등학교 때 무슨 발명 대회에서 받았던 녹슨 메달,(내가 뭘 발명했었지?) 호피 무늬의 플라스틱 피크,(그런데 통기타는 어디로 갔을까.) 10년 전 수습기자였을 적에 지급됐던 삐삐,(사표 쓰면 반납해야 하나?) 이만수 사인이 들어간(것으로 간신히 해독되는) 야구공, 아내가 처음 보낸 크리스마스카드('사랑'이란 단어가 허용되기 전이었다…….) 등등.

서너 시간 뒤 왼쪽 옆구리 옆에 놓여 있는 건 빈 라이터 몇 개가 전부다. 그런데도 난 양 옆구리 번갈아 내려다보며 흡족한 담배를 피운다. 길게 숨 한 번 내쉰 뒤에 서랍을 다시 책상에 끼워 넣고 잡동사니를 원래대로 집어넣는다. 서랍은 다시 가득 찬다. 그러나 내 마음은 한결 가뿐하다.

하등 쓸모가 없는, 말 그대로의 무용지물을 나는 내다 버리지 못한다. 서랍 속만이 아니다. 턴테이블 치운 지 10년이 넘었는데도 책장엔 20여 년 전 버스 삯 아끼며 수집한 LP가 촘촘히 박혀 있고, 중학교 때 정성스레 한 장 한 장 그려 넣었던 노트 한 권 분량의 만화책, 대학생 때 《시네21》에 꿋꿋이 응모했던 허섭스레기 영화 평도 그대로 다 있다. 하물며 『사사방』도 여태 꽂혀 있다.[9] 언제나 비우는 건, 모으는 것보다 몇 배 어렵다.

내 서랍에는 지금의 '나'를 있게 한, 여태의 '나'들이 들어 있다. 정확히 표현하자면 그때의 모습 그대로 박제돼 있다. 구경한 적은 없지만, 김중혁의 서랍 역시 비슷한 풍경일 테다.

보통 사람에겐 쓰레기나 마찬가지겠지만 우리에겐 보물이었다

김중혁은 수집광이다. 나처럼 잡동사니를 밝힌다. 하나 김중혁은 나 따위와 격이 다르다. 내가 견습의 처지라면 김중혁은 달인의 경지다. 내가 옛 기억에 홀려 혼자 시시덕대는 동안, 김중혁은 기상천외한 잡동사니를 연방 그러모으고 현시점에서 어떠한 사용가치나 교환가치를 생산하지 못하는 무

---

[9] 『사회구성체론과 사회과학 방법론』(이진경 지음, 아침, 1989)의 약자. 1990년대 벽두 이 사회과학 서적은 이른바 PD 계열의 교과서였다. 지은이의 이름은 '이 나라의 진정한 경제학을 위하여'의 줄임말이었던 걸로 기억한다. 박기평이 '노동 해방'을 줄여 스스로를 박노해라 칭했던 것처럼 말이다. 세월이 흘러 오늘 이진경은 대학 교수로 살아가고, 나는 『사사방』을 단 한 쪽도 읽어 내지 못한다.

용지물에 새로운 의미와 가치를 매긴다. 김중혁이 갖다 붙인 잡동사니의 신개념을 소개한다. 김중혁의 박물학 개론, 또는 '김중혁 가라사대' 패키지다.

— 김중혁 가라사대 라디오는,

'현세의 규칙 너머에 존재하는' 물체인 것이다. 규칙을 무시할 수 있고 시간을 넘나들 수 있고 공간을 건너뛸 수 있는 것이 바로 라디오다.

—「무용지물 박물관」에서, 『펭귄뉴스』, 23쪽

— 김중혁 가라사대 발명은,

베끼는 건데요. 아니다. 전부 다 베끼는 거네. 베끼는 게 아니고 이어 붙이는 건가? 그러니까 세상에 없는 걸 만들면 발명인데, 벌써 다 있 잖아요. (……) 다 없어지면 새로 생기는 건 전부 다 발명이죠?

—「발명가 이눅 씨의 설계도」에서, 앞의 책, 62~63쪽

— 김중혁 가라사대 오차 측량원은,

말 그대로 오차를 측량할 뿐이었다. 오차를 되돌릴 수도 없고 수정할 수도 없다.

—「에스키모, 여기가 끝이야」에서, 앞의 책, 87쪽

— 김중혁 가라사대 음악은,

생성되는 것이 아니라 소멸되는 것입니다. 어디에나 음악이 있습니다. 그 음악들이 어디서 시작되고 어디로 사라지는지는 알 수 없지만 말입니다. 지금 이곳 어딘가에도 음악이 있습니다. 그러므로 피아니스트는 음을 만들어서는 안 됩니다.

—「자동피아노」에서, 『악기들의 도서관』, 문학동네, 2008, 12~13쪽

　김중혁 컬렉션은 스펙트럼이 넓다. 자전거·라디오·LP·타자기·지도 등속의 아날로그 시대 생필품에 집착할 때 김중혁은 언뜻 빈티지(vintage) 마니아로 비친다. 하나 이는 일종의 문학적 전략일 수 있다. 이 대목에서 김중혁은, 이야기꾼으로서의 자질을 여지없이 드러낸다. 적절히 향수를 자극할 때 독자는 쉬이 포섭되게 마련이다. 김중혁은, 독자로 하여금 과거를 뒤돌아보게끔 유도하거나 자극하는 방법을 본능적으로 알고 있는 듯하다.

　하나 김중혁 소장품 앞에서 주눅이 드는 이유는 따로 있다. 세상 살면서 구경은커녕 이딴 게 존재하는지조차 확인할 길 없는 기상천외한 물건을, 김중혁은 잘도 구해다 놓는다. 이때 김중혁은 슬쩍 장르 문학의 기질을 내비친다.

　— 인구 제한기: 전체 인구를 설정해 두고 아이 한 명이 태어나면 가장 나이 많은 노인이 자동으로 죽는다. 그러면 오래 살기 위한 노력을 덜할 거란다.

—「발명가 이눅 씨의 설계도」에서, 「펭귄 뉴스」

　— 무방향 버스: 어느 날 감쪽같이 사라지는 버스. 똑같은 노선을 계속 반복하는 버스 중에서 무방향 버스가 종종 발생한단다.

—「무방향 버스-리믹스」, 「고아떤 뺑덕어멈」에서, 「악기들의 도서관」

　— 지구 모양의 MP3: 지구처럼 생긴 표면의 한 곳에 이어폰을 꽂으면 그 나라의 음악이 흘러나오는 MP3.

—「매뉴얼 제너레이션」에서, 앞의 책

— 무성영화 포르노: 초창기 무성영화 중에 있었단다.

—「엇박자D」에서, 『악기들의 도서관』

그리고 에스키모 지도! 눈으로 읽는 지도가 아니라 눈을 감고 상상하는 지도! 에스키모의 지도 제작 방법과 독법 요령을 들려주는 장면에서 하마터면 나는 울 뻔했다.

김중혁 가라사대 지도는, 눈을 감아야 만들 수 있다. 지도를 읽기 위해서도 눈을 감아야 한다. 기억을 살려야 지도가 되고,(만들어지고) 다시 기억을 살려야 지도가 된다.(기능을 한다.) 뒤돌아보니, 눈으로 읽는 지도만 좇으며 살았다. 진즉에 길을 잃어버린 것도 모른 채 말이다.

에스키모들은 해변의 지도를 그리기 위해 눈을 감습니다. 그리고 해변에 부딪히는 파도 소리에 귀를 기울입니다. 그리고 그들은 지도를 그리기 위해 자신의 기억을 모두 동원합니다.

(……)

이것은 눈으로 보는 지도가 아닙니다. 이것은 상상하는 지도입니다. 손가락을 나무 지도의 틈새에 넣은 다음 그 굴곡을 느껴야 합니다. 그 굴곡을 느낀 다음에는 깜깜한 어둠 속에서 해안선의 굴곡을 상상해야 합니다. 촉각과 상상력이 완벽하게 일치해야만 당신은 당신의 길을 찾을 수 있을 것입니다.

—「에스키모, 여기가 끝이야」에서, 『펭귄뉴스』, 95~96쪽

소설에서, 특히 한국 소설에서 평범한 인물이 등장한 예는 되레 드물다. 하나같이 상처(또는 비밀)를 안고 살거나 어떤 방식으로든 세상과 불화를 겪는다. 김중혁 소설도 마찬가지다. 아니다. 사정이 약간 다르다. 김중혁의 캐릭터는 뭐랄까, 공간은 한 공간이되 다른 차원에 존재하는 것처럼 익숙하면서도 이질적이다. 마법 세상이 머글(muggle: 마법을 부리지 못하는 사람) 세상 바로 곁에 놓여 있다는 『해리 포터』의 상상력처럼 말이다. 다음은 김중혁 소설의 주요 캐릭터 명단이다.

개념을 발명하는 발명가 이눅 씨, 시각장애우를 위한 인터넷 라디오 프로그램의 DJ 메이비, 수동식 타자기에 빠져 사는 회사원, 딱 400미터만 달릴 수 있는 육상선수, 한 번도 콘서트를 열지 않았으며 한 번도 콘서트를 관람한 적 없는 피아니스트, 세상의 매뉴얼을 죄다 긁어모아 매뉴얼 전문 잡지를 발행하는 매뉴얼 제작업자, 입사 시험 면접장에서 한 편의 퍼포먼스를 벌이고 나오는 청년 백수, 지하실에 어림잡을 수 없을 정도의 음반을 쌓아 놓고 사는 불법 음반 제작업자, 악기가 연주되는 소리가 아니라 악기 고유의 소리를 녹음하는 악기점 점원 등등.

앞서 나열한 명단에서 공통점 몇 가지가 추출되는데, 먼저 주요 배역이 모두 남자다. 김중혁은 여자에게 주요 배역을 맡긴 적이 없다. 기껏해야 조연이거나 여자가 안 나오는 소설도 몇 편 된다. 그건 김중혁이 이른바 '소년의 세상'을 소설에 담아내고 있어서다. 왜 있잖은가. 다락방에 틀어박혀 온종일 무언가 조몰락거리는, 바깥세상과 담 쌓은 채 자신만의 영역을 꿈꾸는 어린 수컷 말이다.

무엇보다 김중혁의 캐릭터는 나만의 세상을 살아간다. "보통 사람에겐 쓰레기나 마찬가지겠지만 우리에겐 보물이었다."(「비닐광 시대」에서)란 생활신조를 구현하는 인생이다. 단편 「엇박자 D」의 주인공 "엇박자 D"의 인생이 바로 그러하다.

엇박자 D는 고등학교 축제 때 합창을 망쳤던 친구의 별명이다. 하나 엇박자 D의 노래가 아주 형편없던 건 아니다. 독창은 제법 들어 줄 만했다. 합창으로 어울리지 못했을 뿐이다. 이 지점이 중요하다. 엇박자 D에겐 딱히 흠이 없었다. 누구보다 최선을 다해 살았고, 별 잘못을 저지르지도 않았다. 김유정의 "만무방"처럼 무언가 모자라고 막되 먹은 따라지 삶도 아니었고, 박민규의 "세상이 깜빡한 사람"처럼 어딘가 덜 떨어진 한심한 청춘도 아니었다. 엇박자 D는 다만 합창이 안 될 따름이었다.

그렇다고 엇박자 인생이 사회의 낙오자는 아니다. 말하자면 엇박자 인생은, 서울의 빌딩 숲 곳곳에서 암약 중인 빨치산이다. 등단작 「펭귄뉴스」의 비트 저항군처럼 그들은 나름의 박자에 맞춰 세상을 견디고 나름에 박자에 맞춰 세상에 저항한다. 그들은 "벌이는 일이 무모할 뿐더러 세계의 평화에 아무런 이득도 되지 않으며 돈을 벌수도 없고 심지어 영원히 끝장을 볼 수 없는 목표"(「악기들의 도서관」에서)라는 사실을 익히 알고 있다. 그런데도 그들은 혁명을 포기하지 않는다. 예컨대 소설 막바지 엇박자 D가 기획한 음치를 위한 콘서트는, 박자대로 사는 인생만 강요하는 세상을 향하여 엇박자 인생이 날린 장렬한 폭탄이다.

「악기들의 도서관」에서 한 부분을 옮긴다. 몇 달째 악기 소리를 녹음하는 점원과 그 점원을 격려하는 사장의 대화 한 토막이다. 아래 대목을 읽

으며 나는 다시 내 신세를 한탄했다. 시간도 더디게 가고 재미라고는 눈곱
만큼도 없는 밥벌이에 매달린, 그게 박자대로 사는 거라고 애써 자위하는
내 사는 꼴이 영 볼썽사나웠다. 아니 딱했다.

"재미있겠는데?"

"시간이 금방 가긴 합니다. 이걸로 뭘 할 수 있을지는 모르겠지만요."

"꼭 뭘 해야 하나?"

"지금까지 녹음해 놓은 파일이 8천 개 정도 됩니다. 8천 개나 되는 파
일을 단순히 재미로 만든다는 게 좀 이상하지 않습니까?"

"재미만 있다면 그보다 더한 일도 할 수 있을 것 같은데?"

— 「악기들의 도서관」에서, 『악기들의 도서관』, 130쪽

김중혁 © 임종진

백조 떼
몰려 있는 호수에
돌연 나타난
까마귀 한 마리

권여선

권여선

이 책의 등장인물 중에서 두 번째 연장자다. 2000년대 젊은 소설의 큰 줄기와도
일정 정도 떨어져 있다. 그럼에도 나는 이 책에서 권여선을 말한다. 21세기 한
국 소설에서 권여선이 차지하는 영역을 높이 사기 때문이다. 언뜻 후일담 소설
인 듯싶지만 예의 그 후일담 소설과는 또 다르다. 무엇보다 사람의 심리를 집요
하게 파고드는, 다시 말해 상대의 복장을 벅벅 긁어 대는 특유의 화법이 압권이
다. 시끌벅적한 형식 실험 없이도 권여선은 당대 누구보다 색다르고 별나다. 비
평에선 이를 권여선 식의 시선 또는 포즈(pose)라 명명하고, 나는 '특이한, 하
여 특별한 맛'이라 부른다. 1996년 등단 직후 한동안 소식이 뜸하더니 최근 들
어 활동이 활발해졌다. 대중 동원력이라면 영 지지부진하던 작가가, 2008년 국
내 문학상 중에서 가장 대중 인지도가 높은 이상문학상 수상자로 선정돼 문단
에 충격(!)을 안겼다. 1965년 경북 안동 출생. 서울대 국문과를 졸업했고, 인하대
에서 박사 과정을 수료했다. 1996년 장편소설『푸르른 틈새』가 상상문학상을 받

으며 등단했다. 소설집으로 『처녀치마』(2004)와 『분홍 리본의 시절』(2007)이 있다. 오영수문학상(2007), 이상문학상(2008) 수상.

 사회자는 신입생들에게 한 명씩 돌아가면서 자기소개를 하도록 시켰다. 주로 타인의 발음을 통해서만 귀에 익은 내 이름을 직접 내 입으로 말하고 소개하는 것은 낯설고 겸연쩍은 경험이었다. '자기소개'는 인생의 새로운 단계, 새로운 세계로의 진입을 암시했다. 다들 자연스럽게 나를 알고 있으려니 하는 유년의 수동성을 넘어 당당히 내가 바로 아무개라고 자기를 주장해야 하는 세계, 서로의 존재를 매번 정겨운 방식으로 일깨우는 공동체가 아니라 각지고 독립된 개체의 삶을 책임져야 하는 사회, 그런 어른들의 세계로 진입하기 위해 우리는 자기소개를 해야 했다. 자기소개라는 절차는 일종의 폭력성을 내포하고 있었다. 소개자는 자기 이름을 모두가 알아들을 수 있도록 명료히 발음해야 했고, 듣는 청중은 소개자가 임의로 요약한 그 혹은 그녀의 존재성을 강제로 받아들여야 했다. 자기소개는 소극적인 자들이 도태되고 적극적이고 용감한 자들만이 살아남는 세계로의 입사식이었다. 불리기를 기다려서는 안 되고 어떻게든 적극적으로 부르심을 유도하는 방식, 다른 사람들이 자시 이름을 한시바삐 소비하도록 이름을 세일즈하는 방식이었다.

—『푸르른 틈새』에서, 문학동네, 2007, 22~23쪽

나는 억울하다

아무리 생각해도 나는 잘못한 게 없다. 남들은 다 좋다고들 했다. 재미있게 읽었다고, 이참에 한 명의 한국 작가를 알게 됐다고, 하여 유익했다

고 고마움을 표시했다. 출판사도 문단도 독자도 다 좋다고 했다. 그러니까 권여선의 두 번째 단편집 『분홍 리본의 시절』 리뷰 기사는 반응이 썩 괜찮았다. 호응과 찬사의 물결을 바라보며 나는 흐뭇했고 스스로 대견했다. 아울러 기자란 직업의 보람을 속으로 만끽했다. 권여선 식으로 말해, 나는 찰나적으로 기고만장했다.

한데 단 한 명이 반발했다. 권여선, 당신이다. 누구보다도 기뻐하고 감사할 줄 알았던 당신이, 조목조목 기사의 문제점을 따지고 들었다. 먼저 기사를 보자. 법원에 증거물 보전 신청하는 심정으로 기사를 옮겨 적는다.

권여선이란 작가를 좋아한다. 쉬 읽히지 않는 소설을 쓰며, 따라서 잘 팔리지도 않는 작가다. 등단작 말고는 변변한 문학상 하나 못 받았고, 사실 발표한 작품 수도 몇 안 된다. 그럼에도 권여선을, 그의 소설을 좋아한다. 다만 조건이 있다. 여기서 '좋아한다'는 표현은 통상적인 의미와 거리가 있다. 작가에겐 실례겠지만, 음식에 빗대 말할 수 있겠다. 가령 예쁘게 차려 놓은 달콤하고 기름진 음식에 물렸을 때, 그래서 거칠고 성긴, 나아가 자극적인 음식이 문득 궁금해질 때를 상상해 보자. 너무나 매워 통증으로 인식되거나 덜 익은 자두처럼 생각만 해도 침이 고이는 음식. 권여선의 소설은 이러한 맛이 떠오른다. 평소엔 엄두가 나지 않지만 어느 순간 강렬하게 각인되는 특이한, 하여 특별한 맛말이다. ●10

당신은 나를 만날 때마다, 구체적으로 술을 마신 다음에 만날 때나 술을 마시기 전에 만날 때에도, 위 기사를 들먹이며 불만을 토로했다. 당신 주장의 요지는 대략 다음과 같다. "네놈의 기사가 책을 사란 얘기냐, 사지 말란 얘기냐. 책을 소개하는 기사라면 이러저러하니 일독을 권한다, 이런 식이어야 하지 않느냐. 그런데 봐라, 네놈의 작태를. 너는 세상에 뭐 이딴 소설이 다 있느냐, 이런 식이지 않느냐. 내 책이 안 팔리고 있다. 그 상당한 책임이 너한테 있다. 책임져라."

나는 다만 어이가 없을 따름이다. 당신의 소설을 음식에 빗댄 건, 당신 소설에 음식을 조리하고 음식을 먹는 장면이 유난히 자주 보여서다.(이 얼마나 용의주도한 수사냐!) 당신도 소설 속에서 어머니를 "날간처럼 싱싱하고 붉었고, 미역처럼 미끄럽고 천덩거렸다."라고(「가을이 오면」에서) 비유한 적이 있지 않느냐. 또 당신의 소설을 '특이한, 하여 특별한 맛'이라고 특정한 건 비단 나 혼자의 독후감이 아니다. 예를 들어 비평가 김영찬은, 심지어 당신 책 뒤에 붙인 해설에서 "불쾌하다" "짜증 난다" 따위의 인신공격성 형용사를 수시로 사용했다.(이 얼마나 불손한 행동이냐!) 당신의 스승이기도 한 비평가 김윤식은 당신이 이상문학상 수상자로 선정되자 "백조 떼 몰려 있는 문학 판에 돌연 나타난 까마귀 한 마리"로 당신을 묘사했다. 솔직히 비평가 선생의 호된 표현보다는 내 비유가 훨씬 나이스하지 않느냐 말이다.

출판사에 물어보니 당신 소설, 정말 안 팔리고 있더라. 이 점, 진심으로

---

10 이 기사는 2007년 3월에 작성했다. 2007년 3월이면 권여선이 이상문학상 수상자로 선정되기 열 달 전이다. 열 달 뒤에 권여선이 이상문학상 수상자로 결정될 줄은 그때만 해도 아무도 상상하지 않았다. 그때만 해도 그건 판타지였다.

유감이다. 그렇다고 이게 어떻게 내 책임이냐. 당신 소설을 아예 다루지도 않은 대다수 언론은 한마디 언급도 않고서 왜 나만 갖고 이러느냐. 당신의 주장은 형평성에서도 어긋난다. 게다가 나는 서두에서 당신을 좋아한다고 못을 박았다. '나는 당신을 좋아한다.'는 투의 노골적인 구애를 당신은 신문지에서 본 적이 있느냐. 나는 억울하다.

나는 고발한다

그래, 인정한다. 전에도 여러 번 나는 당신 소설을 읽고서 "언짢다" "고약하다"고 적었다. "가슴팍에 돌덩이 하나 얹어 놓은 것 같고, 겨드랑이께는 스멀스멀 가려운 것도 같다."고도 표현했다. 다시 말하지만, 언짢으니까 언짢다고 쓴 거고, 고약하니까 고약하다고 쓴 거다.

증거를 제출한다. 아래 문장은 당신이 얼마나 야박한 사람인지, 얼마나 세상을 아니꼽게 처다보는지 낱낱이 폭로하는 증거다. 다시 말해 아래는, 권여선이 세상을 향해 내뱉는 저주와 경멸의 말·말·말이다.

> — 딸의 약점을 놓치지 않는 빈틈없는 어머니란 딸에게 얼마나 크나큰 재앙인가.
>
> —「가을이 오면」에서, 『분홍 리본의 시절』, 창비, 2007, 10쪽

> — 여름 한낮의 시장 거리는 처연하도록 아름다웠다. 그녀가 길바닥에 쓰러져 너울거리는 공기 너머로 본 것은 뜨거움과 조잡함이 우윳빛으로 뒤엉긴, 이를테면 순댓국 같은 풍경이었다.
>
> —「가을이 오면」에서, 앞의 책, 18쪽

― 복슬강아지에게 밥을 줄 때도 말을 놓지 않을 것 같은 여자였다.

―「분홍 리본의 시절」에서, 앞의 책, 47쪽

― 중산층의 표지는 육류를 즐기지 않는 데 있다기보다 육류를 즐기지 않는다고 말하는 데 있는 모양이었다.

―「분홍 리본의 시절」에서, 앞의 책, 50쪽

― 불온을 자처하는 친구들이 사복의 눈을 피해 교정 한귀퉁이 고즈넉한 곳에서야 비로소 동지를 알은척하는 첩보 놀이에 목숨을 걸던 시절.

―「분홍 리본의 시절」에서, 앞의 책, 56쪽

― 출석부나 강의 교재 따위를 탁자에 세워 짚은 채 상대를 향해 상체를 살짝 기울인 자세. (……) 긴 시간을 드릴 수는 없지만 짧은 짬이나마 당신의 요구를 최대한 수용하겠다는 듯한 다감하고 우아한 그 기울임의 자세는 남편 몸에 인처럼 깊이 박혀 있었다.

―「위험한 산책」에서, 앞의 책, 215쪽

이래도 할 말이 있으신가. 순댓국 같은 풍경이란 대체 어떤 풍경을 가리키는가. 상대가 격식을 차리면 이내 빈정대고 상대가 호의를 베풀면 바로 저의를 의심하는 건 무슨 심보인가. 왜 당신은 사사건건 못마땅하기만 한 것인가. 무슨 억하심정이 쌓였기에 당신은 좋은 걸 좋다고 표현하지 못하는가.

혹시 전체 맥락과 상관없이 낱개의 문장만 발라낸 건 고의적으로 오독을 부추기는 망발이라며 따지고 들까 싶어 이번엔 단락을 통째로 옮겨 적는다. 나는 다음 구절을 당신의 항복 선언 또는 고해성사로 받아들인다.

내 어법이 이렇게 졸렬하고 인색하다. 누군가가 아름답다든가 매력적이라고 말하는 일이 나로서는 쉽지가 않다. 대상이 아름답다거나 매력적이라고 긍정하는 순간, 불현듯 그 규정의 한 모서리가 대상과 어긋나는 듯한 불편함이 나를 사로잡는다. 그리하여 대상이 아름답고 매력적이라고 말하는 대신, 아름답지 않은 건 아니라든지 매력적이지 않은 건 아니라든지 하는 조잡한 이중부정을 각주처럼 달아 놓고서야 마음이 편안해지는 식이다.

— 「사랑을 믿다」에서, 『2008년 이상문학상 작품집』, 13~14쪽

무엇보다 나는 당신 소설에서 평생 잊기 힘든 캐릭터와 맞닥뜨리고 말았다. 당신 소설에 출연한 인물 중에서 반듯하고 멀쩡한 치는 가뭄의 콩마냥 드물다지만 「가을이 오면」에서의 로라는, 차라리 서양 공포 영화에서의 좀비 모양 섬뜩하다. 아주 징글징글하다.

로라는 가난한 대학생이다. 외모에도 치명적인 흠이 있다. 곰보인데다 째보다. 알레르기가 있어 여름엔 얼굴에서 진물이 흐른다. 이런 악조건의 캐릭터라면 문학의 관습상 착하게 마련이다. 하나 로라는 못됐다. 괜스레 어머니에게 짜증을 내고 행패를 부린다. 어찌어찌하다 만난 남자에게도 마찬가지다. 남자가 로라를 떠나기 전에 남긴 마지막 대사는, 하여 "학을 떼겠네."였다. 남자의 그 심정, 같은 남자로서 나는 십분 동감한다. 말하자면 로라는 습관적 히스테리 환자다. 우아한 것이라면 참을 수가 없다. 어머니를 싫어하는 이유가, 어머니가 우아해서다. 어머니가 손으로 입을 가리고 웃어서다. 그러나 그녀의 이름, 로라는 우아하기 짝이 없다.

진즉에 나는 당신의 꿍꿍이를 눈치 챘다. 당신은 일부러 서정적 흥취 한껏 풍기는 제목을 달았고, 외모와 동떨어진 이름을 주인공에게 붙여 줬다. 이는 성동격서(聲東擊西)의 병법에 버금가는, 교묘하고 정치한 당신의 계략이었다. 로라에겐 애초부터 우아함의 능력이 결여돼 있다. 로라에게 주어진 어떠한 조건도 우아함의 격에 미치지 못한다. 로라의 히스테리가 바로 여기서 비롯한다. 로라는, 우아하고 아름다운 세상과 담을 쌓고 스스로 고립을 자초하는 데에서 삶의 유일한 쾌락을 얻는다. 로라와 로라의 세상을 정반대로 묘사함으로써 당신은 소위 '짜증 지대로인' 캐릭터를 빚어내는데 성공하고 있다.

세상엔 곱고 예쁘고 아름다운 얘기도 허다하다. 그러나 당신은 바쁜 사람 앉혀 놓고 이 악에 받친 여자 얘기를 주섬주섬 들려주고 있다. 세상의 지친 영혼이 문학에서 바라는 게 위안이고 안식일진대, 왜 당신은 작가 본연의 임무를 저버리는가. 문학의 의무라면 계몽, 교훈, 감동 따위의 우아한 가치를 전파하는 것 아닌가. 당신은 진정 인류애를 구현하는 작품을 집필할 의향이 없는 것인가.

나는 고백한다

고백한다. 그럼에도 당신은 좋다. 사실 이게 가장 큰 문제다. 나도 세상 살기 빠듯하다. 남들처럼 여유롭고 편안하게 살고 싶다. 세상의 좋다는 것만 찾아다녀도 내 삶은 턱없이 모자라다. 그걸 뻔히 아는데도 당신의 소설은 끊기 어렵다. 은연중에 피학적 상태를 즐기는 심리가 내 몸 안에도 꿈틀대고 있는 건지. 여하튼 당신은 담배 모양 중독성이 있다.

그건 아마도 당신의 상처를 조금이나마 알고 있어서일 게다. 대학 시절 당신의 친구가 황망히 떠난 것처럼 나도 스무 살에 하나의 죽음을 겪었다. 어느 날 불쑥 내 방문을 열고 들어온 죽음 앞에서 스무 살이 할 수 있는 일은 많지 않았다. 로라의 행동처럼 세상을 향해 내밀었던 손을 거두고 골방에 틀어박히거나 아무에게나 시비를 거는 것뿐이었다. 아니면 저 남쪽 바다를 온종일 바라보거나 배낭 메고 7번 국도를 종주하는, 부질없는 짓 따위였다. 당신의 소설은, 그 틈바구니를, 이젠 제법 아물었다고 여겼던, 우리 푸르렀던 시절의 좁은 틈새를 다시 째고 들어온다.

앞서 열거한 저주와 경멸의 구절은 그래서 은밀한 쾌감을 불러일으킨다. 혹여 'mentally biased' 됐다는 소릴 들을까 싶어 남들 몰래 그 저주와 경멸의 성찬에 공감한다. 앞서 '은밀한'이란 형용사는 중요하다. 당신이 우리네 심리의 밑바닥을 후벼 파고 있다는 뜻이어서이다.

네가 진정 가슴을 치고 울어 본 적이 있느냐. 남자나 실연 때문이 아니라 네 하찮음, 네 우열함, 네 교정되지 않은 악마성 때문에 입술이 새파래지도록 삶을 저주해 본 적이 있느냐. 밑바닥까지 가라앉아 죽음밖에, 그 무서운 백지의 차원밖에 남지 않았음을 절감해 본 적이 있느냐. 하루하루 아침에 눈을 뜨는 것이 지옥인 시체의 삶을 살아 본 적이 있느냐. 그것 없이는 살 수도 없고 죽을 수도 없는 단장의 관념을 가져 본 적이 있느냐.

— 「분홍 리본의 시절」에서, 『분홍 리본의 시절』, 75~76쪽

당신 소설에서 소재 이상의 역할을 담당하는 음식 얘기만으로도 당신
은 전혀 다르게 설명될 수 있다. 빈정댐이 자아내는 독특한 양식의 유머와
툭툭 던져 놓은 알싸한 아포리즘만으로도 당신은 또 다르게 읽힐 수 있다.
하나 그딴 건, 별 관심이 없다. 그건 비평이 챙겨야 할 밥그릇이다. 내 몫
은 아니다.

2008년 1월 이상문학상 수상자 발표장에서 당신은 의외로 소박한 인사
말을 남겼다. "진심으로 걱정입니다. 제가 상을 받아도 이상문학상 작품
집이 잘 팔릴지……." 내 몫이 여기에 있다. 다음번엔 "너무 많이 팔려서
걱정입니다. 대중작가로 분류될까 봐……."라는, 다소 우쭐한 듯한, 하여
왠지 권여선스러운 인사말을 듣고 싶다.

참, 혹시나 해서 밝힌다. 언젠가 이메일에서 "뒤숭숭한 악몽을 꾼 기분
이었다."고 독후감을 전하자 당신은 "그런 평이 매우 반갑다. 섬뜩함까지
는 못 돼도, 지겹고 짜증스러운 악몽 같기를 바라고 썼다."고 대답했다.
그 이메일, 아직도 간수하고 있다. 또 괜한 트집 잡을 생각은 마시라.

권여선 © 문학사상사

짐승의 울음소리를 듣다

나는 스타일
이다

강정

강정

who 1971년 부산 출생. 추계예술대 문예창작과를 졸업했다. 1992년 《현대시세계》로 등단했으니, 책에 수록된 서른 명 중에서 가장 등단이 이르다. 하나 첫 시집 『처형극장』(1996)을 낸 뒤 10년간 시인 바깥의 길을 걸었다. 출판사, 잡지사 등을 전전하며 다양한 형식의 글을 다양한 매체에 발표했고 그때 썼던 글 무더기를 모으고 걸러 2004년 문화 비평집 『루트와 코드』를 출간했다. 이듬해 한국일보가 무명에 가까운 이 젊은 시인에게 한 개 면을 통째로 할애하는 파격을 단행했고, 그 칼럼의 제목이 '강정의 나쁜 취향'이다. 방송 구성 작가, 신문사 카피라이터 등 3개월짜리 일거리를 전전하는 와중에도 록 밴드 '비행선'을 꾸려 리드 보컬까지 맡았다. 하여 시는 개점휴업 중인 줄 알았는데, 2006년 10년 만에 두 번째 시집 『들려주려니 말이라 했지만』을 발표했다. 그러더니 이태 뒤엔 세 번째 시집 『키스』마저 내놨다. 그러니까 강정은 장르 가리지 않는 전천후 문화 전사인 셈이다. 문단 술자리마다 거의 매번 마주치는데, 서로 속내까지 털어놓은 기억은 별로 없다. 아마도 그건 강정이 의외로 말수가 적어서일 게다. 남보다 먼저 입을 여는 법도 거의 없다.(여성 앞에선 이런 증세가 싹 가신다는 풍문이 있지만 확인한 바는 없다.) 뺨이나 이마에 반창고를 붙이거나 목발을 집고 종종 나타난다. 원인은 항상 "술 먹고 들어가다가……"다. 또래 문인 중에서 소위 필(feel)이 가장 충만한 녀석이라 하겠다. 여러 장르를 거침없이 헤집고 다니는 것도 그렇고, 평소 품새도 그렇고, 술독에 빠져 사는 꼬락서니도 그렇고, 무엇보다 저 상상력의 스케일이 그러하다.

죽은 시간이 몸 안에 가득하다

(……)

죽지 못한 시인은 불에 구운 모래를

여전히 빗물이라 착각한다

꽃들이 공기를 연인이라 여기고

하늘이 새들의 고향 행세를 하는 게

이 낡은 별이 끝끝내 망하지 않는 명분이다

죽은 것들이 산 자를 흉내 내는 봄밤

검게 입덧하며 허공에 뜬다

혀를 뽑으니 온 천지가 피 묻은 사막이다

내 안의 시인이 드디어 자결한 것이다

— 「봄날의 전장」에서, 『들려주려니 말이라 했지만』, 문학동네, 2006

쇠잔한 바퀴벌레의 너스레

시인에게 미안한 얘기지만 나는 강정의 시보다 산문을 더 좋아한다. 묵직한 독서량과 분야를 넘나드는 박학다식이 강정 산문의 소프트웨어라면 시원시원한 문체와 뒤통수 호되게 후려치는 모진 독설은 강정 산문의 하드웨어다. 두 요소를 겸비한 강정의 산문을 나는 좋아한다.

나는 요즘의 젊은 시에 관한 강정의 산문을 특히 좋아한다. 강정이 황병승·이민하·김민정 등 요즘의 젊은 시인에 관하여 쓴 글은, 여느 평론가의 논문보다 훨씬 분명하고 강력하다. 언뜻 두서없어 보이지만 찬찬히 읽어 보면 여간 엄연한 게 아니다. 그건 강정이 어디에도 얽매이지 않고 거리낌 없이 제 생각을 펼쳐 보이고 있어서다. 이것저것 재지 않고 한 번의 용틀임을 끝까지 밀어붙이는 강정의 박력을 나는 좋아한다. 단적인 예가, 요즘의 젊은 시인을 일컬어 '젊은 바퀴벌레 시인들'이라 명명한 일이다.

요즘 젊은 시인들은 광장을 바라지 않는다. 또는, 그들의 광장은 은폐된 개인성의 성채 안에서 수시로 갈라지고 뭉치는 유동성을 지닌다. 그들은 애당초 공공의 광장이란 걸 믿지 않는다. (……) 이 시대의 바퀴벌레들은 그 허물어진 공공의 공간을 제멋대로 부유하며 자신들만의 진지하고도 즐거운 놀이에 전념한다. (……) 그 곤혹스럽고 즐거운 혼란에 특별한 주동자나 선창자는 없다. 특정한 무엇을 파괴함으로

써 변혁을 꾀하는 집단적 모토 또한 없다. 바퀴벌레들이 환경의 점증적인 부식과 시간 적체에 의해 자연 발생하듯, 기존의 언어 및 세계관을 다양한 형태로 전복하는 젊은 시인들의 급작스런 득세는 그러므로 심상찮은 문학적 필연성을 지녔다고 해도 과언이 아니다.

— 「젊은 바퀴벌레 시인들의 은밀한 사생활」에서, 『나쁜 취향』, 랜덤하우스중앙, 2006, 306~307쪽

명쾌하다. 바퀴벌레란 칙칙한 은유가 오해를 살 법도 하건만, 강정의 글은 거침이 없어 딴생각이 끼어들 틈을 내주지 않는다. 그건 강정이 요즘의 젊은 시를 논리에 따라 분석하거나 이론을 들이대며 해석하지 않아서이다. 말하자면 강정은 동일한 형질끼리만 서로 교류하는 일종의 진동을 느끼고 있는 거다. 오래전 헤어진 피붙이를 한눈에 알아볼 수 있듯이 강정은, 자신의 DNA 구조와 젊은 바퀴벌레 시인들의 DNA 구조가 놀랍도록 흡사한 사실을 유전자 차원에서 감지한 거다. 하여 다음과 같은 선언 투의 글귀로 자신의 생각을 갈무리할 수 있는 거다.

이상, 갑자기인 듯 필연적으로 출현한 바퀴벌레들과 동류이고자 하는 한 쇠잔한 바퀴벌레의, 공인되지는 않았으나 임의적이나마 꼭 나서서 주절거리고 싶었던, 대표 발언이었음을 밝힌다.

— 앞의 글, 311쪽

여기서 주목할 단어는 '쇠잔한'이란 형용사다. 그는 자신의 첫 시집이 십여 년 전에 나왔다는 사실을 들먹이며 종종 '원로시인' 행세를 한다. 물

론 2000년 언저리에 등단한 또래 문인 앞에서만 말이다. 강정의 너스레는 하나 '시답잖은 소리'란 편잔만 즉시 야기할 따름이다. 왜냐고? 강정이야 말로 또래를 대표하는 '올드 보이'여서다. 여기서 강세는 '보이'에 놓인다.

Camp or Bad Taste

> Camp: 캠프는 비전(祕典)된다. (……) 캠프는 세계를 일종의 미적 현상으로 보는 한 가지 방법이다. (……) 캠프의 감수성이 비참여적이며 비정치적이란 점 — 최소한 정치에 무관심하다는 점은 두말할 나위도 없다. (……) 캠프는 사물이나 사람들의 행동에서 발견될 수 있는 특징이기도 하다. 캠프적 영화, 옷, 가구, 대중음악, 소설, 사람들, 건물 등이 존재하는 셈이다. (……) 캠프는 스타일, 그것도 특별한 종류의 스타일에 비추어 세계를 보는 태도다. 캠프는 과장된 것, 벗어난 것, 제 상태가 아닌 물건을 선호하는 것이다. (……) 무엇보다도 캠프 취향은 판단 방식이 아니라 일종의 즐기기, 느끼기 방식이다.
>
> — 수전 손택, 「캠프에 관한 단상」에서, 『해석에 반대한다』, 이후, 2002, 408~437쪽

인용이 길었다. 그럴 만한 연유가 있다. 수전 손택(1933-2004)이 1964년 공표한 저 유명한 테제는, 먼 훗날 한국 땅에 '어느 쇠잔한 바퀴벌레 시인'이 출현한다고 예언한 일종의 계시일 수 있어서다. 얼추 반세기 전 미국의 여성 비평가가 도발한 저 테제를 인용하지 않고서 강정을 말할 수 있는 다른 방법을 나는 알지 못한다. 강정을 구성하는(또는 완성하는) 특유의 스타일은, 손택의 말마따나 오롯이 캠프적이다. 아래는 이른바 '강정 캠프' 목록이다.

① Camp One : Rock'N Roll

강정은 로커(rocker)다. 이는 대상을 빗대 말한 수사(修辭)가 아니라 사실을 사실대로 기록한 진술이다. 강정은 현재 록 밴드 '비행선'의 리드 보컬이다. 그러고 보니 평소 품새도 러시아의 요절한 로커 빅토르 쪼이가 연상되는 면이 있다.

강정은 스스로 록의 세례를 받은 세대라고 말한다. 요즘의 젊은 작가들에게 록은 사춘기 시절, 시대로 말하자면 1980년대, 예외 없이 앓아야 했던 열병이었다. 다만 강정은 또래보다 더 혹독히 록을 앓았을 따름이었다. 강정은 이미 고등학교 때 밴드 한답시고 학교 공부를 접었다.

강정은 하필이면 로커다. 그것도 뜨겁고 강렬한 하드로커다. 음악에 관한 강정의 취향이 감미로운 발라드거나 온 관절을 부단히 꺾어 대야 하는 댄스음악이었다면 강정은 캠프적이지 않다. 강정은 하필이면, 저 활활 타오르는 에너지의 로커이어서 캠프적이다. 강정의 시는, 거침없이 내지르는 록의 창법을 닮아 있다.

> 혁명과 사랑을 노래하던 시절에 나는 술 담배와 록 음악을 익혔다
> 여자는 약간 더 뒤다 여자를 알아 버렸을 때는 여자의 위대성을 내가
> 시기하고자 한다는 걸 치욕적으로 깨달았을 때이다 그 치욕이 나를
> 키운다
>
> — 「넌 뭐냐?! ?냐, !냐」에서, 『처형극장』, 문학과지성사, 1996

자고로 록은 남성의 장르다.(여성이 록 밴드 보컬을 차지한 건 얼마 안 된 일

이다.) 강정에게서 수컷의 냄새를 맡는 건 이 때문이다. 록을 예찬할 때, 아니 록에 관하여 한창 떠들어 댈 때 강정은 가장 강정스럽고 또 수컷답다. 강정이 여러 산문에서 공개한 자신의 캠프에서도 남성 특유의 땀내가 물씬 배어 있다. 미시마 유키오, 이소룡, 라인홀트 매스너, 기타노 다케시, 전인권, 그리고 빅토르 쪼이. 이 리스트만 놓고 보자면 강정에겐 마초의 혐의가 적용될 수도 있다. 이는 비단 나 혼자의 억측이 아니다. 동료 시인이자 동료 음악인 성기완도 강정을 "남근들이 흐물거리는 시대에 보기 드문 빳빳한 남근 이미지를 지닌 시인"(『들려주려니 말이라 했지만』 표사에서)이라 칭한 바 있다.

② Camp Two : Susan Sontag

1970년대산을 대표하는 글쟁이 반열에 강정을 올려다 놓은 칼럼의 제목은, 앞서 적었듯이 '나쁜 취향'이다. 도발적이고 반항적인, 부연하자면 무언가 습한 기운이 엄습하는 듯하면서도 묘한 매력을 은밀히 발산하는 이 까다로운 취향은 사실 강정의 산물이 아니다. '나쁜 취향(bad taste)'은 수전 손택의 지적 재산이다. 강정은 40여 년 전 미국인의 발상을 차용했다.

캠프를 향유하려면 고급문화의 감수성이 고상함을 독점한 것은 아니라는 위대한 발견에서 출발해야 한다. 캠프는 좋은 취향이 단순히 좋은 취향인 것은 아니라고, 실제로 나쁜 취향에 관한 좋은 취향이 존재한다고 주장한다. (……) 나쁜 취향에 관한 좋은 취향을 발견하면 사람은 아주 큰 자유를 얻는다. (……) 캠프는 너그럽다. 캠프는 즐기고 싶어 한다. 다만 악의와 냉소처럼 보일 뿐이다.

— 수전 손택, 「캠프에 대한 단상」에서, 『해석에 반대한다』, 435~436쪽

「캠프에 관한 단상」으로 그가 뉴욕 지성계의 백인 보수주의자들에게 신랄한 조소를 퍼부으며 등장한 지 40여 년이 지난 시점이다. 반세기 가까운 시간이 지났음에도 2000년대에 읽는 그의 주장은 우리가 오래도록 긁고 싶었지만 그러지 못했던 몸 안에 숨은 종기를 적나라하게 드러내고 긁어 주는 듯하다. 그 종기는 예술을 예술 자체로 바라보지 못하게 하는 의미론적 강박증의 더께가 아닐까 싶다.

— 강정, 「나쁜 취향은 죽지 않는다」에서, 『나쁜 취향』, 19쪽

수전 손택과 강정의 글을 차례로 인용했다. 강정이 왜 칼럼 제목을 '나쁜 취향'으로 골랐는지, 강정이 왜 수전 손택에 열광하는지, 내가 왜 강정을 말하면서 수전 손택에 의지하는지, 이 모든 궁금증에 관한 해답이 두 인용문 안에 들어 있다고 나는 생각한다. 수전 손택의 오래된 글에서 강정이 뿜어내는 열기를 느끼는 건 그리 어렵지 않다.

여기서 주목할 건 강정의 스케일이다. 강정은, 자신의 영역을 시 안에 가두고 싶은 생각이 전혀 없다. 강정에겐 문학이란 테두리마저 비좁고 갑갑하다. 강정이 문제 삼는 건, 문화 전체의 차원이며 예술 일반의 경지다. 강정에게 수전 손택은, 자신이 꿈꾸는 저 광활한 스케일을 마음껏 활보했던 몇 안 되는 이름이다. 강정은, 이 시대 몇 안 남은 문화 전사다. 시도 아니고 문학도 아니다. 문화의 전사다.

③ Camp Three : Arthur Rimbaud

강정은 록을 찬양할 때 강정답고, 나쁜 취향을 읊을 때 또 강정답다. 그리고 하나 더 있다. 강정은 랭보(1854-1891)를 인용할 때 강정답다. 그건 강정의 핏줄에 도저한 탐미주의자의 피가 흐르고 있어서이다. 아르투르 랭보는, 강정이 각별히 떠받드는 몇 안 되는 시인의 이름이다.

> 랭보의 시들은 절차탁마된 한국 시에서 느끼기 어려운 희귀한 감각들의 합주를 시연한다. 번역된 랭보를 읽는 일은 날뛰는 감각들 사이에서 문득 돌발적 심오함을 만나게 되는 일이다. (……) 바로 그런 것과 유사한 것이 1994년 이래로 강정의 시에도 있었고 2003년 이래 김경주의 시에도 있다. 강정이 감각을 '짐승의 진동'으로 감지하는 유물론자라면 김경주는 감각을 '영혼의 음악'으로 느끼는 관념론자다. 재미있자고 하는 이야기지만, 전자를 랭보 좌파, 후자를 랭보 우파라고 부를 수 있다. 그들의 시는 매끄럽지 않고 명징하지 않으며 순수하지 않다. 그들의 시는 협곡이고 '취한 배'이고 '나쁜 피'다.[11]
>
> — 신형철, 「감각이여, 다시 한 번」에서, 《문예중앙》 2007년 봄 호, 70쪽

19세기 말 프랑스는 극심한 혼란기에 있었다. 하나 청년 랭보는 역사와 사회에 무심했다. 대신 그는 제 젊음을 예술에 헌납했다. 오직 예술만을 받들었기에 랭보의 삶은 도덕과 무관했으며 시대적 사명하고 상관없었다. 신들린 무당이 공수 읊어 대듯이 랭보의 언어는 막힘이 없었고 맥락이 없었다. 그의 시엔 세상을 재현하거나 해석하려는 일말의 의지도 담겨 있지

않았다. 랭보는 단지 제 육감만을 언어로 옮겨 적고 부초 모양 떠돌다 사라 졌다. 랭보는 세상 무엇으로부터도 자유로웠다. 하여 랭보는 아름다웠다.

전설처럼 회고되는 랭보의 파란만장한 행적은, 상당 부분 강정에게도 적용된다.(여차하면 제 몸에 상처를 입히는 것도 닮았다.) 다른 게 있다면 강정은 랭보처럼 바람 구두를 신고 다니지 않는다는 사실이다. 강정은 의외로 여행 다니는 걸 꺼린다.(언젠가 인터뷰에서 그는 "비행기 타는 게 싫어서"라고 답한 적이 있다.) 아니다. 이렇게 바꿔 말하면 되겠다. 랭보가 유럽과 아프리카를 배회했듯이, 강정은 음악과 문학 사이를 자유로이 표표히 떠돌아다닌다.

짐승의 울음소리를 듣다

강정은 시인이다. 그러나 강정은 시인이 아닐는지 모른다. 강정에게 시는, 육신이 토해 내는 여러 울음소리 중 하나에 불과하다. 강정에게 시는, 육성이라기보다 육신의 소리다.

●11 강정과 김경주를 랭보의 후예로 바라본 신형철의 견해에 나는 동의한다.(아무래도 신형철에겐 저널리즘적 감각이 있다.) 두 명 모두 랭보를 인용한 시편을 선보였거니와, 신형철의 말마따나 둘의 시는 매끄럽지 않고 명징하지도 않다. 강정이 김경주의 첫 시집 『나는 이 세상에 없는 계절이다』의 해설을 쓴 것도 인연이라면 인연이겠다. 거기서 강정은 김경주를 "보기 드물게 언어의 청각적 자극에 기민하게 반응하는 시인"이라 일렀다. 김경주의 시에도 음악에 관한 전언이 자주 보이는데, 강정의 것과는 느낌이 퍽 다르다. 김경주가 음악을 향유하는 쪽이라면 강정은 음악을 하는 쪽에 가깝겠다. 음악 하면 떠오르는 젊은 시인이 한 명 더 있는데, 『저녁의 기원』을 상자한 조연호다. 워낙 난해해 언급하는 게 조심스럽지만 조연호는 음(音)을 생성하고 그 음의 연원을 추구하는 시인이라 부를 수 있겠다. 조연호에 관해서도 강정은 어느 글에서 잔뜩 인용한 적이 있다.

강정의 시집을 읽다 보면, 하나의 시구 또는 낱개의 시편이 눈에 밟히는 게 아니라 시집 전체가 통째로 울리는 느낌을 받곤 한다. 개별 시편에 대한 인상보다 시집 전체의 인상이 강할 때 한 편의 시는 시집 전체를 위해 복무한다. 이 경우, 시는 가슴의 허한 구석을 보듬는 위안이 되지 못한다. 가슴의 빈틈을 째고 들어오는 칼끝 또한 되지 못한다. 이 경우 시는, 묵직한 무언가가 덩어리째로 가슴을 내리찍는 망치다. 강정의 시가 바로 그러하다.

강정은 "시는 일종의 픽션"이라 믿는다. 인간의 한계, 신체의 한계, 나아가 언어의 한계를 넘어서려는 욕망을 유일하게 시가 해갈하고 있어서다. 그래서 강정은 시를 쓸 때 언어의 경제성을 고려하지 않는다. 언어의 조탁이나 세공 따위의 절차도 강정은 무시한다. 그딴 거에 신경 쓰다 해갈은커녕 되레 또 다른 갈증에 허덕일 수 있어서다.

> 빨리 쓰는 편이죠. 한 번에 가 주는 게 내 체질에 맞는 것 같아요. 시는 만들어지는 것도 물론 중요하겠지만, 조작은 들키게 돼 있어요. 어쨌든 작문의 솜씨로 시의 좋고 나쁨을 판단하진 않아요. 작문을 잘하는 시는 나로선 놀랍긴 하지만, 내가 그렇게 하면 안 되겠죠. 그건 내 스타일이 아니니까.
>
> —「달리는 펜, 달리는 인생 — 김행숙이 만난 시인 강정 편」에서, 《시안》, 2006년 겨울 호, 238쪽

그래서 강정의 시는 태양처럼 작렬한다. 선배 시인 함성호가 강정의 두 번째 시집 해설에서 "'태양'이란 단어가 스물여덟 번 나온다."고 굳이 밝힌 것도 이 때문이다. 강정의 시는 활활 타오른다. 언어의 세계를 넘어서

려는 욕망 때문이고, 탐미주의자의 피를 물려받은 혈통 때문이다. 강정의
대표작으로 흔히 일컬어지는 작품의 일부를 옮긴다. 34행에 이르는 길이
를 지면이 감당하지 못해 부분만 떼어 놓는다. 그러나 덩어리째일 때 강정
은 더 강정답다.

그가 내게 처음 한 말은
물이 모자라 거죽이 붉게 부르튼 어느 짐승에 관한 얘기다
듣고 보니 말이라 했지만,
그 짐승의 존재를 알게 된 건 사람의 입을 통해서가 아니다
비이거나 혹은 바람이거나
아직도 살 만큼 충분한 내 몸에 파충류의 피륙 같은 돌기가 솟았던
걸 보니
짐짓 실체가 없는 무슨 진동 같은 거였는지 모른다
말이거나 비이거나 바람이거나
생각해 보니 그것은 내 촉수를 자극해 조금씩 부풀면서
존재를 확인하려 하면 사라지고 만다
(……)
들려주려니 말이라 했지만,
냉온이 빠르게 교차하는 과거와 미래 사이에서 나라고 하는 건
한갓 누군가의 원망을 대신 실현하려
파리나 모기 따위에게로 쏠리는 식욕을 감춘 채 인간의 영역에 파
견된

짐승과도 같다는 것

들려주려니 말이 자꾸 새끼를 치지만,

내가 들려주려는 말이 결국 내 체온을 액면 그대로 종이 위에 처바

르는 일이듯

붓끝에서 뭉치거나 흩어진 물감들이

공기의 흐름을 타고 저 나름의 궤도로 일렁이면서 시간의 어느 정

점을 물들이면

나는 곧 나로부터 이탈되어 본래의 땅으로 돌아간다

들려주려니 땅이라 이름 붙였지만,

인간도 아니고 인간 아닌 것도 아닌 만물이 때 되면 허물 벗어 다른

생을 낳는 그곳을

허공이라 한들 어떠리

— 「들려주려니 말이라 했지만」에서

강정 © 백다흠

먼 길에서 돌아온 사내의 바람 냄새를 맡다

김경주

who 1976년 광주에서 태어났고 2003년 《대한매일》 신춘문예로 등단했다. 사생활이(?) 복잡하다. 우선 학력. 한때 적을 뒀던 대학이 한둘이 아니다. 전남대 법대, 조선대 국문과, 원광대 문예창작과 등을 다니다 때려치웠고, 마침내 학사모를 쓴 건 서강대 철학과에서다. 직업도 수상쩍다. 본인은 시인이라 주장하지만, 글쎄다. 프리랜서 글쟁이,(인터넷에서 '야설'을 쓰기도 했다.) 카피라이터, 영화 시나리오 작가, 대필 작가, 학원 강사 등을 두루 거쳤다. 독립 영화사 '청춘'을 설립해 단편영화도 제작했고, 대학로 연극 판에도 진출했다. 최근엔 인디 문화 기획사 '츄리닝바람'이란 정체불명의 단체를 조직했다. 긴 이력이 의외로 지시하는 하나는, 김경주가 정규직 직장을 가져 본 적이 없다는 사실이다. 서울 달동네 단칸방에 겨우 마련한 거처가 재개발이란 명목으로 헐려 동가식서가숙 신세로 지낸다. 그래도 오토바이는 끌고 다닌다. 가출을 감행했던 10대 땐 분식점 서빙, 신문 배달, 시체 닦기 따위로 밥을 벌었고, 군대에선 바다에 폭탄을 설치하는 심해

잠수사였다. 서른 살 갓 넘긴 청년의 인생치곤 파란만장하다. 어느 대하소설의 주인공 인생 모양 낭만적이기까지 하다. 하나 이 모든 이력은, 김경주의 시 앞에서 부질없는 잡담에 불과하다. 김경주는, 단 한 권의 시집으로 21세기 가장 촉망받는 시인으로 부상한 영 파워다. 그 시집의 이름은 『나는 이 세상에 없는 계절이다』(2006). 훗날, 21세기 초엽의 한국 시를 회고할 때 꼭 들어가 있을 텍스트다. 이미 전설이 된 첫 시집 이후 그는 여러 권의 여행 산문집과 에세이집을 연이어 내놓았다. 그리고 두 번째 시집 『기담』을 2008년 10월 발표했다.

멸종하고 있다는 것은 어떤 종의 울음소리가 사라져 간다는 것이다 나는 멸종하지 않을 것이다

—「우주로 날아가는 방 5」에서, 『나는 이 세상에 없는 계절이다』, 랜덤하우스중앙, 2006

김경주 약전(略傳) 또는 공공연한 야사(野史)

　김경주는, 허공의 구름이었다. 김경주는, 21세기 들머리 한국 시에 드리워진 구름이었다. 2003년 김경주가 등단한 이래 김경주란 이름 석 자는 구름처럼 문단 여기저기를 떠다녔다. 고개만 들면 볼 수 있지만 막상 손에 잡히지 않는 구름 모양, 누구나 김경주를 말했지만 누구도 김경주를 틀어 쥐지는 못했다.

김경주는 벼락이었다. 김경주는, 21세기 벽두 한국 시에 내려친 벼락이었다. 2006년 출간된 김경주의 첫 시집엔 힘이 넘쳤다. 강렬했고 뜨거웠다. 그러나 그 어떤 전통으로도 김경주의 힘은 풀이되지 않았다. 지상에선 계통을 찾을 수 없는 힘, 그건 하늘에서 수직으로 내리꽂힌 벼락의 힘이었다.

저 먼 하늘을 배회하던 김경주가 벼락이 되어 이 땅을 내려치기까지의 과정을 옮겨 적는다. 말하자면 김경주 약전(略傳)이다.

— 삶을 객관적으로 투시하는 시선을 절제된 언어로 표현하는 동시에 사물의 핵심을 놓치지 않는 시적 역량이 신선하게 다가왔다.

— 2003년도 《대한매일》 신춘문예 심사평에서

— 그대라는 계절을 타는 동안 나는 시를 썼던가요. 한량없는 마음으로 나는 틈만 나면 노트에 나의 계절들을 옮기기 위해 애썼지요.

— 2003년도 《대한매일》 신춘문예 당선 소감에서

— 거침없는 언어들이 시적 효과 속에서 기운 생동한다. 자유로운 의식이 자유로운 표현을 창조해 내는 장면을 보는 듯하다. 걱정스러울 정도로 뛰어난 시적 재능이 있다.

— 2005년 대산창작기금 수혜자 선정 평에서

— 2005년 연말 서울 청진동 해장국 집. 김경주와 '불편' 동인인 시인 김민정이 술자리에서 김경주를 소개한다. 술김에도 그는 너무 잘생겼다! "시인이 저렇게 잘생기면 곤란한데." 하고 능치자, 김민정이 끼어든다. "선배님. 쟤, 얼굴보다 시가 더 나아, 훨씬." "에이, 설마……!"

그 자리에서 《실천문학》 편집위원 손택수와 《문예중앙》 편집 동인 권혁웅이 김경주의 첫 시집 출간을 놓고 실랑이를 벌였다는 얘길 전해 듣는다. 훗날 손택수가 분하다는 표정으로 전한 실랑이의 전모는 다음과 같다. 손택수가 김경주를 먼저 점찍어 실천문학에서 시집을 내기로 얘기를 끝냈는데, 권혁웅이 약삭빠르게 계약서에 도장을 받아 냈다는 것이었다. 이에 대해 권혁웅은 실천문학과 작업이 진행 중인지 몰랐다고 반박했고, 김경주는 "택수 형이 말만 해 놓고 계약하자는 연락이 없어서……."라고 해명했다.

— 초대받은 적도 없고 초대할 생각도 없는 나의 창(窓). 사람들아, 이것은 기형(畸形)에 관한 얘기다.(2006년 7월 출간된 첫 시집의 시인의 말에서. 첫 시집의 제목은 다음과 같다. 「나는 이 세상에 없는 계절이다」)

— 이 무시무시한 시인의 등장은 한국 문학의 축복이자 저주다. 시인으로서의 믿음과 비평가로서의 안목 둘 다를 걸고 말하건대, 이 시집은 한국어로 쓰인 가장 중요한 시집 가운데 한 권이 될 것이다.(시집 『나는 이 세상에 없는 계절이다』 표사에서 권혁웅. 권혁웅은 이 표사로 필화 사건에 휘말린다. 칭찬이 과했다는 비난이 이어졌다.)

— "손 기자, 경주 애, 나한테 한번 찾아오라고 얘기 좀 전해 줘요. 해 줄 얘기가 있어." "무슨 얘길 하시려고요?" "이런 애는 처음에 확 잡아놔야 돼. 싹수 있는 놈들은 내버려두면 엉뚱한 데로 튀거든. (앞자리 황지우 시인을 바라보며)그런데 애, 황지우 닮지 않았어? 폼 잡고 말하는 게 딱 옛날의 그 황지운데?"(2007년 9월 미당문학상 최종 심사 때 심사 위원 김혜순. 이때 김경주는 미당문학상 최종심에서 최연소 후보 기

록을 갈아 치운다. 그의 나이 서른한 살이었다.)

― 2007년 11월. 김경주의 첫 시집이 10쇄를 찍는다. 1만 부는 출간 1년도 안 돼 넘겼다. 새파란 신예의 첫 시집이 불티나게 팔리는 현상 앞에서 문단은 말을 잃는다. 김경주의 열혈 독자 대부분이 문학을 꿈꾸는 사춘기 학생이란 사실을, 고등학교에 문학 강의 나가는 또래 시인으로부터 전해 듣는다. "요즘 애들한테 김경주는 저 옛날의 황동규더라고. 우리 세대엔 기형도였는데. 여하튼 달달 외우고 살더라.""걔들이 김경주를 이해한다고?""그냥 좋대, 좋아 죽겠대."

낯선, 그러나 어디선가 만난 듯한 ― 김경주 미스터리

김경주는 낯설다. 요즘의 젊은 시와 다른 차원에서 김경주는 낯설다. 기괴하거나 요란스럽지 않은데 김경주는 겉돈다. 주어 '나'를 고집스레 붙들고 있는데도 김경주는 어지럽고 혼란스럽다. 종잡을 수 없어 김경주는 어렵다. 어떨 땐 헤겔의 경전 앞에서 머리 조아리다가 다시 보면 저 심연 어딘가에서 헤매고 있다.

헤겔. 낡은 목선(木船)들이 물살에 흔들리고 있네, 자신의 무게를 바람에 놓아 준 눈송이들은 지상의 시간을 떠돌다가 교회의 마당에 신의 호흡처럼 흩어져 있었네. (……) 후세는 자네와 나를 유미주의자(唯美主義者)로 보아 줄까? 이 배를 밀고 바다로 가서 내 삶의 항구마다 놀러 온 피들을 아무도 모르게 고래에게 던져 주게. 내내 향유하게

—「정신 현상학에 부쳐 휠덜린이 헤겔에게 보내는 마지막 편지」에서, 『나는 이 세상에 없는 계절이다』

이름 없는 바다 속 동굴의 벽에 붙어사는 미물(微物)들은 아무도 모르
게 눈이 조금씩 퇴화해 간다는데 그곳엔 정말 눈 없는 물고기가 살고
있을지 모른다 대신 눈이나 날개 기관 따위는 다 소실돼 버리고 팔다
리만 조금씩 가늘게 길어진다는데 가늘어진다는 말의 소요들. (……)
그들의 몸이 점점 가늘어지는 것은 자신의 눈들이 조금씩 인성(人性)
의 밖으로 퇴화하고 있다는 것을 알기 때문이다 (……) 조금씩 가늘
어지는 몸이 있으니 아무도 모르게 말라 가는 것이 점점 너에게 가까
워지는 것인지 모르겠다 (……) 이것은 기형(畸形)에 관한 또 다른 얘
기다

—「파이돈」에서, 『나는 이 세상에 없는 계절이다』

김경주는 어딘가 낯익다. 헤겔의 정신 현상학을 말하고 있어도 어렵지
않게 청년의 푸른 기개를 읽어 낼 수 있고, 바닷속 미물을 얘기하고 있어
도 무리 없이 현대인의 기형적인 일상을 짚어 낼 수 있다. 김경주가 들려
주는, 낯선 공간에 던져진 생경한 생의 풍경은 어딘가 익숙하고 왠지 낯익
다. 분명히 지시하는 바는 없지만 우리네 사는 모양이 자꾸 겹쳐진다. 이
른바 김경주 미스터리다.
　그렇다면 김경주는 편히 읽히는 시인일까. 글쎄다. 정반대의 경우가 있
다. 빤한 일상을 노래할 땐 되레 삐걱대는 소리가 난다. 아니 어쩌면 너무
빤해서 되레 낯선 것일지 모른다. 정겹고 반가워야 하는데, 김경주는 묘하
게 엇나가 있다.

어느 날 아버지의 귀두가 내 것보다 작아졌다.

(……)

돗자리에 누워서 잠드신 아버지의 팬티 사이로 누름한 불알 두 쪽이
바닥에 흘러나온 것을 본다 (……) 나는 문득 자다가 일어나 삐져나
온 아버지의 귀두가 저렇게 작았나 하는 생각에 움찔했다

—「아버지의 귀두」에서, 앞의 책

고향에 내려와
빨래를 널어 보고서야 알았네.
어머니가 아직도 꽃무늬 팬티를 입는다는
사실을.
(……)
안감이 붉어지도록
손끝으로 비벼 보시던 꽃무늬가
어머니를 아직껏 여자로 살게 하는 무늬였음을
오늘은 그 적멸이 내 볼에 어리네.

—「어머니는 아직도 꽃무늬 팬티를 입는다」에서, 앞의 책

　　아들은 아버지의 귀두를 들여다보고, 어머니의 꽃무늬 팬티를 응시한
다. 굳이 이렇게까지 적시하지 않아도 우리는 안다. 수컷으로서 더 이상
기능하지 못하는 늙은 아비를 알고, 어머니라고 불리는 한 명의 여자를 안
다. 그러나 김경주는 굳이 아버지의 귀두를 훔쳐보고 어머니의 팬티를 말

한다.

이는 수사(修辭)인가? 아니다. 그럼 진술인가? 그렇다. 그런데 왜 이리 불편한가. 그건 감각이 달라서다. 아버지의 귀두와 어머니의 팬티에서 시적인 것을 길어 올리는 젊은 시인의 감각이 낯설어서다. 알지 못해 쓰지 못한 게 아니라 써서는 안 되는 것이라 알고 있어 감히 쓰지 못했던, 경계 너머의 어떤 것을 서슴없이 끌어다 쓰고 있어서다. 하여 신형철의 말마따나 별로 낯설지 않지만 충분히 낯익지도 않은, 이상한 인상을 남기는 거다.

김경주 미스터리는 하나 더 있다. 김경주의 시는, 누가 뭐래도 노래다. 어떨 땐 영 투박한데, 또 어떨 땐 너무 번지르르한데 김경주의 시는 입 안에서 맴돈다. 이를테면 이런 식이다.

— 나는 내가 살지 못했던 시간 속에서 순교할 것이다

— 「드라이아이스」에서, 앞의 책

— 오래 비워 둔 방 안에서 저 혼자 울리는 전화 수신음 같은 것이 지금 내 영혼이다 (……) 아무튼 나 없는 빈방에서 나오는 그 시간이 지금 내 영혼이다 나는 지금 이 세상에 없는 계절이다

— 「부재중」에서, 앞의 책

— 사람은 자신이 살아온 만큼 사라져 가는 것이다라고 생각하면 눈물이 난다

— 「우주로 날아가는 방2」에서, 앞의 책

— 자신이라는 시차(時差)를 견디는 일이란다 꿈이란

— 「우주로 날아가는 방3」에서, 앞의 책

― 바람은 죽으려 한 적이 있다

―「주저흔」에서, 앞의 책

　　잠언 투의 글귀다. 거칠고 강인하고, 자못 선언적이다. 오래 공들이고 다듬은 정성보다, 단번에 내지른 직관이 두드러진다. 하나 오묘한 울림이 있다. 몇 구절은 비문(非文)의 혐의가 짙은데도 희한하게 거슬리진 않는다. 음률 같은 건 만져지지 않아도 은은한 가락이 배나오고, 고운 수사나 아릿한 비유 없어도 물기가 묻어난다. 이 모든 느낌을 똑 떨어지게 설명할 순 없다. 하나 아침의 커피 향 모양 진한 여운이 감돈다.

　　누군가 그랬다. 좋은 시는 통째로 받아들이는 거라고. 구구절절 음미하고 따져 보는 게 아니라고. 그래서 그런가. 김경주의 노래는 그냥 울려 퍼진다. 시집 어디를 펼쳐도 울려 퍼진다. 김경주는, 막무가내로 시다.

먼 길 돌아온 사내의 냄새를 맡다

　　김경주는 불쑥, 나타난다. 불쑥 나타난다는 건, 불쑥 사라진다는 얘기다. 한동안 안 보인다 싶으면 시베리아를 횡단하고 있었고, 소식이 궁금한 참이면 고비 사막 복판을 걷고 있었다. 김경주에게선 늘, 저 먼 곳으로부터 돌아와 막 문을 열고 들어선 사내의 냄새가 난다. 정처 없어 고독한 바람의 냄새가 난다.

　　김경주의 시는 책상머리 시가 아니다. 머릿결 흔들고 휭하니 떠나 버리는 한 줄기 바람소리다. 황야에 홀로 떨어진 짐승의 슬픈 울음소리다. 김경주가 어떤 전통과도 다르고 또래 누구의 감각과도 다른 까닭이다. 김경

133

주에게선 시인보다 바람의 향이, 사람보다 짐승의 냄새가 더 강하다. 그 냄새는 처절하고 처연하다.

"보세요. 죽은 새가 땅에 내려와 눕지 못하고 하늘을 맴돌고 있어요."란 시구는 「비가 오자 우리는 랭보를 안고 낡은 욕조가 있는 여관으로 들어갔다」란 시의 마지막 행이다. 여기서 김경주는 굳이 랭보를 안고 여관으로 들어갔다. 하필이면 바람처럼 살다 바람처럼 떠난 랭보를 안고 들어갔다. 김경주는 알고 있나 모르겠다. 그에게서 바람의 냄새를 맡은 여러 지인이, 어느 날 문득 김경주가 바람처럼 사라져 버리는 건 아닐까 마음으로 걱정하고 있다는 걸 말이다.

혹시나 해서 덧붙인다. 일상에서 만나는 '동상 경주'는 마냥 순박하고 때로 어수룩하다. 외모야 순정 만화에서 뛰쳐나온 주인공 모양 미끈하지만, 이른바 댄디(dandy) 이미지는 입을 벌리기 전까지만 유효하다. 김경주가 구수한 전라도 사투리로 늘어놓는 무용담으로 술자리는 매번 흥겹다. 그가 억울하다며 늘어놓은 무용담 중엔 오토바이에 얽힌 것도 있었다.

첫 시집이 출간되기 얼마 전. 늦은 밤 집에서 술을 마시다 담배를 사러 나갔다. 그때도 그는 오토바이를 탔다. 그러다 단속 나온 경찰에 걸렸다. 무면허에 음주 운전이었다.(그때 그는 면허 중지 기간이었다.) 경찰서로 잡혀갔는데 저런, 신원 확인이 안 되는 거다. 경찰은 신분증 제시를 요구했고, 김경주에겐 변변한 신분증이 없었다. 대신 그는 자신을 시인이라고 주장했다. 경찰은 '술 퍼먹고 한밤중에 오토바이나 끌고 다니는 무면허 양아치'가 공권력을 농락하는 것이라 판단해 그를 유치장에 처넣었다. 한밤중이니 전화할 데도 마땅치 않았다. 날이 밝고서야 김경주는 자신이 시인이란 사실을 겨우 입증했다.

그 얘길 듣고서 명함 한 장을 건넸다. '기자 행님'은 이럴 때 써먹는 거라며, 당장 빼 주진 못해도 신원 보증은 확실하다며 명함을 쥐어 줬다. 다행히 "행님, 여기 경찰선데요."란 새벽의 전화는 아직 걸려 오지 않았다.

김경주 ⓒ 문봉섭

김훈에 관하여

나에게 김훈은 하나의 전범(典範)이다. 나는 김훈의 글을 읽기 전에 노트북을 먼저 연다. 김훈의 문장을 읽으며 나는 부지런히 노트북 자판을 때린다. 문학 기자였던 시절 김훈은 나와 비슷한 방법으로 조정래 대하소설 『태백산맥』을 읽었다. 그때 김훈의 앞에는 공책이 놓여 있었고 지금의 내 앞에는 노트북이 놓여 있다. 저 깐깐했던 선배 기자의 취재 기법을 나는 겨우 흉내 내고 있다.

종종 글쓰기 강의를 나가곤 하는데, 그때마다 나는 『칼의 노래』의 첫 문장 "버려진 섬마다 꽃이 피었다."를 화이트보드에 적는다. 그리고 '꽃은 피었다.'가 아니라 '꽃이 피었다.'이기에 이 문장은 신파를 넘어설 수 있었다는 김훈의 말을 인용한다. 다시 나는 『칼의 노래』의 한 대목을 옮겨 적는다. "면은 칼을 놓치고 제 피 위에 쓰러졌다. 스물한 살이었고, 혼인하지 않았다." 이순신의 아들 면이 왜구에 죽임 당하는 장면이다. 그 참척의 순간을 무연히 재현하는 이순신의, 아니 김훈의 서슬이 시퍼렇다. 강의를 듣는 대상이 대학생이면 내 이야기는 여기서 끝이 난다.

하나 강의를 듣는 대상이 신입 기자면 나는 한마디 더 붙인다. 김훈의 문장은 스트레이트 기사다. '21세, 미혼'이란 단순한 신상 정보가 장면의 비극성을 극대화한다. 오로지 사실을 나열함으로써 김훈의 문장은 도저하고 처절하다. 어쭙잖은 감상 따위를 배제함으로써 김훈의 문장은 아름답고 풍요롭다. 그것은 진실의 힘이다. 김훈의 힘이다.

나에게 김훈은 취재원이기 전에 본보기가 되는 선배다. 비평에서 김훈의 문장을, 신석기 시대의 글쓰기라느니 온몸으로 밀고 나아가는 문장이라느니 수선을 떨 때 나는 소위 '팩트'의 위력을 혼자 절감한다. 이를테면 이런 사례가 있다. 2005년 김훈이 중편 「언니의 폐경」으로 황순원문학상 수상자로 선정되자 나는 아래와 같이 기사를 열었다.

2002년 4월 15일. 김훈은 경남 김해의 야산을 오르고 있었다. 비는 좀처럼 그치지 않았다. 종일 내린 비로 산기슭은 뻘처럼 질퍽거렸다. 수십 차례 기어오르고 수십 차례 미끄러졌다. 진흙 범벅이 된 채 겨우 중턱에 다다랐다. 기체 파편이 보였다. 중국 국제항공 CCA-129편 보잉 767 여객기. 승객 155명을 태우고 중국 베이징을 이륙해 김해공항에 착륙하기 직전 추락한 항공기다. 한 일간지 사회부 기자로서 김훈은 거기에 있었다. 그 순간을 김훈은 "삶과 죽음의 경계를 목격한 순간"이라고 회고한다. 수십 명이 팔다리가 잘려 죽었고 수십 명이 불에 타 죽었다. 아홉 명은 산산이 조각났는지 시신도 찾지 못했다. 그런데 39명이 살았다. 살아남은 한 명은 제 발로 산을 내려와 "저기에 비행기가 떨어졌어요."라고 신고했다. 사회부 기자는 그 장면을 기사로 옮기지 못했다. 육하원칙을 떠받드는 기사체로는, 삶과 죽음은 비행기 좌석에 따라 갈리는 것이라고 쓸 수 없었다. 진흙 범벅인 채로 한참을 쪼그려 앉아 있었던 반백(半白) 기자의 뒷모습을 기억한다. 접힌 어깨는 좁았고, 비는 좀처럼 그치지 않았다.

중국 민항기 추락 사건 현장에 김훈이 와 있었다. 사회부 기자였던 나는 진흙 범벅의 김훈을 알아보고 자꾸 힐끗댔다. 「언니의 폐경」은 그때 그 일을 모티브로 삼은 소설이다. 신문에다 삶과 죽음이 좌석에 따라 갈린다고 쓰지 못했던 김훈은, 소설에서 좌석 B-6은 살아남았고 좌석 A-6은 죽었다고 썼다.

나는 나 자신의 방식으로 김훈을 이해한다. 그리고 나는 김훈을 이해하는 나름의 방식이 엉터리는 아니라고 생각한다. 하나 나에게도 김훈에 관하여 도무지 모르겠는 하나가 있다. 김훈에게 쏟아지는 감탄과 찬사다. 『칼의 노래』가 2001년 동인문학상을 수상한 이래, 김훈은 이상문학상·황순원문학상·대산문학상을 차례대로 받았다. 2000년대 들어 김훈은 대한민국의 내로라하는 문학상 대부분을 거머쥐었다. 상금만 해도 1억 8천 5백만 원에 달한다.

　대중의 환호는 더 모르겠다. 앞서 적었듯이 김훈은, 부담 없이 집어들 수 있는 가벼운 읽을거리가 못 된다. 하나 『칼의 노래』는 100만 부를 훌쩍 넘겼고 『남한산성』도 40만 부가 넘게 팔렸다. 김훈은, 출판계가 정리한 베스트셀러 공식이 증명하지 못하는 거의 유일한 예외다. 비평가 김영찬의 말마따나 "김훈의 고집스러운 문학 세계가 대중에게 먹혀들고 있다는 것 자체가 주목할 현상"인 것이다.

　김훈은 첫 소설 『빗살무늬토기의 추억』을 1995년에 발표했다. 그의 나이 마흔여덟 살이었다. 두 번째 소설 『칼의 노래』는 2000년에 출간했다. 그러니까 20세기에 김훈은 작가가 아니었다. 문단 입장에서 김훈은, 늦깎이 방외인인 셈이다.

　그러나 지금은 아니다. 김훈은 21세기 한국 소설의 대표 브랜드이자 히트 상품이다. 김훈은 스스로, 21세기 한국 문단의 한 풍경을 이룬다. 나로선 영 생경한 풍경이다.

- 19세 이상 성인 남녀.
- 고등학교 때 윤리 성적이 80점 아래인 사람.
- 쿠엔틴 타란티노 또는 피터 그리너웨이 영화를 좋아하는 사람.
- 금요일 밤마다 기괴한 복장을 하고 「Rocky Horror Picture Show」를 보러 다니는 일부 극렬분자를 색안경 끼고 보지 않는 사람.
- 비위가 센 사람.
- Hardcore Pornography를 끝까지 본 적이 있는 사람, 또는 늦은 밤 혼자 Splash Horror movie를 볼 수 있는 사람.
- 어느 영화에서 한 강력반 형사가 내뱉었던 "여름이란 내게, 시체가 빨리 썩는 계절일 뿐이다."란 대사를 유물론적 리얼리즘이라고 여기는 사람.
- 신문에서 사회면, 그것도 연쇄 살인이나 강간, 유괴 등 강력 사건 기사를 먼저 읽는 사람.
- 단테의 『신곡』에서 연옥편을 가장 좋아하는 사람.
- "만인은 만인의 적"이라는 홉스 철학에 동의하는 사람.
- 고속도로를 달릴 때 바짝 따라붙은 대형 트레일러로부터 공포를 느껴 본 적이 있는 사람.
- 성악설을 믿는 사람.

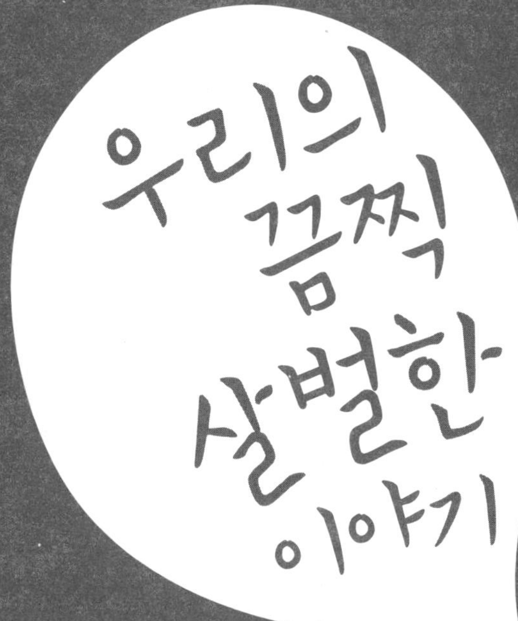

백가흠

편혜영

김민정

세상은 폭력이 지배한다

백가흠

who 1974년 전북 익산 출생. 명지대 문예창작과를 졸업했고 2001년《서울신문》신춘문예로 등단했다. 21세기 들머리 한국 문단에서 백가흠과 편혜영은 일종의 짝패다. 스포츠 저널리즘의 상용 어구를 빌리자면 환상의 혼합복식조쯤 되겠고, 중국식 조어 방법을 따르자면 '남백여편(남자는 백가흠 여자는 편혜영)' 정도가 어울리겠다. 두 명 모두 작가와 작품의 괴리가 상상을 초월한다. 용모나 됨됨이 모두 멀쩡한데, 아니 수려한 편인데, 소설은 말하자면 갈 데까지 간다. 아니다. 갈 데 너머까지 기꺼이 나아간다. 여태의 한국 소설 중에서 우리네 삶을 가장 악랄하게 재현한 작품의 참혹성 정도를 100이란 수치로 환산한다면, 백가흠과 편혜영의 수치는 최소한 그 두 배는 넘는다 하겠다. 편혜영이 우리가 살고 있는 도시를 역병 창궐하는 무간지옥으로 묘사한다면, 백가흠은 폭력에 의해 작동되는 부조리한 현실을 적나라하게 고발한다. 다만 백가흠에겐 배꽃 흩날리는 서정성 같은 게 읽힌다. 그 서정적 공간 안에서 강간과 살인, 근친상간 따위의 반인륜적 행위가 버젓이 자행돼 탈이지만. 다시 강조하지만 인간 백가흠은 순박하고 선량한 청년이다. 소설집은 『귀뚜라미가 온다』(2005)와 『조대리의 트렁크』(2007) 두 권.

달구의 늙은 노모가 달구에게 매를 맞고 있다. 노모의 검버섯 곱게 핀 뺨이 벌그죽죽하다. 바람횟집의 남자가 막 여자의 질 안에 삽입을 시작했을 때, 달구분식의 노모는 가지런히 쪽 찐 머리가 일순 헝클어지도록 세차게 귀뺨 한 대를 아들에게 얻어맞았다. 천장으로 넘어온 여자의 웃음소리는 가는 신음 소리로 변하고 있다. 바람횟집 여자는 자신의 신음소리가 새어나가지 못하게 엎드려서 손으로 입을 막고 있다. 달구의 노모도 비슷하다. 손으로 입을 막지는 않았지만, 어금니를 단단히 물어 거친 숨소리만 코로 작게 새어나온다. 두 집의 여자들이 자신의 신음소리를 막는 이유는 서로에게 들키지 않기 위해서가 아니다. 혹 들을지도 모를 이 집 밖의 사람들 때문이다.

(……)

숨넘어가는 노모의 신음 소리를 밖에서 들으면 바람횟집과 헷갈릴 수도 있다. 밖에서 들으면 바람횟집과 달구분식의 신음 소리를 구분하기 힘들 것이다. 혹 새어나오는 소리도 모두 파도 소리에 묻혀 버리기 때문이다.

—「귀뚜라미가 온다」에서, 『귀뚜라미가 온다』, 문학동네, 2005, 35~36쪽

현실은 소설보다 잔혹하다

현실은 때로 소설보다 황당하거나 끔찍하다.

이를테면 이런 경우다. 자원봉사를 하러 일군의 사람들이 먼 나라에 도착한다. 그러나 그들은 현지 테러 단체에 인질로 붙잡힌다. 그들의 나라가 먼 나라에서 발발한 전쟁에 군대를 파병했다는 게 그들에게 적용된 죄목이다. 테러 집단은 그들 군대의 철수를 요구하고, 그 요구가 받아들여지지 않자 인질을 처형한다. 그들의 국가는 다른 나라의 전쟁에 군대를 보냈고, 그들 국가의 군대는 총 한 번 쏘지 않았다. 그러나 죽임을 당한 건 순수한 마음으로 비행기를 탔던 민간인이었다.

이따위 사건은 하도 황당무계하여 소설에서도 일어나지 않는다. 아무리 소설이 상상력의 소산이라지만 이딴 일은 소위 개연성을 확보하지 못해 소설도 취급하지 않는다. 국가가 군대를 파병한 일과 개인이 살해된 사건 사이에선 '현실에서 일어날 법한' 어떠한 상관관계도 작동하지 않는다. 차라리 기린이 말을 걸고 너구리가 등을 밀어 주는 게, 외계인이 한 초등학교 운동장에서 우주 전쟁을 치르는 장면이 더 설득력이 있다. 각각의 소설 안에선 나름의 인과관계에 따라 사건이 전개되고 있어서다.

이상은 일러두기다. 백가흠 소설을 대면하기 전에 맞아 두어야 하는 일종의 예방주사다. 혹 이와 같은 예방 조치를 소홀히 했다간 백가흠 소설을 읽는 도중에 헛구역질이나 욕지기 등의 증세가 나타날 수 있다. 심할 경우

소설책을 집어 던지거나 갈가리 찢어발길 수도 있다.

자 그럼, 일련의 절차를 마쳤다고 보고 백가흠 소설을 읽는다. 먼저 아리따운 제목의 「배꽃이 지고」란 작품이다. 배 과수원의 중늙은이 주인이 장애인 세 명과 더불어 사는, 훈훈한 이야기다.

시벌, 그 새끼 좀 갖다 버리랑게.
사내가 달려와 아버지 등에 업혀 있는 아이를 번쩍 듭니다. 병출 씨는 움찔하며 살짝 옆으로 비켜서고, 여자는 멍하니 쳐다봅니다. 과수원댁은 꼼짝도 하지 않고 땅바닥에 뻗어 있습니다. 누군가는 막아야 했지만, 아무도 사내를 막을 사람이 없습니다. 과수원 집에서 정상인 사람은 오직 사내뿐이기 때문입니다.
허공에 번쩍 들린 아이가 발악을 하며 몸부림칩니다. 사내가 아이를 마루 위로 집어 던집니다. 아이가 벽에 부딪히더니 마루로 떨어집니다. 순식간에 아이 울음소리가 멈춥니다. 병출 씨가 눈을 끔벅이며 마루 위의 아이를 쳐다봅니다. 여자도 멍하니 아이를 쳐다봅니다.
얼매나, 조용햐. 개숭아, 우리 들어가자. 아저씨 약 좀 주라.

— 「배꽃이 지고」에서, 『귀뚜라미가 온다』, 223~224쪽

과수원 주인은 천하의 나쁜 놈이다. 주인은 몸이 불편한 이들을 오로지 폭력으로 지배한다. 눈에 띄기만 하면 정신지체우 병출 씨와 그의 아내 개순이를 개 패듯이 패고 개순이를 시도 때도 없이 겁탈한다. 다리를 저는 과수원댁도 밤낮으로 얻어맞고 산다. 주인은 개순이의 갓난아기를 집어

던져 죽이고 아기가 죽자마자 개순이의 젖을 탐낸다. 그런데도 그는 1급 장애인을 셋씩이나 보호하고 있다는 명목으로 면사무소로부터 두둑한 보조금을 받는다.

기가 차서 말도 안 나온다. 욕설이 목구멍 끝까지 치밀지만 간신히 억누른다. 백가흠은 왜 이딴 걸 소설에다 쓰고 앉아 있을까. 부조리한 사회를 고발하려고? 글쎄다. 다만 여기서 짚고 넘어가야 할 게 있다. 과수원 사람들 중에서 주인 놈만 유일하게 '정상인'이란 사실이다.

겉모습은 정상으로 보이되 한 꺼풀 들추면 짐승보다 못한 놈. 그 천하의 나쁜 놈이, 백가흠의 페르소나다. 장담컨대 백가흠은, 한국 소설 사상 가장 나쁜 놈을 제 페르소나로 기용한 소설가로 기록될 것이다. 백가흠이 거느린 또 다른 나쁜 놈을 보면 무슨 소린지 금세 알 수 있다.

"니가 시켰나? 내 패라고 니가 시켰나 말이다. 자석을 두둥게 패라고 시키는 부모가 이 세상에 어디 있노?"

달구가 말을 마치기 무섭게 엎어져 있는 노모의 옆구리를 걷어찬다. 퍼억. 달구 노모의 옆구리에서 축구공 바람 빠지는 소리가 난다.

바닷물은 이제 바람횟집과 달구분식 안까지 흘러들어 온다. 남자와 여자는 절정이다. 여자가 구름 뒤에 숨은 달을 본다. 신음 소리 크게 내지른다. 남자는 질 안 깊숙이 정액을 뿜는다.

달구 노모가 힘겹게 좁은 틈을 향해 기어간다. 달구는 조금씩 조금씩, 앞으로 기고 있는 노모에게 매질을 멈추지 않는다. 칠십여 년 간 튼튼했던 이빨들이 몽땅 다 뽑히자 노모는 왠지 개운한 느낌마저 든다. 노모의 얼굴은 형체를 알아보기 힘들게 함몰되어 간다.

"그리 또 도망가나? 함 가 바라. 애비도 때래 쥑인 놈이 어무이가 별거가. 다 쥑이뿔 기다."

—「귀뚜라미가 온다」, 앞의 책, 60~61쪽

소설은 한 지붕 두 가족의 삶을 번갈아 보여 준다. 달구와 그의 칠순 노모, 스물세 살 남자와 서른일곱 살 여자의 이야기다. 술에 취한 달구가 노모를 때릴 때 남자는 평소 '엄마'라 부르는 여자와 화끈하게 몸을 섞는다. 백가흠은 이 두 장면을, 현재형 시제의 단문으로 긴박하게 왕복하며 이원 중계한다. 영화의 교차 편집 신(scene)처럼 속도와 긴장감이 붙은 대목이다. 여기서 백가흠의 의도는 명백하다. 어미를 두들겨 패는 짓과 '엄마'라 부르는 여자와 몸을 섞는 짓이 별반 다르지 않다는 것이다. 다시 말해 이 놈이나 저놈이나 인간의 탈을 쓴 짐승 같은 놈이긴 매한가지란 얘기다.

심하지 않느냐고? 저런, 백가흠의 나쁜 놈 리스트는 아직 수두룩하다. 아내의 몸을 파는 남편, 기형으로 태어난 신생아를 여관에 버리고 달아난 부모, 치매 걸린 노모를 자동차 트렁크에 두고 달아난 아들, 어린 딸을 티켓 다방에 팔아넘기는 아버지, 토막 살인을 벌이는 중학생, 아이를 단칸방에 가둬 끝내 굶어 죽게끔 내몬 엄마 등등.

백가흠은 인터뷰마다 변명하듯이 말했다. 신문에서 소재를 얻는다고. 사회면에 짤막하게 실린 사건 기사에서 소설 감을 찾는다고. 그나마 백가흠은 그들에게 구실을 불어넣는다. 그래야 있을 법한 일로 거듭나 소설에서 써먹을 수 있으므로. 현실은 소설보다 훨씬 가혹하다.

폭력에 순종하는 사회

세상은 두 가지로 구성된다. 남자가 있으면 여자가 있고, 갑(甲)이 있으면 을(乙)이 있고 부자가 있으면 가난한 사람이 있다. 소고기 파는 쪽이 있으면 소고기를 사야 하는 쪽이 있어야 한다. 이때 광우병 감염 여부는 중요하지 않다. 사고파는 질서가 우선되어야 함으로. 얘기가 잠깐 옆으로 샜다. 아무튼 세상은 두 가지로 구성된다.

마찬가지로 가해자가 있으면 피해자가 있는 거다. 직장에서 부장이 괴롭히면 대리는 굽실대야 하고, 군대에서 고참이 패면 졸병은 꿋꿋이 맞아야 한다. 그래야 세상 이치와 어울린다. 부장이 못살게 군다고 해서 대들었다간 졸지에 실업자가 되고, 고참이 팬다고 들이받으면 십중팔구 더 두들겨 맞는다. 세상은 대들고 따지는 법을 가르치지 않는다.

피해자에겐 선택권 같은 게 없다. 가해자의 선처만 막연히 바랄 따름이다. 오늘은 어제보다 덜 맞았다는 알량한 현실에 안도하며 스스로를 위안하고, 어제보다 더 많이 맞았으면 내일은 덜 맞겠지 하는 헛된 희망을 가꾼다. 그게 피해자가 감당해야 할 삶의 방정식이다. 얻어맞는 게 부당해도 어쩔 수 없다. 어차피 세상은 태초부터 부당했다.

이런 맥락이라면 피해자라 부를 수도 없는 거다. 사정이 어떻든지 간에, 폭력 질서 안에서 공생하며 나아가 폭력 질서의 재생산에 조력하고 있어서다. 폭력은 일종의 제도다. 함부로 거역할 수 없기에 폭력은 객관적이고 강고한 제도다. 백가흠이 증명한 폭력 사회 생(生)의 공식은 이와 같은 원리로 성립한다.

「배꽃이 지면」을 다시 보자. 병출 씨와 개순이는 왜 도망치지 않았을까. 병출 씨는 과수원 주인이 자신의 아내를 겁탈하는 장면을 수시로 목격하면서도 왜 막아서지 못했을까. 도망치는 게 두려웠다면 절름발이 과수원댁하고 작당해 술에 약이라도 탈 수 있는 거 아닐까. 제 아기가 눈앞에서 살해됐는데 부모로서 맞서는 게 옳은 것 아닐까. 제 새끼가 무참하게 죽었는데 아비란 자가 어찌 가만히 있을 수 있을까. 되돌아올 주먹이 무서워서? 밥 한 그릇이 겁나서?

「귀뚜라미가 온다」의 칠순 노모는 또 어떠한가. 아들이 자신을 때리다 잘못 주먹을 휘둘러 손에서 피가 흐르자 "다, 달구야. 손 개안나. 피난다. 니 손." 하고 알려 주는 건 무언가. 이게 말로만 듣던 그 지고지순한 모성인가. 「굿바이 투 로맨스」에서 스토커 남자에 의해 갇혀 사는 두 여자의 대화는 또 무언가. "너 왜 도망칠 생각을 않는 거야? 사랑이라도 하는 거야?" 이게 말로만 듣던 길들여지는 것인가.

백가흠은 여기서 묻고 있다. 당신은 폭력 앞에서 당당한가. 담임선생이 잘사는 집 애를 편애할 때 당신은 무엇을 하고 있었는가, 학교에서 싸움 잘하는 애와 왜 눈을 마주치지 못했는가, 군대에서 밤마다 집합당할 때 왜 당신은 부동자세로 서 있었는가, 직장에서 상사가 부당한 명령을 내릴 때 당신은 왜 들이받지 못했는가. 백가흠은 다시 묻고 있다. 당신은, 당신보다 약한 누군가를 한 번도 괴롭힌 적이 없는가.

백가흠에 따르면 세상을 지배하는 건 폭력이다. 세상의 모든 구성원은 그 섭리에 복종해야 한다. 그래야 마땅하다.

백가흠에 관한 몇 가지 사실

그러나 현실에서 만나는 백가흠은 순박한 청년이다. 전라도 억양 밴 어눌한 말투는 수더분하고, 하여 자꾸 정이 간다. 평화롭고 잔잔한 유년을 거쳐 착실하게 오늘을 사는 모범적인 청년이다. 백가흠에게서 폭력·위악·공포 따위의 잔혹한 기운을 떠올리는 건 아무래도 불가능하다.

> 저는 참 유복한 집에서 자랐어요. 저희 아버지는 평생 평교사로 재직하신 선생님이에요. (……) 저는 어렸을 때부터 아무 부족함 없이, 결핍 없이, 상처 없이 자랐습니다. (……) 또 하나를 굳이 얘기하자면 저희 집은 독실한 크리스천 집안이에요. 100년이나 기독교를 믿어 온, 개신교 집안에서 자랐어요.

— 『박범신이 읽는 젊은 작가들』에서, 문학동네, 2007, 70쪽

백가흠의 삶에서 억지로라도 억압 기제를 찾아낸다면 두 개 정도를 거론할 수 있겠다. 하나는 기독교 윤리다. 진실한 영혼을 추구하는 윤리 앞에서 백가흠은 답답한 공기를 느꼈을 수 있다. 다음으로 문학청년 아버지다. 그의 아버지는 문예창작과를 졸업했고, 여전히 열렬한 한국 문학 애독자다. 일전에 그는 책에 치여 앉을 자리가 비좁은 집에서 컸다고 털어놓기도 했다. 그러니까 당신 자신은 작가의 꿈을 이루진 못했지만 아들놈이 대신 소원을 이뤄 준 셈이다. 그의 두 번째 소설집 『조대리의 트렁크』 리뷰 기사가 나간 뒤 백가흠이 집안 얘기를 꺼내서 안다. "형, 고마워요. 제가 형 기사 때문에 집에서 기를 펴고 살아요. 아버지는 아예 신문 몇 부를 교

회에 가져가셨다니까요. 자랑하시려고요.”

　마지막으로 사소한 문단 일화 하나를 소개한다. 백가흠과 친구들 얘기일 수 있고, 요즘의 젊은 문학이 자유로이 소통하는 하나의 모습일 수도 있다.

　「웰컴, 베이비!」에 만삭의 아내가 등장한다. 기형아를 낳자 아기를 버리고 허겁지겁 도망치는 엄마다. 그녀의 말투가 문단에서 화제가 된 적이 있다. 남편이 “밑에 가서 밥 좀 얻어 와라.” 하면 “니가 갔다 오세요.” 톡 쏘아붙이는 철부지 캐릭터다. 그녀의 몇몇 대사를 인용하면 다음과 같다. “지랄하셔요, 미친놈께서는.” “개자식님, 꼭 이런 일은 날 시키셔요.” “진통이신가? 귀찮아 죽으시겠네. 다시 임신만 시켜 봐, 씨발님.” 등등. 백가흠은 이 말투를 김민정의 시에서 빌려 왔다고 말했다. 그렇고 보니 김민정의 퉁명스런 말대꾸가 연상되는 구석이 있다.

　「루시의 연인」엔 인터넷 포르노 사이트에 ‘야설’을 올리는 작가가 나온다. 여기서 재미있는 건, 야설 작가에 관한 다음과 같은 세세한 디테일이다. “준호는 일주일에 한 번 성애 에피소드를 야한 소설방에 올린다. 누군가 한 번 클릭 할 때마다 준호에게는 30원씩 원고료가 떨어지게 돼 있다.” 백가흠은 어떻게 인터넷 성인물 시장의 밑바닥 사정까지 훤히 알 수 있었을까. 그건 시 쓰는 김경주로부터 들은 정보를 가공한 거다. 김경주는 얼마 전까지만 해도 이렇게 해서 밥을 벌었다.

백가흠

당신의 일상은 안녕하시나요?

우리의 끔찍 살벌한 이야기

편혜영

편
혜
영

who 1972년 서울 출생. 서울예대 문예창작과와 한양대 국문과 대학원을 졸업했고, 2000년 《서울신문》 신춘문예로 등단했다. 인간 편혜영으로부터 불쾌나 징그러움, 또는 섬뜩한 기운을 느낀다는 건 새빨간 거짓말에 가깝다. 여자 편혜영은 다소곳하고 예의 바른데다 상냥하고 친절하다. 낮에 직장에 다녀서 그런지 커리어 우먼의 세련되고 정돈된 이미지도 갖고 있다. 반면에 편혜영의 소설로부터 안락함이나 편안함, 또는 위안의 기운을 받는 건 일찌감치 포기해야 한다. 여태의 한국 소설 중에서 가장 많은 수의 시체가 출연하고 가장 많은 양의 혈액으로 범벅된 소설이어서다. 편혜영은 특유의 깍듯한 목소리로 쥐가 살을 파먹고 구더기가 귀에서 기어 나오는 살풍경을 소곤소곤 들려준다. 편혜영의 도시 괴담이 섬뜩한 건, 그 친절한 목소리 때문만은 아니다. 겁에 질린 우리에게 '아무리 발버둥쳐도 소용없어. 탈출구 따위는 세상에 없거든.' 하고 속삭이고 있기 때문이다. 아무튼 편혜영은, 작가와 작품은 별개란 옛 말씀을 완벽에 가깝게 증명하는 희귀한 존재다. 회사에 있을 땐 소설가 같고, 문단에 나왔을 땐 사무원 같다고 스스로를 소개한다. 소설집 『아오이가든』(2005)과 『사육장 쪽으로』(2007)가 있다. 2007년 한국일보문학상을 받았다. 그리고 2008년 가을 '이중생활'을 청산하고 전업작가의 길로 들어섰다.

차선을 바꿔 속력을 높여 볼 생각으로 핸들을 돌렸다. 갑자기 요란한 클랙슨 소리가 들렸다. 얼른 원래 차선으로 돌아갔다. 그는 고속도로에서 규정 속도를 지키는 소심한 운전자 중의 하나였다. (……) 규정 속도로 낮추자 뒤에서 다시 클랙슨이 울렸다. 사이드미러를 보고서야 유람선만큼이나 커다란 화물차가 바짝 뒤따르고 있다는 것을 알았다. 화물차는 곧 차선을 바꾸어 그를 앞질러 갔다. 그는 화물차의 꽁무니를 보며 안도의 한숨을 내쉬었다. 잠시 후에는 트레일러 한 대가 그의 뒤를 따랐다. 그는 아예 갓길로 차를 빼고 트레일러가 사라져 보이지 않을 때까지 기다렸다. 다시 차를 출발시켰으나 잠시 뒤에는 또 다른 화물차가 다가왔다. 그는 할 수 없이 다시 차를 뺐다.

—「사육장 쪽으로」에서, 『사육장 쪽으로』, 문학동네, 2007, 47쪽

친절한 혜영 씨가 건네는 선혈 낭자한 인사말

그녀를 처음 만난 건 2005년 정초 어느 술자리였다. 다들 거나하게 취한 상태였다. 시를 쓴다는 녀석은 잔뜩 혀 꼬부라진 소리로 제 시 모양 못 알아먹을 얘기만 지껄이고 있었고, 맞은편의 평론가 형은 그 혀 꼬부라진

소리를 알아듣기라도 한다는 듯이 고개를 앞뒤로 꺾어 댔다. 털털한 성격의 여성 작가는 방바닥에 드러누워 얕게 코를 골고 있었고, 말술 자랑하는 여성 작가는 자신의 잔을 채워 줄 말짱한 상태의 동료를 더 이상 찾지 못하자 급기야 자작을 시작했던, 어느 겨울날 새벽녘의 해장국 집이었다.

그러나 단 한 명은 아니었다. 테이블 저쪽에 다소곳이 앉아 있던 그녀다. 검은색 재킷 때문인지 안색은 하얗다 못해 창백했다. 그녀는 가지런히 모은 두 손을 제 무릎 위에 모은 채 새침한 얼굴로 앉아 있었다. 맞선 보러 나온 어느 댁 규수 모양 한 치 흐트러짐 없는 자세였다.

홀로 소주 홀짝이는 '말술'에게 저쪽 그녀가 누구냐고 물었다. "몰라? 편혜영이잖아, 소설 쓰는 편혜영." "어, 나 오늘 처음 봤는데. 근데 저 친군 왜 여태 말짱해?" "야, 나도 말짱해, 이거 왜 이래? 죽고 잡냐?" "아니 그게 아니라, 여하튼 튀잖아." "너, 조심해라. 쟤, 정말 무서운 애다. 저 독한 것." "정말? 저 범생이 스타일이?" 내가 힐끔거리는 걸 눈치챘던 걸까. 그녀는 천천히 고개를 돌렸다. 눈길이 마주치자 그녀는 이내 친절한 눈인사를 건넸다. 술이 깨는 기분이었다.

그해 여름. 지긋지긋한 장마가 물러가고 텔레비전 프로그램이 납량 특집으로 도배될 즈음. 편혜영의 첫 소설집 『아오이가든』이 출간됐다. 잠자기 전에 읽어 볼 요량으로 책을 챙겨 퇴근했다. 그리고 그 밤, 나는 거의 잠을 이루지 못했다. 당황과 경악, 혼란과 공포로 나는 밤새 불편했고 거북했다. 상한 음식 먹은 것처럼 속이 언짢았고 긴 악몽 꾼 것처럼 뒤숭숭했다. 책을 열자마자 편혜영은 친절하게 독자를 맞이했다. 인사말은 어처구니없게도, "안녕, 시체들"이었다.

셋째는 쥐의 배를 가르는 일을 계속했다. 셋째가 던져 준 과자 부스러기를 받아먹고 자란 쥐는 살이 통통하게 올랐다. 셋째는 녹이 슨 칼로 쥐의 배를 갈랐다. 가른 배에서는 붉은 피와 내장에 휩쓸려 새끼 쥐 몇 마리가 튀어나왔다. 피를 묻힌 맨살의 죽은 쥐들이 방 안을 솜처럼 떠다녔다. 사방의 벽에서 떨어진 벌레들이 쥐를 피해 갈라진 틈으로 숨었다. 숨을 곳을 찾지 못한 벌레들은 아이들의 벌린 입속으로 드나들었다. 둘째의 귀로 구물거리는 구더기가 몇 마리 숨었다. 구더기들은 둘째 몸에 기생하며 목숨을 부지했다.

—「저수지」에서, 『아오이가든』, 문학과지성사, 2005, 31~32쪽

나는 구역질을 참지 못하고 뱃속의 것을 게워 냈다. 붉은 내장들이 계속 쏟아졌다. 고양이의 것인지 내 것인지 헷갈릴 정도로 많은 양이었다. 꿰맨 자국이 있는 뱃가죽이 튀어나올 때까지 구역질이 멎지 않았다. 그녀는 누이의 뱃속에서 나온 수십 마리의 붉은 개구리들을 바깥에 쏟았다.

—「아오이가든」에서, 앞의 책, 60쪽

삼촌과 나는 식도가 산 것의 맛을 잃지 않도록 가끔 지렁이를 씹어 삼켰다. 구호품은 대개 딱딱하고 마르고 오래된 것들이었다. 물컹거리는 느낌은 잠깐이었다. 지렁이가 식도를 타는 느낌이 들면 참을 수 없이 몸이 간지러웠다. 삼촌과 나는 지렁이를 삼키며 하릴없이 키득거렸다.

—「만국박람회」에서, 앞의 책, 150쪽

워낙 크게 놀라면 눈에 뵈는 게 없는 법이다. 편혜영을 읽고 난 뒤의 내 첫 감상이다. 아무리 읽어도 줄거리가 들어오지 않았다. 소설을 읽는 건 악몽에 시달리는 것처럼 괴로웠다. 쥐·시체·전염병 따위가 내 뒤를 끊임없이 쫓아왔고 어느 순간 나는 시체 썩는 냄새 진동하는 습지·무덤·하수구 안에 갇혀 있었다. 온몸이 피투성이였고 살점은 너덜너덜 찢겨 나갔다.

그건 이미지 때문이었다. 이미지가 워낙 강렬해 서사가 뒷전으로 밀려난 것이었다. 편혜영은 어린 아이에게 동화책을 읽어 주는 목소리로 극단의 살풍경을 드러내 보이고 있었다.(몇몇 작품은 실제로 동화를 모티브로 삼은 흔적이 있다.) 그녀는 사지 절단 내고 내장 널브러지는 지옥도를 생생히 재현하면서도 시종 차분했고 천연덕스러웠다. 인상 한 번 찡그리지 않고 고분고분하게, 흔하고 빤한 일인데 굳이 요란스레 떠들 필요가 있겠느냐는 밍밍한 어조로 극한의 악몽을 중계하고 있었다.

다음날 아침 그녀에게 전화를 걸어 따지듯이 물었다. 이렇게까지 쓴 이유가 뭐냐고. 그녀는 깍듯이 예의를 갖춰 조곤조곤 속삭였다.

"소재는 주로 현실에서 얻습니다. 모두 신문에 실렸던 일을 가공한 것입니다. 세상은 이미 처참하지 않나요?"

당신의 일상은 안전하시나요

시간이 흘러 2007년 여름. 푹푹 찌는 열대야가 시작되고 2년 전 극장에서 개봉했던 공포 영화가 텔레비전에서 방송될 무렵. 편혜영의 두 번째 소설집 『사육장 쪽으로』가 출간됐다. 2년 만에 소설집을 엮었다는 건, 첫 소설집을 내자마자 계절마다 한 편 꼴로 단편을 발표했다는 얘기다. 어지간한 전업 작가도 이만큼 쓰지 못하고, 어지간한 인기 작가도 이만큼 지면을 얻지 못한다. 그러니까 편혜영은, 겨우 이태 만에 가장 주목받고 가장 바쁜 작가로 성장한 셈이었다.

문단이 처음부터 편혜영을 어여삐 여긴 건 아니었다. 편혜영을 앞에 두고 문단은 대체로 다음의 절차를 밟았다. 우선 경악과 충격으로 허우적거렸다. 아무리 소설을 많이 읽었다 해도 편혜영 앞에선 일단 고개부터 저었다.(여기까진 나도 같았다.) 이다음부터 의견이 엇갈렸다. 하나는 소설 본연의 임무를 내팽개치고 도착과 엽기의 이미지만 잔뜩 퍼질러 놓은 철부지 젊은 작가의 고약한 악취미란 혹평이었다. 그들의 외침은 하나였다. "이렇게까지 써야 하나?"

다른 하나는 정반대였다. 편혜영이 펼쳐 보인 세상에 탈출구가 없다는 사실을 그들은 찾아냈다. 편혜영의 눈에 비친 서울 풍경은 비상구마저 봉쇄된 무간지옥이었다. 한 가닥 희망은커녕 불안과 공포만 자욱한 절망의 공간이었다. 편혜영의 새로움은 그 역겨운 이미지에 있는 게 아니라, 어떠한 경우에도 악몽에서 벗어날 수 없다는 독한 저주에 있었다. 여기서 「사육장 쪽으로」를 읽자. 편혜영의 새로움을 주목한 의견이 정확했음을 뒷받침하는 일종의 증거다.

소설은 전원주택 마련이란 도시인의 묵은 꿈을 이룬 가장의 싱그러운 아침에서 시작한다. 막 출근하려는 길, 그는 현관문 틈에 끼워진 편지 한 통을 발견한다. 압류 경고장이었다. 그 순간부터 그의 평온하고 안전한(또는 그렇다고 굳게 믿었던) 일상이 보기 좋게 박살난다. 그는 집행인들이 언제들이닥칠지, 집에서 쫓겨나면 어디로 가야 하는지 알지 못한다. 어느 날 갑자기 일방적으로 당할 일만 기다려야 할 처지가 된 것이다. 별안간 불안과 공포가, 그 음산한 기운이 그의 주위를 에워싼다. 일상은 겨우 이깟 얄팍한 편지 한 통으로 산산조각 난다.

> 아내 역시 그것이 그들에게서 온 편지임을 알아차렸다. 아내는 얼굴이 파리하게 질려 소리를 질렀다. 아악, 이제 어쩌면 좋아요. 당장 그들이 쳐들어올 것처럼 겁먹은 목소리였다. 방 안에 있던 노모가 영문도 모르고 아내를 따라 소리를 질러 댔다. 아내는 그 소리에 더욱 겁을 먹었다. 치매에 걸린 노모는 비명을 멈추지 않았다.
>
> — 「사육장 쪽으로」에서, 『사육장 쪽으로』, 38쪽

편혜영은 두 번째 소설집에서 싹, 핏기를 뺐다. 더 이상 시체는 없다. 스멀스멀 몸을 타고 오르던 구더기도 안 보이고 사방팔방 뛰어 놀던 쥐 떼도 종적을 감췄다. 그런데도 편혜영은 여전히 심기를 건드린다. 일순간 엄습하는 공포 같은 건 없다. 대신 정체를 알 수 없는 불길한 기운이 시나브로 뒷목을 타고 오른다. 이 오싹함은 어디서 비롯되는 걸까.

전원주택으로 다시 가 보자. 야트막한 산을 뒤로하고 전원주택 스물두 채가 늘어선 풍경은 평화롭고 아름답다. 그러나 그건 일종의 착시 현상이다. 마을은 겉으로 보이는 모습만 편안하고 안전하다. 그림 속 풍경 같은 마을은 사실 소음으로 온종일 불안하다. 마을 사람 누구도 가 본 적 없는 사육장 쪽에서 개 짖는 소리가 터져 나오고 방음벽을 뚫고 울려 대는 대형

트레일러의 덜컹거리는 진동음이 시도 때도 없이 마을을 엄습한다.

각자의 일상 안에서 우리는 가장 편안하고 안전하다고 믿는다. 하나 그건 비겁한 합리화이며 허울 좋은 환상이다. 일상은 유리처럼 얄팍하고 깨지기 쉬운 것이다. 그 거역할 수 없는 사실을, 우린 부러 외면하며 살아간다. 일상마저 위태로우면 더 이상 믿고 의지할 데가 없어져서다. 편혜영이 불편한 까닭이 예 있다. 겨우 도닥거려 놨는데 자꾸 헤집고 후벼 파고 있어서다. 편혜영이 친절한 미소 머금으며 묻고 있다.

당신의 일상은 안전하시나요?

21세기 서울에서 작가로 산다는 것

편혜영은 서울 토박이다. 갓난아기였을 때 서울로 이사했다고 어느 글에서 밝히기도 했지만 고향의 기억이라곤 서울 변두리 비좁은 골목길에서 또래 계집애들과 고무줄 놀이나 하던 게 전부다. 편혜영에게 고향은, 찾아가야 반길 이 없고 찾아가고 싶은 마음도 내키지 않는, 무덤덤하고 심드렁한 미지의 장소에 다름 아니다.

편혜영에겐 모두 네 개의 자격증이 있다. 편혜영은 주판 굴리는 법과 수동식 타자기 때리는 법을 가르치는 고등학교를 다녔다. 그 고등학교 때 딴 자격증이 세 개고, 나머지 하나는 21세기 개막과 함께 획득했다. 이름하여 소설가 자격증이다. 그는 2000년도 신춘문예에 당선돼 소설가가 됐다. 바로 이 자격증 얘기를, 편혜영은 자전소설 「20세기 이력서」에서 꺼낸 적 있다.

여기 있는 걸 잘 봐 둬. 다음 세기에 부각될 자격증이야. 우리는 21세기에도 그렇게 많은 자격증이 있어야 한다는 것에 놀랐다. 우리도 자격증이 있잖아. 누군가 말했다. 우리가 배웠던 건 다 없어질 거야. (……) 21세기에는 유망할지 몰라도, 20세기에는 아니지 않니? 한이 잠깐 자리를 비운 사이 누군가 물었다. 20세기에 취업해야만 하는 우리는 한이 돌아오기 전에 얼른 고개를 끄덕였다. (……) 우리는 애써 딴 자격증이 머지않아 무용지물이 될 거라는 사실을 쉽게 받아들이지 못했다. 다행이었다. 아직은 20세기였다.

— 「20세기 이력서」에서, 《문학동네》 2007년 가을 호, 326~327쪽

'자격증'의 자리에 '문학'을 대신 집어넣으면 어떨까. 20세기 한국 문학이 강요했던 자격증이라면 어떤 걸까. 정겨운 고향의 추억? 시대를 위해 청춘을 불사른 경험? 그러나 21세기 들어 문학을 시작한 20세기 막바지 세대의 작가는 지난 세기가 요구한 어떤 자격도 구비하지 못했다. 편혜영이 들려주는 낯설고 괴이쩍은 도시 괴담은 어쩌면 21세기 벽두 서울에서 소설을 쓴다는 사실 자체를 가리키는 것일지 모른다.

말하자면 어떤 그리움이나 상실감이 없는 채로, 부정해야 할 대상도 없고 증언하고 싶은 시절도 없이, 고백해야 할 내면이나 문학적 책임 의식도 없는 20세기 막바지 세대가 21세기에 문학을 하고 있는 셈이다. 어쩐지 재미없는 농담 같다.

— 「교본의 시간」에서, 《문학 · 판》 2006년 겨울 호, 113쪽

편혜영

지지리 궁상은 딱 질색이야

김민정

who 김민정의 시에 따르면, 김민정은 키가 168센티미터이고 체중이 57킬로그램이다. 말만 한 처녀가 제 신체 비밀을 다 떠들고 다닌다. 그에게 오랜 병력이 있다는 사실을 아는 이는 많지 않다. 늘 활발하고 씩씩해 보여서다. 어쩌면 대구법은, 김민정을 가장 잘 설명하는 단어일지 모른다. 이를테면 김민정의 시는, 섬뜩했다가 허무하고 천진하다가도 살벌하다. 일상에서 만나는 시인도 그러하다. 잘 웃는가 하면 눈물도 많다. 순하고 무던하지만 한 번 욕을 뱉었다 하면 제법 야무지다. 그러나 누가 뭐래도, 김민정은 천성이 순하다. 또래 시인 잘 챙기고 발도 넓어 흔히 '걸어 다니는 문단 114'로 통한다. 물론 나도 그 114의 단골 고객이다. 딸 넷인 집안의 장녀로 가족 사랑이 끔찍하다. 1976년 인천에서 태어났다. 중앙대 문예창작과를 졸업했고 1999년 《문예중앙》으로 등단했다. 시집은 2005년에 발표한 『날으는 고슴도치 아가씨』 한 권. 2007년 박인환문학상을 받았다.

clip 딸랑이를 흔들어 주려 자크를 내리자 개구리의 배가 열십자 드라이버로 갈린다 온통 새까만
개흙으로 뒤덮인 내장 속으로 나는 삽질하는 밀랍 인형에 태엽을 감아 밀어 넣는다 배 밖으로
흙을 퍼내는 태엽 감긴 밀랍 인형의 삽에 줄줄이 걸려든다 내가 뽑아 감춘 사랑니, 내가 깎아
버린 손발톱, 내가 긁어 떨군 살비듬, 내가 밀어 말린 물때, 내가 흘려보낸 피와 난자들……이,

—「내가 날 잘라 굽고 있는 밤 풍경」에서, 『날으는 고슴도치 아가씨』, 열림원, 2005

내가 좋다는데 왜 지랄이셔

21세기 벽두, 콕 집어서 2005년. 한국 시단을 논란에 몰아넣은 시집 몇 권이 우르르 출간됐다. 개중에 김민정의 첫 시집 『날으는 고슴도치 아가씨』도 있었다. 새로운 화법에 어지간히 인이 박인 문단도, 김민정 앞에선 영 허방만 짚었다. 어찌 보면 그럴 만도 했다. 김민정이 들고 나온 시란 게, 도무지 해괴하고 망측했다. 맛보기 삼아 김민정의 시적 상황을 요점 정리하면, 예컨대 다음과 같겠다.

— 시적 사건: 살인·강간·신체 절단·자위 따위.(어느 한적한 고샅을 산 책하거나, 꼭두새벽 산꼭대기에 올라 장엄한 일출을 마주한다거나, 야생화의 꽃말을 찾아보는 행위, 다시 말해 우리가 익히 알고 있는 '시가 되는 행위'는 절대 일어나지 않음.)

— 시적 분위기: 낭자한 욕설, 흥건한 피, 질펀하게 싸질러 놓은 배설

물.(그거 알아? 네가 나를 요만큼 생각하면 나는 너를 이만큼이나 생각해, 따위의 간지러운 귀엣말은 기대 금물.)

— 가족 관계: 자식이 아버지를 쳐 죽이고 어머니는 자식을 불에 구워 잘라 먹음.(소위 패륜의 가족상.)

설마, 하실 분이 계실까 싶어 이번엔 시의 일부를 소개한다. 19세 이하 열람 금지 푯말이 붙어야 하는 게 아닐까 싶다. 아무튼.

> 한밤중에 목이 말라 냉장고를 열어 보니 밤의 푸른 냉장고는 고장이 났고 나는 거기 머무를 수밖에 없었다. 어둠으로 불 밝히는 캄캄한 대낮, 갈퀴 달린 내 손톱은 빙산처럼 희게 빛나는 검은 저 삼각주를 박박 긁어 대는데 내 음부가 철철 피 흘렸다. 달콤 쌉싸래한 시럽, 붉은 고 촛농에 젖어 살빛 카스텔라는 곰팡 난 매트리스로 푹 번져 가는데 그 위로 삐걱, 삐걱 소리를 내며 꿈틀, 꿈틀거리는 이봐요 고등어 부인 씨…… 그녀는 한창 자위 중이었다.
>
> — 「고등어 부인의 윙크」에서, 『날으는 고슴도치 아가씨』

맨 처음, 문단은 어떻게든 김민정을 해석하려 용 썼다. 하여 이를테면 아래와 같은 식의 독후감을 제출했다. 꼭 이렇게 썼다는 얘기는 아니다. 다만 문단의 몇몇이 섣불리 공표한 독후감은 아래의 톤과 별반 다르지 않았다.

"한밤중에 목이 말라 냉장고를 열어 보니……" 이거 유행가 가사잖아. 아, 대중문화 코드의 적극적 활용, 좀 더 그럴듯하게, B급 문화에 기반을 둔 젊은 세대의 상상력. "음부가 철철 피 흘렸다." 오호라, 여성의 음부가 적나라하게 명시됐구나, 그럼 여성성의 발현. 아예 자위까지 하고 지랄이 구나, 공격적 여성성. 행갈이 없이 죽죽 이어 놨으니 음율 같은 건 무시한 요설이고. 이로써 해석 끝. B급 문화 코드로 버무린 공격적 여성성을, 음악적 고려 없이 장황히 중얼대는 시답잖은 수다.

안타깝게도, 이런 식의 횡포는 여전히 횡행한다. 그들은 김민정의 난폭한 상상력과 망측한 어휘 앞에서 비명을 지른다. 무릇 시란 고상한 것이라 믿는 이들에게, 가령 "삶이 그대를 속일지라도"로 말문을 여는 고매한 글귀만이 시의 경지에 들 수 있다고 여기는 이들에게 특히 그러하다. 그러니까 그들이 기겁하는 것도, 그들 입장에선 일리가 있다.

하나 앞서의 독후감은 김민정에게 욕설과 다름없다. 김민정은 일정한 규칙이나 반복적인 주제, 또는 모종의 전략에 따라 시를 쓰지 않는다. 다시 말해 치밀한 계획에 의거해 대중문화 코드를 차용하지 않으며, 여성적 자의식이 투철해 음부를 적시하지도 않는다. 옛 시인처럼 쌓이고 쌓인 불만이 마침내 폭발해 소통 불능의 노래를 지어 내는 건 더욱 아니다. 잔혹극이긴 한데 자꾸 엉뚱한 웃음이 비어지고, 별의별 짓거리가 즐비해도 음란하단 느낌이 일지 않는 건 바로 이 때문이다.

그럼 김민정은 왜 이런 시를 쓸까. 김민정은, 내가 좋아서 이렇게 쓴다고 말한다. 이렇게 시 쓰면서 노는 게 재미있어서라고, 남의 얘기하듯이 대꾸한다. 왜 이렇게 쓰면 안 되냐고, 너희가 뭔데, 시시콜콜 참견이나 해 대고 지랄이냐고, 귀찮아 죽겠다는 표정으로 되묻는다.

《서정시학》 2005년 겨울 호에 김민정이 자신의 시론을 밝힌 글이 있다.

다음은 그 일부다. 줄여서 말하면, 난 시 안에서 엄마 갖고 노는 게 재미있으니까 당신들은 제발 신경 끄셔! 이쯤 되겠다. 더 줄이면 '제멋대로의 시학' 정도겠다.

2005년 10월 31일의 詩, 고무찰흙 엄마
가장 만만해서 너무도 소중한 내 장난감, 내가 갖고 놀겠다는데 그래서 가지고 놀았는데 정작 망가뜨린 건 너희들의 주둥이, 너희들의 궁둥이, 그러니까 엄마도 더 이상은 싱싱하지가 않잖아.
다행히 엄마는 모델 놀이를 좋아해. 너도 되었다가 나도 되었다가 우리 모두가 될 줄 아는 말랑말랑한 고무찰흙. 안 되는 거 없고 하지 마라 없으니 맘껏 세상을 주물러라 내버려뒀기에 효녀 민정은 오늘도 엄마라는 이름의 고무찰흙으로 오만 가지 장난질 중이지.
살 떨리도록 소중한 살덩어리 모두 내게 바쳐 제 몸으로 시를 반죽케 한 유일한 내 새끼, 엄마야 까꿍.

미친 년 뛰어노는 널 위에서 함께 뛰어놀기

김민정의 시가 발화하는 과정을 짐작할 수 있는 사례가 있다. 아래는 한 문예지 특집에 실린 김민정의 글이다. 이 시대 젊은 작가 열 명이 자신의 글쓰기 근거에 관한 생각을 밝혔는데 김민정도 그 열 명 중 하나였다. 아래는 김민정이 쓴 열한 개 토막 글 중에서 아홉 번째 토막이다.

자다 벌떡 내가 좋아하는 정현종 시인의 시 한 편이 떠올랐는데, 그게 영 가물가물하여 네이버 검색창에다 정현종, 하고 이름 석 자를 친 것이 2006년 5월의 어느 날이었는데, 1939년 12월 17일 출생, 키 169cm, 체중 64kg이라는 자료는 대체 누가 올린 걸까요.(11월 현재는 약력으로 바뀌어 있음.) 그리고 만난 정현종탁구교실. 055-741-7700 경상남도 진주시 상봉동 1096-1. 김민정철학관이나 김민정머리방처럼 잡스러운 내 이름과는 다르게 참으로 시로 오는 정현종탁구교실. 2.7g짜리 하얀 탁구공들이 녹색 테이블 위에서 또르르 구르는데, 떨어져도 튀는 공처럼 일시에 솟아오르는 이 우윳방울들이 벚꽃이냐 뻥튀기냐 떠오르는 이미지에다 색색의 포스트잇을 붙이느라 나는 참 바쁘기만 한데 이런 쓸 거리를 던져 주다니 시인님아, 고맙게도 시작은 당신 때문이라고 말하겠어요.

— 「왜 하필 문학, 그중에서도 시냐고 물으신다면」에서, 《문학 · 판》 2006년 겨울 호, 95쪽

이어서 김민정이 웹진 《문장》 2007년 2월 호에 발표한 「정현종탁구교실」이란 시 전문을 싣는다. 앞의 글과 비교해 읽어 보시라. "색색의 포스트잇"이란 구절이 "어디에나 쩍쩍 잘도 붙는 밀가루 반죽"으로 교체됐을 뿐, 전체 발상과 전개엔 별 차이가 없다.

정현종 시집 읽기를 숙제로 내주고 정현종 시집을 잃어버린 내가 수업 직전 네이버 검색창에다 정현종, 하고 이름 석 자를 쳐 본 것은 2006년 5월의 어느 날, 키 169cm 체중 64kg이라는 자료는 대체 누가 올린 걸까 싶으면서도 나는 내 키에다 1cm 내 체중에다 7kg을 더한

시인의 그림자를 가늠하는 재미로다 어디에나 쩍쩍 잘도 붙는 밀가루 반죽을 손에 쥐고 시로구나 시인입네 주무르게 되었는데 그때 막 굴러오는 희뿌연 공 하나를 보았는데 오는가 싶게 굴러가는 희뿌연 공 하나를 찾다 나는 경상남도 진주시 상봉동 1096-1 정현종탁구교실 문을 두드려 라켓도 하나 빌리게 되었는데 그건 탁구공이 아니라 하고 그건 CF의 한 장면처럼 튀어 오르는 우윳방울도 아니라 하고 그럼 뭐냐는 질문에 그건 매끈한 탄력 기막힌 탄성 같은 거라니 서브 좋은 서버들의 집중타를 나는 기분 좋게 맞아야만 했는데 진부한 나의 라켓이여 안녕, 식상한 나의 바스켓도 굿 바이, 해서 나는 경상남도 진주시 상봉동 910-6 또오리반점 주방에서 내다 버린 양파망으로다 공아, 아나 줄게 공아, 공이나 쫓기 바빴는데 때린들 어떠하리 맞은들 어떠하리 탁구공이 아닌 것이 우윳방울도 아닌 것이 무차별적인 스매싱을 감행하자 계속되는 랠리 속에 내 양파 망은 밑이 터진 것이냐 뻥, 뻥, 뻥이오! 텅 빈 양파 망에서 튀겨져 나오는 뻥튀기나 먹는 나는 뻥튀기 낀 잇속이나 쑤시면서 다만 골똘해지는데 손에 꼭 쥔 이것은 떨어져도 튀는 공이니 김민정철학관이나 김민정머리방처럼 잡스러운 내 간판은 머잖아 또 깨어질 테고,

발단은 네이버 검색창이다. 정현종 시인의 키와 체중까지 검색되는 게 마냥 신기하다. 그런가 보다 했더니 경남 진주엔 정현종탁구교실이란 상호도 있다. 이때 시인의 눈앞에 희뿌연 공 하나가 떠오른다. 이내 탁구공은, 그러니까 시인의 상상력은 사방으로 통통 튀기 시작한다. 탁구공 튀는

모양에서 우유 방울 튀어 오르는 CF 장면이 자동 연상되고, 검색창에 뜬 정현종탁구교실 근처 중국집 상호를 보고선 양파 망을 상상한다. 왜? 탁구 네트와 비슷하게 생겨 먹었으니까. 양파 망 밑에 구멍을 뚫어 놓고 보니 이번엔 뻥튀기 기계로 공상이 옮겨 간다. 한참 뻥튀기 먹는 생각에 골똘한 시인, 심심풀이로 자신의 이름을 검색창에 때린다. 철학관하고 미장원 간판이 뜬다.

김민정에게 시는 일종의 놀이다. 일상에서의 작은 발견, 그리고 뒤이은 연상과 상상. 시인은 폭죽처럼 터지는 이미지를 색색의 포스트잇에다 깨알같이 적는다. 반짝, 하고 떠오른 하나의 발상, 그 발상이 연쇄하는 이미지, 그 이미지가 연출하는 하나의 풍경 또는 사건. 김민정의 시는 이렇게 혼자서 놀다가 불쑥, 튕겨져 나온다.

다시 앞으로 돌아가자. 산문에서 사용한 "벚꽃"이란 단어가 시에선 보이지 않는다. 대신 "뻥튀기"가 나온다. 벚꽃과 뻥튀기 모두 펑, 하고 터져 나오는 탁구공의 연상 이미지다. 왜 바꿨을까. 벚꽃 아래서 김민정철학관을 발견하는 것보다 컴퓨터 앞에 앉아 뻥튀기 긴 잇속 쑤시며 김민정철학관을 검색하는 게 더 매끄러워서다. 이로써 시는, 태초의 발단이었던 네이버 검색창으로 환원한다. 좀 더 의미를 불어넣자면, 세상은 기껏해야 네이버 검색으로 재배치된다. 이렇게 말하지 않고서는 천하의 정현종 시인이 탁구공→양파 망→뻥튀기의 순열(順列) 맨 앞에 놓이는, 불경한 전말을 해명할 길이 없다.

따라서 김민정을 밑줄 쳐 가며 해독하는 건 곤란하다. 애초부터 자유로운, 나아가 돌발적인 상상으로 빚어진 시편이다. 여기에 논리와 문법, 세상의 온갖 이론을 들이대는 것 자체가 억지고 행패다. 김민정을 읽기 위해선, 김민정이 깔아 놓은 흐름에 올라타야 한다. 탁구공처럼 이리 튀고 저리 튀는 어떠한 가락에 몸을 맡겨야 한다. 김민정 식으로 말해서, 미친 년 뛰어노는 널 위에 함께 올라가 쿵더쿵쿵더쿵, 장단을 타야 한다. 서너 발짝 떨어져 구경만 해선 널 위에서의 쾌(快)를 느낄 수 없다.

이제 김민정이 깔아 놓은 장단에 올라탈 때다. 태초의 이미지가 논리적·문법적·이성적 연관 없이 전혀 다른 이미지로 진화하는, 일종의 퍼닝(punning)을 경험할 수 있다. 김민정의 장단은 이 거침없는, 하여 전복적인 이미지 유희에서 출발한다.

> 소녀는 구름의 흰색을 똥통 속에 둥둥 뜬 두루마리 휴지에서 찾는다. (구름과 두루마리 휴지는 오로지 흰색이란 이유로 동일시된다. 그렇다면 하늘은? 똥통이다. 더 기막힌 건 따로 있다. 구름의 흰색을 똥통 속의 휴지에서 찾는 주체는 순진무구 또는 천진난만의 상징, 소녀다.)
>
> —「지렁이 날자 나 떨어졌다」에서, 『날으는 고슴도치 아가씨』

> 세상에, 누가 강물 대신 저 많은 겔포스를 풀어 놨을까. (이번엔 강물이다. 민족, 역사 따위의 거창한 담론을 가리켰던 여태의 관습이 희멀건 겔포스 앞에서 맥없이 허물어지고 있다. 도랑도 아니고 시궁창도 아니고 하수구는 더욱 아니다. 강물이다!)
>
> —「지렁이 날자 나 떨어졌다」에서, 앞의 책

> 거북이가 사라졌어 거북이가 사라져서 나는 내 거북이를 찾아 나섰지 거북아 내 거북아 그러니까 구지가도 안 불렀는데 거북이들이 졸라

빠르게 기어 오고 있어 졸라 빠르게 기는 건 내 거북이 아냐 필시 저
것들은 거북 껍질을 뒤집어쓴 토끼 일당일걸? (어느 날 어항 속 거북이
가 사라져 버렸다. 그 느려 터진 걸음만 믿고 방심했던 탓이다. 하여 거북
이 뒤에 "졸라 빠르게"란 수식어가 따라 붙었다. "졸라 빠르게"에선 두 가
지 이미지가 파생된다. "졸라"에서는 거북이의 오랜 이미지 '좆'이 이어지
고, 빠른 건? 당연히 토끼다.)

—「거북 속의 내 거북이」에서, 앞의 책

내가 아는 가장 시적인 사건

박인환문학상이란 상이 있다. 강원도 인제군이 주관하는 문학상으로,
상금 500만 원도 주고 열 돈짜리 금메달도 부상으로 준다. 군 차원에선 심
혈을 기울이는 문학 행사다. 군수가 직접 시상을 한다. 그렇다 보니 시상
식에도 정성을 쏟는다. 2007년 시상식도 마찬가지였다. 수상자 대표작 중
에서 한 편을 골라 낭송하는 자리도 마련됐다. 전문 시 낭송가도 초빙했
다.(여기서 잠깐. 혹시 시 낭송회를 보신 적 있으신지. 한복 곱게 차려 입은 중년 여성
이 마이크 앞에 서 한껏 우아한 포즈로 낭송하는 광경을 지켜본 일 있으신지. 본래 시
는 노래였다는 사실을, 눈으로 읽는 게 아니라 입으로 읊는 것이었다는 사실을 새삼
깨달을 수 있으니, 꼭 한번 관람하시라.)

그러니까 낭송회까지는 문제될 게 없었다. 차질이 빚어졌다면 2007년
수상자가 하필 김민정이라는 데 있었다. 이리하여 입에 담기에도 민망한,
노래라기보다 욕설에 가까운 김민정의 시가 여러 하객 앞에서 낭송되는 일
이 벌어지고 말았다. 2007년 10월 13일, 강원도 인제군 만해마을에서였다.

　난 이 일화를 사건이라고, 그것도 내가 아는 가장 시적인 사건이라고 여긴다. 예전에 프란츠 카프카가 자신의 소설 『소송』을 좌중 앞에서 낭독한 일이 있었단다. 그러나 그건 모종의 전략에 의한 의도적인 이벤트였다. 그러나 이번 일은, 시란 이러이러하다 또는 시란 저러저러해야 한다는 견해의 차이가 빚은 해프닝이었다. 시상식에 참석했던 백가흠, 김근, 김경주, 안현미 등 젊은 문인은 터지는 웃음을 참지 못해 식장을 뛰쳐나갔다.

　이날 낭송된 김민정의 시는 「할머니, 사내들, 그의 아내, 그리고 그녀의 딸 — 피터 그리너웨이 풍으로」란 작품이다. 처음 세 연만 소개한다. 독자 제위께서도 감정을 최대한 살려 낭송해 보시라. 참고로 시 낭송가 선생은 "굿!"이란 대목에 강세를 두었다.

할머니가 죽자 그녀의 사내들이 되살아났고 게서부터 우리들의 가계
는 시작이라 했다 유언은 단 한마디, 굿! 하셨다는데 그래서 좋단 말
씀이시우, 아님 살짝 비명이실까

할머니가 죽자 되살아난 그녀의 사내들은 시루 속 콩나물처럼 길쭉길
쭉 자라났고 이거야말로 우리 모두의 로망 아니겠니 이 많은 아버지
들 속에 내 아버지 골라잡기 말이다, 매일 밤 그녀는 물 찬 조루로 똥
찬 시루를 적시느라 여념이 없었거늘

소녀는, 재주라곤 손톱이나 물어뜯을 줄 아는 소녀는, 이도 저도 시큰
둥이라 머리가 덜 찬 아버지의 대가리를 따거나 뿌리가 시들한 아버

지의 아랫도리를 짓이기는 데서 그녀를 이해한다 하였지만 어머니, 몸
통만 남은 콩나물은 아귀찜 속에서나 환영받을 일 아닌가요

김민정

우리들의 일그러진 마광수

prologue

마광수에 열광하던 시절이 있었다. "나는 야한 여자가 좋다."고 떠들고 다녀서, 장미여관으로 가자고 뭇 여성을 꼬이고 다녀서 마광수를 찾아 읽은 건 아니었다. 김연수의 말마따나 "1991년 5월 이전까지만 해도 대뇌의 언어로 말하던 사람들이 1992년부터 모두 성기의 언어로 떠들어 대기 시작했던"(『네가 누구든 얼마나 외롭든』에서) 시절이기 때문이었다.

마광수는 게릴라였다. 고지식하고 점잖은(혹은 그러한 척만 하는) 사회와 혼자만의 방식으로 전쟁을 벌인 문화 게릴라였다. "그럼 당신은 야한 여자가 싫으냐?"고 되묻던 그의 뻔뻔한 질문엔, 세상의 허위의식을 조롱하는 통렬한 자신감과 사회 금기와 한판 붙어 보겠다는 다부진 결기가 담겨 있었다.

마광수는 전사였다. 문화 민주주의를 쟁취하기 위해 떨쳐 일어선 민주화 투사였다. 민주화 열기가 문화 영역으로 번지던 1990년대 들머리, 마광수는 시대의 아이콘이었다.

<u>영웅, 겁먹다</u>

2000년 늦가을 어느 허름한 술집. 그는 불안해 보였다. 심하게 손을 떨었고 눈동자는 자주 흔들렸다. 마광수를 응원하는 몇몇이 어렵사리 만든 자리였지만, 그는 끝내 웃음을 보이지 않았다. 연방 담배만 꺼내 물었다. (그 자리에 난, 기자 신분이 아니라 마광수를 응원하는 몇몇의 자격으로 말석에 앉아 있었다.)

그가 구속된 건 1992년 10월 29일이었다. 한 해 전에 발표한 장편 『즐거운 사라』가 음란물 판정을 받으면서 팔자에도 없는 옥살이를 했다. 1993년 2월엔 연세대 국문과 교수에서도 해직됐다. 그러나 1998년 3월에 사면·복권됐고, 같은 해 5월 대학에 복직했다. 한국에서 판매 금지됐던 『즐거운 사라』는 그사이 일본에서 베스트셀러가 됐다.

하여 어느 정도 상처가 아문 줄 알았다. 다름 아닌 마광수이기에 툴툴 털고 일어서 있으리라 막연히 믿었던 것이다. "걱정 마시게. 나의 전쟁은 이제부터일세."라고 되레 우리를 안심시키리라 기대했던 것이다. 그러나 그는, 여전히 우울증과 대인 기피증을 앓고 있다고, 자신을 기억하는 몇몇 앞에서 겨우 말했다. 겁먹은 영웅의 얼굴은 초라했다.

야함과 음란함의 차이

2005년 5월, 마광수가 장편 『광마잡담』을 내놓았다. 하나 소설은 하나도 야하지 않았다. "마광수가 『즐거운 사라』 이후 13년 만에 내놓은 야한 소설"이란 광고 문구가 무색할 정도였다. 그건 표현의 수위나 상상력의 차원이 아니었다. 일찍이 마광수는 우리에게 가르쳤다. 일탈과 모반의 기운을 동반해야 비로소 야할 수 있다. 하나 『광마잡담』은 그렇지 않았다. 다만 음란할 따름이었다.

2006년 연말에 발표한 장편 『유혹』도 마찬가지였다. 섹스 클리닉이란 선정적인 소재도 소설을 야하게 만들진 못했다. 표지 상단의 '19세 미만 구독 불가'란 문구가 되레 낯설었다. 소설은 포르노그래피 모양 지루했다.

그렇다고 마광수가 변절한 건 아니었다. 십여 년 전과 똑같은 얘기를 되풀이하는 게 문제였다. 반짝이는 여성의 긴 손톱에서 성적 상징을 읽어 냈던 1990년대, 마광수는 변태란 소릴 들었다. 그러나 지금은 아니다. 네일 아트는 21세기 청춘의 지배적인 스타일 중 하나다. 아무도 섹스를 말하지 않던(또는 못 하던) 시절이었기에 마광수는 야했던 것이다.

우리들의 일그러진 영웅

제 아무리 낯 뜨겁고 망측한 얘기를 쏟아 내도 마광수는 지저분해 보이지 않았다. 돈 욕심도 없었고, 실제로 돈을 많이 벌지도 못했다. 그에겐 소년 같은 구석이 있었다. 밤하늘의 별을 세는 윤동주의 순정 같은 게 어려 있었다. 마광수의 박사 학위 주제는, 뜻밖에도 윤동주 연구였다.

더 이상 야하지 않다고 마광수를 비난할 수는 없다. 변한 건 마광수가 아니라 세상이어서다. 그러나 2006년 겨울, 모든 게 끝나고 말았다. 제자들의 시를 제 시집 『야하디 알랴숑』에 무단 게재한 마광수의 모습에 실망을 넘어 분노를 느꼈다. "내가 미쳤다 보다."며 변명을 늘어놓을 땐 차라리 눈물이 났다. 한 시대가 저물었다.

<u>epilogue</u>

마광수에게 배신감을 느꼈다는 기사가 나가고서 며칠 뒤. 비평가 유성호가 장문의 이메일을 보내왔다. 유성호는 마광수의 제자였다. 그냥 제자가 아니라, 마광수를 해직한 학교 측 조치에 대항했던 학생 대표 중 한 명이었다. 마광수의 몰락을 지켜보며 그는 제 젊은 날을 돌아봤다고 적었다. 한때의 열정이 허무하게 막을 내리고 있다고, 허탈하고 씁쓸하다고 꾹꾹 눌러 적었다. 하나의 젊음이 저 모퉁이를 막 돌아가고 있었다.

외갓집이 있는 구장터에서 오 리쯤 떨어진 九美집 행랑채에서 어린 아우와
접방살이를 하시던 엄니가, 아플 틈도 없이 한 달에 한 켤레씩 신발이 다 해
지게 걸어 다녔다는 그 막막한 행상길.
입술이 바짝 탄 하루가 터덜터덜 돌아와 잠드는 낮은 집 지붕에는 어정스럽
게도 수세미꽃이 노랗게 피었습니다.
강 안개 뒹구는 이른 봄 새벽부터, 그림자도 길도 얼어 버린 겨울 그믐밤까
지, 끝없이 내빼는 신작로를, 무슨 신명으로 질수심이 걸어서, 이제는 겨울바
람에, 홀로 센 머리를 날리는 우리 엄니의 모진 세월.

덧없어, 참 덧없어서 눈물겹게 아름다운 지친 행상길.
— 윤중호(1956~2004), 「詩」 전문, 『고향 길』, 문학과지성사, 2005

시는 세계를 향한 안티테제다. 시인은 돌연변이다. 이렇게 자유롭고 저항적
인 존재의 정신에 주인 따위가 있다는 사실은 어울리지 않는다. 그의 사유를
구속하는 올무는 끊어 버려야 한다. 외부의 간섭과 질서에서 내부에서 발생
한 배리의 존재태까지, 자아조차도 주인이어서는 안 된다. 주인이라는 개념
과 어휘를 말살하는 것이다. 노예는 시인이 될 수 없다. 시는 자유인의 웅변
이다. (……) 시는 소년원과 어울린다. 성적표에 A학점이 가득한 자에게는
걸맞지 않는다. 세상을 향해 사제 폭발물을 투척하는 자가 시인이다. 그는 정
주하지 않는다. 독주한다.
— 이승원(1972~), 「나의 주인은 죽었다」에서, 『어둠과 설탕』, 문학과지성사, 2006

21세기 한국시의 두 가지 풍경

문태준
손택수
박성우
권혁웅
이장욱
황병승

In-section 21세기 한국 문단 풍경

미당 단상

내 친구 태준이

21세기
한국 시의
두가지
풍경

문태준

문태준

1970년 경북 김천 출생. 1994년 《문예중앙》 신인문학상으로 등단했고, 이듬해 고려대 국문과를 졸업했다. 소설 쓰는 김연수와 고향 친구다. 김천에서 중학교와 고등학교를 함께 다녔다. 소설 쓰는 김중혁도 동네 친구다. 하여 문단에선 이들 셋을 가리켜 '김천것'이라 이른다. 김연수에 따르면 문태준은 중학교 내내 전교 1등을 놓지 않았다. 문단에서 누구보다 자주 술을 마신 사이지만, 2008년 봄이 되서야 서로 말을 놓았다. 평소에 처신이 바르고 사려가 깊어 경향과 세대를 막론하고 문태준 흉보는 소리를 들어 본 기억이 없다. 문태준을 한국 서정시의 적손으로 꼽는데 이의를 제기하는 소리 또한 들어 본 적이 없다. 미당문학상(2005), 소월시문학상(2006), 동서문학상(2004), 노작문학상(2004), 유심문학상(2004) 등 대한민국의 내로라하는 문학상 대부분을 차지했다. 명함에 적혀 있는 직업은 불교 방송 PD. 방송사 PD로 있으면서도 어떻게든 짬을 내 석사 과정(동국대 문화 예술 대학원 문예창작학과)을 마쳤고, 2008년 겨울 동국대 국문과에서 박사과정을 밟고 있다. 시집은 모두 네 권 발표했다. 특히 2004년 이후론 이태 만에 한 권꼴로 시집을 내고 있다. 『수런거리는 뒤란』(2000), 『맨발』(2004), 『가 재미』(2006), 『그늘의 발달』(2008). 어린 소의 맑은 눈을 지녔다.

내가 조문하듯 그 맨발을 건드리자 개조개는
최초의 궁리인 듯 가장 오래하는 궁리인 듯 천천히 발을 거두어 갔다
저 속도로 시간도 길도 흘러왔을 것이다
누군가를 만나러 가고 또 헤어져서는 저렇게 천천히 돌아왔을 것이다
늘 맨발이었을 것이다

—「맨발」에서, 『맨발』, 창비, 2004

샘 치는 마음을 배우다

구름도 쉬어 넘는다는 추풍령을 등에 진 마을. 산판일 나가는 아버지 는 소년이 봉산면 서기가 되거나 군인이 되기를 바랐다. 그러나 소년 은 물이 불어난 앞개울에 나가 앉거나 마을 지나가는 구름 그림자 지 켜보길 좋아했고, 목련화 하늘 궁전에서 이레쯤 살아 보는 꿈 혼자 꾸 곤 했다. 들에서 돌아오는 길, 아버지는 동네 어귀에서부터 소리를 질 렀다. "태준아, 소 받아라." 손위 누나가 둘이고 손아래 누이가 또 둘

이지만, 소 받는 일은 변함없이 소년의 몫이었다. 바람 울고 장닭 홰 치는 소리로 뒤란은 늘 수런거렸고 사철 밤꽃 져 내리는 감나무 한 그루, 마당에 서 있었다.

2005년 문태준이 미당문학상을 받았을 때 시인의 고향 얘기로 인터뷰 기사를 열었다. 그의 첫 시집 『수런거리는 뒤란』과 시인이 털어놓은 성장 과정을 토대로 어릴 적 풍경을 재현한 것이다. 시인의 어린 날을 굳이 따라 들어간 건, 물론 그의 시 안으로 들어서기 위함이었다. 경북 김천의 저 산골 마을은 문태준에게 제 육신의 고향이자 시의 본적이다.

문예지 《문학사상》도 비슷한 생각이었나 보다. 《문학사상》은 2006년 5월 호에서 소월시문학상 수상자 문태준의 문학적 자서전을 실었다. 거기엔 추풍령 아래 오지에서 꼴 베고 소 받던 소년이, 시와 조우하고 시를 앓고 끝내 시를 해산하게 되는 한 편의 시와 같은 이야기가 담겨 있었다.

제가 아주 어렸을 때 저희 집은 천수답이 몇 마지기 있었습니다. 하늘 만 바라보고 농사를 지었는데 땡볕에 일을 하다 보면 갈증이 생겼을 것입니다.
그런데 참으로 희한하게도 천수답 한 귀퉁이에 보자기만 한 넓이의 샘이 있었습니다. 아버지를 따라 논으로 가면 아버지는 저에게 가장 먼저 샘을 치라는 말씀을 하셨습니다. (……) 그런데 그렇게 샘의 바 닥을 치고 한참을 쪼그려 앉아 기다리면 어디서부터 오는지 알 수 없 으나 저 안쪽으로부터 가늘고 맑고 찬 물줄기가 샘으로 들어오는 것이었습니다. 흰 뱀 같은 물줄기가 풀려 나오고 풀려 나오면서 다시 샘을 돌돌 돌면서 흙탕물이던 샘은 아주 느릿느릿하게 맑아지는 것이었습니다. 샘의 안색이 바뀌는 그 참으로 더딘 시간을 아무것도 모르던 저는 하염없이 지켜보았던 것입니다.

—《문학사상》 2006년 5월 호, 38~39쪽

참으로 고운 마음이요 참으로 맑은 마음이다, 혼자 감탄하며 한참을 읽어 내려갔다. 그러다 문득, 멈춰 서고 말았다. 그 몇 단락 아래에는, 소박하면서도 오달진 시인의 마음가짐이 새겨져 있었다. 시 쓰는 일을 샘 치는 일에 비유하다니. 붉은 흙 밟아 본 기억보다 아스팔트와 보도블록이 훨씬 친근한 나에게, 샘은커녕 우물도 낯선 나에게 문태준이 조곤조곤 들려주는 저 자신의 시학은 너무 순수했다.

잘은 모르되, 지금 생각해 보면 시를 빗대기를 천수답의 작은 샘이라 할 것이요, 시 쓰는 일을 샘을 치는 일이라 할 것입니다. 샘을 치는 일은 저에게는 유년 이래로 독특하고도 칭찬받는 일이요, 앞으로도 가장 시급히 앞을 다투어 해야 할 일이 될 것입니다.

— 앞의 책, 39쪽

나지막한 곳에서

문태준은, 어떤 의미에서, 요즘의 젊은 시인과 다르다. 도시에서 태어나 도시에서 자라난 또래의 감성은 그에게서 찾아보기 힘들다. 문태준에게 시는 이를테면, 이런 것들로부터 온다. 입담이 좋은 봉산댁으로부터, 국수 삶던 저녁의 뻐꾸기 소리로부터, 들일에서 돌아와 구정물을 들이켜던 소의 갈증으로부터, 환하게 불이 들어가던 아궁이로부터, 밤새 굿판 벌이는 옆집에서 들려오던 징 소리로부터, 집으로 가는 길에 있던 묵뫼로부터 온다.

문태준은, 다시 어떤 의미에서, 요즘의 젊은 시인 같지 않다. 경쟁에서 이기는 것만 듣고 자란 또래의 강파른 자의식이 없다. 문태준은 목소리 높일 줄 모르고 객기 부릴 줄 모른다. 나보다 남을 먼저 돌아보고, 항시 제 몸을 나지막한 곳에 내려다 놓는다.[12]

경기도 고양시 아파트 단지 인근에 조그마한 텃밭 마련한 시인, 행복에 겨워 쓴 시 한 수 음미해 보시라. 흰 몃 마(麻)처럼 품이 넉넉하다.

시인이랍시고 종일 하얀 종이만 갉아먹던 나에게
작은 채마밭을 가꾸는 행복이 생겼다

---

[12] 비화 하나를 공개한다. 시인과 10년 엠바고(embargo; 시한부 보도 금지)를 약속했지만 여기서 깬다. 문태준의 됨됨이를 증명하는 일화여서다. 문태준이 미당문학상을 받은 2005년 11월의 일이다. 미당문학상 수상자는 전북 고창 미당시문학관에서 열리는 미당문학제에 참석해야 한다. 거기서 시상식을 다시 열기 때문이다. 단체 버스는 토요일 아침 9시 서울 양재동에서 출발할 예정이었다. 그러나 경기도 일산에 사는 시인이 버스 시간에 늦었다. 그는 전화로 일산에서 바로 시외버스를 타겠다며 죄송하다고 연방 사과했다. 고창에 도착하니 문태준은 일행보다 한 시간이나 먼저 와 있었다. 복분자주와 더불어 밤을 지새우고 다음 날 아침, 시인이 쑥스러운 표정으로 입을 열었다. "사실 어제 택시 탔어요." "일산에서 고창까지?" "네." "그럴 필요까진 없었는데." "어휴, 버스 시간도 못 맞췄는데, 어르신들도 계시고." "아무리 그래도……." "대신 집사람한테는 절대 비밀 지켜 주세요. 10년 엠바고입니다!"

내가 찾고 왕왕 벌레가 찾아

밭은 나와 벌레가 함께 쓰는 밥상이요 모임이 되었다

선비들의 亭子 모임처럼 그럴듯하게

벌레와 나의 공동 소유인 밭을 벌레詩社라 불러 주었다

— 「벌레詩社」에서, 『가재미』, 문학과지성사, 2006

　　문태준 이름 석자를 세상에 알린 「가재미」 연작도 당신과 눈을 맞추려는 몸가짐에서 비롯되었다. 목숨이 위독한 큰어머니 병문안 간 시인. 병원에서 시인은, 누워 있는 당신과 눈이라도 한번 맞춰 볼 요량으로 당신 옆에 나란히 눕는다. 그렇게라도 두 눈 맞추고 나니 바닥에 납작 엎드린 큰어머니가 눈에 들어온다. 시인의 가슴에 가자미 한 마리가 떠오른다.

　　　　김천의료원 6인실 302호에 산소마스크를 쓰고 암 투병 중인 그녀가
누워 있다

　　바닥에 바짝 엎드린 가재미처럼 그녀가 누워 있다

　　나는 그녀의 옆에 나란히 한 마리 가재미로 눕는다

　　가재미가 가재미에게 눈길을 건네자 그녀가 울컥 눈물을 쏟아 낸다

　　한쪽 눈이 다른 한쪽 눈으로 옮아 붙은 야윈 그녀가 운다

　　(……)

　　나는 그녀가 죽음 바깥의 세상을 이제 볼 수 없다는 것을 안다

　　한쪽 눈이 다른 쪽 눈으로 캄캄하게 쏠려 버렸다는 것을 안다

나는 다만 좌우를 흔들며 헤엄쳐 가 그녀의 물속에 나란히 눕는다

―「가재미」에서, 앞의 책

문태준은 상 복이 많은 편이다. 미당문학상, 소월시문학상, 동서문학상 등 유수의 문학상을 이미 여섯 개나 거머쥐었다. 그렇다 보니 가타부타 말도 많았다. 드러내 놓고 시샘하는 축도 있었고, 애정을 담아 충고한 어르신도 있었다. 새겨들을 만한 말씀 중엔, 젊은 시인이 현실의 풍파를 부러 외면한다는 질책도 들어 있었다. 그러나 번잡한 소란 속에서도 문태준은 말이 없다. 기껏 대꾸한 게 "잘 알겠습니다. 그러나 그건 제 소임이 아닌 것 같습니다."였다. 문태준은 오늘도 차분하고 묵묵히, 작은 채마밭 가꾸고 샘 치는 일에만 매달린다.

오늘은 눈이 멀어지는 아버지에게 전화를 넣었다. 오늘은 눈이 멀어지는 아버지가 택배로 보내온 칡 즙을 받았다. 오늘은 아이 둘을 데리고 산길을 두어 시간 걷다 돌아왔다. 발을 씻고 하얀 원고지 앞에 앉았다.

―《문학사상》 2006년 5월 호에서

문태준은 언젠가 "시 한 편은 우리의 피곤한 발을 씻겨 준다."고 말한 적 있다. 어깨 빌려주는 것도 아니고 두 팔 벌려 안아 주는 것도 아니란다. 발을 씻겨 주는 거란다. 바로 그 자리에, 문태준의 시가 있다.

　　문태준 시의 여러 미덕 중에서도 가장 돋보이는 건, 아무래도 동사나 형용사를 부리는 재주일 터이다. 외따롭다, 머츰하다, 슴슴하다, 욱욱하다, 무럽다 등속의 낯선 우리말을 이 젊은 시인은 누구보다도 노련하게 다룰 줄 안다.

　　하나 문태준 시의 매력은, 다시 살려 써야 할 우리말 사전 안에 있지 않다. 평이하지만, 한자어에 가려 의외로 자주 쓰이지 않는 우리말을 시인은 용케도 찾아낸다. 이를테면 올려놓다, 들여다보다, 내려앉다 따위를 시인은 마침맞게도 앉혀 놓는다.

　　그렇게 들여놓고 보니, 말과 말 사이에서 은은한 울림 같은 게 번져 나온다. 소리 내 읽어 보면 음률이랄 수, 가락이랄 수 있는 무언가가 입안을 뱅글 맴도는 기분이다. 입안에서 맑은 여울물 흐르는 듯하다. 여울물과 조약돌이 서로 몸 비벼 대며 곱디고운 노랫가락 들려주는 듯하다. 문태준이 있어 시는 아직 노래다.●13

　　2005년 미당문학상 수상작품 「누가 울고 간다」의 대목을 아래에 옮겨 적는다. 최종 심사에서 정현종 시인이 특히 감탄했던 노래다. 시조 모양 3·4조

●13 백담사 오현 스님을 문태준과 함께 찾아뵌 적이 있다. 오현 스님은 우리 시조단에서 큰 어르신으로 통하는 분이다. 그 오현 스님이 문태준한테 한 얘기가 있다. "문태주이, 니는 시조 써라. 그게 니한테 맞다." 중앙시조대상 심사에 참여했던 이시영 시인도 비슷한 얘길 꺼냈었다. 이시영은 원래 시조 시인이다. 1960년 《중앙일보》 신춘문예에 시조로 등단했다. "손 기자, 문태준이 보고 시조 쓰라고 그래. 그 가락, 아무한테서 나오는 거 아니야." 그 얘길, 문태준한테 그대로 전해 주었다. 그저 빙긋, 웃고는 조용히 술잔을 들었다.

의 엄격한 음률은 지켜지지 않는다. 그러나 우리말의 가락은 한껏 느낄 수 있다. 어쩌면 행갈이 몇 개 만지고 현대시조라 우길 수 있을지도 모르겠다. 인용한 부분에서 맨 마지막 연 "그렇게/ 울고/ 떠난 사람이 있었다"에선 소월의 정한(情恨)마저 배어난다.

밤새 잘그랑거리다
눈이 그쳤다

나는 외따롭고
생각은 머츰하다

넝쿨에
작은 새
가슴이 붉은 새
와서 운다
와서 울고 간다

이름도 못 불러 본 사이
울고
갈 것은 무엇인가

울음은

빛처럼

문풍지로 들어온
겨울빛처럼
여리고 여려

(……)

저렇게
울고
떠난 사람이 있었다

— 「누가 울고 간다」에서, 『가재미』

내 친구 태준이는

언젠가 김훈은 섬진강 시인 김용택을 말하는 글에서 다음과 같이 문장을 연 적이 있다. "내 친구 용택이는……." 김훈과 김용택은 1948년생 쥐띠 동갑내기다. 김훈의 문장을 읽으며 나도 시인을 말할 때 꼭 한 번은 그렇게 시작하고 싶었다. 하지만 신문지는 아직 그 말투를 허락하지 않는다.

그래서 여기서 한 번 해 보기로 한다. 그리고 "내 친구"란 호칭을 문태준 앞에 붙이기로 한다. 내 친구 태준이는, 막상 이렇게 적고 보니 뜨거운 무언가가 목줄기를 타고 올라온다.

내 친구 태준이는, 나랑 비슷하게 생겨 먹었다.(내 생각은 물론 다르다. 이는 태준이에게도 역으로 적용된다.) 여럿이 모이는 술자리에서 "태준이 너"
로 시작하는 일장 훈계를 나는 여러 번 들었다. 술이 잔뜩 오른 어르신들
이 나를 태준이로 잘못 보고 한 소리였다. 내 친구 태준이는, 싫다는 소리
를 할 줄 모른다. 갑작스레 부탁을 넣어도 태준이는 정색하고 거절하는 법
이 없다. 한참 에둘러 말하고 있으면 힘들다는 뜻이다. 우둔한 나는 얼마
전에야 그걸 알아차렸다. 내 친구 태준이는 귀한 은인이다. 내가 딸아이를
가졌을 때 '보리'란 태명을 붙여 준 이가 태준이다. 보리는 김훈 소설에 두
번이나 등장하는 개 이름이기도 하지만, 태준이 딸아이의 태명이기도 하
다. 내 딸 보리는 지금, 오뉴월 보리 모양 쑥쑥 잘 크고 있다.

　그리고 내 친구 태준이는 지금, 그러니까 2008년 겨울, 얼굴에 수심이
가득하다. 고향에서 농사짓는 아버지가 시력을 모두 잃게 됐다. 녹내장에
백내장이 한꺼번에 찾아왔다고 태준이는 두 눈 끔뻑이며 말했다. 그 근심
이, 태준이의 네 번째 시집 『그늘의 발달』에 얼룩처럼 드리워져 있다. 내
력을 알고 있기에 나는 친구의 시 앞에서 말을 잃는다.

　　　　오늘 나의 아버지는 미래의 과일들을 버리네
　　　　자두나무를 배어 내네
　　　　사과나무를 배어 내네
　　　　(……)
　　　　백이십 근의 나무 그늘이 거짓말처럼
　　　　노름판에 건 문서처럼
　　　　홀연 사라지고 돌밭이 남았네

(……)

눈먼 아버지는 오늘 폐원을 가꾸고

내가 태어나던 그해처럼 다시 돌밭을 얻었네

눈먼 아버지는 나의 폐원

아버지는 나에게 이 과수원을 상속하기로 했었지

아버지는 나에게 폐원을 상속하네

— 「나와 아버지의 폐원(廢圓)」에서, 『그늘의 발달』, 문학과지성사, 2008

문태준

낡은 구두의 시인

21세기
한국 시의
두 가지
풍경

손택수

손택수

1970년 전남 담양에서 태어나 다섯 살부터 부산에서 살았다. 대학도 부산(경남대 국문과)에서 나왔고 거기서 시인이 됐다.(1998년 《한국일보》 신춘문예로 등단.) 4년쯤 전에 상경해 경기도 일산에 터를 잡고 지금은 서울의 출판사에서 책을 만들며 밥을 번다. 문태준·박성우 등과 함께 한국 서정시의 맥을 잇는, 몇 안 되는 1970년대산 시인이다. 손택수의 서정시가 문태준·박성우의 것과 다른 건, 농촌 공동체의 정서와 살짝 비켜서 있다는 데 있다. 물론 손택수도 돌아간 할머니의 말씀, 아버지의 구부러진 등허리, 어머니의 거친 손등에서 시를 받아 낸다. 하나 손택수의 서정시는 주로 도시 변두리, 슬레이트 지붕 늘어선 산동네에서 몸을 푼다. 무엇보다 손택수는 상한 코와 닳은 뒤축의 낡은 구두를 닦는 모습에서, 자신에게 부여된 삶의 무게를 어떻게든 감당하려는 몸짓에서 더 빛이 난다. 시집은 두 권 『호랑이 발자국』(2003)과 『목련 전차』(2006). 2005년에 육사시문

학상 신인상·부산작가상·신동엽창작상을, 2007년에 이수문학상과 오늘의 젊
은 예술가상을 받았다.

아내의 빤스에 구멍이 난 걸 알게 된 건
단풍나무 때문이다
단풍나무가 아내의 꽃무늬 빤스를 입고
볼을 붉혔기 때문이다

열어 놓은 베란다 창문을 넘어
아파트 화단 아래 떨어진
아내의 속옷,
나뭇가지에 척 걸쳐져 속옷 한 벌 사 준 적 없는
속없는 지아비를 빤히 올려다보는 빤스

누가 볼까 얼른 한달음에 뛰어 내려가
단풍나무를 기어올랐다 나는
첫날밤처럼 구멍 난 단풍나무 빤스를 벗기며 내내
볼이 화끈거렸다

— 「단풍나무 빤스」에서, 『목련 전차』, 창비, 2006

낡은 구두의 시인

유독 삶이 부대꼈던 형님 시인 몇몇을 안다. 지게 지고 날품 팔며 청춘을 보낸 뒤 지금은 소래 포구 "섬말"에서 수의(壽衣) 짓고 사는 지게꾼 시인 김신용 형님을 알고, 열네 살에 가출한 뒤로 별의별 힘한 꼴 다 겪어 낸 서산의 목수 시인 유용주 형님을 알고, 쌀 떨어지면 마루 빨랫줄에 걸어 놓은 시 몇 수 집어다 쌀과 바꿔 오는 강화도의 함민복 형님을 안다.

어느 날 문득 생활의 무게가 힘에 겨우면 그래서 가슴이 먹먹하고 숨이 가빠지면, 불쑥 이들 형님을 찾아가 소주잔 기울이다 돌아온다. 그래도 잠이 안 오면 형님들 시집을 버릇처럼 집어 든다. 그리고 "시 한 편에 삼만 원이면/ 너무 박하다 싶다가도/ 쌀이 두 말인데 생각하면/ 금방 마음이 따뜻한 밥이 되네"(함민복, 「긍정적인 밥」에서) 등의 시구를 소리 죽여 읽는다. 내 책장에 꽂힌 형님들 시집엔 유난히 얼룩이 많다.

손택수도 나에겐 그 형님들과 같은 시인이다. 각박한 세상 견디는 힘을 얻고, 지친 일상 버티는 기운을 받는다. 손택수와 나는 또래 나이지만 둘은 '민호 형', '택수 형' 하고 서로 예를 갖춘다. 손택수가 원체 자신을 낮추는 성품이어서고, 나로서는 손택수 삶의 이력을 조금이나마 들은 바 있어서다. 나는 손택수가 헤쳐서 온 인생을, 앞서 열거한 형님들의 그것처럼 순수한 마음으로 우러른다. •14

안마 시술소에서 내 직책은 현관 보이. 어서 옵쇼, 손님이 들어오면 현관 입구의 카펫에 수놓은 인사말을 반복하면서 넙죽 하고 허리를 굽힌다. 그다음엔 손님의 구두를 닦고, 사우나까지 손님을 안내하는 게 내 일이다. (……) "오빠는 꼭 시인이 될 거야. 나는 오빠가 책 읽어 주는 것도 좋지만, 시인이 돼서 나 같은 맹인들에게 더 많이 읽히는 책을 썼으면 좋겠어." 안마 시술소에서 두 해를 나고, 나는 짐을 꾸렸다. 언젠가 시인이 되면 점자로 된 시집을 들고 꼬옥 영미를 다시 찾아오겠다는 말을 남기고 (……) 지키지 못한 그 약속을 나는 아직 가슴에 품고 있다.

—《시와 반시》 2008년 봄 호, 110~112쪽

　문예지 《시와 반시》에서 손택수 특집을 기획했고, 손택수는 거기에 힘들었던 스무 살 시절의 기억을 적었다. 보통 사람이면 숨기고 싶은 상처일 터이다. 그러나 그는 자신의 환부를 감추지 않는다. 그는 "가장 아름다웠던 문학 수업의 하나가 안마 시술소에서 맹인들에게 책 읽어 줬던 일"이라고 털어놓기도 했다. 눈으로 볼 수 없으니 리듬을 타고 읽는 게 중요했다고, 그는 쑥스런 웃음을 지어 보이며 말했다. 안마 시술소에서 있었던, 서글픈 사연 하나 옮긴다.

● 14　4·19 세대들이 서너 살 터울을 훌고 30년 넘게 너나들이하며 살듯이, 하여 문단 앞뒤 세대로부터 두루 부러움을 사듯이 지금 문단에선, 서로 친구를 먹은 1970년생과 1971년생이 십수 명은 된다. 하나 손택수에겐 존대를 버리지 못한다. 손택수가 한 살 많거니와 촌수로도 아저씨뻘이다.

　　스무 살 무렵 나 안마 시술소에서 일할 때, 현관 보이로 어서 옵쇼,
손님들 구두닦이로 밥 먹고 살 때

　　맹인 안마사들도 아가씨들도 다 비번을 내서 고향에 가고 그날은
나와 새로 온 김 양 누나만 가게를 지키고 있었는데

　　(……)

　　그날따라 웬 손님이 그렇게나 많았는지, 상한 구두코에 광을 내는
동안 퉤, 퉤 신세 한탄을 하며 구두를 닦는 동안

　　누나는 술 취한 사내들을 혼자서 다 받아 내었습니다 전표에 찍힌
스물셋 어디로도 귀향하지 못한 철새들을 하룻밤에 혼자서 다 받아
주었습니다

　　날이 샜을 무렵엔 비틀비틀 분 화장 범벅이 된 얼굴로 내 어깨에 기
대어 흐느껴 울던 추석달

— 「추석달」에서, 『목련 전차』

　　손택수의 시엔 구두가 자주 보인다. 안마 시술소 현관에 쪼그려 앉아
부지런히 광을 내던 손님들 구두만 있는 게 아니다. 저물녘 비좁은 집에
들지 못하고 밖에 나와 있는 범일동 산동네 골목길의 구두도 있고, 처음
집에 인사 왔을 때 매제가 신고 있던 세상에서 가장 눈부신 구두도 있고,
직장 그만둔 뒤로 자신만 보면 무슨 죄라도 지은 모양 슬슬 뒷걸음치는 것
같던 상처투성이 구두도 있고, 그리고 부산역 광장에 술 취해 쓰러진 맨발
사내의 반들거리는 살가죽 구두도 있다.

부산역 광장 앞

낮술에 취해

술병처럼 쓰러져

잠이 든 사내

맨발이 캉가루 구두약을 칠한 듯 반들거리고 있네
세상의 온갖 흙먼지와 기름때를 입혀 광을 내고 있네

— 「살가죽 구두」에서, 「목련 전차」

한 세기 전 저 먼 데의 시인은 요란스런 치사와 함께 바람 구두의 시인이라 불렸다지만, 우리의 손택수는 그래, 낡은 구두의 시인이다. 주머니에 빈손 감추고 걸어가는 동안 딸그락딸그락 말발굽 소리를 내는, 코가 깨지고 뒤축이 닳아빠진 한 켤레 구두의 시인이다. 물론 나는, 낡은 구두의 시인이 더 좋다. 훨씬 더 귀하다.

시가 있는 곳은 언제나 환부였으니

손택수는 첫 시집 『호랑이 발자국』의 '시인의 말'에서 다음과 같이 적었다. "시가 있는 곳은 언제나 환부였으니, 환부의 즐거움으로 환하게 욱신거리고 있었으니." 시인으로서 첫인사를 올리는 자리에서, 힘들고 버거웠던 삶의 무게가 고스란히 문학적 자양분이었다고 그는 털어놓고 있었다.

그랬다. 그의 어릴 적은 궁핍했다. 어머니는 소금 장수 · 보험 설계사 · 화장품 방문판매원을 마다 않으며 아슬아슬 생계를 이었고, 30년 지게꾼으로 산 아버지의 등허리엔 흉터처럼 낙인이 찍혀 있었다. 길쭉한 슬레이트 지붕 밑에 열너덧 가구가 다닥다닥 붙은 곳에서 그는 소년이 되었고, 후끈 거리는 방 속에 틀어박혀 누이들과 함께 사춘기를 지냈다.

> 대청 뒤주에 놋물고기가 살았다. 배를 따면 아침저녁 쌀을 내주던 요술쟁이. 그 신통한 재주도 바닥이 나면 머리카락 보일라 허기진 뱃속으로 꼭꼭 숨어들던 아이, 스르르 밀려드는 졸음 따라 검푸른 물소리를 끝없이 따라가곤 하였다. (……) 쌀밥 보리밥 놀이도 싱거워 수도꼭지 물고 늘어지던 누이들은 일찌감치 물배 부른 잠에 젖어 들었고, 밥 벌러 간 어머니는 아직 오지 않았고. 눈물인가 땀물인가 끈적거리는 바닷물을 핥으며 쌀벌레처럼 웅크린 어둠 속. 아가미에 녹꽃이 핀 물고기는 둘만의 무슨 비밀처럼 굳게 입을 다물고 있었다.
>
> — 「놋물고기 뱃속」에서, 『호랑이 발자국』, 창비, 2003

밥 벌러 간 어머니는 돌아오지 않았고, 어린 손택수는 텅 빈 뒤주 안에 들어가 스르르 잠이 들었다. 되새김질 해 놓은 시인의 기억이 서럽다. 아니 지켜보는 것만도 쓰리고 아프다. 아래에 손택수의 가난 노래 한 수를 더 싣는다. 아무래도 가난과 가장 어울리는 낱말은 어머니와 밥인가 보다. 그리고 보니 수많은 독자를 울렸던 함민복의 「눈물은 왜 짠가」도 어머니와 밥에 관한 이야기였다.

고깃점은 아들놈에게 다 몰아주고

흐물흐물 녹은 닭발을 뜯으며 들려주신다
진국은 닭발에서 우러나온다고
닭발이 맹숭한 탕국에 맛을 더해 준다고

―「닭발」에서, 『목련 전차』

　　1970년대산 중에서 이토록 혹독한 어린 시절을 보낸 시인은 찾아보기 힘들다. 혹여 있다손 치더라도 제 문학 안에 가난의 추억을 고스란히 토해 놓는 1970년대산은 더 찾아보기 힘들다. 그건 1970년대산의 특수한 사정 때문이다. 1970년대산은 흔히 산업화 혜택을 받은 세대로 통한다. 하여 온 국민이 보릿고개를 견디던 시절의 정서가 1970년대산에겐 희미하다. 그렇다고 1970년대산 모두가 새마을운동의 은혜를 입은 건 아니었다. 이때부터 상대적 박탈감이란 단어가 생겨났다. 모두가 배곯던 시절, 가난은 부끄러운 게 아니었다. 모두가 궁기에 전 행색이었을 때 기워 입은 옷가지는 창피하지 않았다. 그러나 1970년대산은, 가난을 부끄러움으로 인식한 첫 세대다. 남들과 비교당할 때 내 불행은 더 커진다.

　　바로 이 때문에 손택수의 자리는 소중하다. 손택수의 정서는 되레 윗세대 서정시와 어울리는 구석이 있다. 그러나 손택수에게 가난은, 과거의 어느 시점에서 소멸한, 하여 지금의 시인이 느긋한 표정으로 되돌아보는 왕년의 무용담이 아니다. 아직까지도 시인의 어깨를 짓누르고, 뒷목을 잡아끄는 생의 멍에다. 아니 화두다.

가슴에 호랑이를 품고 살다

하나 징글징글했던 가난의 추억이 손택수의 전부는 아니다. 손택수는 되레 의지의 시인이다. 극복하고 이겨 내고 살아남자고, 다독이고 격려하고 부르짖는 시인이다. 손택수는 "독기라면 나도 지지 않는다/ 나를 무심코 집어삼킨 세상에/ 우툴두툴한 옻독을 옮기리라"(「옻닭」에서) 독한 생의 노래 불러 젖히는 시인이다. 길가의 가로수 하나 보고서도, 도시인의 무력한 일상을 질타하고 어떻게든 살아 내겠다는 악다구니 각오를 뱉어 내는 시인이다.

꽃이 피었다
도시가 나무에게
반어법을 가르친 것이다
이 도시의 이주민이 된 뒤부터
속마음을 곧이곧대로 드러낸다는 것이
얼마나 어리석은가를 나도 곧 깨닫게 되었지만
살아 있자, 악착같이 들뜬 뿌리라도 내리자
(……)
도로변 시끄러운 가로등 곁에서 허구한 날
신경증과 불면증에 시달리며 피어나는 꽃
참을 수 없다 나무는, 알고 보면
치욕으로 푸르다

— 「나무의 수사학」에서, 『목련 전차』

시끄러운 가로등 곁의 가로수도 꽃을 피운다. 들뜬 뿌리라도 내리려는 나무의 안간힘이 안쓰럽다. 그 딱한 모습이 비단 가로수만의 사정은 아닐 터이다. 각진 강단 없이는 이 험한 세상 살아 낼 길 없다는 이치를 손택수는 온몸으로 알고 있다. "치욕으로 푸르다"란 마지막 행이 푸른 멍이 되어 가슴에 남는다.

손택수의 독 오른 마음가짐을 헤아릴 수 있는 시편 하나 옮겨 적는다. 허한 가슴 안에 손택수는, 호랑이 한 마리 품고 산다. 가슴 안에 호랑이 발자국의 본을 뜬다는 시구에서, 경상도 사내다운 기개를 읽는다. 그래, 번연히 실패할 줄 알지만 부딪쳐 보는 거다. 세상을 쩌렁쩌렁 울리는 호랑이의 포효 내질러 보는 거다.

> 해마다 번연히 실패할 줄 알면서도
> 가슴속에 호랑이 발자국 본을 떠 오는 이들이
> 줄을 잇는다고 치자 눈과 함께 왔다
> 눈과 함께 사라지는, 가령
> 호랑이 발자국 같은 그런 사람이
>
> ─「호랑이 발자국」에서, 『호랑이 발자국』

손택수의 시엔 구두 못지않게 새도 자주 보인다. 지리산 쌍계사 창공에 점묘화 그리는 되새 떼도 나오고, 파닥 물 위로 떠오른 청둥오리 떼도 보인다. 심지어 시인은 물새 떼가 강을 들어 올린다고, 강이 날아오른다고 노래한다. 정확한 이유까지는 몰라도 이와 관련해 아는 얘기가 하나 있다.

언젠가 술자리에서 시인이 들려준 일화 한 토막을 꺼내 놓는다.

"내가 문태준을 제일 좋아해요. 아니 태준이 말이라면 깜빡 죽어요. 생명의 은인이거든요. 어느 날 태준이랑 북한산 중턱에서 해종일 술을 마셨어요. 그때 내가 완전히 취했나 봐요. 갑자기 벌떡 일어나더니 내가 이렇게 소리쳤대요. '태준아, 잘 봐라. 내가 지금부터 날아오른다. 훨훨 날아갈 거다. 잡지 마라.' 그러고선 냅다 달리기 시작하더래요. 태준이가 겨우 나를 붙잡았는데 둘이 엎어진 바로 아래가 낭떠러지였대요. 까딱하면 죽을 뻔했지 뭐예요. 아무리 술에 취했어도 하늘을 날겠다고 그 난리를 쳤으니, 우습죠?"

손택수 © 이재훈

시, 시인, 그리고 시인의 마음씨

21세기 한국 시의 두 가지 풍경

박성우

박성우

1971년 전북 정읍에서 태어나 원광대 문예창작과를 졸업하고 박사 과정까지 마쳤다. 2000년 《중앙일보》 신춘문예에 「거미」가 당선되면서 시인이 됐다. 개인적으로 시인을 잘 알지는 못 한다. 전주에 머물고 있어 만날 기회가 많지 않았다. 문학 행사 때 몇 번 마주친 게 전부다. 다만 나는 그가 얼마나 곤궁한 삶을 살았는지, 그리고 그 궁핍이 지금도 그에게 얼마나 절절한 문제인지를 그가 토해 놓은 시편과 그와 내왕하는 몇몇 시인의 전언으로 짐작할 따름이다. 오늘 우리 시단에서 박성우가 소중한 까닭은, 그의 시편이 농촌 공동체를 기반으로 하고 있어서다. 당대의 농촌을 당대의 목소리로 들려주는, 이젠 정말로 몇 안 남은 시인이어서다. 2007년 신동엽창작상을 받았다. 그해 11월, 시상식장에서 시인의 어머니를 뵈었다. 아들이 다니던 대학에 청소부로 나갔던 그 어머니다. 두 손 꼭 잡고 "자랑스러운 아들을 두셨습니다." 말씀드리고 싶었다. 하나 주위에 사람이 너무 많았다. 『거미』(2002)와 『가뜬한 잠』(2007), 시집 두 권을 냈다. 꼭 사 보시라, 권한다.

 내가 조교로 있는 대학의 청소부인 어머니는
청소를 하시다가 사고로
오른발 아킬레스건이 끊어지셨다

넘실대는 요강 들고 옆집 할머니 오신다
화기 뺄 땐 오줌을 끓여
사나흘 푹 담그는 것이 제일이란다

(……)

요강이 없는 어머니
주름치마 걷어 올리고 양은 찜통에 오줌 누신다
찜통 목 짚고 있는 양팔을 배려하기라도 하듯
한숨 같은 오줌발이 금시 그친다

(……)

막둥아, 맥주 한잔헐려?
다음주까정 핵교 청소일 못 나가먼 모가지라는디

— 「찜통」에서, 『거미』, 창비, 2002

정한 마음 한 됫박의 詩

아마도 박성우는, 동서고금의 사상과 이론이 범람하는 해설 따위는 필요 없는 시인일 터다. 부러 멋 내지 않고, 애써 비틀지 않아서다. 박성우를 읽기 위해선 정한 마음 한 됫박만 가져오면 된다. 아니 넉넉하다.[15]

하여 여기선 박성우를 마음껏 감상할 수 있는 기회를 베풀련다. 박성우에 대해 잘 알지 못해도 무방하다. 시집을 따라 읽으며 쿡쿡 혼자 웃어도 좋고, 고향 어머니 생각에 슬그머니 눈물 훔쳐도 좋다. 우선 먼저 웃어 보시라.

---

[15] 1980년대 소위 노동 문학에 투신했던 여러 시인이 이른바 생태 시로 체질을 전환한 1990년대 이후, 이 땅의 서정시는 느슨해지거나 나약해졌다. 시집마다 식물도감을 방불케 할 만큼 꽃나무가 지천으로 피었고, 자질구레한 일상에서 꼬투리를 잡아채 엄청난 깨달음이라도 얻은 모양 요란 떠는 '생활의 재발견' 유의 시가 넘쳐 났다. 이와 같은 풍조가 만연하자 예기치 않은 부작용이 발생했다. 전통 서정시라 하면, 그러니까 어미가 차린 더운 밥상을 노래하고 고향의 정겨운 풍경을 들려준다 싶으면 무턱대고 험담하는 목소리가 탄력을 받은 것이다. 하나 이마저도 또 다른 편향이다. 당장 박성우만 봐도 그렇다. 시골 청년 박성우는, 제가 아는 얘기를 제 재주껏 노래할 따름이다. 내다 팔 거리를 구하지 못해 고향의 늙은 어미를 팔아먹는 게 아니다. 국부(國富)의 90퍼센트가 몇 개 대도시에 집중된 오늘, 붉은 흙 위에서 쓰인 시편은 오히려 주변부 문학으로 평가되어야 마땅하다. 박성우의 시나 손홍규의 소설(여기선 다루진 않았지만 꼭 읽어 보시라.)처럼 농촌을 기반으로 한 요즘의 젊은 문학은, 이전 세대의 생태 시나 목적의식의 농촌문학과 태생부터 다르다. 문학에서 새롭다는 건 글감의 문제가 아니다. 다들 뻔히 알면서, 막상 논쟁이 벌어지면 서로 할퀴기에 급급한 문단 꼴이 나는 딱하다. 결국 다치는 건 작가고, 상처받는 건 문학인데……

미숫가루를 실컷 먹고 싶었다
부엌 찬장에서 미숫가루 통 훔쳐다가
동네 우물에 부었다
사카린이랑 슈거도 몽땅 털어 넣었다
두레박을 들었다 놓았다 하며 미숫가루 저었다

뺨따귀를 첨으로 맞았다

―「삼 학년」 전문, 『가뜬한 잠』, 창비, 2007

　　열 살 꼬마 녀석의 (딴에는 치밀한) 계산에 따르면, 그 맛나는 미숫가루를 실컷 먹을 수 있는 가장 유력한 수단은 동네 우물에 미숫가루를 사카린이랑 함께 통째로 들이붓고 연방 두레박질하는 것이었다. 열 살 꼬마의 깜냥으론 최선의 방법이었을 터. 하나 어른들은 비정했다. 몹쓸 말썽이라 서둘러 결론짓고 뺨따귀 처벌을 내렸다. 바로 요 앞에서, 얼굴에 반질반질 때가 앉은 개구쟁이 놈이 씩 웃고 있는 듯하다.
　　이처럼 박성우의 시편은 대부분 완결된 서사 구조를 지닌다. 한 편의 이야기 안에서 박성우는 우리네 삶을 노래한다. 박성우를 읽으며 백석을 추억하고 미당을 떠올리는 이유다. 이번엔 푸근한 노래 한 편이다.

뻘에 다녀온 며느리가 밥상을 내 온다
아무리 부채질을 해도 가시지 않던 더위
막 끓여 낸 조갯국 냄새가 시원하게 식혀 낸다

뒷마루로 나앉은 노인이 숟가락을 든다

남은 밥과 숭늉을 국그릇에 담은 노인이
주춤주춤 마루를 내려선다 그 그릇 들고
신발의 반도 안 되는 보폭으로 걸음을 뗀다
화단에 닿은 노인이 손자에게 밥을 먹이듯
밥 한 숟갈씩 떠서 나무들에게 먹인다

—「도원경(挑源境)」에서, 앞의 책

빠듯한 살림의 바닷가 마을이 눈앞에 그려진다. 갯일 급하게 마무리하고 시아버지 밥상 내오는 며느리와 나무 쪽으로 주춤주춤 몇 걸음 떼는 노인의 모습이 선하다. 제목을 다시 보자. 외람되게도 「도원경」이다. 아무리 버겁고 쪼들려도 남을 위하는 마음이 있는 풍경이 도원경의 모습이라고 시인은 말하고 있다. 저 낮은 곳을 향한 시인의 마음씨가 읽힌다.

서러운 가계(家係)

박성우는 내내 어렵게 살았다. 빚에 시달리던 아버지는 겨우내 객지를 떠돌다 돌아갔고, 어머니는 칠순이 넘어서도 날품을 팔았다. 시인도 여성용 내의 찍어 내는 봉제 공장에서 기계처럼 상자를 옮기며 겨우 학업을 이었다. 시인은 지금도 "첫날 며칠만 보내고 떨어져 사는 신혼 밤"(「첫눈」에서)을 그리며 긴긴 밤을 보낸다. 시인의 아내는 대처에 나가 일을 하고 있다.

　　사실, 박성우 시집을 읽고 또 읽었던 건, 그 가슴 시린 사연 때문이었다. 슬픈 듯 슬프지 않게, 아린 듯 아리지 않게 박성우는 자신의 서러운 가족사를 고운 노래로 엮어 들려준다.

　　　막둥이인 내가 다니는 대학의
　　　청소부인 어머니는 일요일이었던 그날
　　　미륵산에 놀러 가신다며 도시락을 싸셨는데
　　　웬일인지 인문대 앞 덩굴장미 화단에 접혀 있었어요
　　　가시에 찔린 애벌레처럼 꿈틀꿈틀
　　　엉덩이 들썩이며 잡풀을 뽑고 있었어요
　　　앞으로 고꾸라질 것 같은 어머니,
　　　지탱시키려는 듯
　　　호미는 중심을 분주히 옮기고 있었어요
　　　날카로운 호밋날이
　　　코옥콕 내 정수리를 파먹었어요

　　　어머니, 미륵산에서 하루 쟁일 뭐허고 놀았습디요
　　　뭐허고 놀긴 이놈아, 수박이랑 깨먹고 오지게 놀았지

—「어머니」에서, 『거미』

　　시인은 제가 다니는 대학에서 청소 일을 하는 어머니를 끝내 지나쳤다. 미륵산에 놀러 간다며 일요일 아침 일찍 도시락 싸고 나간 어머니가 학교 화단에서 고꾸라질 듯 일하고 있는데 시인은 그냥 지나쳤다. 어미를 위해서였는지, 그 어미를 차마 알은체할 수 없었던 건지 시인은 적어 놓지 않았다. 하나 어미를 위하는 자식의 마음은 알 수 있다. 시인은 그날 저녁 능청스레 거짓말을 붙인다. 하루 죙일 뭐허고 놀았습디요?

어미야말로 세상에서 가장 귀하고 아득한 시재(詩材)다. 고(故) 윤중호는 행상 나간 어미 기다리는 배곯던 저녁의 풍경을 적어 놓고 「시(詩)」라 제목을 붙였고, 천안의 고등학교 한문 선생 이정록은 "허리가 아프니까/ 세상이 다 의자로 보여야"란 늙은 어미의 투정을 듣고 「의자」란 시를 지었다.[16] 박성우에 따르면, 억척스러워야 어미다. 그건 나에게, 아니 세상 모든 자식에게 한 치의 어긋남 없이 통하는 이치다.

　　　아버지 안녕히 가세요
　　　인공호흡기를 뽑는 일에 동의했어요

　　　병에 걸린 오골계의 맥 풀린 똥구녕 같은
　　　보름달이 떴어요
　　　회백색 분비물이 제 얼굴로 쏟아지고 있어요
　　　아버지 그거 아세요 오늘이 성탄 전야라는 거

[16] 박성우의 형편에 환한 이정록은, 박성우에 관한 시편도 남겼다. 물론 그의 어머니에 관한 이야기다. "미당에게 연꽃 만나고 가는 바람이 있다면 성우에겐 엄니의 머릿수건을 식히고 가는 미풍이 있다."(「장어 눈썹」에서)

탄일종이 울리고 있어요

끝으로, 제 남은 생의 모든 성탄절을 동봉하네요
아버지 안녕히 가세요

— 「친전―아버지께」 전문, 『거미』

목이 멘다. 아비의 인공호흡기를, 아니 아비의 목숨 줄을 뽑는 일을 아들은 막 마쳤다. 그날은 하필 성탄 전야다. 세상이 온통 흥청거릴 때 아들은 이제 아비의 제상 차릴 준비를 해야 한다. 마지막 연의 "제 남은 생의 모든 성탄절을 동봉하네요"란 시구는 그래서 사무친다. 이제 성탄절은 아들의 달력에서 영영 사라진다. 대신 당신 기일이 새로 남는다. 시인의 선친에 관한 이야기 한 편을 더 전한다. 시인이 몇 해 전 엮은 여행 에세이에서 적은 얘기다.

빈 병과 술잔을 챙겨 내려오려던 나는 아무 생각 없이 아버지께 바쳤던 시집을 펼쳐 보았다. 그런데 그 속에 꽃들이 피어 있는 것이 아닌가. 떨리는 마음으로 다른 페이지를 펴 보아도 상황은 마찬가지다. (……) 아버지가 떠듬떠듬 넘겨 읽으시다가 뚝뚝 흘린 피눈물 같기도 하다. (……) 또 한편으로는 작년 이맘때, 내가 폐병에 걸려 울컥울컥 뿜어내곤 했던 핏물 같기도 하다.

— 『남자, 여행길에 바람나다』, 중앙M&B, 2004, 30~31쪽

오랜만에 아버지 산소를 찾은 막내아들. 산소 앞에 놓아두었던 제 시집을 펼쳐 본다. 한데 거기에 피눈물처럼 붉은 꽃들이 가득 피어 있는 게 아닌가. 하나 시인도 알고 있다. 시집 속에 핀 그 꽃은, 붉은 색소 띤 곰팡이가 번진 흔적이란 걸. 그런데도 그는 일종의 계시 모양 받아들이고 혼자 호들갑을 떤다. 그 곰팡이가 하필이면 아버지 산소 앞에 모셔 둔 막둥이 시집 안에 슬어 있어서이다. 말하자면 고의적인 오해다. 아니다. 시인의 마음씨다.

나도 대가리부터 밀어 올린다

가능이와 심삐댁 내외는 외따로 있는 오두막에 살았다
(……)
모질이 새신랑 가능이가 할 수 있는 일은
밥 먹고 똥 싸는 일 말고 한 가지가 더 있어
갓난아이 울음소리가 오두막을 들썩이게 했다

쌩긋쌩긋, 심삐댁은 갓난아이 업고 나타나
마을 잔치 내내 설거지를 도왔다

사뿐사뿐, 정골 오두막으로 돌아가는
심삐댁의 손에는 떡 보자기가 들려져 있었다

인절미 챙겨 주던 정양골할매가 목 놓아 울던 밤,

지들이나 처먹지 지들이나 처먹지

찰떡 같은 달이 목메게 차올랐다

심삐댁은 젖은 베개 달래어 젖을 물렸다

—「오두막 이야기」에서, 『가뜬한 잠』

한참이나 가슴이 먹먹했던 시편이다. 시는 언뜻 미당의 「신부」가 연상
된다. 어느 시골에서나 이런 이야기 하나쯤 전해져 내려온다. 들뜨지 않
고, 차분히 옛 이야기 들려주는 시인의 음성이 믿음직스럽다. 부러 새로운
세상을 탐험하지 않아도, 읽는 쪽에선 전혀 새로운 세상을 만날 수 있다.
그러고 보니 요즘 이런 노래가 통 드물었다.

심신이 모자라는 내외가 자식을 봤다. 어미는 갓난아기 업고 나와 마
을 잔치 설거지를 돕는다. 심삐댁 일하는 모양이 기특해 정양골할매가 손
수 인절미 챙겨 준 게 그만 화를 부르고 말았다. 제 새끼 앞에서 세상의 모
든 부모가 그러하듯이 모처럼 얻은 귀한 음식, 모처럼 얻은 귀한 새끼에게
먼저 먹였다. 그뿐이었다. 그러나 찰떡 같은 달이 차오른 날 밤, 아기 잃은
어미는 눈물로 젖은 베개에 젖을 물린다. 젖 무는 아기가 더 이상 없어도,
젖은 꾸역꾸역 흘러나온다.

전주에서 박성우를 오랫동안 지켜본 안도현 시인에 따르면, 박성우는
코피를 자주 쏟는다. 실제로도 워낙 깡말라, 바라보는 쪽이 되레 안쓰러울
때가 있다. 하나 박성우는 문약해 뵈지 않는다. 무언가 질기고 끈끈한 기

운을 받는다. 어디서 무얼 하든지 간에 늘 끝까지 남아 있을 것만 같다. 하기야, 그런 강단 없이 어찌 시 앞에 앉을 수 있을까. 강짜 부리는 박성우의 짧은 시편을 아래에 적는다. 다시 한 번 시인의 마음씨를 배운다.

너만 성질 있냐?
나도 대가리부터 밀어 올린다

―「콩나물」 전문, 「거미」

박성우

성북동에는 아수라 백작이 산다

21세기
한국 시의
두 가지
풍경

권혁웅

권
혁웅

1967년 충북 충주 출생. 고려대 국문과를 졸업했고 거기서 박사 학위도 받았다. 1996년 《중앙일보》 신춘문예 평론 부문에 당선됐고 이듬해 《문예중앙》 신인문학상 시 부문에서 또 당선됐다. 하여 그는 시인인 동시에 평론가다. 그것도 현재 가장 활발한 시인이자 바쁜 평론가다. 흥미로운 건, 시인일 때의 권혁웅과 평론가일 때의 권혁웅이 사뭇 다르다는 사실이다. 이 둘의 모습이 너무 달라 시인 권혁웅과 평론가 권혁웅이 동일 인물이 아닐지도 모른다는 의심을 혼자 품곤 한다. 특히 평론에서 권혁웅은, 현안을 재빨리 낚아채는 순발력과 사안의 핵심을 정확히 겨누는 본능적인 감각을 한껏 발휘한다. 신문기자를 했어도 썩 어울릴 것도 같은데, 아니다, 신문기자로 살기엔 공부를 너무 많이 했다. 2005년에 특히 활동이 두드러졌는데, 그 1년 동안 책 세 권을 잇달아 출간했다. 시집 『황금나무 아래서』(2001), 『마징가 계보학』(2005), 『그 얼굴에 입술을 대다』(2007), 산문집 『태초에 사랑이 있었다』(2005), 『두근두근』(2008)과 평론집 『미래파』

(2005) 등을 발표했다. 2000년 현대시 동인상, 2006년 한국시인협회 젊은 시인상을 수상했다. 현재 한양여대 문예창작과 교수로 있다.

나는 아수라 백작의 팬이었다 고철 덩어리 마징가 Z나 봉두난발의 헬 박사, 제 머리를 옆구리에 끼고 다니는 브로켄 백작 모두 아수라의 매력을 앞설 수는 없었다 (……) 양성구유인 그는 두 명의 성우를 데리고 다녔고 왼쪽에서 등장할 때와 오른쪽에서 등장할 때 다른 목소리를 냈다 좌익과 우익을 그에게서 배웠다

(……)

내 속에 내가 너무 많다고 노래했던 시인과 촌장은 한 사람이다 나도 그랬다 아버지가 술을 마시고 동네방네 내 이름을 부르며 귀가할 때마다 나는 출가한 붓다였고, 샴쌍둥이처럼 그녀의 몸에 세들어 살고 싶을 때마다 나는 늑대 인간이었으며, 출근하기 싫어 장판에 들러붙을 때마다 나는 그레고르 잠자였다 지금도 이 글을 쓰는 나는…… 이라고 쓰는 나는……

—「모순」에서, 『마징가 계보학』, 창비, 2005

아수라 백작

　권혁웅은 아수라 백작이다. 명색이 교수님한테 실례되는 비유이겠으나, 나는 권혁웅을 볼 때마다 혼자 마징가 Z의 아수라 백작을 혼자 떠올

린다. 권혁웅 스스로 아수라 백작의 팬이라 자백했거니와, 두 명의 성우를 동반하며 필요할 때마다 다른 목소리를 내는 신묘한 기공을 선보이고 있어서다. 물론 나는, 권혁웅의 두 목소리 모두에 귀를 기울인다.

먼저 평론가 권혁웅.《문예중앙》편집 동인이었던 2005년, 그는 황병승·김민정·유형진 등 요즘의 젊은 시인을 누구보다 적극 지지했다. 여태의 문법으로는 해석이 난망한 그들의 시 세계를 권혁웅은 '미래파'라 호명했고, 이후 소위 '미래파 논쟁'은 21세기 벽두 한국 시단 최고의 이슈로 확산됐다. 이때 권혁웅은 첨예한 문제의식과 날카로운 감각으로 무장한 첨단의 평론가다.

다음으로 시인 권혁웅. 2005년 발표한 두 번째 시집 『마징가 계보학』에서 그는 서울 달동네 소년의 상처와 꿈을 노래했다. 가난에 찌들었던 어릴 적 경험이 마징가와 애마 부인으로 대표되는 대중문화 코드와 버무려져 때로는 재치 있게, 또 때로는 아련하게 재생됐다. 이때의 권혁웅은 비평가 권혁웅보다 훨씬 포근하고 따뜻하다.

하여 나는 그를 아수라 백작이라 부른다. 여기서 고백하는데, 권혁웅의 두 목소리 중에서 나는 비평가의 목소리에 더 귀를 기울인다. 그의 비평 작업은, 어지간한 용기와 웬만한 자신감만으로는 감당하기 버거운 것이어서이다.

미래파의 탄생

《문예중앙》2005년 여름 호는 한국 시사에서 두고두고 기억될 텍스트다. 아주 먼 훗날, 가령 100년쯤 뒤. 아직도 한국에서 시를 쓰는 자가 생존해 있고 한국에서 시를 읽는 자가 연명한다고 가정했을 때《문예중앙》

2005년 여름 호는 21세기 한국 시의 지형을 탐구한 최초의 보고서로 기록
돼 있을 터다. 적어도 나는 이렇게 상상한다.

　거기서 권혁웅은 「미래파—2005년, 젊은 시인들」이란 비평을 발표했다.
장석원·황병승·김민정·유형진의 시를 차례로 인용하며 그는 '미래파'
란 용어를 처음으로 사용했다. '미래파'가 쓰이게 된 경위부터 보자.

　　요즘 젊은 시인들의 작품이 엉망이라는 얘기를 가끔 듣는다. 사실 이
　　런 얘기는 요즘 애들 버릇없다는 말만큼이나 오래된 말이다. 최근의
　　시들이 비판받는 요지는 대개 이 시들이 요령부득의 장광설이거나 경
　　박한 유희의 산물이라는 것이다. 시가 헛소리에 가깝다, 쓸데없이 길
　　기만 하다, 거기에 덧붙여 시들이 음악을 잃었다, 이미지의 결이 일정
　　하지 않다, 화자가 혼란되어 있다, 사회와 역사에 대한 안목이 결여되
　　어 있다, 진지한 고민이 없다, 징그럽다…… 같은 말이 덧붙는다. 하지
　　만 실제로 요령(要領)을 얻지 못한 것은 최근의 시들이 아니라, 그 시
　　를 읽어 내지 못한 비평은 아닐는지?
　　(……)
　　미래파는 입체파와 마찬가지로, 화폭에 복수(複數)의 시점을 도입했
　　다. 그들은 달리는 말의 다리가 네 개가 아니라 스무 개라고 말했다.
　　우리 눈에 보이는 잔상(殘像)이 사실은, 중첩된 면(面)들이 내보이는
　　실상(實像)이라는 것이다. 스무 개의 발을 재게 놀리며 달리는 말 그림
　　을, 말의 왜곡이라고 부를 수 있을까?

　　　　　— 「미래파 — 2005년, 젊은 시인들」에서, 『미래파』, 문학과지성사, 2005, 148~149쪽

왜 하필 2005년일까. 그 시절로 잠깐 돌아가자. 2005년은, 2000년 언저리에 등단한 일군의 젊은 시인이 우르르 첫 시집을 쏟아 낸 해였다.[16] 황병승, 장석원, 김민정, 유형진, 김근, 김이듬, 김언, 이민하 등이 그들이다. 이들에겐 또 다른 공통점이 있다. 그들은 미리 작당이라도 한 듯이, 자신의 첫 시집에서 좀처럼 소통의 여지를 주지 않는, 난해하고 망측한 시 세계를 선보였다. 그때 문단 대다수의 독후감이 위와 같았다. 요령부득의 장광설이다, 경박한 유희의 산물이다, 음악을 잃었다, 화자가 혼란된 헛소리다 등등 말이다.

여기에 반기를 든 게 권혁웅의 소위 '미래파 선언'이다. 권혁웅은 "세대가 바뀌면 그 세대에 통용되던 미학과 세계관이 바뀐다."며 젊은 시인의 새 화법을 응원했다. 되레 그는 요즘의 늦된 비평을 질타했다.

새로운 세대가 생산하는 시들은 결코 요령부득의 장광설이거나 경박한 유희의 산물이 아니다. 그들에게서도 시는 여전히 생생한 체험의 소산이며, 감각적 현실의 표명이며, 진지한 고민의 토로다. 세대가 바뀌면 그 세대에 통용되던 미학과 세계관이 바뀐다. 그런데 비평은 늘 작품보다 늦되다. 비평이 작품을 선도할 수는 있으나 오도해서는 안

<hr>

[16] 비평가 신형철은 "2005년이라는 해는 '희귀종 생태 표본실의 나비' 같은 시인들이 유리관을 깨고 나온 해로 기억될 수 있다."고 적었다.(《문예중앙》 2007년 봄 호, 59쪽) "희귀종 생태 표본실의 나비"는 유형진의 첫 시집 『피터래빗 저격사건』에 실린 「표본실의 나비들」이란 시에서 따온 구절이다. 거기엔 이런 시구도 있다. "감각으로 사유하는 종(種)들이 잠들지 못하는 밤이네요." 이후로 요즘의 젊은 시인을 일컬을 때 "감각으로 사유하는 종"은 일종의 상용 어구 모양 인용된다.

된다. 나는 다음과 같은 사실을 믿는다. 먼 훗날, 이들의 작품이 낡았다는 비판이 제기되는 날이 분명히 올 것이다. 다르게 말해서 이들의 작품이 가까운 미래에 우리 시의 분명한 대안이라는 것을 인정할 날이 올 것이다.

—「미래파 – 2005년, 젊은 시인들」에서, 『미래파』, 171쪽

이쯤에서 짚고 넘어가야 할 게 있다. 화자가 혼란스런 요령부득의 장광설은, 요즘 젊은 시인의 전유물이 아니다. 이상(李箱) 이후 한국 현대시에서 이른바 난해 시의 전통은 면면히 계승돼 왔다. 비록 주류를 형성한 적은 없지만, 하여 늘 변두리 혹은 끄트머리에 놓여 있었지만 나름의 계보는 오늘까지 이어졌다.

그러나 요즘의 젊은 시는 죄다 길고 어렵고, 하여 괘씸하다. 이게 다르다. 다시 말해 삐딱한 심사의 몇몇이 은밀히 도모한 모반이 아니라 세대 전체가 한꺼번에 쏟아 놓은 시대의 산물이란 점에서 다르다. 왜 요즘의 젊은 시인은 하나같이 이딴 걸 시랍시고 끼적댈까.

권혁웅의 문제의식이 여기서 출발했다. 권혁웅은 일련의 난해 시를 개인의 우발적 충동이 아니라 세대적 감수성의 집단 표출로 이해했다. 하여 "얘네 뭐냐?"라며 내치지 말고 "애정을 갖고 읽어 보자."고 권유한 것이었다. 나는 이 대목에서, 새롭고 낯선 문학을 껴안으려는 젊은 비평가의 선의(善意)를 읽었다. 그러나 모두가 그랬던 건 아니었나 보다.

애초부터 미래파는 없었다

미래파 선언은 즉시 파문을 일으켰다. 이후 대한민국의 내로라하는 문예지가 각자의 입장에 따라 미래파를 둘러싼 논란을 조명했다. 미래파 논쟁은 마침내 21세기 들어 가장 치열하고 광범위한 문학 논쟁으로 확산됐다. 그로부터 서너 해를 넘긴 지금도 미래파로 말미암은 소동은 그칠 줄을 모른다. 논쟁은 세대와 입장을 초월해 급속히 번져 나갔다.[17]

권혁웅의 제안에 동참한 목소리를 열거하면 대략 다음과 같다. "외계어"(이장욱) "다른 시"(이광호) "뉴 웨이브"(신형철) "젊은 그들"(김진수) "진화(進化/鎭火)하는 서정"(김수이) 등등의 용어가 '미래파'와 유사한 개념으로 동원됐다. 여기서 주의할 게 있다. 이들이 권혁웅의 '미래파'란 호명을 동의한 건 아니었다. 다만 이들은, 요즘의 젊은 시가 기존 문법에서 일탈했다는 이유로 무시해선 안 된다는 문제 제기만을 인정했다. 왜냐. 그 이유는 나중에 나온다.

반대편 목소리도 만만치 않았다. 아니 문단의 전체 판세를 고려했을 때 반대 입장이 우세했다고 해야 옳겠다. 누굴 가르치려 드느냐 식의 감정적 대응도 종종 있었으나 경청할 만한 비판도 눈에 띄었다. 반대편 목소리 중

[17] 원로 시인 황동규도 미래파 논쟁에 발을 들여놨다. 시인은 '숨통파'란 개념을 제안했다. 아래는 인터뷰에서 밝힌 내용이다. "미래파는 20세기 초 이탈리아에서 벌어진 미술 운동의 이름입니다. 이미 존재하는 명칭을 오늘의 한국 시인에게 붙이는 건 바람직하지 않습니다. 더욱이 19세기 유럽의 미래파는 미래를 긍정적으로 바라봤습니다. 그러나 한국의 젊은 시인은 미래를 비관적으로 바라봅니다. 부정하는 것이지요. 오히려 나는 황병승을 비롯한 일단의 젊은 시인이 한국 시단의 숨통을 터 준다는 의미에서 숨통파라 부르고 싶습니다."

에서 몇 개를 옮긴다.

> — 새롭고 낯선 징후들에 바쳐진 요란한 찬사를 걷어 내고 차분한 시선으로 2000년대 상반기의 시적 현상을 돌아볼 필요가 있어 보인다.
>
> — 이경수, 《작가세계》 2006년 여름 호

> — 문단 연령론과 문학 세대론을 반복함으로써 시단의 혼란을 가중시켰다. (……) 괜한 젊은 시인들이 한 비평가의 비평적 전략에 동원되는 것이다.
>
> — 이명원, 《시작》 2006년 여름 호

반대편 주장의 요지는 다음과 같다. ① 암호에 가까운 자의적 기호와 자폐적 무의식의 흔적까지 의미를 부여할 필요는 없다. ② 이들의 환상성은 삶의 리얼리티를 상실한 채 머릿속에서 떠오른 느낌을 시적 긴장 없이 풀어놓은 것 같다. ③ 모아 놓고 보면 시를 형성하는 문법이나 문장을 엮는 방법이 흡사하다. ④ 일종의 유행이다. 그러니까 반대편은, 난데없이 세대론을 끌어들여 이들을 띄우려는 권 모라는 비평가의 작업에서 일종의 저의마저 의심한다. 별것도 아닌 걸로 줄 세우고 편 가르며 호들갑을 떨고 있다고 말이다.

찬반양론이 설왕설래하는 단계까지는 보기에도 좋았다. 문학 판은 본래 시끌시끌해야 한다고, 너무 잠잠하면 그게 더 수상한 징조라고 나는 믿었다. 그러나 언제부턴가 미래파는, 요즘의 젊은 시를 비아냥댈 때 쓰이는 용어로 전락해 있었다. 요즘의 젊은 시인들은 술자리에서 "누가 미래파냐."를 놓고 씁쓸한 농담을 주고받았다. 권혁웅은 물론이고, 권혁웅이 호명했던 젊은 시인에 대해서도 비난에 가까운 비평이 쏟아졌다. 급기야 젊은 시인 몇몇이 "나는 한 번도 내가 미래파란 생각을 한 적이 없다."고 자수를 하는 웃지 못할 일이 벌어졌다.

권혁웅은 시인으로부터 부정당하고, 비평가로부터 매도당했다. 미래파 논쟁은 더 이상 논쟁이 아니었다. 그건 스캔들이었다. 권혁웅은 절치부심 끝에 문단에 팽배한 오해와 억측을 해명하고 나섰다. 그 글의 제목은 「미래파 2」이다.

'미래파'란 말이 소통 불가능하고 유희적이며 자폐적인 언어를 쓰는 '철없는' 시인들, 장광설과 환상과 엽기로 특징짓는 '진지하지 않은' 일군의 젊은 시인들을 이르는 용어로 변질되어 간 것이다. 거기에 내 자신이 품고 있다고 '단언'된 세대론적인 욕망(이 용어는 전대와 단절한 자리에서 새로운 깃발을 꽂으려는 한 비평가의 전략에 지나지 않는다 운운)을 덧붙이고, 이 시도를 서정의 위의와 전통을 부정하려는 철없는 과격함(모든 시의 '미래'가 오직 '미래파'의 것이냐 운운)이라 단언하고, 소외와 배제의 방법론(특정 시인만을 과도하게 띄워 다른 시인들을 소외시키는 것 아니냐 운운)이라 공격한 무수한 비판을 덧붙이고 나면, 이 용어로 호명된 일군의 시인들에게서(물론 내게서도) 남은 게 무엇이 있을까 싶을 정도다.

—「미래파 2」에서, 《문예중앙》 2007년 봄 호, 11~12쪽

　　나는 권혁웅의 선의를 믿었다. 그러나 모두가 그랬던 건 아니었나 보다. 세상의 모든 말다툼처럼 미래파를 둘러싼 논란은 각자가 서 있는 자리에서 상대의 본의를 재단했고 농락했다. 내가 아는 한, 권혁웅의 미래파는 '청록파' 따위의 동인(同人) 개념이 아니었다. 권혁웅의 미래파는, 김수이의 말마따나 일종의 '수사'(修辭)였고 신형철의 지적대로 '믿음의 부산물'이었다. 권혁웅에게 미래파는, 비평보다 한 발 앞선, 하여 미래의 어느 지점에 놓여 있는 요즘의 젊은 시를 설명하기 위한 디딤돌과 같은 것이었다. 이들의 시가 말장난이나 환상으로 치부되지 않기를, 또 하나의 진지한 문학으로 검토될 수 있기를 권혁웅은 당부했던 것이다. 미래파로 호명된 어느 누구도 미래파로서의 정체성에 입각해 시를 쓰지 않았고, 권혁웅 역시 이들을 미래파란 범주로 묶어 줄 세울 의향이 없었다.

　　애초부터 미래파는 없었다. ●18

●18 　미래파 논쟁을 돌아보는 지금의 나는 착잡하다. 나는 어느 문학 기자보다 미래파 논쟁을 앞장서 보도했다. 모처럼 발발한 문학 논쟁이 침체한 한국 문학에 활력이 될 수 있겠다 판단해서였다. 하여 예기치 않은 오해도 샀다. 언젠가 한 원로 시인이 나를 똑바로 쳐다보며 "나는 미래파 싫어해요."라고 말했다. "왜 나한테 이러시지?" 속으로 뜨악해하면서도 겉으론 예의바른 미소를 지으며 "아, 그러세요. 역시 격이 다르시네요."라고 대답했다. 무엇보다 나는, 미래파 논쟁이 순수한 문학 논쟁이란 점을 높이 평가했다. 일전의 주례사 비평 논쟁은 발단 자체가 문단 권력을 겨냥했던 것이기에 차원이 달랐다. 논쟁을 지켜보며 가장 속상했던 건 따로 있다. 논란이 가열될수록 텍스트는 뒷전으로 밀려났다. 각자의 이해관계에 따라 텍스트는 함부로 난도질당했다. 아예 텍스트는 언급도 않는(또는 못 하는), 희한한 비평도 있었다. 그들은 황병승의 시를 말하는 게 아니라 황병승을 둘러싼 소문만 연방 퍼 나르고 있었다. 이 점에서 나는 권혁웅의 편을 든다. 적어도 권혁웅은 황병승의 시를 말하려 했다.

내가 아는 4대 명산은 낙산, 성북산, 개운산, 그리고 미아리 고개, 그
너머가 외계였다 수많은 버스가 UFO 군단처럼 고개를 넘어왔다가 고
개를 넘어갔다

— 「마징가 계보학」에서, 『마징가 계보학』

이제 시인 권혁웅을 만날 차례다. 나는 그의 두 번째 시집 『마징가 계보
학』에서 시인 권혁웅의 어제와 오늘을 읽었다. 거기엔 소년 권혁웅의 트라
우마와 판타지부터 시인 권혁웅이 즐겨 쓰는 수사법과 자유로운 상상력까
지 권혁웅을 구성하는 모든 게 다 들어 있었다. 시집 내용을 재구성해 그
의 어릴 적 시절을 따라가 본다.

소년은 달동네에서 살았다. 골목과 골목이 들러붙어 새끼를 친 서울 성
북구 삼선동 산 302번지 셋방에서 소년은 살았다. 술에 취하면 아버지는
박철순이 되곤 했다. 밥상 위 김치와 시금치가 접시에 실린 채 휙휙 날아
다녔다. 당신의 몸만 한 크기의 화장품 가방을 끌고 골목을 오르내리던 어
머니는 저녁이 되면 소년을 국숫집 하는 이모네로 굳이 마을 보냈다. 소년
은 국수보다 라면이 더 좋았는데. 아버지도 꼬불꼬불한 면발을 다 먹고 나
서야 밥상을 엎었는데. 소년은 저녁마다 국수를 마셨다.

시인 권혁웅은 전통 서정시(비평가 권혁웅이 행복한 서정시라 일렀던)의 세계
안에서 산다. 권혁웅의 시적 화자는 한 치의 미동 없이 고정된 자리에 앉아
서 자신의 어제와 오늘을 정해진 순서에 따라 들려준다. 구절구절 빛나는

재기 발랄한 수사도 문법이 그어 놓은 금을 벗어나지 않으며 비어나 욕설 따위도 눈에 띄지 않는다. 그러니까 권혁웅은 모범적인 서정시인이다.

모범적인 서정시인 권혁웅과 전위적인 비평가 권혁웅. 결국 권혁웅은 아수라 백작일 수밖에 없는 거다. 두 얼굴 중에서 어떤 게 진짜냐고? 글쎄다. 거기까진 모르겠고, 대신 두 얼굴 모두 치열한 모습이란 건 장담할 수 있다. 아래 시편이 그 증거다.

유니콘(unicorn)의 표식은 뿔에 있다 뿔이 없다면 유니콘은 그저 백마에 지나지 않는다 그래서 유니콘은 이름도 그냥 한 개의 뿔이다 유니콘의 뿔은 그 귀한 백마를 비루먹은 개와 동격에 놓는다 사실 유니콘은 흰말의 몸, 영양의 엉덩이, 사자의 꼬리를 가진 짐승이다 그러나 뿔 앞에서 엉덩이가 무슨 소용이며 꼬리가 무슨 소용인가

혹시 당신 주변에 길길이 날뛰는 자가 있다면
그가 단단히 뿔이 났다면 잘 보아 두시기 바란다
그는 그 뿔에 자신을 전부 걸고 있는 것이다

— 「상상동물 이야기 1—유니콘」 전문, 『그 얼굴에 입술을 대다』, 민음사, 2007

권혁웅

21세기 한국 문학의 우울한 모던 보이

이장욱

<h1 style="text-align:center">이
장욱</h1>

1968년 서울 출생. 고려대 노어노문학과에서 박사까지 마쳤다. 1994년 《현대문학》에 시를 발표하며 등단했다. 그러니까 이장욱은 시인이다. 하나 이장욱은 시인만은 아니다. 우선 그는 당대 최고의 시 비평가 중 하나로 손꼽힌다. 이른바 요즘 젊은 시에 관한 이장욱의 비평은 《창비》의 백낙청 편집인도 인정하는 바다. 그 덕분인지 그는 2006년 《창작과비평》 편집 위원으로 전격 발탁됐다. 이장욱은 또 소설가이기도 하다. 처음 써 봤다는 장편소설 『칼로의 유쾌한 악마들』로 그는 2005년 《문학수첩》 작가상을 받았다. 이장욱이 문학을 해서 받은 최초의 상이다. 관습과 문법을 거부하는 시와 소설을 쓰고, 그러한 문학을 지지하는 비평을 한다. 하여 이장욱은, 장르를 막론하고 21세기 한국 문학의 최첨단 경향을 대표하는 이름이다. 인간 이장욱에 대해선 독특한 술버릇을 말할 수 있겠다. 꼭 소주만 마신다. 심지어 생맥주 집에 가서도 소주만 찾는다. 『내 잠 속의 모래산』(2002), 『정오의 희망곡』(2006) 시집 두 권과 『혁명과 모더니즘』(2005) 『나의

우울한 모던 보이』(2005) 평론집 두 권, 장편소설 『칼로의 유쾌한 악마들』을 펴
냈다.

 식빵 가루를
비둘기처럼 찍어 먹고
소규모로 살아갔다.
크리스마스에도 우리는 간신히 팔짱을 끼고
봄에는 조금씩 인색해지고
낙엽이 지면
생명보험을 해지했다.
내일이 사라지자
모레가 황홀해졌다.
친구들은 하나둘
의리가 없어지고
밤에 전화하지 않았다.
(……)
우리의 인생이 간소해지자
달콤한 빵처럼
도시가 부풀어 올랐다.

—「소규모 인생 계획」에서, 《현대시》 2007년 2월 호

 "한국 시의 모더니티의 한 극한에서 서정성 자체를 낯설게 하는 첨예한 시적 감각을 만나려 한다면, 그를 읽는 것은 강렬한 경험이 될 수 있다." (평론가 이광호)

 "김행숙, 황병승, 김민정 등의 첫 시집에 수록되어 있는 해설은 모두 한 사람이 썼다. 그는 소위 '미래파'의 산파 중 하나다."(평론가 신형철)

 "만만치 않은 문장력과 사회에 대한 통찰, 소설의 구성에 대한 고심의 흔적이 엿보인다. 최근에 나온 작품 중 가장 돋보인다."(소설가 공지영)

 세 양반의 말씀을 따왔다. 맨 앞엣것은 시인을, 다음 것은 평론가를, 맨 뒤엣것은 소설가를 향한 상찬의 변이다. 그러나 이 모든 찬사는 단 한 사람에게 바쳐진다. 이장욱. 하루가 다르게 문학 장르가 쪼개지고 나눠지는 오늘, 시와 소설 그리고 비평의 삼대 장르를 자유로이 넘나드는, 그리고 장르마다 자신의 입지를 튼튼히 구축한 전방위 문인의 이름이다.

 2005년 가을, 처음으로 쓴 소설로 상을 받았을 때 이장욱은 "시와 소설은 나에게 등소평의 검은 고양이 흰 고양이의 느낌을 준다."고 적은 바 있다. 생각한 바를 잘 전달할 수 있다면 장르는 상관없다는 뜻일 터. 그래도 나는 인터뷰할 때마다 이장욱의 정체를 캐물었다. 아래는 그 일부다.

― 정체를 밝혀라.

"끌리는 데로 가겠지. 시에 가장 오래 몸을 담고 있던 건 확실하다."

― 장르마다 당신은 어떻게 달라지는가.

"느낌은 물론 다르다. 밤과 낮의 느낌 같다고 할까. 내 경우는 시는 밤, 소설은 낮의 느낌에 가까웠던 것 같다. 어떤 시나 소설은 밤과 낮이 뒤섞이는 황혼의 느낌이었을 수도 있겠고."

이장욱은 쓰는 글의 종류에 따라 직업이 바뀌지만, 문학적 입장은 장르를 초월해 고수된다. 이장욱이 장르를 넘나들며 견지하는 문학적 자세는 말하자면 '탈(脫) 관습주의'다. 이장욱 문학에서 식상하고 뻔하고 고리타분한 건 없다. 그는 언제나 저 너머, 또는 바깥에 있는 문학을 추구한다. 따라서 이장욱이 서 있는 곳이 한국 모더니즘 문학의 최전방이다.

그 이장욱이 2006년 1월 《창작과비평》 편집 위원으로 선임됐다. 《창작과비평》이라면 한국 리얼리즘 문학의 모태와 같은 곳. 거기에 가장 첨예한 감각의 모더니스트가 합류한 것이다. 문단은 놀랍다는 반응과 함께 두 가지 사실을 인정했다. 하나는 창비가 변화를 선언했다는 사실이고, 다른 하나는 창비도 이장욱은 인정했다는 사실이다.[19]

이장욱은 21세기 한국 문학을 말할 때 빠뜨릴 수 없는 이름이다. 이른바 미래파를 말할 때도, 최근 한국 소설의 맥을 짚을 때도, 창비 기획 특집을 줄 치며 읽을 때도 그의 이름은 뻔질나게 불려진다. 이장욱의 시와 소설과 비평을 읽는 건, 21세기 한국 문학의 전위를 경험하는 일이다.

이장욱에 다가서기 위한 두 가지 단서

① "몇 시간 자요?"

2005년 10월 그의 첫 소설 『칼로의 유쾌한 악마들』이 출간됐다. 갖가지 기법과 기술을 동원해 지리멸렬한 우리네 일상을 완전히 딴판의 것인 양 그려 낸 소설이다. 아래는 그때 썼던 리뷰 기사의 일부다.

왼팔 없는 노인이 양팔 들어 기지개 켰다는 말에 놀라지 말라. 그대는 긴 머리 짧게 쳤는데도 덜미에 자꾸 손 갔던 적 없는가. 달려오는 지하철 앞으로 승차라도 하듯이 무연히 걸음을 뗐다 죽은 여자도 이해할 일이다. 신호등 빨간데도 무심코 두세 발짝 내디뎠다 경적 소

19 2006년 2월 14일 정오 서울 프레스센터. 창비 출범 40주년을 앞두고 기자회견이 열렸다. 편집인 백낙청의 옆자리에 공부 잘하게 생긴 청년이 부동자세로 앉아 있었다. 이장욱이었다. 창비에 영입된 뒤 처음 참석한 공식 행사였다. 그는 누구하고도 눈을 마주치지 않은 채 정면만 응시하고 있었다. 기자들의 질문이 끊기자 백낙청 선생이 씩 미소를 짓더니 나를 콕 집어 물었다.
"어이, 손 기자, 질문 좀 하지?"
"네? 저요?(선생이 학생 다루는 것도 아니고, 나 원 참…….) 예, 알겠습니다. 그런데 저는 이장욱 선생한테 궁금한 게 있는데요."
"(더 큰 웃음을 띠고)그래? 그거 좋지."
"(한참 뜸들이다)거기 앉아 있는 거……, 불편하지 않아요?"
일부러 에두른 질문이었다. 굳이 창비의 문학적 지향과 이장욱의 문학적 입장 사이의 거리를 주섬주섬 떠벌리지 않아도 그는 내 질문의 속뜻을 알아차리리라 믿었다. 이때 이장욱의 대답이 걸작이었다. 미리 준비라도 해 왔다는 듯이 거침이 없었다.
"제가 여기에 앉아 있는 것 자체가 오늘 창비의 모습입니다."
백낙청 선생의 얼굴엔 차라리 꽃이 피었다. 큼지막한 웃음꽃이었다.

리에 소스라친 일, 그대는 없는가.

기사가 나가고서 얼마 뒤. 어느 술자리에서 우연히 그와 마주쳤다. 그는 반가운 얼굴로 기사 얘기를 먼저 꺼냈다.

"기사 잘 봤어요. 그렇게 꼼꼼히 읽는 줄 몰랐어요. 평소에 공부를 많이 하나 봐요?"

"공부요? 뭐, 그냥. 책 읽고 기사 쓰는 게 업이라서……."

"일주일에 몇 권씩 읽어요?"

"대중없어요. 정독해야 하는 것도 있고, 대충 넘기는 것도 있어서……."

"그렇구나. 그럼 하루에 몇 시간씩 자요?"

"네?"

난 정말 화들짝 놀랐다. 수험생도 아니고 하루에 몇 시간 자냐고 묻다니. 그렇다면 자기는 잠 줄여 가며 책을 읽는단 말인가. 이장욱이 집 앞 독서실에서 고시생과 나란히 앉아 공부한다는 얘기는 알고 있었다. 공부에 방해될까 봐 되도록 바깥출입을 삼간다는 얘기도 들은 적 있다. 그래서 술자리도 잘 안 나타나고 시간강사 자리도 어지간하면 안 맡으려 한다고 알고 있었다. 그래도 잠 줄이며 공부하고 있는 줄은 꿈에도 생각 못했다. 아래는 이장욱이 2006년 3월 《현대문학》에 '픽션 에세이'란 걸 연재하며 요즘의 관심사라고 밝힌 문장이다.

"다른 것은 다 그만두고 어떻게 글만 쓸까."

② 빨간 바지

『칼로의 유쾌한 악마들』의 '작가의 말'에서도 여느 '작가의 말'처럼 '땡큐 리스트'를 만날 수 있다. 거기서 이장욱은 몇몇 고마운 이름을 부르다 뜬금없이 '빨간 바지'에도 감사를 표시했다. 빨간 바지? 괜한 오해는 마시라. 고려대 앞에 있는 카페의 이름이다. 그 카페에서 그는 문학에 뜻을 둔 또래 동문과 합평회를 했다. 그 카페에서 그는 권혁웅, 김행숙, 장석원, 여태천, 하재연 등과 함께 시 한두 편 앞에 두고 서너 시간씩 토론을 벌였다. 모임이 결성된 건 20년이 넘고, 이장욱이 빨간 바지를 처음 입은 건 1998년이다.

내가 호기심을 느낀 건 사실 그 모임의 역사가 아니다. 10년이 넘도록 이장욱과 권혁웅이 어울리고 있다는 사실이다. 권혁웅이 미래파를 낳았다면 이장욱은, 신형철의 말마따나 미래파의 산파다. 요즘의 젊은 시를 대하는 두 비평가의 문제의식은 놀랄 만큼 흡사하다. 아래를 보시라.

> 이들에게는 1980년대 시인들이 걸머져야 했던 역사와 시대에 대한 채무 의식이 없고, 1990년대 시인들이 내세운 그럴듯한 서정, 고만고만한 서정이 없다. 그 대신에 다른 게 있다. 그리고 이들의 시는 무엇보다도 먼저, 재미있다.
>
> — 권혁웅, 「미래파」에서, 『미래파』, 149~150쪽

오늘의 젊은 시인들은 80년대의 정치적 초자아를 의식하거나, 그것을 무의식 안에 숨긴 채 초월적 해탈의 의지로 변형하려고 하지 않는다.

그들은 이른바 '씨니피앙의 축제'나 '내면으로의 회귀'라는 90년대적 반명제(反命題)에서도 자유로워 보인다.

— 이장욱, 「오감도들」에서, 『나의 우울한 모던 보이』, 44쪽

권혁웅이 "미래파"라 처음 이를 때 이장욱은 "외계인 인터뷰"란 용어를 썼고, 권혁웅이 "행복한 서정시"와 "불행한 서정시"를 구분할 때 이장욱은 "서정 안의 서정"과 "서정 바깥의 서정"을 나누었다. 서정시의 기본 전제, 즉 확고부동한 시적 자아의 존재를 언급할 때 권혁웅이 "시는 주체의 모노드라마"라고 정의했다면, 이장욱은 "서정성은 근본적으로 하나의 소실점을 설정한다."고 전제했다.

여기서 흥미로운 건 두 사람의 행보다. 한 사람은 비평적 신념과 보폭을 맞추는 시를 쓰고 다른 한 사람은 비평적 신념과 딴 걸음을 걷는 시를 쓴다. 한데 한 사람은 리얼리즘 진영 안으로 걸어 들어갔고 다른 한 사람은 모더니즘 진영 곳곳을 헤집고 다닌다. 한 10년쯤 뒤, 이 둘은 어떤 모습일까, 혼자 상상해 본다.

어느 소심한 소시민의 하루

이장욱은 시에서도 관습을 거부한다. 우선 전통적 의미의 시적 자아를 그는 기용하지 않는다. 그의 시적 자아는 그림자 모양 흐릿하다. 따라서 시적 자아가 놓여 있는 공간도 자꾸 흔들린다. 아래 시편을 읽자.

골목, 이라는 발음을 반복하자 서서히 골목이 사라진다. 골목이, 골목은,

골목을, 골목에서…… 하지만 창밖에 골목이 있다. 냉장고를 열어 우유 팩을 꺼낸다. 내일은 선거일이다. 유통 기한이 지난 날짜가 찍혀 있다.

하지만 음악은 발라드. 시인 오장환이 '백석은 모던 보이'라고 적어 놓은 글을 읽었다. 아르바이트 급여를 확인하기 위해 나는 국민은행으로. 내일은 선거일이다. 백석은 모던 보이.

나는 아직 과부하 상태인지도 모른다. 전방을 향해 맹목적으로 사라지는 롤러블레이드들. 뒤돌아보지 마 소금 기둥이 될 거야. 골목이, 골목은, 골목과, 결국 골목을…… 나는 걸어갔다.

한때 혁명가였던, 아직 혁명가인지도 모르는, 컴퓨터 수리점 사장 김(金)을 먼발치로 발견하고, 나는 다른 골목을 택해 걷는다. 골목이, 골목을, 골목과, 결국 골목은……

그는 나를 로맨틱한 동물이라고 명명한 적이 있지만, 그날 밤 동해로 떠난 것은 내가 아니었다. 아파트 신축 현장의 모래 바람이 골목을 휩쓸고 지나갈 때, 일당제 인부의 헬멧으로부터 클로즈업되는 '안전제일'. 백석은 모던 보이가 아니다.

통장에 아르바이트 급여는 찍히지 않는다. 눈을 가늘게 뜨면, 서서히 떠오르는 것들. 가령 골목은, 골목과, 골목에, 골목의…… 도레미레코드점에서 울리는 음악은 발라드.

―「나의 우울한 모던 보이」에서, 『정오의 희망곡』, 문학과지성사, 2006

수시로 되풀이되는 골목만 따라 걷다간 골목에서 길을 잃기 십상인 시다. 우리가 알고 있는 낯익은 골목과 이장욱이 반복해 읊는 골목은 전혀 다른 풍경이어서이다. 이럴 땐 감정이입이 필요하다. 나를 시적 자아로 가정하는 거다. 내 자신이 무기력한 지식인이라고 최면을 걸자. 허구한 날 방에 틀어박혀 책 읽고 글 쓰는 지식인 말이다.

자, 오늘 나는 아주 오랜만에 집 밖 행차에 나선다. 돈 찾으러 은행에 가는 길이다. 창문 밖 낯선 세계였던 골목 안에 내가 들어서 있다. 골목엔 도레미레코드점에서 흘러나온 발라드가 울리고 담벼락마다 선거 포스터가 붙어 있다. 좁은 골목을 롤러블레이드 탄 녀석들이 휭 지나고, 아파트 신축 현장의 모래 바람이 골목을 휩쓸고 지나간다. 골목에 나서기 전에 내가 읽었던 책은 오장환의 것이었다. "백석은 모던 보이"란 구절에 막 밑줄을 친 다음이었다.

이장욱의 시는 도무지 일상을 벗어나지 않는다. 그는 일상의 대부분을 책상 앞에 앉아 있다. 큰맘 먹고 나가 봤자 동네 골목을 걷거나 오후의 공터에서 서성대고, 겨우 들러 봤자 동사무소나 은행, 아니면 7번 버스 종점이 전부다. 시간의 흐름을 요일로 따지는 습관도 강박적으로 옥죄는 일상의 다른 표현이다. 어찌 보면 요일은 일상의 족쇄다. 기필코 되돌아오며, 결코 이탈할 수 없다.

이건 도저한 허무주의다. 그리고 허무주의는 지식인의 오랜 병력이다.

세상은 늘 강고하고 지식인은 늘 허약하다. 이 모든 걸 알고 있어 이장욱은 우울하다.

"돈을 벌고 싶어."라고 시집 뒤표지에 이장욱은 썼다. 지나가는 말투마냥 툭 던진 그 구절이 자꾸 눈에 밟힌다. 만약에 말이다. 이장욱이, 그러니까 21세기 한국 문학의 담론을 선두에서 이끄는 이 명민하고 냉철한 지식인이, 다시 말해 자신이 추구하는 예술적 지향을 위하여 일상의 영역을 최소한으로 좁힌 이 한심한 생활인이, 단 한 번도 돈을 벌고 싶다고 털어놓지 않았다면 말이다. 나는 이장욱이 미덥지 않았을지도 모른다.

이장욱

21세기 한국 시의 두가지 풍경

황병승

현상에 관한 짧은 에세이

황병승

황병승

who 1970년 서울 출생. 서울예대 문예창작과와 추계예대 문예창작과를 졸업했다. 2003년 《파라 21》로 등단했다. 어디서 시작할꼬. 그래 먼저 비교를 하자. 동갑내기 시인 문태준과 황병승을 나란히 놓는다면 이 둘의 시 세계는 정확히 반비례의 관계를 형성한다. 다음으로 비유. 소설에 박민규가 있다면 시엔 황병승이 있다. 박민규가 21세기 한국 소설의 개막을 알렸다면 황병승은 21세기 한국 시의 문짝을 열어젖혔다.(혹은 문짝을 뜯어냈다.) 이번엔 가정을 하자. 만약에 황병승이 없었다면? 내 생각엔 작금의 미래파 소동도 없었을 것 같다. 단언컨대 황병승은, 21세기 젊은 시의 전형이어서이다. 요즘의 젊은 시를 구성하는 모든 요인, (혹자의 말마따나 요즘의 젊은 시인이 행하는 온갖 작태) 그러니까 시적 자아의 혼란, 길고도 난삽한 요설, 고의적인 문법 해체, 개인 어휘의 남발 따위가 고스란히 황병승의 특징을 이루고 있어서다. 첨예한 감각의 시인 김혜순이 황병승의 대학 스승이었고, 김혜순이 편집 위원으로 있는 잡지로 황병승이 등단했다. 나는 이 계보를, 황병승에 다가서는 결정적 단서라 여긴다. 술자리에서 몇 번 마주친 적 있지만 워낙 말이 없어 대화다운 대화는 나누지 못했다. 목소리가 참 부드럽다는 인상은 남아 있다. 시집 두 권을 냈다.『여장남자 시코쿠』(2005),『트랙과 들판의 별』(2007).

나의 진짜는 뒤통순가 봐요
당신은 나의 뒤에서 보다 진실해지죠
당신을 더 많이 알고 싶은 나는
얼굴을 맨바닥에 갈아 버리고
뒤로 걸을까 봐요

나의 또 다른 진짜는 항문이에요
그러나 당신은 나의 항문이 도무지 혐오스럽고
당신을 더 많이 알고 싶은 나는
입술을 뜯어버리고
아껴 줘요, 하며 뻐끔뻐끔 항문으로 말할까 봐요

부끄러워요 저처럼 부끄러운 동물을
호주머니 속에 서랍 깊숙이
당신도 잔뜩 가지고 있어요

— 「커밍아웃」에서, 『여장남자 시코쿠』, 랜덤하우스중앙, 2005

보통명사가 된 이름

21세기 한국 문학은 비명과 함께 시작됐다. 당장 소설만 봐도 그렇다. 은하계 차원의 상상력을 펼친 박민규, 피비린내 진동하는 편혜영, 온갖 종류의 패악을 실황중계하는 백가흠, 소설이라 봐주기 어려운 글 무더기를 소설이라 우기는 천명관·박형서 등의 소설을 처음 받아 들었을 때 한국 문학은 충격에 몸을 떨며 비명을 질러 댔다.

시 쪽에서도 악 소리가 터져 나왔다. 이른바 '감각으로 사유하는 종(種)'의 집단 출몰이 목격된 2005년 이후 한국 시단은 찬반양론으로 나뉘어 팽팽히 맞서 있다. 지금은 비명보단 고함과 욕설이 더 판치는 모양이라지만, 여하튼 공방은 잦아들 기미가 안 보인다. 여기서 알아 두어야 할 게 있다. 비명을 지르든 쌍욕을 해 대든, 이 모든 소란은 한 젊은 시인의 등장을 그 기점으로 삼는다는 사실이다. 그 젊은 시인의 이름은 황병승. 21세기 한국 문학이, 출현 자체를 하나의 사건으로 기록한 이름이다.

황병승의 등장은, 이상(李箱) 이후 대가 끊기다시피 했던 문단 반응을 낳았다는 점에서 사건이었다. 이상 앞에서 1930년대 비평이 두 손 들었던 것처럼, 오늘의 비평은 황병승을 읽고서 항복을 선언했다. 대대로 전수되던 해석의 비방(祕方)을 포기한 대신 전혀 새로운 종(種)의 탄생을 솔직하게 인정한 것이다.

예컨대 권혁웅의 미래파는, 황병승을 비롯한 요즘의 젊은 시는 현재 시점에서 해석이 불가하며 따라서 미래의 어느 날로 해석을 유예해야 한다는 일종의 포기 각서였다. 이장욱이 외계인 인터뷰에 빗대 황병승을 해독하려 시도한 것이나, 신형철이 황병승을 "한국 시의 신개지(新開地)"라 선포한 것도 비슷한 맥락이었다. 창비의 백낙청이 황병승을 콕 집어 말하고(《창작과비평》 2007년 여름 호), 중진 비평가 황현산이 "완전소중 시코쿠"라며 문학적 커밍아웃을 감행한 건(《창작과비평》 2006년 봄 호), 황병승 사건이 문단 전체로 확산됐음을 알리는 증언이었다.

황병승 바람은 문단 바깥에도 거세게 일었다. 황병승의 첫 시집 『여장남자 시코쿠』는 5쇄를 찍었고 1만 부가 넘게 팔렸다. 현재 한국에서 신작 시집이 1만 부 이상 팔리는 시인은 아무리 꼽아도 열 명이 안 된다. 이건 일종의 아이러니였다. 대한민국의 날고 긴다는 비평가들이 고개 숙이고 돌아선 황병승을, 얕고 가벼운 재미만 좇는 줄 알았던 대중이 되레 찾아 읽었다. 더 기막힌 노릇은 따로 있었다. 시인 지망생 사이에서 황병승은 시방 제일 각광 받는 전형이자 교범이다.[20]

21세기 벽두 황병승이란 이름은 하나의 현상이다. 아니다. 황병승이 등장함으로써 21세기 한국 시는 비로소 개막했다. 이때 황병승은 21세기 한국 시를 지시하는 보통명사다. 한 시대는 한 명의 시인으로 기억될 수 있어서다. 1970년대 김지하가 그러했고, 1980년대 황지우가 그러했듯이.

[20] 2007년 여름 중앙 신인문학상 시 본심 심사 때. 이문재 시인이 산더미처럼 쌓인 응모작을 앞에 두고 뼈 있는 농담을 던졌다. "요즘 시 공부하는 애들한텐 황병승이 교과서데." 읽어 보니 정말 그랬다. 하나같이 길고 복잡하고 난해했고 어지러웠다. "얼마 전까지만 해도 기형도 풍이 유행이었는데, 요즘 애들 정말 빨라." 이건 농담처럼 들리지 않았다.

반죽 덩어리, 문친킨, 그리고 시코쿠

"황병승은 시 아닌 것을 긁어모아 시를 만들어 냈다."

신형철의 재치 있는 촌평이다. 신형철의 말마따나 황병승은, 우리가 시의 조건이자 기준이라 믿었던 절대 가치를 꼬박꼬박 어긴 무언가를 써 놓고 시라고 고집을 부린다. 황병승으로 인하여 여태의 문학 교과서는 유효 기간 지난 할인 티켓 정도로 전락했고, 여태의 문법은 미니스커트 단속하던 시절의 경범죄 모양 우스운 꼴이 됐다. 황병승이 시 안에 긁어모은 시 아닌 것의 목록을 보자.

① 반죽 덩어리 주체: 황병승의 시적 자아는 하나가 아니다. 복수(複數)다. 하여 황병승에게 시는 일인칭 문학이 아니다. 황병승의 출현을 알린 작품 「여장남자 시코쿠」를 보자. 시적 자아 "시코쿠"는 "열두 살, 그때 이미 나는 남성을 찢고 나온 위대한 여성"이다. 즉 성 정체성이 모호한 존재다. 그러니까 남자이자 여자다. 시적 자아가 쪼개지거나 늘어나면서 주체를 둘러싼 세상도 덩달아 변화한다. 시코쿠에게 형도 있고 오빠도 있는 이유다. 이를 두고 김혜순이 한 말이 있다. "어떤 경계도 넘나들 수 있는 반죽 덩어리의 시적 주체가 새로이 탄생한 것이다."(『여장남자 시코쿠』 표사에서)

② 시와 소설의 사이에서: 「눈보라(snowstorm) 속을 날아서(하)」란 작품이 있다. 시집에서 13쪽을 차지하는, 35연 107행의 장시(長詩)다. 양이 늘어나면 질도 변한다고, 시가 원체 길다 보니, 시의 기본 속성마저 흔들린다. 언어의 조탁이나 함축의 미학보다는 소설의 속성인 서사적 전략이 읽히는 것이다. 황병승은 "시도 되고 소설도 되는, 시도 안 되고 소설도 안 되는, 시와 소설의 모호한 경계에서의 밀고 당기는 게 재미있다."고 설명했다.

③ 개인어: 다음은 「문친킨」이란 시에 나오는 구절이다. "무슨 뜻일까,/ 무슨 뜻이든/ 그저 문친킨 문친킨일 뿐이겠지만/ 오늘 같은 날은 한 백 번쯤 중얼거리고/ 역시 문친킨의 힘이란/ 멍청해진 존재를/ 삽시간에 빨아들이는/ 마력을 가지고 있는 것이다/ 누가 뭐래도." 문친킨이 무슨 뜻이냐고? 황병승도 밝혀 놓지 않았는가. 무슨 뜻이든 상관없다고. ●21

④ 탈(脫)국적: 황병승이 시적 주체로 기용한 명단을 무순으로 열거한다. 시코쿠, 리타, 리처드, 앨리스 부인, 메리제인, 아끼코, 히데끼, 리사, 렌, 카즈나리, 미호, 사부로, 유사쿠, 혼다, 이쯔이, 아게하, 쟝, 미란다, 치타 씨, 마리오, 문신투성이 뚱보 로제 언니 그리고 한 번도 만난 적 없다는 니노셋게르미타바샤 제르니고코티카.

이번엔 앞서 열거한 시적 주체가 위치한 시적 공간의 목록이다. 조지

●21 황병승을 언급할 때 "문친킨"은 자주 인용되는 시구다. 황병승의 특징을 짧고도 강력하게 예증할 수 있어서이다. 하나 "문친킨"의 어원을 찾아냈다는 소린 아직 들은 바 없다. 뭐, 시인이 먼저 무슨 뜻이든 상관없다고 못 박았으니 굳이 따질 까닭도 없겠다. 대신 '먼치킨(Munchkin)'이란 단어는 안다. 『오즈의 마법사』의 등장인물로 '뭐든 다 잘하는 난쟁이'의 이름이다. 이 먼치킨이 요즘 온라인 게임에서도 쓰인다. 무소불위의 캐릭터를 뜻한다. 먼치킨은 또 다리가 짧고 몸통이 긴 고양이의 품종을 가리키기도 한다. 던킨도너츠 메뉴에도 먼치킨이 있다. 크기가 작은 도넛이다. 한데 왜 먼치킨 타령이냐고? 황병승은 첫 시집에서 『이상한 나라의 앨리스』의 캐릭터와 플롯을 마구 끌어다 썼다. 이를테면 "구름을 흔드는 웃음소리/ 하늘에 걸린 체셔 고양이의 얼굴"(「Cheshire Cat's Psycho Boots 7th sauce」에서)이란 구절은, 『이상한 나라의 앨리스』에 등장하는 체셔 고양이가 웃음만 남기고 사라지는 기이한 존재란 걸 모르고 있으면 접근이 난망하다. 마찬가지로 "문친킨" 역시 『오즈의 마법사』의 캐릭터 이름을 약간 만져 사용했다는 추측이 가능한 거다. 문친킨이 마력을 가지고 있다는 시인의 부연도 원래 뜻과 어울리는 구석이 있다. 게다가 황병승은 게임 마니아인데다 고양이 애호가다. 너무 억지 아니냐고? 혼자 생각이니 그러려니 하시라. 밤새 황병승을 읽다 보면 이렇게 될 수도 있는 거다.

아, 요코하마, 알래스카, 헬싱키, 세느강 그리고 쌍둥이 빌딩 사이 주름치마 같은 돌계단을 따라 오르다 보면 커다란 빌딩들이 조그만 벌레 정도로 보일 때쯤 나타난다는 페르나.

비록 한국어로 쓰였어도 황병승은 한국 문학의 영토 안에 포함되지 않을 수도 있다. 당신은 앞서 나열한 인명과 지명에서 한국인의 정서를 손톱만큼이라도 느낄 수 있는가.

⑤ the land of queers: 황병승의 시엔 게이, 드래그 퀸, 트랜스 젠더, 크로스드레서 등속이 번갈아 등장해 '핑크 트라이앵글'(동성애 운동과 게이 프라이드의 상징 마크)을 연방 그려 댄다. 황병승의 동성애 코드는 혼란스러운 성 정체성의 차원에 머무르지 않는다. 황병승은 동성애 코드를 원용해 미지의 세상을 제 시안에 들여놓는다. 처음 매니큐어를 발라 어색해하는 남자와, 순돈육 자지를 달고 불 속을 걸어 다니는 저팔계 여자와, 코밑의 솜털을 밀고 누이의 젖은 치마를 훔쳐 입는 소년의 세계를, 솔직히 나는 이해하기 버겁다. 하도 이물스러워 감당이 안 된다. 그런데도 시코쿠는 자랑스레 외친다. "그대여 나에게도 자궁이 있다 그게 잘못인가/ 어찌하여 그대는 아직도 나의 이름을 의심하는가."(「여장남자 시코쿠」에서)

황병승을 향한 변명

나는 황병승을 한국 시의 적통으로 이해한다. 문단의 혹자가 황병승에게 변종 또는 별종 따위의 수식어를 갖다 붙일 때, 나는 혼자서 기분 나빴다. 그들의 손가락질엔 중요한 사실이 빠져 있다. 황병승이야말로 한국의 제도권 문학이 낳은 자식이란 엄연한 진실 말이다.

황병승은 학교에서 시를 배웠고 시인으로 성장했다. 앞선 세대와 똑같은 방식으로 김소월과 백석, 정지용과 미당을 암송하며 시를 익혔고, 여러 명의 시인 선생 밑에서 시를 공부했다. 소설의 경우 문단 외부 인사가 진입한 사례가 있다.(대표 사례가 천명관이다.) 하나 시는 사정이 다르다. 황병승뿐 아니라 김민정, 김행숙, 유형진 등 이른바 "감각으로 사유하는 종"의 절대 다수가 문학 전공자다. 이들은 각기 다른 학교에서 문학을 공부했고, 그것도 아주 잘했고, 문단이 정해 놓은 정식 절차를 밟아 시인 자격증을 땄다. 그들은 외부에서 이식됐거나 수입된 종이 아니다. 서울 하늘 아래서, 황사 먼지 마시고 수돗물 들이켜며 자생한 순수 국산 종이다. 황병승은 지구에 불시착한 외계인이 아니다.(천명관은 외계인 맞다. 불시착한 건지 모종의 공작 중인지 아직 판명되진 않았지만.)

황병승 이전에도 레지스탕스는 있었다. 대신 그들은 시대와 맞서는 무기로써 문법에 뇌관을 설치했다. 황병승이 그들과 다른 건, 싸우고픈 의향이 눈곱만치도 없다는 데 있다. 언젠가 인터뷰에서 그에게 물은 적이 있다. "시란 무엇이냐?" 황병승의 대답은 다음과 같았다. "집에서 혼자 할 수 있는 최고의 놀이 중 하나다." 이후로 이 답변은 문단에서 화제가 됐다. 시에 대한 황병승의 이 정의는, 황병승을 말할 때마다 인용되고 재생됐다. 그러고 보니 김민정도 비슷한 얘길 꺼낸 적이 있다. "내가 좋아서 이러는데 왜 지랄이야?" 어쩌면 이런 태도야말로 21세기와 맞서는 요즘 젊은 문학의 유일한 생존법일 수 있다.

한번 상상해 보시라. 1970년대 서울에서 태어나 텔레비전을 보고, 일본 만화를 읽고, 온라인 게임을 하며 성장한 청년이 시 한 수 짓겠다고 책상 앞에 앉았다. 무엇을 쓸 수 있을까. 어머니가 차려 주신 밥상? 시대의 아픔? 그건 이 청년의 삶과 너무 딴판의 세상 아닐까? 대신에 실험이라도 해 볼까. 온갖 형식 실험을 시도해 보는 거다. 하나 어쩌랴. 위반, 일탈, 해체 따위를 동반한 일체의 실험은 이미 클리셰(cliché)가 된 지 오래다. 쉽게 말해, 무슨 짓을 도모하던지 간에 이미 누군가가 한 번은 해 본 짓이고 거쳐 간 길이다.

그럼 남는 게 뭘까. 전복(顚覆) 아닐까. 기존 세상을 깡그리 부정하는 역모 말이다. 그건 선택이나 전략이 아니다. 어쩔 도리 없이 내몰린 것이다. 내가 황병승을, 황병승으로 대표되는 요즘의 젊은 시인을 안타까이 바라보는 이유다.

황병승

未堂 斷想

2000년 10월 10일

미당 서정주의 아내 방옥숙 여사 별세. 서울 관악구 남현동 봉산산방(蓬蒜山房)엔 이제 시인만 남는다. 시인은 곡기를 끊고 맥주만으로 연명한다. 제자들이 순번을 정해 스승의 말동무에 나선다. 아내가 떠나기 전 미당은 소꿉놀이 하듯이 살았다.

내 늙은 아내는/ 아침저녁으로/ 내 담배 재떨이를 부시어다 주는데,/ 내가/ "야, 이건 양귀비 얼굴보다 곱네./ 양귀비 얼굴엔 분때라도 묻었을 텐데." 하면,/ 꼭 대여섯 살 먹은 계집아이처럼/ 좋아라고 소리쳐 웃는다.// 그래./ 나는 천국이나 극락에 가더라도/ 그녀와 함께 가 볼 생각이다.

— 「내 늙은 아내」 전문

2000년 12월 24일

미당도 세상을 뜬다. 아내가 먼저 간 길을 74일 뒤에 따라나선 것이다. 임종을 지킨 제자들에 따르면 미당은 "괜찮다, 괜찮다." 말하고선 한 번 환하게 웃고 숨을 놓았다. 그 밤 서울엔 훨훨, 첫눈이 내린다. 성탄전야, 서울 거리는 화이트 크리스마스를 맞아 흥청거린다.

2001년 1월

서울시가 봉산산방 보존 계획에 착수한다. 봉산 산방은 단군신화에서 곰이 웅녀가 되기 위해 먹었다는 쑥(蓬)과 마늘(蒜)에서 옥호를 딴 이층 양옥으로, 미당이 1970년부터 타계할 때까지 꼬박 31년을 기거한 처소다. 그러나 계획은 이내 폐기된다. 친일파 유산을 공공 예산을 들여 보존하는 것은 안 된다는 여론 때문이다.

2001년 5월

미당의 추천으로 등단한 고은 시인이 《창작과비평》 여름 호에 미당을 비판하는 글을 싣는다. 미당에게 바쳐졌던 "시의 정부(政府)"란 찬사는 기실 고은의 것이었다. 그러나 미당이 1980년대 신군부를 찬양하는 행적을 보이자 제자는 스승을 부정했다. 제자의 비판은 신랄했다. 고은은 "그가 생전 내내 자처한 '떠돌이'로 떠났으나 반대로 그에겐 세상의 주인이고자

한 집착도 없지 않았고, 세상에는 그에 대한 평가와 맹신이 있는가 하면 다른 쪽의 규탄으로도 얼룩져 있어야 했다."고 힐난한다.

<u>2003년 12월</u>

미국의 유족이 봉산산방을 건축업자에게 판다. 건축업자는 봉산산방을 헐고 그 터에 다가구 주택을 올릴 계획이다. 문화 예술인들이 힘을 합쳐 봉산산방 보존 운동을 벌인다. 이윽고 문정희 시인 등 몇몇이 이명박 당시 서울 시장을 만난다. 저간의 사정을 전해 들은 시장이 담당자를 질타한다. 시장의 불호령이 떨어지기 무섭게 서울시는 7억 5000만 원을 관악구에 내려 보내고, 관악구는 봉산산방을 건축업자로부터 사들인다. 열흘쯤 뒤 건축 디자이너 김원 씨가 봉산산방 복원 계획을 관악구청에 제출한다.

<u>2007년 11월</u>

전북 고창에서 미당문학제가 열린다. 사람도 많이 모이고 행사도 풍성했지만 불편한 심기는 잦아들지 않는다. 미당시문학관 예산 지원은 진즉에 끊겼고, 고창군은 올해도 행사 준비에 어깃장을 놨다. 고창 주민이 30만 평(100만㎡) 땅에 조성한 대형 국화 단지가 그나마 위안을 주었다. "시 한 편이 세상을 바꿨구나. 그놈의 국화 한 송이, 새끼 많이도 쳤구나." 심란한 표정의 문인수 시인이 나직이 중얼거렸다.

<u>2008년 1월</u>

관악구는 여태 복원 사업 예산을 확보하지 못한다. 관악구청 측은 "7억

원의 예산 확보가 어렵다."고 하소연한다. 땅을 사 준 서울시는 진즉에 제 역할이 끝났다는 입장이다. 하여 봉산산방은 말 그대로 폐허다. 흉흉하고 참혹하다.

2008년 봄

손세실리아 시인이 「방명록」이란 시를 문예지 《미네르바》 봄 호에 발표한다. 한 해 전 내가 고창에서 느꼈던, 그 복잡하고 안쓰러운 심사가 고스란히 담긴 시편이다.

미당시문학관을 나와 질마재를 넘는 참인데 공과에 대한 논쟁으로 버스 안이 분분합니다 친일 행적까지는 그렇다 쳐 참회하고 자중했어야지 전두환 생일 축시는 왜 또 써 未堂이란 말이 괜히 나왔겠냐고 큰 시업을 이루지나 말든지 에잇 참/ 몇 줄 소회를 남기고 간 그도 그러했을 테지요 우리처럼 착잡했을 테지요// 지나는 길인데/ 안 올 수는 없고/ 오기는 왔는데/ 너무 좋은데/ 좋아할 수만은 없고

— 손세실리아, 「방명록」 전문

2008년 7월

관악구청으로부터 연락이 온다. 2월에 이명박 대통령 운운하며 쓴 기사 덕분인지, 2009년도 예산 계획에 봉산산방 복원 사업이 포함됐다는 소식을 전해 온다. 문득 미당의 오래된 시구가 떠오른다. "세상은 가도 가도 부끄럽기만 하더라."(「자화상」에서)

월경이 가까워 오면 몸에서 바다 냄새가 난다고 믿는 여자.
양념하지 않은 고기를 좋아하는 여자.
떡볶이로 끼니를 때우더라도 스타벅스에서 3800원짜리
카페모카를 마셔야 하는 여자.
평생 제 상처를 끌어안고 사는 여자.

그러나 나는 더 이상 말을 삼간다.

김훈은 「언니의 폐경」을 쓰면서 여자에 관하여 알기 위해
온갖 종류의 여성지를 구독하고
온종일 홈쇼핑 프로그램을 시청했다고 했다.
그리하여 월경과 폐경 같은 여자의 언어를 구사할 수 있었다고
했다. 이에 대하여 남자 평론가는 "디테일이 살아 있다."고
평가했고, 여자 평론가는 "훔쳐보는 시선이 느껴져 불편했다."
고 투덜댔다.

하여 나는 말을 삼간다.
여자에 관하여, 특히 '여자의 일생'과 같은 위대한 화두에
관하여 나는 무지하다.
사실 나는 여자가 겁난다.

김선우
천운영
정이현
김이듬

In-section 21세기 한국 문단 풍경

a short diary
on chick-lit

오줌 누는 소리 한 번 좋구나!

Her Stories

김선우

김
선우

who 김선우를 볼 때마다, 그러니까 김선우의 유난히 깊고 검은 눈동자를 바라볼 때마다 나는 무기(巫氣) 같은 걸 감지한다. 김선우는 술이 오르면 그 큰 눈 더 크게 뜨고 상대를 뚫어져라 쳐다보는 버릇이 있는데, 그 시선을 받을 때마다 나는 주눅이 들어 눈길을 피하곤 한다. 일상에서 만나는 김선우는 마냥 싹싹하고 수더분한데,(사근사근한 말씨라고는!) 불현듯 낯선 감정이 이는 건 이 때문이다. 그렇다고 서먹서먹한 건 아니다. 내게 김선우는, 가장 오래 묵은 시인 친구다. 1970년 강원도 강릉에서 태어났다. 강원대 국어교육학과를 졸업했고, 1996년《창작과 비평》겨울 호에 시를 발표하며 등단했다. 한국 문단은 김선우를 한국 여성 시의 적통을 잇는 여성 시인으로 흔히 평가한다. 나는 김선우를, 남성 독자를 염두에 두지 않고 여성의 성적 욕망을 스스럼없이 내지른 첫 번째 여성 시인으로 평가한다. 『내 혀가 입속에 갇혀 있길 거부한다면』(2000), 『도화 아래 잠들다』(2003), 『내 몸속에 잠든 이 누구신가』(2007) 등 시집 세 권이 있고, 산문집도 서너 권 갖고 있다. 바리데기 신화를 토대로 한 동화도 썼고 《실천문학》에 비평을 발표하기도 했다. 그러더니 2008년엔 춤꾼 최승희의 파란만장한 삶을 다룬 장편소설 『나는 춤이다』를 상자했다. 이 모든 게 다 저 기(氣), 깊고 검은 눈동자에서 뿜어져 나오는 저 기운에서 뿜어져 나오는 것이라고 나는 믿는다. 2004년 현대문학상, 2007년 천상병시상을 수상했다.

옛 애인이 한밤 전화를 걸어왔습니다
자위를 해 본 적 있느냐
나는 가끔 한다고 그랬습니다
누구를 생각하며 하느냐
아무도 생각하지 않는다 그랬습니다
벌 나비를 생각해야만 꽃이 봉오리를 열겠니
되물었지만, 그는 이해하지 못했습니다
(……)
얼레지의 꽃말은 바람난 여인이래
바람이 꽃대를 흔드는 줄 아니?
대궁 속의 격정이 바람을 만들어
봐, 두 다리가 풀잎처럼 눕잖니
쓰러뜨려 눕힐 상대 없이도
얼레지는 얼레지
참숯처럼 뜨거워집니다

—「얼레지」에서, 『내 혀가 입속에 갇혀 있길 거부한다면』, 창비, 2000

인연

1990년대 말이었다. 진즉에 신춘문예로 등단하고서 시는 안 쓰고 술독에 빠져 살던 선배와 동숙하던 시절이었다. 언젠가 늦은 밤 그가 대학로 단골 술집에서 호출을 했다. 나도 마침 술이 궁금했던 참이어서 부리나케 달려 나갔다. 거기서 김선우를 처음 만났다. 앳된 얼굴이었고 수수한 차림이었다. 선배는 김선우를 등단한 지 얼마 안 된 신예 시인이라 소개했다. 첫 시집 출간 전이지만 두루 호평 받는 기대주란 설명도 곁들였던 것 같다.

하고 많은 술자리 중의 하나를 꺼내 드는 건, 그날 밤 내 기억에 각인된 하나의 인상 때문이다. 그건 김선우의 눈동자였다. 목이 긴 짐승의 그것처럼 김선우의 눈동자엔 물기가 어려 있었다. 한없이 애처로웠지만 그렇다고 생기를 잃은 건 또 아니었다. 그녀의 눈동자엔 함부로 범접하기 힘든, 서늘한 기운 같은 게 서려 있었다. 사람의 눈이 스스로 빛을 발하는 걸 본 건 그때가 처음이었다. 김선우가 강원도 문막으로 거처를 옮기기 며칠 전 새벽이었다.

시간이 흘렀고 나는 문학 기자가 되었다. 그사이 김선우는, 기대주를 넘어 한국 시단의 주축이 돼 있었다. 수소문해 보니 김선우는 아직도 문막에 살고 있었다. 다시 만난 김선우는 그 대학로의 밤을 기억하고 있었다. 다만 그의 기억은 내 것과 약간 달랐다. "어쩜, 그때 개가 너였니!"

그 형형한 눈빛과 재회한 건, 2007년 어느 술자리였다. 한참 말이 없던 김선우가 불쑥 미당문학상 얘길 꺼냈다.

"야, 손민호. 너 나 미당문학상 주라."

"상을 내가 주냐, 심사 위원이 주지."

"아 참, 그렇지. 그러면 니가 힘 좀 써 주라."

"내가 힘쓴다고 되나? 이 양반이 미당문학상을 띄엄띄엄 보네."

"너, 그것도 안 돼? 그럼 실망이고."

"그런데 왜 갑자기 상 타령이야? 김선우 시인께선 문학상 따위는 초월하셨던 거 아닌가."

"미당문학상이니까 그렇지. 그거 상금도 제일 세다며."

"어, 맞아. 3000만 원이나 주지. 왜 요즘 궁해?"

"아니, 미당문학상 받게 되면 거부하려고. 김선우 시인, 한국 최고 상금의 문학상을 뿌리치다! 멋지지 않냐?"

"이거 왜 이러시나. 나 죽는 거 보고 싶어서 그래?"

"그니까 그딴 상은 왜 만들었냐 말이지."

순간 김선우의 눈동자가 반짝 빛을 냈다. 그때 난 알았다. 농담이 아니구나. 이 친구, 정말 사고 칠 작정이구나. 나는 짐짓 태연한 표정으로 말했다. 미당문학상을 주관한 입장으로서 이럴 땐 최대한 사무적인 태도를 취해야 한다는 걸 나는 직감하고 있었다.

"김선우 시인께서 미당문학상을 반대한다는 사실을 알았으니 앞으로는 후보에서도 미리 제외하도록 하겠습니다. 생각이 바뀌시면 미리 연락을 바랍니다."●22

　김선우에 관하여 나는 무슨 말을 할 수 있을까. 또래 시인 중에서 가장 화려한 학생운동 전력이 있고, 스물아홉 살에 출가한 언니가 지금도 절집에 살고 있고, 아홉 남매를 낳아 둘은 잃고 일곱을 기른 노모가 기력이 부쩍 쇠하셨다는 소소한 개인 정보를 내가 아는 대로 나열할 수 있겠다. 서른 살 되기 전에 꿨던 꿈이 요절이었단 걸 폭로하는 건 어떨까. 강원도 산골에서 자라면서 몸에 밴, 풀빛 성정을 얘기하는 게 그래도 낫겠다. 두루두루 평안하고 여러모로 무난하니까. 아니다. 이 모든 시시콜콜한 게 쌓이고 쟁여 김선우의 시학을 이룬다고 구라를 푸는 게 모양새는 제일 문학적이겠다.

　그러나 지금은 그러고 싶지 않다. 사람은 때때로 특정한 인상으로, 그러니까 그 인상을 남긴 특별한 인연으로 기억되는 법이니까. 나에게 김선우는, 저 눈동자다. 나는 김선우의 시가, 깊이를 헤아릴 수 없는 저 검은 눈동자에서 받아 낸 것이라고 믿는다. 때론 가을 들판의 쑥부쟁이처럼 가녀리게 흔들리고, 때론 어미의 품처럼 푸근히 보듬고, 때론 신들린 무당의 공수처럼 가슴 깊이 꽂히는 눈빛 말이다.

　예서 나는 굳이 인연이란 단어를 집어 들었다. 다름 아닌 김선우를 말

<hr>

22　아시다시피 미당문학상은 미당 서정주의 시업을 기린 시 문학상이다. 국내 최대 규모를 자랑하지만, 친일 경력 있는 시인을 기념하는 상이기에 문단엔 여전히 마뜩찮은 시선이 남아 있음을 인정하지 않을 수 없다. 하여 나는, 심사 위원을 모시거나 후보자 의견을 물을 때 다음과 같이 말하곤 했다. "아직도 미당을 용서할 수 없으시다면 어쩔 수 없지요. 선생님 입장을 충분히 이해합니다. 내년에 다시 연락드리겠습니다." 그나마 다행인 건, 해가 거듭할수록 고사하는 숫자가 줄어든다는 사실이다. 하나 김선우에겐 아직 요원한 일인 듯싶다.

하고 있어서다. 김선우에게 인연은, 불교적으로 해석되든 자연의 순리를 빗댄 것이든 빠뜨릴 수 없는 주제어다. 늙은 어미를 찾을 때나 꽃대롱을 노래할 때, 그리고 옛 사랑을 떠올릴 때도 김선우는 그걸 인연이라 여긴다.

아낙네 오줌 누는 소리

김선우는 여성 시인이다. 여성 시인이란 명명법이, 우리네 문학 풍토에서 시 쓰는 여자 이상의 의미를 지닌다는 맥락에서 김선우는 여성 시인이다. 한국 문학사에서 여성 시인은, 여성해방 전사의 다른 이름이었다. 문정희·김혜순·김언희 등으로 이어지는 한국 여성 시의 계보는, 남성 중심 사회의 타도를 부르짖는 혁명 결사의 조직도와 같았다. 21세기 들어 그 조직도에 새로 기입된 이름이 김선우였다.

그들의 가장 강력한 전략은 여성의 성적 욕망을 폭로하는 것이었다. 이제껏 성에 관한 모든 담론은 남성의 전유물이었다. 남성의 끈적거리는 시각과 꿈틀대는 욕망에 의해 성 담론은 치우쳐졌고 왜곡되었다. 이 뒤틀어진 이데올로기에 맞서고자 여성 시는 여성의 욕망을 전방에 내세웠다. 자위·성감대·오르가슴 등의 어휘가 여성에 의해 스스럼없이 발언되었고, 가슴·자궁·생리 등 여성의 육체에 관한 어휘가 여성의 입을 통해 자유로이 발설되었다. 이로써 오랜 금기 하나가 깨졌다. 성에 관한 한 늘 수동태였던 여성이 당당히 주어의 자리를 꿰차고 들어앉았다.

여기서 중요한 건, 한국의 여성 시가 여성을 위해 씌어지지 않았다는 점이다. 여성 시의 '주타방'(주요타격방향)은 되레 남성이었다. 여성 시가 확 까발려 놓은 여성성은, 남근 주의 팽배한 세상에 투하된 원자폭탄이었다.

　　바로 이 대목에서 김선우는, 한국 여성 시의 새 지평을 열었다는 평가를 받는다. 김선우의 여성 시는 여성 독자를 위한 시여서다. 그렇다고 김선우가 강철 같은 여성 연대를 외치는 구호를 선창하거나, 뒤처진 여성 동지를 위해 여성 정체성 강의 교재를 제작했다는 얘기가 아니다. 김선우는 여자만이 공감할 수 있는, 여자끼리의 얘기를 주섬주섬 주워 담을 따름이다.[23] 이를테면 이런 식이다.

　　서른 해 넘도록 연인들과 노닐 때마다 내가 조금쯤 부끄러웠던 순간은 오줌 눌 때였는데 문밖까지 소리 들리면 어쩌나 힘주어 줄줄 개울물 만들거나 성급하게 변기 물을 폭포수로 내리며 일 보던 것인데

　　마흔 넘은 여자들과 시골 산보를 하다가 오동나무 아래에서 오줌을 누게 된 것이었다 뜨듯한 흙냄새와 시원한 바람 속에 엉덩이 내놓은 여자들 사이, 나도 편안히 바지를 벗어 내린 것인데

　　소리 한번 좋구나! 그중 맏언니가 운을 뗀 것이었다 젊었을 땐 왜 그 소릴 부끄러워했나 몰라, 나이 드니 줄줄 개울물 소리 되려 창피해지더라고 내 오줌 누는 소리 시원타고 좋아라 하는 것이었다

[23]　초기에는 김선우도 막강 화력을 자랑했다. 지금보다 공격 성향이 훨씬 강했다. 맨 앞에서 인용한 「얼레지」 같은 작품이 그 사례다. 그러나 지금은 많이 달라졌다. 부드러워졌고 한결 여유롭다. 이를 비평에선 두 가지 관점으로 풀이한다. 불교적 사유에서 얻은 관용의 몸가짐과 페미니즘의 최신 경향인 eco-feminism의 영향. 두 관점 모두, 뭇 생명을 포용하는 모성을 강조한다.

그러고 보니 딸애들은 누구 오줌발이 더 힘이 좋은지, 더 넓게, 더 따
뜻하게 번지는지 그런 놀이는 왜 못하고 자라는지 몰라, 궁금해하며
여자들 깔깔거리는 사이

문밖까지 땅끝까지 강물 소리 자분자분 번져 가고 푸른 잎새 축축 휘
늘어지도록 열매 주렁주렁 매단 오동나무가 흐뭇하게 따님들을 굽어
보시는 것이었다

— 「오동나무의 웃음소리」 전문, 『도화 아래 잠들다』, 창비, 2003

아낙들이 오동나무 아래 모여 앉아 오줌 누는 광경을 묘사한 시편이다.
여자들이 엉덩이 내놓고 오줌 누는 이 망측한 장면을, 김선우는 통쾌하고
풍성하게 그려 내고 있다. 김선우의 여성성이 바로 이러하다. 빨래터 아낙
들의 흐벅진 수다 같기도 하고, 누가 훔쳐볼세라 몰래 적어 놓은 사춘기
소녀의 꽃무늬 일기장 같기도 하고, 어머니와 함께 여탕에 들어가 서로 등
밀어 주며 두런두런 나누는 정담 같기도 하다. 김선우의 여성성은 이처럼
은밀하고 또 충만하다.

그렇다고 아낙네의 질펀한 수다만 널려 있는 건 아니다. "딸애들은 누
구 오줌발이 더 힘이 좋은지 (……) 그런 놀이는 왜 못하고 자라는지 몰
라"와 같은 구절은 남근 주의 사회를 걸고넘어지고, "문밖까지 땅끝까지
강물 소리 자분자분 번져 가고 (……) 오동나무가 흐뭇하게 따님들을 굽어
보시는 것이었다"란 마지막 행은 자연과 동화하는 여성성을 가리킨다.

김선우 시에서 남자는 없다. 오로지 여자만 있다. 하여 김선우는, 한국

여성 시의 계보에서 제일 급진적일 수 있다. 남자 따위는 삭제해 버린, 그녀만의 세상을 노래하고 있어서이다. 타자(他者)를 인식하지 않는 건, 그래도 될 만하니까, 다시 말해 무시해도 될 만하니까 그러는 거다. 이런 걸 진정한 의미의 해방이라 한단다.

어미와 딸 사이

한국 시에서 어머니를 찾은 건 늘 남성 시인이었다. 어머니가 새벽에 지은 더운밥과 어머니의 부르튼 손등을 이 땅의 남성 시인은 짙은 향수와 함께 부단히도 불러냈다. 어머니를 부정한 건 되레 여성 시인 쪽이었다. 그건, 어머니처럼 답답하고 억울하게 살지 않겠다는 반발의 표현이었다. 이때 어머니는 앙시앵 레짐(ancien régime)의 상징이었고, 따라서 극복의 대상이었다. 무지렁이 같던 어미의 삶을 거부한 다음에야 진정한 여성성을 획득할 수 있다는 논리였다.

하나 김선우는 아니다. 어떤 경우에서도 어머니를 감싸 안는다. 아니 김선우에게 어머니는, 저 자신의 다른 모습이다. 김선우에게 어미는, 김선우의 어제이자 오늘이고 또 내일이다. 김선우에게 어미는 제 오랜 기원이고, 허울 없는 벗이고, 어느 먼 훗날이다.

내가 남자에 불과해서이겠지만, 어머니를 긍정할 때 김선우는 가장 김선우답다. 어머니를 끌어안을 때 김선우는 딸이었다가 전사였다가 보살이 된다. 김선우가 노래하는 어머니 안에는 페미니즘의 여러 주장과 불경(佛經)의 온갖 말씀이 다 들어 있다. 어미를 부르는 김선우의 시 세 편을 아래에 차례로 싣는다.

① 태초의 기억

어머니의 앞섶에 꽂혀 있는 돗바늘, 이제 그 바늘 좀 뽑아 버리라고,
짜증을 내다 고등어 살을 뜯어 숟가락에 얹어 드린다. "거꾸로 들어
두 시간이나 길을 찾더구나 네 길이 내 몸속엔 없는 줄 알았다" 둥글
고 따뜻하던 양수의 기억, 나는 좀 더 머물고 싶었는지 모른다

— 「둥근 기억들의 저녁」에서, 『내 혀가 입속에 갇혀 있길 거부한다면』

② 막역한 벗

아욱을 치대어 빨다가 문득 내가 묻는다
몸속에 이토록 챙챙한 거품의 씨앗을 가진
시푸른 아욱의 육즙 때문에

— 엄마, 오르가슴 느껴 본 적 있어?
— 오, 가슴이 뭐냐?
아욱을 빨다가 내 가슴이 활짝 벌어진다
언제부터 아욱을 씨 뿌려 길러 먹기 시작했는지 알 수 없지만
— 으응, 그거! 그, 오, 가슴!
자글자글한 늙은 여자 아욱꽃 빛 스민 연분홍으로 웃으시고

— 「아욱국」에서, 『내 몸속에 잠든 이 누구신가』

③ 어느 먼 훗날

수련의 하루를 당신의 십 년이라고 할까

엄마는 쉰 살부터 더는 꽃이 비치지 않았다 했다

(……)

나는 꽃을 거둔 수련에게 속삭인다

폐경이라니, 엄마,

완경이야, 완경!

—「완경(完經)」에서, 「도화 아래 잠들다」

김선우

나는 천운영이 무섭다

Her Stories

천운영

천운영

 천운영에겐 작가로서의 아우라 같은 게 있다. 다른 작가에게서도 그런 기운을 느끼곤 하지만 천운영은, 말하자면 강도가 다르다. 철철 끓는다. 얼마나 그리고 어떻게 다른지 규명하는 건 불가능하다. 다만 나는 천운영을 볼 때마다 작가란 저러하구나, 혼자 생각을 가다듬는다. 술 마실 때, 담배 피워 물 때, 멍하니 허공을 응시할 때, 신이 나서 떠들 때, 울면서 소리 지를 때, 긴 눈썹 섬세하게 떨릴 때……. 무엇보다 천운영의 문장을 읽을 때, 나는 천운영이 뿜어내는 아우라의 자장(磁場) 안에서 옹색해지고 쪼그라든다. 최근 그의 소설에서 변화의 몸부림이 읽힌다. 어떤 모습으로 다시 나타날지 아는 바는 없다. 멀찍이서 응원만 할 따름이다. 1971년 서울에서 태어나 인천에서 자랐다. 한양대 신문방송학과와 서울예대 문예창작과를 졸업했고, 2000년 《동아일보》 신춘문예로 등단했다. 소설집 『바늘』(2001), 『명랑』(2004), 『그녀의 눈물 사용법』(2008)과 장편 『잘 가라, 서커스』(2005)를 펴냈다. 신동엽창작상(2003), 올해의 예술상(2004)을 받았다.

 소의 잘린 목과 손에 들린 접칼 사이에 팽팽한 긴장감이 감돈다. 아직도 반질반질하게 윤이 나는 코거울을 향해 칼끝을 들이댄다. 커다란 콧구멍에서 뜨거운 숨이 뿜어져 나올 것 같다. 윗입술과 앞니 사이에 첫 칼을 꽂는다. 앞니를 중심으로 왼쪽 볼따구니와 오른쪽 볼따구니의 살을 안쪽에서 발라낸다. 눈과 콧등으로 이어지는 안면근육을 따라 조심스럽게 칼을 쑤시고 손대중으로 눈알과 연결된 근육을 끊는다. 머릿가죽을 위로 들어 올려 뼈가 잘 드러나게 한다. 머릿가죽을 손상시키지 않고 한 덩이로 분리해야만 나중에 털 벗기는 작업이 쉬워진다.

—「숨」에서, 『바늘』, 창비, 2001, 47쪽

날것의 리얼리즘

고백건대, 나는 천운영이 무섭다. 그 가공할 주량을 말하는 게 아니다.[24] 이를테면 나는, 다음의 문장 앞에서 몸서리쳤다.

살에 꽂는 첫땀. 나는 이 순간을 가장 사랑한다. 숨을 죽이고 살갗에 첫땀을 뜨면 순간적으로 그 틈에 피가 맺힌다. 우리는 그것을 첫이슬이라고 부른다. 첫이슬이 맺힘과 동시에 명주실이 품고 있던 잉크가 바늘을 따라 천천히 흘러내려 온다. 붉은색 잉크는 바늘 끝에 이르러 살갗에 난 작은 틈 속으로 빠르게 스며든다.

—「바늘」에서, 『바늘』, 14쪽

허벅지에 문신을 새기든 소머리를 가르든, 천운영이 묘사하는 장면은 섬뜩할 만치 생생했다. 대상의 저 밑바닥까지 후벼 파는 묘사는 한껏 탄력을 받아 스스로 서사를 구축해 나아갔다. 천운영에게 묘사는 서사였고, 그 역(逆) 역시 성립했다. 하여 천운영의 서사는, 체계적으로 단련된 근육 모양 군더더기가 없었다. 쫀쫀하고 딴딴했다. 천운영 식으로, 생고기 씹을 때의 육질 맛이 흠뻑 배어났다.

문단은 차라리 전율했다. 그럴 만도 했다. 지난 10년, 한국 소설은 관념 속에서 허우적대고 있었다. 그 앞의 10년, 그러니까 개인이 말살되고 구호만 넘실대던 시대에 대한 반감이었다지만, 1990년대 한국 소설은 너무 자주 신경질을 부렸다. 섬세하다 못해 예민한, 하나 게으르고 나약한 인텔리겐치아(intelligentsia)가 한때의 우리 소설엔 지나치게 자주 출연했다.

그러나 천운영은 애당초 달랐다. 그는 대상을 완전히 움켜쥔 뒤에야 장면을 재현했다. 다시 말해, 탐문하고 취재하고 체험한 뒤에야 책상 앞에 앉았다. 우시장에 나가 소를 잡았고, 문신 뜨는 법을 배우러 다녔다. 단 한 줄의 문장을 위해 썩은 멍게를 우걱우걱 씹어 삼키기도 했다.(「멍게 뒷맛」) 천운영의 소설은 날것 그대로의 리얼리즘이었다.

첫 장편 『잘 가라, 서커스』에서도 천운영의 땀내는 물씬 풍겼다. 중국

<hr>

24 참패였다. 천운영과의 술 시합 전적 3전 3패. 여기선 제2합의 경과만 소개한다. 시사하는 바가 있어서다. 1합의 굴욕 이후 나는 리벤지 매치(revenge match)를 신청했다. 어느 영화에서처럼 술병을 가운데 두고 마주 앉았고, 앉은자리에서 양주 대자 한 병을 폭탄주로 싹 비웠다. 이번에도 내가 먼저 나가 떨어졌다. 한데 목격자 증언을 종합한 결과, 천운영은 내가 쓰러진 걸 확인하자마자 쓰러졌다. 그러니까 천운영은, 주량도 주량이거니와 지는 게 싫었던 거다. 나는 지금, 천운영의 그 강단을 말하는 거다.

에서 장뇌삼 밀수하는 배에 여섯 번 올라탔고, 18시간씩 배 안에 갇혀 있으면서는 밀수꾼과 허물없이 소주잔을 기울였다. 몸만 고생한 게 아니었다. 이번에 그는 연변(延邊) 사투리를 능숙하게 구사했다. 열심히 사람 만나러 다니고, 부지런히 받아 적은, 귀한 결실이었다. 하여 다음의 어휘가 한국 소설 사전에 새로이 추가되었다.

아츠러운 소리, 마음이 아파났다, 마사지게 껴안다, 마음이 조급해났다, 눈보라가 매삼치다, 물사품이 일다, 무중 당한 질문, 가름쇠, 나그네…….[25]

논란의 진원지가 되다

공교롭게도 천운영은 21세기 개막과 함께 나타났다. 그는 2000년도 《동아일보》 신춘문예에 「바늘」로 당선됐고, 「바늘」은 21세기 들머리 최고의 신춘문예 화제작으로 꼽힌다.

다들 천운영을 입에 담았지만 그렇다고 모두가 쌍수 들고 환영한 건 아니었다. 천운영을 두고 문단은 편이 갈렸다. 한쪽은 이 대찬 신예로부터 21세기 리얼리즘의 진로를 예감했고, 다른 한쪽은 "문학이 꼭 이래야만 하느냐?"며 끌탕을 쳤다.

---

[25] 여기에 적은 단어 대부분은 북한어 사전에도 없다. 순수한 연변 방언인 셈이다. 이참에 일산을 든 여자, 감사나운 손놀림, 팔다리가 매시근하다, 젖버듬하게 걸었다 등의 표현도 익혀 두시길. 국립국어원에 등재되어 있지만 언제부턴가 우리에겐 잊힌 어휘들이다. 하나 연변엔 여전히 살아 있단다. 그리고 하나 더. 앞서 적은 '나그네'란 단어. 연변에서 '나그네'는 '남편'을 뜻한다. '객(客)'이란 단어가 어찌하다 남편이란 의미까지 품게 됐을까, 참으로 많은 사연이 이 안에 들어 있을 터이다.

할머니를 땅에 묻을 수는 없었다. 그녀 몸을 짓눌렀을 흙더미와 돌멩이로도 충분했다. 엄마는 인부에게 웃돈을 얹어 주며 곱게 빻아 달라고 부탁했다. 할머니의 유골 상자를 받아 든 엄마는 폭우처럼 눈물을 쏟아 냈다. 곱게 빻아진 그녀의 뼈는 꼭 흰 명랑 가루 같았다. 납골당에 넣기 전, 나는 그녀의 뼛가루를 조금 덜어 내 작은 상자 안에 담아 두었다. 그리고 그녀의 발이 생각날 때마다 상자를 열어 보았다. 그리고 손가락에 침을 묻혀 그녀의 뼛가루를 묻힌 다음 혓바닥으로 맛을 보곤 했다.

— 「명랑」에서, 『명랑』, 문학과지성사, 2004, 37쪽

단편 「명랑」의 피날레다. 문단은 다시 한 번 경악했다. 특히 몇몇 어르신은, 할머니의 뼛가루를 찍어 먹는 손녀를 보고 호통을 쳤다. "꼭 이럴 필요까지 있었느냐?" 가학적 발상이며 엽기적 상상력이란 비난이 이어졌다. 그들 어르신은 진심으로 한국 문학의 내일을 걱정하기 시작했다.(이들 어르신은 박민규를 읽고 한국 문학의 암담한 앞날을 예견한 그 분들과 대체로 일치한다.)

천운영을 둘러싼 또 하나의 논란은 페미니즘 진영에서 발발했다. 혹자는 그에게 '육식성의 페미니즘'이란 수식어를 갖다 붙였다. 여태의 한국 소설에서 여자는 항상 왜소하고 연약해서였다. 한국 소설에서 여자는 외따로이 흔들리는 풀 한 포기, 헐벗은 나무 한 그루였다. 피 뚝뚝 듣는 생고기와 하등 관계가 없었다. 그러니까 한국 소설에서 고기 뜯어 먹는 여자는 일찍이 없었다. 고기는 응당 지아비 저녁상에 먼저 올랐고, 겨우 남은 몇

점은 자식새끼 입으로 들어가야 마땅했다. 하나 천운영의 여자는 유독 고기를 밝혔다.

> 나는 양념하지 않은 고기를 먹는다. 손가락 두께로 썰어서 피가 살짝 날 정도로 구운 쇠고기나 마늘과 양파를 많이 넣고 삶은 돼지고기를 좋아한다. 상추와 같은 야채를 곁들여 먹지도 않는다. 구운 고기에 가장 잘 어울리는 것은 채소류가 아니라 하얀 쌀밥이다. 쌀눈이 살짝 비치도록 말간 밥알에 약간 검어진 육류의 핏물이 스며들 때, 고기의 맛은 정점에 이른다.
>
> —「바늘」에서, 『바늘』, 17쪽

그들의 논리는 대략 이러하다. 한국 소설에서 여자 일반(women in general)은 수동적인 존재다. 식물성이거나 채식성이다. 반면에 천운영의 여자는 적극적인 존재다. 드세고 거칠고, 나아가 폭력적이기도 하다. 무엇보다 고기를 밝힌다. 따라서 천운영의 여자가 공격적인 건 육식 탐하는 식성과 모종의 관계가 있다. 육식성의 페미니즘인 것이다.[26]

아무튼 천운영은, 21세기 초반 최고의 텍스트다. 요즘 신춘문예 응모작을 보면 알 수 있다. 신춘문예 평론 응모작 중에서 '천운영 작가론'의 수는

[26] 이쯤에서 여러 논란에 관한 작가의 고견을 듣는다. 첫째, 육식성의 페미니즘에 관한 작가의 의견. "내가 고기를 좋아하다 보니까 고기 먹는 얘기가 자주 나올 뿐인데." 둘째, 엽기적 상상력에 관한 작가의 의견. "내가 엽기라고? 있는 그대로만 쓰면 그게 소설이야? 그딴 건 신문 기사 아냐?"

가히 압도적이다. 작가 지망생에게도 천운영은 훌륭한 교범이다. 요즘 작가 지망생이 가장 많이 필사하는 작가가 천운영이란다. 치밀한 취재와 탄탄한 구성, 현란한 문장과 날 선 주제 의식까지, 따져 보니 베낄 만하다. 평단의 분석도 활발하다. 김동식은 천운영의 두 번째 단편집 『명랑』에 '냄새'란 단어가 124번 나온다는 사실을 발굴했고, 차미령은 천운영이 신체 부위 중 특히 등에 집착한다는 주장을 폈다. •27

변화를 모색하다

저간의 숱한 논란은 그러나, 이제 모두 폐기해야 할지도 모른다. 천운영의 세 번째 단편집 『그녀의 눈물 사용법』은 이전의 독법이 천운영과 전혀 무관했거나, 천운영의 극히 일부분하고만 유관했다는 사실을 폭로한다. 만약에 아니라면, 천운영은 시방 결연한 단절을 선언한 것이다. 다음의 구절은 서슬 퍼런 출사표 또는 혹독한 고해성사로까지 읽힌다.

나는 엄마를 팔아먹고, 옆집 여자의 슬픔을 희화했고, 친구의 외모를 굴절시켰다. 낯선 사람들을 쫓아다니며 꼬치꼬치 캐묻고 염탐하고는 내 맘대로 써 버리기도 했다. 온갖 나쁜 일을 도맡아 하던 남편은 다

•27 내가 아는 한, 김동식은 산수치(痴)에 가까운 비평가인데……. 여하튼 그 노고가 놀랍다. 한편, 차미령의 분석은 꽤 흥미롭다. 일일이 세어 보진 못했지만 천운영의 소설엔 실제로 많은 등이 등장한다. 일례로, 위로의 몸짓을 표현할 때 천운영은 하필이면 '등을 쓰다듬어 준다.'고 표현한다. 남들은 보통 '어깨를 두드려 준다.' '꼭 안아 준다.' '차가운 손을 잡아 준다.' 등속을 애용한다. 문태준이라면 필경 '발을 씻겨 준다.'고 쓸 것이고.

섯 번이나 죽었다. 생각해 보니 자기 얘기를 썼다고 연을 끊은 절친했던 친구도 하나 있다. 소설을 위해서라면 어쩔 수 없는 일이었다.

—「내가 쓴 것」에서, 『그녀의 눈물 사용법』, 창비, 2008, 190쪽

천운영은 여기에서 자신의 소설을 지탱했던 한 축을 들어내고 있다. 가만히 내려놓는 게 아니라 단호히 잘라 내고 있다. 그렇다면 천운영은 오늘부터 저잣거리로 뛰쳐나가는 일을 접고 책상 앞에만 앉아 있을 요량인가. 몸으로 부딪치고 몸으로 느끼는 걸 무엇보다 좋아한다던 천운영은 스스로를 거두려는 참인가.

정리하는 기분으로 쓴 소설이에요. 나는 여태 욕망이 내 소설을 만들었다고 생각했는데, 어쩌면 욕망이 아니라 죄의식 때문이었는지도 모르겠다는 생각을 했어요. 물론 그 소설을 쓰고 정리가 된 건 아니에요. 쉼표를 찍은 것과 비슷하죠.

—《문예중앙》 2007년 겨울 호, 243쪽

마침표가 아니라 쉼표, 라고 했다. 목하 반성 중이란 뜻일 터이다. 마침표는 피했기에 완전 폐기는 아닌 듯싶다. 그렇다고 예전 모습 그대로 돌아가지도 않을 것이다. 2007년 봄, 천운영이 지나가는 투로 뱉었던 말이 있었다. "이제야 소설이 좀 보이는 것 같아." 이 몇 마디 안에 이미 단단한 작심이 들어가 있었다. 그땐 새까맣게 몰랐다.

언젠가 아침에 전화를 넣은 적이 있다. 꼬박 밤새우고 동틀 녘에 겨우 잠자리에 드는 체질이란 걸, 뚜뚜 울리는 신호음을 듣고서야 기억해 냈다. 다행히 신호음은 오래 이어지지 않았다.

"웬일이야?"

"어? 목소리가 쌩쌩하네? 마감 끝냈어?"(그맘때 천운영은,《문학동네》에 장편「잘 가라, 서커스」를 연재하고 있었다. 마지막 회 분량만 남은 상태였고, 문예지가 정해 놓은 마감일을 진즉에 넘긴 뒤였다.)

"아니⋯⋯."

"근데?"

"잘 안 돼서⋯⋯ 강소주 마시고 있다. 에이 씨."

"그 여자 있잖아, 주인공 여자, 죽여 버려. 그리고 끝내. 잘 죽이잖아."

"헤헤헤, 그럴까? ⋯⋯이번엔 살려 주고 싶네. 너무 딱하고 그러네."

"그러니까 힘들지."

"개새끼라도 죽일까? 헤헤헤."

"그거 좋은 생각이다, 하하하."

전화를 끊고 혼자 생각했다. 천운영이 해피엔드의 소설을 쓰면 어떨까⋯⋯. 모두가 한자리에 모여 함박 웃는 장면에서 소설이 끝났다면⋯⋯. 당장 상투적이라고, 누가 요즘 그딴 소설을 쓰냐며 째려보겠지.

아니다. 아무도 모르는 거다. 아들 딸 낳고 잘살았대요, 거나하게 한 자락 뽑을 수도 있는 거다. 천운영은 이제 막 한 꺼풀 껍질을 벗고 나온 참이니까.

　참, 『잘 가라, 서커스』의 여자 주인공 림해화는 죽지 않는다. 대신 말 한 마리가 죽는다. 개 대신 말이었을까? 나로서는, 그 아침의 소주가 림해화를 구했다고 믿는다. 주인공을 살린 것만 해도 큰 변화다.

천운영

21세기

도시 여성의

생활 지침서

Her Stories

정이현

정이현

who 1972년 서울 출생. 성신여대 정치외교학과를 졸업한 뒤 서울예대 문예창작과를 다시 졸업했다. 2002년 단편 「낭만적 사랑과 사회」로 《문학과사회》 신인문학상을 수상하며 소설가가 됐다. 정이현이 그려 내는 여성은, 한국 문학에서 전례를 찾아보기 힘든 여성이다. 악다구니 어머니도 아니고, 밤낮으로 두들겨 맞는 아내도 아니다. 천하의 요부도 아니고, 영악한 소녀도 아니며, 다부진 여성 전사는 더욱 아니다. 평범한 중산층 가정에서 자라나, 직장에서 이리 치이고 저리 밟히다 번듯한 남자 만나 결혼에 골인하는, 그러니까 오늘 출근길 지하철에서 내 옆에서 졸고 앉아 있던 그 여자다. 그들의 삶을, 그들의 밑바닥에 깔린 심리를 정이현은 탁월하게 묘파한다. 또래 중에서 동시대 여성의 소비문화에 가장 민감하고 정통하지 않은가 싶다. 소설 바깥에서 만나는 정이현 역시, 제 소설 속 주인공 모양 상냥하고 깍듯하고 단정하다. 2004년에 이효석문학상을, 2006년엔 현대문학상과 오늘의 젊은 예술가상을 받았다. 조선일보 연재를 거쳐 텔레비전

드라마로까지 방영된 『달콤한 나의 도시』의 대박에 힘입어 1970년대생 작가 중에서 독자 동원력이 가장 높다. 요즘엔 1970년대산의 감수성을 대표하는 문화 아이콘으로까지 거론되는 형편이다. 단편집 『낭만적 사랑과 사회』(2003), 『오늘의 거짓말』(2007)과 장편 『달콤한 나의 도시』(2006)가 있다.

clip 쇼핑과 연애는 경이로울 만큼 흡사하다.

한 개인의 파워를 입증하는 장(場)일뿐더러, 그 안에서 자신과 비슷한 취향을 가진 공동체에 속해 있다는 정서적 안도감을 느낀다. 여유로운 시간과 젊음이 있을 때는 경제력이 받쳐 주지 않고, 경제력이 생겼을 때는 여유로운 시간과 젊음을 돌이킬 수 없다. 그리고 무엇보다, 한 사람이 사용할 수 있는 재화의 양이 한정되어 있다.

그래서 쇼핑도 연애도 인간을 고뇌하게 한다.

—『달콤한 나의 도시』에서, 문학과지성사, 2006, 114쪽

직장 여성 오은수

1975년 5월 25일 서울 출생. 혈액형 Rh＋ B형, 쌍둥이자리. 대외용 신장 163센티미터.(실제로는 161.5센티미터.) IQ는 120이 간당간당한 정도. 서울 마포구 '스노우 펠리스'라는 원룸 건물(15평형) 205호에서 독거 중. 출근 거리가 멀다는 핑계로 엄마의 반대를 무릅쓰고 독립에 성공. 수도권 소

재의 4년제 대학을 졸업했고, 현재 중소 규모의 편집 대행 회사 대리. 경기도 분당의 양친은 무고한 편. 몰고 싶은 자가용은 세칭 미니.(BMW 미니 쿠퍼.)

오은수. 정이현을 단박에 베스트셀러 작가의 반열에 올려놓은 『달콤한 나의 도시』의 화자 겸 주인공. 무엇보다 최근 몇 년 새, 내가 만난 한국 소설의 여성 캐릭터 중에서 가장 매력적인 존재.

사회인 오은수. 참는 데 이골이 났다는 7년차 직장 여성. 사무실 의자에도 계급이 있으며 직장 생활에서 가장 힘든 건 인간관계란 생존 법칙을 진즉에 깨우친 영악한 월급쟁이. 연말정산용 신용카드 사용 내역서에 찍힌 '지름신'의 왕림 횟수를 목도하며 밀려드는 후회와 함께 지난 한 해를 반성하고, 여고 동창 두 명과 "잘난 척해 봐야 나는 네 밑바닥을 다 안다."는 감정을 은밀히 공유한 채 15년째 우정을 유지하는(혹은 종종 만나 진탕 수다나 떠는) 30대 여성. 휴대전화 벨 소리는, 그 유명한 캔디 테마. 외로워도 슬퍼도 나는 안 울어.(요즘 애들은 캔디 모르나?)

여자 오은수. 연애와 결혼은 당연히 별개의 것이라 믿는 여자. 결혼에 대한 환상은 일찌감치 거두고 연애를 개인적인 세계의 비즈니스 정도로 파악하는 현대적 감각의 여성. 하여 결혼을, "업무가 지루하고 반복적이란 단점이 있지만 꽤 안정적으로 신분 보장이 된다는 장점이 있는 회사에 취직하는" 것쯤으로 이해하는 여자. 반면에 마땅찮은 맞선 자리에서도 잇몸을 드러내지 않도록 애쓰며 미소 지을 줄 아는 '센스녀'. 그녀가 정해 놓은 섹스에 대한 원칙 세 가지. "첫째, 하고 싶은 사람과 둘째, 하고 싶을 때 셋째, 안전하게 하자."

이번엔 오은수의 남자.

먼저 윤태오. 술자리에서 우연히 만난 일곱 살 연하남. 늦은 밤 술집에서 일본 만화 주인공처럼 해사한 인상으로 말을 걸어온 남자. 오은수와 원나이트 스탠드를 하던 밤, 여관보다 편의점에 먼저 들러 컵라면을 사 온 남자. 작고 탄탄하게 올라붙은 섹시한 엉덩이의 소유자. 부모님이 슈퍼마켓을 운영 중. 현재 무직.

김영수. 36세, 신장 175센티미터쯤. 회사 간부가 넣어 준 맞선 자리에서 만난, 무난하고 평범한 남자. 현재 친환경 유기농 음식 유통회사 '그린캣'의 대표이사. '블루클럽'에서 깎았음 직한 단정한(또는 개성 없는) 헤어스타일의 남자. 휴대폰 통화 연결음을 따로 설정해 두지 않은, 게으르거나 무심하거나 소심한 사람. 전국 방방곡곡 어딜 가도 흔히 볼 수 있는 은색 중형차의 소유주.

마지막으로 남유준. 성별만 남성인 남자 친구. 역삼동의 주거용 오피스텔에서 홀로 거주. 부동산 재력가인 아버지로부터 적지 않은 규모의 유산을 상속받은 뒤 몇 년째 자발적 백수로 생활 중. 오은수와 서로의 이성 관계를 허심탄회하게 털어놓는 사이.

여성 작가 정이현

21세기 한국 문단에서 독보적인 위상을 구축한 1970년대산 작가. 그러니까 별 생각 없는 요즘의 젊은 여자를 최초로 한국 문학에 영입한 작가. 신나게 연애하다 무난한 조건의 남자 만나 보란 듯이 애 낳고 사는 걸 인생의 청사진이랍시고 내세우는 이 시대 평균녀의 빤한 삶을, 아무런 거리낌이나 죄책감 없이(또는 일말의 언짢은 심사나 아니꼬운 시선 없이) 있는 그대로 드러내 놓는 작가. 이를테면 등단작 「낭만적 사랑과 사회」에서 다음과 같은 '자본주의형 속물녀'를 한국 소설에 확 풀어 놓은 발칙한 작가.

> — 남자친구의 조건: 서울에서 제일 좋은 대학의 의대생, 또는 은색 투스카니 스포츠카를 몰고 다니는 지방대생, 혹은 미국의 로 스쿨 학생인 부유한 집안의 막내아들. 서초구 반포동에 사는 중산층 출신의 나를 신데렐라로 거듭나게끔 이끌 구세주의 전제 조건.
> — 순결관: 그녀의 가장 강력한 무기이자 최후의 순간까지 사수해야 하는 전략적 보루. 그녀의 남자들과 숱하게 '유리의 성' 하얏트 호텔을 들락거리면서도 구강성교만 허락하는 이유.
> — 첫날밤 전략: 샤워는 혼자서, 속옷 선택은 신중히, 머리는 촉촉이 적시고, 화장은 은은하게. 적당한 시점에 타월을 깔아야 하고, 절대 엉덩이를 들어선 안 됨.

어찌 보면 너무나 당연한 얘기. 소설이란 게 본시 사람 사는 이야기인데, 이 땅의 여성 대부분이 이렇게 살고 있다면 소설 감이 안 될 이유는 딱히 없는 법. 그러나 한국 문학은 여태 이들의 삶을 애써 외면해 왔다는 사실. 자고로 점잖고 엄숙한(또는 그런 척만 했던) 한국 문학은 이들을 속물이라 일러 응징했고, 이들의 삶을 다룬 이야기는 통속소설 또는 세태소설이란 이름으로 따로 떼어 놓았던 것.

정이현. 바로 그 강고한 금기를 깨뜨린 겁 없는 작가. 하여 등단 초기엔 싫은 소리도 제법 들었던 작가. 하나 현대문학상을 수상한 단편 「삼풍백화점」과 뒤이은 장편 『달콤한 나의 도시』를 거치며 시방 대중작가란 쑥덕거림은 쏙 들어간 상태. 현재 시점에서 대중의 호응과 평단의 격려를 한꺼번에 받는, 정말 몇 안 되는 1970대산 작가.

본명은 아니지만 여하튼 여자 정이현. 서울 중산층 가정 출신. 비교적 온화한 중도 우파의 부모 슬하에서 성장. 훗날 이름을 떨친 여느 작가의 어릴 적처럼, 초등학교 때부터 활자 중독증에 걸려 신문이고 소설책이고 닥치는 대로 읽어 냈던 될성부른 나무의 떡잎. 사춘기 때는 온갖 백일장에 학교 대표로 참가해 상이란 상은 싹쓸이하며 문명(文名)을 떨쳤던 문학소녀. 시인도 되고 싶고 스포츠 신문 기자도 되고 싶었던, 꿈꾸기를 좋아했던 여고생. 그러나 대학 전공은 난데없이 정치학을 선택해 주위를 경악에 빠뜨렸던 사고뭉치. 결국엔 운명을 못 이겨 다시 문학으로 회구한 몹쓸 팔자.●28 여기서의 교훈. 역시 사람은 하고 싶은 걸 해야 한다.

●28 여기서 오늘의 정이현을 있게 한 은사 한 명을 소개한다. 그의 이름은 김혜순. 서울예대 문예창작과 교수이자 한국 여성 시를 대표하는 시인이다. 그리고 그에겐 하나의 칭호가 더 붙는다. 당대 최고의 시 선생이 그것이다. 실제로 현재 문단에서 활약 중인 김혜순의 제자를 열거할라치면 지면이 모자랄 판이다. 여기 출연진 중에서도 정이현을 비롯해 황병승, 천운영, 편혜영, 윤성희 등이 김혜순으로부터 시를 배웠다. 그의 수업 방식은, 가혹하다고 정평이 나있다. 시 합평회 시간, 며칠 밤을 새 끼적인, 딴에는 최고의 작품이라 자부하는 작품을 비장한 어투로 낭독하고 나면 선생의 반응은 십중팔구 다음과 같았단다. "너, 이거 왜 썼어?" 그때, 제자의 눈을 빤히 들여다보던 선생의 눈빛, 다시 말해 '넌 시에 재능이 없으니까 어서 포기하거라.'란 무언의 가르침을 전파하던 그 눈빛을 서울예대 출신 문인들은 오늘도 악몽처럼 떠올리며 부르르 몸을 떤다. 그 충격에서 헤어나지 못해 시인의 꿈을 접고 소설로 전향한 이들이 속출했는데 그중 하나가 정이현이다.

또래 작가 정이현. 1970년대산 여성 작가 중에서 세대적 감수성이 가장 돋보이는 작가. 이를테면 남들에겐 그저 1980년대 중반으로 뭉뚱그려지고 마는 1985년을, 다음과 같이 꼭 집어 재현하는 작가.

> 1985년 그해 비로소 중학생이 되고 나서야 너는 어디에도 부끄럽지 않은, 명실상부한 '진짜' 청소년이 되었다, 고 생각했다. (……) 새빨간 나이키 로고가 날렵하게 수놓인 가죽 운동화를 살짝 꺾어 신고, 앙증맞은 마두(馬頭)가 새겨진 조다쉬 청치마의 호주머니 깊숙이 열 장짜리 버스 회수권을 장전하는 것으로 너는 '80년대식 청소년'이 될 준비를 완료하였다. 그 봄, 공중에는 꽃가루들과 함께 지독히 매운 최루탄 입자가 흩날려 다녔지만 국립대학과 별로 멀지 않은 그 동네에서도 일상은 뭉게뭉게 흘러가고 아이들은 자랐다.

—「비밀과외」에서, 『오늘의 거짓말』, 문학과지성사, 2007, 158~159쪽

내가 높이 사는 정이현의 매력 첫 번째. 소녀 버전으로 구현된 1970년대산의 감수성. 이를테면, 농구 선수 허재와 사귀는 꿈을 꾸고 파란색 월드컵 운동화를 신은 명문대 법대생으로부터 영·수 비밀과외를 받았던 시절로 1980년대를 기억하는 1970년대산의 감각. 그리고 이문세의 「밤을 잊은 그대에게」와 빨간색 마이마이, 'GOLD STAR' 로고 선명한 흑백텔레비전 등속의 아이템으로 1980년대를 떠올리는 감성. 여기서 느끼는 세대 공감.

내가 높이 사는 정이현의 매력 두 번째. 한국 소설에 처음으로 진입한 이른바 중산층 정서. 여태의 한국 소설은, 솔직히 너무 빈티 났던 게 사실.

이제는 "무료한 시간을 짜릿하게 보내기에 역시 백화점만큼 좋은 공간은 없었다."(「삼풍백화점」에서) 또는 "화목한 부부와 귀여운 자녀로 구성된 4인 가족이 '포니 투' 자가용의 앞뒤에 다정히 나눠 타고 외식하러 나가는 그림엽서 같은 풍경"(「비밀과외」에서) 따위의 구절을 더 이상 실눈 뜨고 째려볼 필요는 없는 것. 정이현이 그려 내는, 어찌 보면 한심하기 짝이 없는 젊은 여자의 세태 또한 마찬가지. 정이현으로 인하여 한국 소설은 한층 솔직해졌다고 자신하는 나.

이번엔 정이현의 출세작 『달콤한 나의 도시』.

30대 직장 여성 오은수의 삶과 사랑을 담은 소설. 세 남자를 저울질하는 여자 오은수와, 직장에서 치열한(또는 치사한) 경쟁을 마다 않는 직장인 오은수를 적절히 배분해 보여 준 소설. 이로 인해 한국 최초의 '칙릿(Chick-lit)'이란 평가를 받았던 작품. 천신만고 끝에 왕자님만 만나면 행복한 새 세상이 활짝 열리는 로맨스 소설의 문법과 달리, 칙릿의 문법은 여자 주인공이 직장과 사랑 모두에서 성공을 거둬야 하기 때문. 그러나 『달콤한 나의 도시』가 칙릿의 문법을 준수했다고 볼 수는 없는 형편. 그건 소설을 끝까지 읽어야 알 수 있는 일종의 영업상 비밀.

『달콤한 나의 도시』를 읽을 때의 주의 사항. 정이현이 한때 시인을 꿈꿨다는 걸 명심할 것. "시인이 못 돼 소설이나 쓰고 앉아 있다."고 푸념하는 소설가의 공통점은, 문장에 시퍼렇게 날이 서 있다는 것. 특히 등장인물의 심리를 전달하거나 사물을 묘사할 때 이들의 장점이 십분 발휘된다는 사실.

다시 소설가 정이현.

21세기 들머리 한국 소설에서 가장 매력적인 여성 캐릭터를 창조한 작가. 오늘 도시를 사는 우리의 꼴을 누구보다도 날카로이 낚아챈 소설가. 특히 도시 여성의 얄팍한 심리를 정확히 잡아채는 데 범상치 않는 재주를 지닌 이야기꾼. 그리고 어느새, 순수문학과 대중문학의 경계를 허문 것도 모자라 순수예술과 대중 예술의 영역을 자유로이 넘나드는 21세기 한국 문화의 아이콘으로 훌쩍 커 버린 1970년대산 작가.

오은수 어록

아래는 이른바 오은수 어록.

정이현이 대중의 꽁무니만 좇는 작가가 아니란 걸 증명하는 증거이자, 21세기 서울 하늘 아래의 리얼리즘. 나아가 오늘 도시를 사는 현대인의 생활 백서이자 격언집.

— 한 사람의 전화번호부는 그의 모든 것을 대변한다.   —20쪽

— 문자 메시지는 참 고마운 도구다. 전화 통화의 어색한 침묵과 말줄임표의 곤혹을 감당하기 싫을 때 더없이 유용하다.   —21쪽

— 누군가의 불타는 의지를 무력화시키고픈 음모를 꾸미고 있다면 출퇴근 시간에 맞춰 서울 지하철에 태운 다음 뱅뱅 돌려 보라.   —50쪽

— 무릇 메신저 대화명이란, 일상의 사건이나 심경의 변화가 있을 때마다 새로 써서 주변에 널리 알리라고 존재하는 것이다.   —71쪽

— 소개팅을 할 때에 식사 시간을 슬며시 피하는 것은, 교과서에 나오지 않는 생활 상식이다.   —74쪽

― 맞선에서, 평점 80점 이상의 남자와 조우하는 일은 지구와 혜성이 충돌할 가능성보다 희박하다.
—79쪽

― 서른한 살. 토요일 저녁, 왼손에 장미 한 송이를 든 채 햄버거를 사기 위해 패스트푸드점 카운터 앞에 줄을 서기에는 약간, 아주 약간 민망한 나이다.
—82쪽

― 중국식 코스 요리처럼 품격 있고 질서정연한 인생.
—96쪽

― 나이가 들어간다는 것은, 이 세상에 인간의 힘으로 이해 못할 인간의 일이 별로 없음을 알게 된다는 뜻이다.
—146쪽

― '너는 왜, 이 회사에 다니니?' (……) 가장 솔직한 대답은 '달리 뭘 해야 좋을지 몰라서'일 것 같다.
—216쪽

― 유부녀 친구들이 제 남편 흉이랍시고 늘어놓는 이야기들 대개가 결국 미묘한 자랑으로 마무리된다는 사실.
—226쪽

― 햇반을 발명한 사람은 노벨평화상을 받을 충분한 자격이 있다.
—248쪽

정이현 © 문학과지성사

행복하면 시를 쓸까요?

Her Stories

김이듬

<h1 style="text-align:center">김
이듬</h1>

1969년 부산에서 태어났고, 2001년 《포에지》로 등단했다. 그때 그를 추천한 인물이 황현산과 김혜순이다. 이 두 이름의 무게감에서 김이듬은, 지방에 머물고 있음에도 단박에 중앙 문단의 주목을 받았다. 그러나 김이듬은 결코 쉽지 않다. 숨겨 놓은 아픈 개인사를 한참 비틀어 놓고 있어서다. 시인의 개인사에 무심한 비평은, 난해하다는 이유로 김이듬을 환상 시의 범주에서 이해한다. 그런 측면이 없는 건 아니다. 시적 자아가 시 속에서 잠을 자다 꿈을 꾸고, 그 꿈 안의 자아가 또 다른 꿈을 꾸는 식의 복합 구조가 김이듬의 시에선 종종 보인다. 이를 두고 비평은 해리 장애(다중 인격)의 서술 방식이라고 해설을 붙인다. 그러나 나는 김이듬을 여성 시의 계열 안에 내려놓는다. 다른 여성 시인에게선 찾기 힘든 김이듬만의 여성성이 있다고 나는 믿는다. 단지 시가 야하다고 이러는 게 아니다. 자식을 버린 제 어머니를 발언하는 시는, 한국 시사에서 찾아보기 힘들다. 어찌 보면 김이듬은, 한국 시사에서 가장 아픈 기억을 안고 사는 시인일지 모른

다. 혈액형은 A형. 말투에 경상도 억양이 살짝 배어 있다. 시집은 두 권을 냈다.
『별 모양의 얼룩』(2005)과 『명랑하라 팜 파탈』(2007).

 나의 기억에 반쯤 묻힌 당신을 꺼내
하루에도 몇 번씩 닦아 드려요
어디쯤에서 잘못되었나 고민하다가
광한루 지나
만복사지 옆 비탈길에서
비뚤하게 다시 만나면 안 될까요

—「언니네 이발소」에서, 『별 모양의 얼룩』, 천년의시작, 2005

如是我思; 나는 이와 같이 생각한다

　　나는 이와 같이 들었다. 시인과 시적 자아는 동일하지 않다. 시적 자아를 시인과 혼동하는 건 가장 낮은 수준의 시 읽기다.

　　나는 그러나, 이와 같이 생각한다. 시인과 시적 자아가 동일인이 아니란 주장은, 삼라만상이 명쾌하게 해석된다고 믿는 교과서 안에서만 성립한다.

　　시인이 시를 내다 놓는 건 하고 싶은 말이 있어서다. 시적 자아가 난데

없는 얘기나 떠벌리는 건, 생면부지의 독자가 어려워서다. 가슴속 저 깊은 데까지 열어젖히기엔 아직 쑥스러운 게 남아 있어서다. 시가 난해할수록 시인은 망설이고 있는 거다. 대놓고 털어놓기엔 내심 겸연쩍어 부러 말을 돌리고 있는 거다. 상처가 깊을수록, 이젠 아물었다고 여겼던 옛 상처가 여태 시리고 저릴수록 시인은 제 흉터를 연방 가리고 있는 거다. 엉뚱한 자아를 내세워 생뚱한 말을 지껄이게끔 해도, 부단히 말을 걸어야 하는 시인의 숙명엔 하등 달라질 바가 없는 거다. 나는 이제, 그렇게 믿기로 한다. 지금의 나는, 김이듬이란 시인을 알고 난 다음이어서다.

그야 김이듬과 프란시스코 드 고야가 오월의 두 번째 날을 말할 때, 제각각 귀에 물을 쏟으며 서로를 꿰매고 갖다 붙일 때, 엄마가 귓속에서 살려 줘 보챌 때, 늙은 나폴레옹이 혀짜래기소리를 하고 귀머거리 고야가 말 모가지 옆에 쓰러질 때, 스페인 혁명사와 무관한 살모사 도감을 볼 때, 이름 밝히길 꺼려하는 공중보건의가 배를 갈라놓고 얼굴을 가릴 때,

대부분의 미술 해부학자는 5월 2일의 경우 반출이 어렵다고 잘라 말하지. 이날 아침부터 수십 년 동안 출산을 진행 중인 지겨워요, 어머니. 고야의 5월 3일 역시 반입 반출이 어렵다네? 5월 3일부터 이듬, 자, 우유 먹자, 무슨 말을 하는지 못 알아듣습니다.

─「고야와 나의 오월」에서, 『별 모양의 얼룩』

이 시를 이해하기 위해선 두 가지 사실을 먼저 알아야 한다. 우선 스페인 화가 프란시스코 드 고야. 고야는 스페인 내전의 참상을 고발한 「5월 2일」이란 작품을 남겼다. 다음으로 한국의 시인 김이듬. 그는 1969년 5월 2일 태어났고, 바로 생모와 헤어졌다.

시인은 시방, 마드리드 민중의 학살 장면을 담은 명화를 감상하며 자신의 불우한 과거를 돌아보는 중이다. 아니다. 김이듬은 처참한 그림에 빗대 제 슬픈 출생을 들려주는 중이다. 김이듬은 지금, 저기요 제 가슴이 많이 아파요 시퍼런 멍이 지워지지가 않아요, 조심스레 말을 걸고 있는 거다. 슬픈 출생에서 비롯한 딱한 삶의 이야기를 어디서부터 꺼내야 할지 몰라 주저하고 서성거리는 거다.

바로 여기서 김이듬의 이야기가 시작된다.

행복하면 시를 쓸까요?

김이듬은 경상도 여자다. 부산에서 태어나 지금은 진주에 산다. 시 수업은커녕 변변한 문학 수업도 받은 적이 없다. 하여 중앙 문단에서 김이듬을 아는 사람은 거의 없었다. 김이듬은 좀처럼 얼굴을 드러내지 않았다. 김이듬의 첫 시집 『별 모양의 얼룩』이 나온 2005년 9월 이후 김이듬은 중앙 문단에서 수시로 호명되었지만, 김이듬을 목격했다는 증언은 거의 없었다.

추측만 난무하다는 게 이런 경우였다. 김이듬이 들고 나온 화법은 낯설었고 수상쩍었다. 무언가 자꾸 말을 걸어오긴 하는데, 시인의 의중은 도무지 파악되지 않았다. 바로 앞에 붙잡아 놓고 물어보고 싶었지만 그럴 수도 없었다. 김이듬의 행방을 아는 사람은 거의 없었다.

그렇다고 내팽개칠 수는 없는 노릇이었다. 김이듬의 화법은 뿌리치기엔 매혹적인 무언가가 있었다. 예컨대 다음의 시는, 첫 시집의 시편 중에서 가장 많이 인용된 것 중의 하나다. 나는 특히 맨 마지막 문장을 좋아한다.

> 분이 다 풀릴 때까지 전처 딸을 팬 횟집 여자가 하품을 하며 손질한다. 바다는 전복 속을 뒤집어 놓고 입 큰 물고기의 딸꾹질로 연신 출렁댄다. 푸른 등을 돌린 다랑어 내장같이 우린 칼등으로 서로를 기억의 도마 밖으로 쓸어 내고 싶은 거다. 자주 발라 먹은 속살에 질려 산중턱을 떠가는 흰 배 곧추선 닻을 본다. 이름난 여행지가 대부분 그러하듯 실망스러운 벗은 몸을 보여 주고 벼려 온 파혼을 감행하기 좋은 모래 바람이 분다.
>
> —「정동진 횟집」 전문, 『별 모양의 얼룩』

2007년 11월 30일. 김이듬의 두 번째 시집 『명랑하라 팜 파탈』이 출간됐다. 첫 시집이 나온 지 2년 6개월 만이다. 수소문 끝에 김이듬의 연락처를 알아냈다. 진주의 시인을 서울로 불러들였고, 추운 겨울날 우리는 더운 술 차려 놓은 상 앞에 마주 앉았다.

그 자리에서 소소한 사실 몇 개를 알 수 있었다. 예컨대 이러한 것들이다. 짐작했던 대로 '이듬'은 필명이다. '이듬해'에서 따왔다. '다음'의 의미, 그러니까 영원히 닿을 수 없는 미래의 나날을 그는 새 이름에서 꿈꾸었다. 김이듬을 사교적이라 말할 순 없지만, 그렇다고 낯을 가리는 것도 아니었다. 그런데 왜 숨어서 지내느냐 물었더니, 다소 뜻밖의 답이 돌아왔다. 서울에선 하룻밤 신세질 데가 마땅치 않아 어쩌다 상경해도 버스 막차 시간을 미리 맞춰 놓는다고, 언젠가 서울에서 새벽에 여관방을 찾아들어 가다 봉변을 당할 뻔했다고, 그 뒤론 어지간하면 상경을 포기하고 어쩌다 올라와도 내려갈 생각부터 먼저 한다고, 숨어 지내다니, 말도 안 된다고. 그날 저녁 알아낸 게 하나 더 있다. 술자리에서 그는, 왼손으로 젓가락을 집었다.

오른쪽 손은 의수 같아서 촛불에 데어도 빨리 못 피했다 원장 아버지가 선창하는 찬송가 책을 넘기면 왜 모든 책장은 불편한 방향으로 넘겨야 하는지 왜 모든 시계와 문고리까지 반대로 돌아가는지 정말로 천치와 악마들은 모두 왼손잡이일까

— 「왼손잡이」에서, 『명랑하라 팜 파탈』, 문학과지성사, 2007

술잔 주고받은 횟수에 비례해 주고받는 질문과 대답도 늘어났다. 야한 시가 많이 보인다는 질문에 시인은 "시적 자아라도 자유롭고 남성 밝힘증도 있기 바라는 마음에서……"라며 쑥스러운 웃음을 지어 보였다. 남성 독자는 불편할 수도 있겠다는 지적엔 미리 준비라도 해 놨다는 듯이 거침없이 말을 쏟아 냈다.

"왜 남성 시인은 어머니가 지은 따스운 밥을 노래하고 뼈가 휘는 노동과 끊이지 않는 헌신만을 노래하나요? 그렇지 못한 여성들을 왜 비하하고 나쁜 여자로 모는 걸까요? 순애보도 좋고, 마르지 않는 양수를 노래하는

여성 시도 좋아요. 하지만 그럴 수 없는 조건에 놓인 여성도 세상엔 있어요. 그러니까 선험적으로 모성애가 없는 여성도 있을 수 있는 거예요. 현모양처나 열녀 효부가 아닌 어머니라도, 아니, 나를 버린 어머니라도 그건 그녀만의 잘못은 아니지 않나요?"

어머니의 따스운 밥을 노래하는 남성 시인을 경멸하는 여성 시인은, 김이듬이 처음은 아니다. 우리는 이미 김혜순이란 시인을 알고 있다. 아니 한국 여성 시의 전통이 대체로 그러하다는 것까지 우리는 알고 있다. 그러나 선험적으로 모성애가 없는 여성의 시는 아무리 머리를 쥐어짜도 기억에 없다.

하나 더 이상 묻지 않았다. 불현듯 더 이상 캐물어선 안 되겠다는 생각이 엄습했다. 그 역시 더 이상 제 과거를 입에 담지 않았다. 그러나 나는 무언가 알 수 있었다. 이를테면 지금 나는, 다음의 시구를 오롯이 이해한다.

버림받은 어린 딸이 엄마를 찾아가는 것은 별이 뜨는 이유와 같습니다. 그렇다면 시를 쓴다는 것은 무슨 까닭입니까?

—「유령 시인들의 정원을 지나」에서, 앞의 책

그 술자리는 자주 말이 끊겼다. 두 사람 사이에 놓여 있는 금 때문이었다. 김이듬은 생전 처음 마주 앉은 낯선 남자가 자신이 그어 놓은 금 안에 들어오는 게 불편한 인상이었고, 나 역시 그 금을 넘지 말아야겠다고 마음을 다잡은 다음이었다.

그러나 나는 알 수 있었다. 김이듬은 어려서 생모와 헤어졌다. 그 뒤로 보육원에서도 살았고 새 엄마하고도 살았다. 그는 버림받았고 학대받았다. 김이듬이 제 입으로 어릴 적 상처를 털어놓은 건 아니었지만, 나는 알 수 있었다. 어두컴컴했던 그의 시편이 별안간 환해졌기 때문이다. 그랬다. 언뜻 난해해 보이는 김이듬의 시는 곡절 심했던 제 삶의 흔적이고, 흉터였다.

> 잔느 이브릴의 어머니는 딸에게 매춘을 강요했으며 기타처럼 모성이란 다양한 것이다 여자는 얼떨결에 기타를 갖게 되었다 여자는 기타를 동반하여 계단을 굴러가고 난간을 넘어가 세상을 추락한다 놀랍게도 어떤 모성은 잔인한 과대망상이다
>
> ——「거리의 기타리스트」에서, 『별 모양의 얼룩』

이 시엔 부제(附題)가 있다. "돌아오지 마라, 엄마"다. 엄마를 향해 돌아오지 말라고 외칠 수는 있는 딸은 흔치 않다. 이런 경우 보통 반어법을 의심한다. 그러나 김이듬에겐 문학적 수사가 아니다. 가슴 속에 꾹꾹 담아둔 진심이다.

김이듬이 낯설고 어려운 건, 김이듬이 일부러 헝클어뜨려 놓아서였다. 부러 어렵게 말하려는 못된 습성 때문이 아니었다. 그건 제 상처가 얼마나 깊은 것인지, 그래서 얼마나 상처를 드러내도 되는 것인지 배우지 못해서였다. 김이듬은 초조하고 불안한 거다. 또다시 버림받는 건 아닌지, 덜컥 겁이 나는 거다.

시를 쓰지 않는 날은 가슴 조이고 아프다 불면이나 흡연 때문일지도

모른다지만 새가슴 뼈 안의 새가 자연스럽게 울지 못하도록 내가 건

빗장 때문이 아니었나 나는 좀 더 솔직해야 할 것이다

— 「가릉빈가」에서, 앞의 책

다시 그 저녁의 술자리. 더운 술 너머의 상대를 빤히 들여다보던 시인,
불쑥 말을 꺼냈다.

"행복하면 시를 쓸까요?"

때론 시인을 알아야 시를 알 수 있다. 이제 나는, 그렇게 믿는다.

Epilogue, 또는 蛇足

기자는 듣는 직업이다. 허풍 심한 제 자랑이든 뼈를 깎는 참회의 기도
든, 아무튼 타인의 삶에 귀 기울여야 하는 게 기자의 업이다. 하여 기자는
때때로 난처하다. 감당하기 버거운 이야기를 들었을 때, 그러니까 인터뷰
이(interviewee)의 가장 내밀한 상처를 알고 말았을 때 나는 내 직업에 회의
를 품는다. 그 앞에서 한낱 기자 따위가 할 수 있는 건 많지 않아서다.

예컨대 지게꾼 시인 김신용으로부터 젊었을 적 매혈하던 얘기를 들었
을 때, 아니, 피를 팔면 시장에서 국밥 한 그릇 사 먹을 수 있지만 정관 수
술 받으면 국밥 네 그릇을 살 수 있어 보건소 직원 속이고 두 번이나 수술
받았다는 얘길 들었을 때, 그래서 환갑 넘은 지금 자식이 없어 이따금 휑
하단 얘길 들었을 때, 아니, 그 절박한 삶을 무덤덤한 표정으로 들려주는
시인의 얼굴을 바라봤을 때, 내 얼굴은 눈물로 범벅이 돼 있었다.

이런 일도 있었다. 공지영 가족 소설 「즐거운 나의 집」이 중앙일보에

연재되기 직전, 그의 전 남편이 《중앙일보》를 상대로 소송을 걸었다. 자신이 소설에 등장할 수 있으니 그러면 본인의 명예가 훼손될 우려가 있으니 소설 연재를 막아 달라는 취지의 소송이었다. 그가 연재 작가, 즉 공지영이 아니라 《중앙일보》를 상대로 소송을 걸었기에 연재소설 담당자, 즉 내가 법원에 출두해야 했다. 그때 나는 너무 많은 걸 알고 말았다. 공지영이란 한 여자의 비밀을, 이혼 서류 들춰보며 속속들이 알고야 말았다. 그 활달하고 시원시원한 성격의 작가는, 저 깊은 상처 다 드러내 놓은 채 내 앞에서 펑펑 울었다. 그러나 난 울지 않았다. 그때 난 울 수 없었다. 소송이 기각되고 소설 연재가 끝나고 마침내 단행본 『즐거운 나의 집』이 출간된 그날 저녁, 비로소 나는 울었다. 목 놓아 울었다.

그러나 김이듬은 내 앞에서 눈물을 보이지 않았다. 세상에 한 여자로서 감당해야 하는 비극과 불행의 임계치란 게 있다면, 김이듬이란 여자가 겪은 비극과 불행은 필경 그 너머의 것이었다. 그러나 그녀는 울지 않았다. 기사가 나가고서 며칠 뒤 그녀가 이메일을 보내왔다. 신문 펼쳐 놓고 읽다가 한참을 울었다고, 그래서 신문이 온통 구겨지고 말았다고 그녀는 흔들리는 말투로 적었다. 나는, 그녀에게 아직 눈물이 남아 있어 다행이라고 생각했다.

김이듬

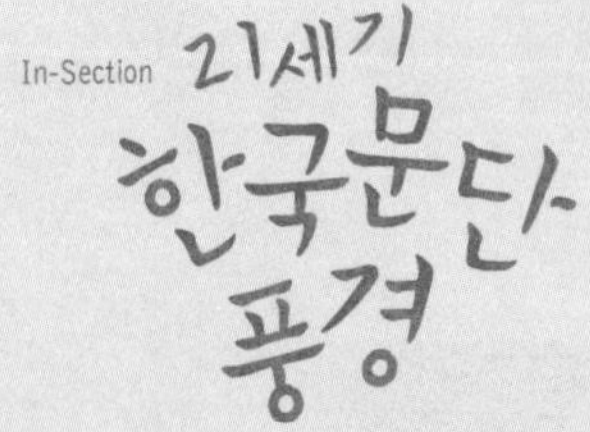

a short diary on chick-lit

혹 영국 여성 존스 양을 아시는지. 그럼 그녀가 1996년에 쓴 일기는 읽어 보셨는지. 그 일기장은 다음의 생활계획표로 시작하는데 혹 아시는지.

I WILL NOT

— Drink more than fourteen alcohol units a week.

— Smoke.

— Waste money on: books by unreadable literary authors to put impressively on shelves; exotic underwear, since pointless as have no boyfriend.

— Get annoyed with Mum.

I WILL

— Reduce circumference of thighs by 3 inches.

— Improve career and find new job with potential.

— Not go out every night but stay in and read books and listen to classical music.

— Go to gym three times a week not merely to buy sandwich.

헬렌 필딩(Helen Fielding)의 소설 『브리짓 존스의 일기』(Bridget Jones's diary)는 현대의 고전으로 불려야 마땅하다. 이른바 칙릿(chick-lit)의 원조라 추앙받으며 전 세계에서 숱한 아류를 쏟아 내고 있어서다. 칙릿 열풍은 범지구적 현상이다. 한국이나 외국이나 소설을 찾아 읽는 주 독자층은 20~30대 직장 여성이다. 20~30대 직장 여성의 사소한 일상을, 20~30대 직장 여성의 수다스러운 말투로 재현한다는 점에서 칙릿은, 타깃 층 분명한 기호 상품의 성격이 짙다.

한국에도 물론 칙릿이 상륙했다. 한국판 칙릿 1호로 거론됐던 게 정이현의 『달콤한 나의 도시』다. 하나 『달콤한 나의 도시』를 본격 칙릿으로 말하기엔 여러모로 무리가 있다. 『달콤한 나의 도시』의 설정은 칙릿의 관습 안에 놓여 있지만, 결말 부분은 되레 성장소설에 가깝다.

장르적 관점에서 칙릿은, 이른바 로맨스 소설의 후기 자본주의형 버전이다. 공주님이 연상되는 여성이 온갖 종류의 훼방 뿌리치고 낭만적 사랑을 쟁취하는 게 로맨스 소설의 문법이라면, 칙릿은 직장 여성의 악다구니 생존기에 가깝다.(꽃밭에 물 주며 왕자님 오실 날만 기다리는 여성은, 이제 여성 자신도 바라지 않는 세상이 됐다.) 이에 따라 칙릿의 서사는 두 갈래로 나뉜다. 직장 생활과 연애 생활. 멋진 사랑을 성취하는 것도 중요하지만 칙릿에선 직장에서의 성공도 강조한다. 칙릿을 맨 처음 페미니즘 쪽에서 주목한 건 이 때문이다. 반면에 『달콤한 나의 도시』는 직장과 사랑 모두에서 실패를 맛본다. 여기서 주인공 오은수는 삶의 교훈을 터득하고 인생의 한 단계를 매듭짓는다. 내가 성장소설의 결말을 떠올린 까닭이다.

나더러 한국판 칙릿 1호를 말하라면, 주저 없이 백영옥의 『스타일』을 꼽겠다. 패션 잡지 기자 출신의 백영옥은, 드러내 놓고 칙릿의 장르 문법을 모범적으로 준수한다. 이를테면 아래와 같은 대목이다.

　　— 주인공: 직장 생활을 하는 20~30대 독신 여성. 주로 전문직 종사자. 업종별로는 출판 · 광고 · 홍보 · 패션 쪽.
　　— 주인공 캐릭터: hip & stylish. 유행에 민감하고 세련된 세상을 훤히 알고 있음. 그러나 막돼 먹지는 않음. 정치적으로 올바르고(politically correct) 일말의 순정도 가슴에 꼭 품고 있음. 패션 브랜드를 일상에서 형용사처럼 구사함. e.g. 이번 시즌 구찌의 하이힐 굽만큼 뾰족한 저 입술.
　　— 공간 배경: 대도시. 뉴욕에선 맨해튼, 서울은 청담동. 업소로 특정할 수도 있음. 블루치즈와 고르곤졸라를 넣은 샐러드와 라자냐, 훈제

연어와 크림으로 졸인 해물 리조또 그리고 시원한 레몬 셔벗까지 만족스러운, 웨이팅 리스트가 꽉 찬 원 테이블 이태리 레스토랑.

— 시점: 일인칭. 늦은 밤 친구와 전화로 수다 떠는 풍으로.

— 갈등 구조: 직장에서 살아남기.(또는 성공하기.) Mr. Right과의 좌충우돌 연애기. 그리고 허벅지살 또는 아랫배와의 처절한 결전.

— 결말: 해피엔드. 직장에서 마녀(못된 직장 상사)를 축출하고(뒤이은 인사에서 그 마녀의 자리를 꿰차고) Mr. Right과의 로맨스도 쟁취함.

　한국 문단이 칙릿을 바라보는 시선은 아직 곱지 않다. 당연하다. 칙릿은 장르 문학, 즉 대중문학이어서다. 그러나 나는 바로 이 때문에 칙릿, 나아가 칙릿이 주도하는 문화 현상을 주목한다. 한국 소설의 영역에 관한 문제여서다. 칙릿이든, 칙릿의 남성 버전 딕릿(dick-lit)이든 상관없다. 좁아터진 한국 소설의 영역을 넓힐 수만 있다면 언제나 환영이다.

무지몽매한 저는 novel과 fiction과 story-telling의 차이를 알지 못합니다. 뭐, 고명한 선생들께서야, 중학교 수학 시간에 배우는 근의 공식이나 피타고라스의 정리처럼 기초 개념에 불과하다고 여기시겠지만 아둔한 저로서는 마냥 헷갈리고 어지러울 따름입니다.

그렇다고 제가 마냥 손 놓고 있었던 건 아닙니다. 딴에는 부지런 떨며 쏘다녔습니다. 뭐, 루카치로부터 총체성과 리얼리즘이란 단어를 배웠고, 수잔 손택으로부터는 루카치의 테제가 개 짖는 소리와 별 차이가 없다는 얘길 주워들었고, 소설은 하나의 세계를 구축하는 것이라는 움베르토 에코의 문장에도 밑줄을 그었고, 소설이란 아직도 인간이 삶과 부대낄 수 있게끔 해 주는 마지막 보루라는 밀란 쿤데라의 고매한 말씀도 공책에 받아 적었고, 소설은 저 먼 곳으로부터 도래한 방외인이 풀어놓는 이야기보따리라는 발터 벤야민의 문예이론도 읽은 기억이 있고, 근대문학의 종언은 근대소설의 종언이란 가리타니 고진의 묵시록에도 한동안 혹한 적 있지만……

아니, 김현·김윤식·백낙청을 찾아 읽고, 나아가 생전의 박경리 선생께도 여쭙고 박완서·황석영·조정래·조세희·김원일·이문열 선생을 거쳐 성석제·공지영·은희경·신경숙 선생에게도 물어봤지만…….

저는 김연수와 박형서와 듀나가 쓰는 글을, 그저 소설이라고밖에 할 줄 모릅니다. 저는 천명관·박민규·김태용·한유주의 글을, 김훈 선배가 원고지 위에 눌러쓴 글과 다름없이, 이청준 선생이 삭히고 삭혀 쓴 어머니에 관한 글과 똑같이 소설이라고밖에 부를 줄 모릅니다.

이 장에 있는 여섯 작가의 글 중에서 어떤 게 novel이고 또 어떤 게 fiction이며 다른 어떤 게 story-telling인지, 아무래도 저는 분간하지 못합니다.

다시 한 번 송구하단 말씀 올립니다.

p.s. 참고로 이기호는, 소설을 에라이, 뽕이라 했습니다.

noVel, fiction and story_telling

김연수
이기호
박형서
천명관
듀나

장르의 탄생, 청소년 소설

나는 프로 소설가 입니다

김연수

who 1970년 경북 김천에서 태어났다. 김천에서 고등학교까지 다녔고 성균관대 영문학과를 졸업했다. 1993년《작가세계》여름 호에 시를 발표하면서 시인이 됐고, 이듬해 장편『가면을 가리키며 걷기』로《작가세계》문학상을 수상하면서 소설가가 됐다. 시 쓰는 문태준, 소설 쓰는 김중혁과 함께 현재 '김천 트로이카 전성 시대'를 구가 중이다. 요즘의 젊은 소설가 중에서 가장 많은 문학상을 휩쓸었고 가장 높은 문학적 평가를 받는다. 반면에 독자 동원력은 상대적으로 부진하다. 그건 김연수가 쉬이 읽히는 소설을 일부러 피하기 때문이며, 이와 같은 고집을 그는 "나는 프로 소설가다."란 발언으로 갈무리한 바 있다. 김연수의 작품 세계를 두 가지로 요약하면 다음과 같다. 1970년대 초반생의 세대 의식과 텍스트의 빈틈에서 이야기 실타래를 풀어내는 메타적 글쓰기. 가공할 창작열로 소설책만 아홉 권을 썼고, 외국 소설을 여러 권 번역했고, 짬짬이 산문집도 두어 권 묶었다.(여기서 두어 권이라 쓴 건 2007년 비매품 산문집『읽GO 듣GO 달린다』를 엮었기 때문이다.) 단편집『스무 살』(2000), 『내가 아직 아이였을 때』(2002), 『나는 유령 작가입니다』(2005)와 장편『가면을 가리키며 걷기』(1994), 『7번국도』(1997), 『꾿 빠이, 이상』(2001), 『사랑이라니, 선영아』(2003), 『네가 누구든 얼마나 외롭든』(2007)과 『밤은 노래한다』(2008) 등이 있다. 2001년 동서문학상, 2003년 동인문학상, 2005년 대산문학상, 2005년 오늘의 젊은 예술가상, 2007년 황순원문학상을 수상했다.

그 시점부터 대뇌의 언어와 성기의 언어가 혼재하기 시작하다가 한동안은 성기의 언어만이 사회를 휩쓸었다. 이 사실은 1992년부터 라캉 유의 정신분석학이나 오시마 나기사의 「감각의 제국」과 베르나르도 베르톨루치의 「파리에서의 마지막 탱고」 따위의 영화가 크게 유행한 데에서도 잘 알 수 있다. 두말할 것도 없이 마광수 교수가 1991년 발표한『즐거운 사라』로 구속된 것도, "모든 것이 이제 다 무너지고 있어도 환상 속에 그대가 있다."라고 노래한 '서태지와 아이들'이 데뷔한 것도 바로 1992년의 일이었다. 1991년 5월 이전까지만 해도 대뇌의 언어로 말하던 사람들이 1992년부터 모두 성기의 언어로 떠들어 대기 시작했다. 그게 바로 1991년 5월 이후의 세상을 살아가던 사람들의 내면 풍경이었다.

—「네가 누구든 얼마나 외롭든」에서, 문학동네, 2007, 49쪽

김연수는 한마디로 잘라 말하기 힘든 작가다. 여기엔 몇 가지 이유가 있다. 우선 김연수는 2009년 현재 16년차 작가다. 김연수도 작품 세계의 변화를 도모했을 만한 연차가 됐다. 이런 경우 작품집이 발표된 순서에 따라 변모의 흔적을 좇는 게 통상의 접근법이지만, 안타깝게도 김연수에겐 적용되지 않는다. 김연수는 세 권의 단편집을 묶었는데 발표 순서에 따라 책을 엮지 않았다. 단편집마다 나름의 주제를 정해 놓고 그 주제와 맞지 않으면 아예 빼 버렸다.

무엇보다 김연수는 세대론에 입각해 자신의 문학이 구분되는 걸 원치 않는다. 문단에서 김연수는 1970년산의 감수성을 대표하는 작가로 맨 먼저 호출되지만, 김연수는 "세대론이 자신의 문학에 대해 아무런 말도 하지 못한다."고 되레 성질을 낸다. 실제로 김연수의 소설은 스펙트럼이 넓다. 이런가 싶으면 저렇고, 저런가 싶으면 꼭 저렇지도 않다. 그래서 궁리 끝에 찾아낸 방법이 퍼즐 맞추기다. 퍼즐 조각 몇 개로 김연수란 큰 그림을 조립하는 거다.

① 뉴욕제과점

김연수는 김천역전의 뉴욕제과점 삼 남매 중 막내아들로 태어났다. 아버지와 어머니 모두 일본에서 태어나 해방 이후 귀국했다. 아버지는 한국

전쟁에 참전했다가 관통상을 당한 상이용사고, 어머니는 생계를 위해 김천역전에 빵집을 차렸다. 그 빵으로 세 남매 모두 대학을 마쳤다. 김연수는, 여느 소설가처럼 자신의 어릴 적 기억을 종종 제 소설에 부리곤 한다. 그 기억을 거슬러 올라가 보면 맨 앞에 김천역전의 빵집이 기다리고 있다.

> 뉴욕제과점은 우리 삼 남매가 아이에서 어른으로 자라는 동안 필요한 돈과 어머니 수술비와 병원비와 약값만을 만들어 내고는 그 생명을 마감할 처지에 이르렀다. 어머니는 며칠에 한 번씩 팔지 못해서 상한 빵들을 검은색 봉투에 넣어 쓰레기와 함께 내다버리곤 했다. 예전에는 막내아들에게도 빵을 주지 않던 분이었는데, 기레빠시도 버리지 않고 다 먹었던 분이었는데, 그 모습을 바라보는 심정은 매우 처참했다.
>
> — 「뉴욕제과점」에서, 『내가 아직 아이였을 때』, 문학동네, 2002, 89쪽

② 천문학자와 기타리스트

김연수는 고등학교 때 이과생이었다. 지금도 말보다는 숫자가 더 확실하다고 믿는다. 그때 벼렸던 꿈이 천문학자다. 그래서인지 김연수 소설엔 천문학자 칼 세이건이 자주 인용되고, 별자리 얘기가 수시로 동원된다. 문과생 특유의 홍보다 이과생 특유의 분석력이 김연수의 소설엔 더 어울려 보인다.

소년 김연수가 간직했던 또 하나의 꿈이 기타리스트다.[29] 서양 팝 음악의 계보를 읊는 건, 1970년대 초반 생이 사춘기 시절 누렸던 가장 고상한 문화 체험이었다. 팝 음악을 비롯한 대중문화에 관한 세세한 관심은 김

연수를 이해하는 데 중요한 역할을 한다. 예컨대 김연수는 「Come Rain Or Come Shine」이란 팝송에 대해 아래와 같이 알은체할 수 있는 작가다.

> 내가 제일 좋아하는 버전은 빌리 홀리데이의 노래다. (……) 그에 비하면 엘라 피츠제럴드는 조금 가벼운 느낌이 들고 사라 본은 너무 스탠더드 냄새가 난다고 할 수 있다. (……) 그렇긴 해도 프랭크 시나트라는 아무래도 못마땅하다. (……) 어쨌든 나는 프랭크 시나트라보다는 돈 헨리 쪽이 훨씬 마음에 든다.
>
> — 비매품 산문집 「읽GO 듣GO 달린다」에서, 60쪽 ●30

③ 도서관

군 생활을 마치고 복학한 김연수는 도서관에 틀어박혀 살았다. 달리 할

●29 2007년 연말 김연수는 실제로 기타 연주 발표회를 열기도 했다. 밴드 활동을 하는 시인 강정과 함께 무대에 올랐고, 황석영 · 김훈 · 은희경 · 박민규 등 30~40명이 문단의 새 아지트인 일산의 맥줏집 '크롬바크'에 모여 김연수의 연주를 들었다. 그때 김훈의 감상은 "청춘은 아름답구나."였다.

●30 2007년 9월 28일. 김연수 장편 『네가 누구든 얼마나 외롭든』의 출간을 기념하는 술자리가 홍대 앞 한 주점에서 있었다. 그 자리에서 김연수는 비매품 산문집이라며 156쪽짜리 책을 모두에게 나눠 줬다. 책 제목은 『읽GO 듣GO 달린다』. 앞표지 뒷면에 "이 책의 제목 글씨와 그림, 본문 속 그림은 모두 작가 김연수 씨가 그렸습니다."란 설명이 붙어 있었다. 김연수는 "딱 1000명의 독자를 위해 제작한 특별 선물"이라고 소개했다. 이어 김연수는 자신이 손수 구운 CD도 나눠 줬다. A4용지를 접어 만든 CD표지엔 "인접한 사람들에게 무료로 나눠준 CD로 『네가 누구든 얼마나 외롭든』의 사운드트랙임."이라고 적혀 있었다. CD에 수록된 곡목을 훑어 본 강정이 한마디 붙였다. "선곡이 중구난방이네." 우리 세대에겐 그런 유행이 있었다. 자신만의 컬렉션을 테이프에 녹음해 친한 사람에게 선물하는 유행 말이다. 김연수의 컬렉션은 내 것보다 훨씬 재즈나 블루스풍이 강했다. 내 컬렉션은 훨씬 하드하다.

게 없었다는 게 이유다. 군대에 가 있는 사이 깡그리 변해 버린 세상이 김연수는 영 낯설었단다. 하여 도서관에서 누렇게 변색한 옛날 책을 뒤지며 복학생 생활을 버텼다. 개중엔 1930년대 잡지 영인본도 있었고, 김수영이나 황지우의 옛 시집도 있었다.

김연수에게 도서관은 여러모로 상징적인 공간이다. 우선 김연수는 도서관에서 책을 더듬거리다 문학에 눈을 떴다. 도서관에 온종일 박혀 있던 그때, 김연수는 시인이 됐고 소설가가 됐다. 김연수의 화려한 독서 편력 역시 그 시절의 도서관에 빚진 바 크다.

김연수만의 특장으로 흔히 메타텍스트(meta-text)적 글쓰기를 말하곤 한다. 텍스트의 빈틈을 찾아 추적하거나 전혀 다른 해석을 시도해 실마리를 푸는 서사 전략이다. 장편 『꾿빠이, 이상』은 이상(李箱)의 비전(秘傳)에서 시작하고, 단편 「다시 한 달을 가서 설산을 넘으면」은 혜초의 『왕오천축국전』을 한 구절씩 해제하며 이야기를 진행한다. 모두 다루기에 간단치 않은 텍스트다. 하나 녹록지 않은 텍스트를 주무를 때 김연수는 가장 도드라진다. 김연수는 도서관에서 관련 서적 찾아 읽듯이 텍스트에 얽힌 비밀을 하나씩 풀어낸다. 두 소설에서 도서관은 중요한 무대로 등장하며, 김연수의 다른 소설에서도 도서관은 수시로 출연한다.

소설 말고도 읽을거리가 널린 요즘. 김연수는 세칭 교양 소설의 전통을 지키는, 몇 안 되는 작가다. 현란한 인용과 인문학적 통찰로 김연수 소설은 늘 묵직하고 풍성하다. 김연수 소설의 본적은, 어쩌면 먼지 켜켜이 쌓인 저 도서관일 수 있다.

④ 뿌넝쉬(不能說)

「뿌넝쉬」. 김연수의 단편 제목으로 '말로 표현할 수 없다.'는 뜻의 중국어다. 이 구절은 김연수의 주제 의식을 언급할 때 빠뜨려선 안 되는 키워드다. 김연수는 책에서 빈틈을 찾아냈고 현실에서 그 빈틈을 추적했다. 책을 읽으면 읽을수록 김연수는 책을 믿을 수 없었다. 현실에서 확인한 책의 내용은, 늘 허술했거나 어딘가 비틀려 있었다. 김연수의 의구심은 마침내 책이 기록한 역사로까지 번졌다. 역사는 과연 진실을 기록한 것인가. 우리는 역사의 어디까지를 믿을 것인가. 역사를 오롯이 말로 표현하는 건 가능한 일인가. 나아가 소설이 세상에 대해 발언한다는 게 가당키나 할 일인가.

> 역사라는 건 책이나 기념비에 기록되는 게 아니야. 인간의 역사는 인간의 몸에 기록되는 거야. 그것만이 진짜야. 떨리는 몸이, 흘러내리는 눈물이 말해 주는 게 바로 역사야. 이 손, 오른손 검지와 중지가 잘려 나간 이 손이 진짜 역사인 거야.
>
> — 「뿌넝쉬(不能說)」에서, 『나는 유령작가입니다』, 창비, 2005, 70쪽

김연수 소설에서 보이는 꼼꼼한 취재와 르포식의 글쓰기는, 책이 아니라 인간의 몸에 기록된 진실을 찾아가는 과정이다. 김연수는 엉덩이로 쓰는 소설가이자 두 발로 쓰는 소설가다. 언뜻 모순 같아 보이는 이 비유는, 딴 작가면 몰라도 김연수 앞에선 충돌하지 않는다.

⑤ 1991년 5월

김연수는 1970년대산의 감수성을 대표하는 작가다. 본인은 아니라고 한사코 손사래를 치지만, 김연수는 소설가가 되자마자 다음과 같은 당선 소감을 적었다. 누가 뭐래도 아래 발언은 세대론을 생략한 채 이해될 수 없다.

> 이 소설을 나와 함께 뉴 트롤즈의 아다지오를 들으며 87년 대선을 투표권이 없는 눈으로 지켜보았고, 「영웅본색」, 「개 같은 내 인생」, 「천국보다 낯선」의 순으로 영화를 보았던 나의 세대에게 바친다.
>
> —「당선자의 말」에서, 《작가세계》 1994년 봄 호, 500쪽

김연수는 1989년 대학에 입학했다. 89학번, 이 학번이 영 얄궂다. 이른바 386세대의 끝물이다. 이들이 대학에서 맨 먼저 접한 건 싱싱한 캠퍼스의 낭만이 아니었다. 선배가 시키는 대로 그들은 화염병을 쥐었고 『공산당 선언』을 밑줄 치며 읽었다. 서슬 퍼런 1980년대를 버텨 내고 그들 앞에 서 있는 이른바 386선배들은, 89학번이 본받아야 할 전형이었고 전설이었다. 그러던 어느 날, 세상에서 사회주의가 사라져 버렸다. 이른바 분신 정국이 초라하게 막을 내린 1991년 5월 이후엔 그들의 전설이 하나같이 등을 돌렸다. 대뇌의 언어로 말하던 사람들이 하루아침에 성기의 언어로 떠들기 시작했다. 그 간극 사이에서 그들은 헷갈렸고 흔들렸다. 무턱대고 '민중 부대의 사관생도'가 되고자 했던 그때의 스무 살들은 영문도 모른 채 좌절하고 침잠했다. 김연수는 1970년대산이란 존재 조건에서 1990년대를 돌아

본 최초의 작가다.

> 우리가 마르크스와 엥겔스의 책을 열심히 읽었던 까닭도 거기에 이야
> 기가 있었기 때문일 것이다. 그들은 언제나 인간으로부터 이야기를 시
> 작했다. 그렇게 인간적인 경제학과 철학과 정치학을 아직까지 나는 알
> 지 못한다.

— 「네가 누구든 얼마나 외롭든」에서, 91쪽

⑥ 문태준

　먼 훗날, 지금의 젊은 작가가 대가의 반열에 올라 거창한 수식어와 함께 회고되는 날이 올 때, 그 찬사 어린 인용에 김연수와 문태준이 포함된다고 가정할 때 이 둘의 우정은 21세기 문단의 한 야사로 두고두고 회자되고 있으리라고 나는 믿어 의심치 않는다. 하여 나는 그 먼 미래를 대비해 다음의 기록을 남긴다. 어찌하다 보니 둘 사이에 내가 끼어들게 된 일화다. 21세기에도 문단엔 낭만이 흘렀다고, 먼 미래가 기록한다면 나는 기쁘겠다.

　미당문학상과 황순원문학상을 주관하는 나로선 시상식의 흥행도 고려해야 했다. 하여 나는, 2005년 문태준이 미당문학상을 받게 되자 고향 친구 김연수에게 축사를 부탁했다. 단상에 오른 김연수는 "축사를 받아도 시원찮은 판국에 축사를 하러 나왔습니다."라며 말문을 열었다. 그때의 축사를 요약하면 다음과 같다.

　"저는 문 군과 사실 친하지 않았습니다. 중학교 시절 그는 1등이었기

때문입니다. 공부벌레가 장차 무엇일 될꼬, 걱정만 앞섰습니다. (……) 대학생이 되고서 어느 날이었습니다. 문 군이 산동네 제 자취방에 종이 뭉치를 들고 올라왔습니다. 그리고 자신이 쓴 시라며 보여 줬습니다. 그때 저는 기성 시인의 입장에서 문청의 습작 시를 검토하고 한마디 했습니다. "자네, 이대로만 쓰면 곧 등단할 것이네." 그랬더니 문 군은 정말로 다음 달에 등단을 했습니다. 그때부터 저는 시에 흥미를 잃고 소설을 써야만 했습니다."

그로부터 2년 뒤인 2007년 10월 26일. 이번엔 김연수가 황순원문학상 수상자로 선정됐다. 축사는 당연히 문태준의 몫이었다. 문단은 2년 전 김연수의 축사를 기억하고 있었고, 문태준이 어떻게 '복수'할지 은근히 기대하고 있었다. 다음은 문태준 축사의 요약본이다.

"김연수는 저를 만나면 은근히 자기도 시인 출신이란 걸 내세웁니다. 그것도 등단 연도가 저보다 1년 이른 선배 시인 행세를 합니다. (……) 얼마 전에 한 잡지에서 시인 출신 소설가에게 시 원고 청탁을 한 적이 있습니다. 어느 날 김연수는 저에게 자신의 시 원고를 보여 줬습니다. 발표해도 되는 수준인가를 내심 묻고 싶었던 모양입니다. 1994년엔 제가 그에게 시를 점검받았지만 이제는 그가 저에게 점검을 받게 된 것입니다. 저는 '그게, 좀 그렇다네.'라고 말해 주었습니다. (……) 아무튼 오늘로써 김연수의 시에 대한 미련이 상당 부분 종료되기를 바랍니다. 전문 영역인 소설만 잘 써 주기를 친구로서 바랍니다."

물론 둘의 축사가 모두 폭로와 저주의 말로 점철된 건 아니었다. 축사 마무리에서 둘은, 가장 친한 친구이자 문학적 동지를 진심으로 축하하고 응원했다. 문단은 서로 버팀목이 되는 두 친구를 부러워했고, 이후 '아주 별난 축사'는 문학상 시상식에서 하나의 유행이 되었다.

나는 프로 소설가입니다

2007년 김연수는 중편 「달로 간 코미디언」으로 황순원문학상을 수상했다. 수상작 「달로 간 코미디언」은, 예심 심사를 맡았던 신수정의 말마따나 김연수 소설의 특장이 모두 들어 있는 역작이다. 이를테면 이런 식이다. 최초의 충격처럼 텍스트가 던져지고 소설은 그 텍스트를 기점 삼아 서사를 진행한다. 소설적 장치를 위해 연애가 동원되고 동서고금의 텍스트가 재차 인용된다. 과거에 일어났던 사건의 전모를, 현재의 인물이 국경을 넘어가며 추적하고 파악한다. 소설엔 여러 겹의 서사가 겹쳐지고 또 포개진다.

아래는 그때, 그러니까 2007년 황순원문학상 수상자 인터뷰 때 내가 썼던 일문일답이다. 인터뷰를 빙자한 술자리에서 나는 김연수에게 내 계획을 들려줬다. 왜 많은 독자가 김연수 소설을 어렵게 느끼는지, 그럼에도 일부는 왜 김연수에 환호하는지, 배배 꼬인 소설을 구태여 고집하는 김연수의 의도는 무엇인지 등등, 독자의 호기심을 유쾌하게 풀어 주는 기사를 쓰고 싶다고 말했다. 김연수는 흔쾌히 맞장구를 쳤고, 나는 아래의 기사를 그해 9월 내보냈다. 그리고 한동안, 김연수에겐 '프로 소설가'란 별명이 따라다녔다.

— 김연수는 어렵다.

"작가로서 내 소설은 어렵지 않다. 독자가 그렇게 느낀다면 어쩔 수 없다.”

— 소설은 기본적으로 소통을 염두에 둔 장르 아닌가.

“맞다. 그러나 나는 내 소설이 왜 어렵다는 건지 이해할 수 없다. 어렵
다면 증거를 대라.”

— 물론 댈 수 있다. 소설이 복잡하다. 여러 서사가 꼬여 있고 엉켜 있
다. 소설 한 편에 너무 많은 걸 담으려고 했다는 인상이다. 수상작만
해도 그렇다. 왜 소설은 굳이 연애에서 시작해야 하고 왜 굳이 텍스트
가 먼저 던져져야 하는가.

“애초에 나는 김득구 사건을 쓰려고 했다. 그러나 김득구는 실존인물
이다. 그 사건을 직접 증언하는 건 소설이 아니다. 그래서 나는 소설에
서 김득구란 이름을 끝내 쓰지 않았다.(정말로 소설엔 김득구의 이름이
나오지 않는다.) 김득구 사건에서 소설이 비롯됐지만 막상 이름을 쓸
수 없었기에 일종의 소설적 장치가 필요했다. 화자 ‘나’와 사랑을 나눈
여자가 있어야 했고, 그 여자의 실종된 아버지가 있어야 했고, 그 아버
지의 실종을 추적하는 단서가 있어야 했다. 이런 장치가 배치된 다음
에야 비로소 소설이랄 수 있다.”

— 그렇다 보니 소설이 너무 복잡해진 거 아니냐. 그럼 작가가 「달로
간 코미디언」의 주제를 한 문장으로 정리해 보시라.

“소통의 문제다. 그게 안 보이다니…… 실망이다.”

— 왜 하필 1980년대로 건너갔나. 김연수는 1990년대 작가 아니었나.

“시대가 구분된다고 해서 삶 역시 구분된다고 믿지 않기를 바란다.
1980년대가 있어 1990년대가 있고 오늘이 있는 거다.”

— 왜 이 소설을 썼나.

"미국의 라스베이거스에 간 적이 있다. 거기 카지노 안에 텔레비전 모니터 수십 개가 있었다. 도박에 지친 자들을 위한 편의 시설 같은 것이었다. 20여 년 전 한국에서 건너온 권투선수의 죽음이 그 모니터로 중계됐을 것이란 생각이 문득 들었다. 그건 일종의 '개죽음'이었다. 카지노 손님에게 잠깐의 여흥을 주려고 마련했던 이벤트에 순진한 한국 청년은 목숨을 걸었다. 소설은 그 끔찍한 현실에서 시작됐다."

— 많은 독자가 소설에서 달콤한 휴식을 바란다. 그러나 김연수 소설에서 휴식은 없다.

"그런 소설을 쓰는 작가들이 있다. 그 작가들을 찾아가시라. 나에게 소설은 신성한 것이다. 어떻게 해야 소설이 되는가, 나는 늘 이 문제를 고민하며 소설을 쓴다. 이제야 무언가 잡히는 것 같다."

— 소설을 너무 어렵게 생각하는 것 아닌가. 그러면 돈을 벌 수 없다.

"돈은 번역을 하거나, 다른 글을 써 벌 수 있다. 다시 말하지만 나에게 소설은 숭고한 것이다. 나는 소설가다. 아무나 쓸 수 있는 글을 쓴다면 그건 소설가가 아니다. 소설가만이 쓸 수 있는 소설을 쓰려고 나는 진력한다. 나에게 소설을 쓴다는 것, 즉 소설가가 된다는 것은 단순히 글을 쓴다는 것과 다른 차원의 일이다. 나에게 소설은 말하자면 공산품이다. 전문적인 기술이 필요한 장르란 뜻이다."

— 얘기를 듣고 나니 더 모르겠다.

"나는 소설을 쓰는 소설가다. 프로 소설가다."

김연수

소설이요? 에라이, 뽕 아닌가요?

이기호

1972년 강원도 원주에서 태어나 추계예술대학을 졸업하고 명지대 대학원 문예창작과에서 박사 과정을 수료했다. 1999년 《현대문학》으로 등단했다. 성석제의 계보를 잇는 이야기꾼으로 통한다. 술술 이야기 풀어내는 솜씨가 말 그대로 '한 구라'한다. 하지만 일상에서 만나는 이기호는 그다지 재미가 없다. 여태 만난 남자 소설가 중에서 술이 가장 약한 듯싶다. 축구를 좋아할 뿐, 특별한 취미도 없단다. 하도 취미가 없어 부인이 첼로를 사 줬다는데, 그래서 나중에 나이를 먹어 첼로를 켜며 출간 기념회를 하고 싶다고 했다는데. 글쎄다, 워낙 구라가 세서. 독자는 물론 평단으로부터도 과소평가된 작가라고 믿어 의심치 않는다. 소설집은 두 권. 『최순덕 성령충만기』(2004)와 『갈팡질팡하다가 내 이럴 줄 알았지』(2006). 《한국일보》에 연재했던 세평을 묶어 산문집 『독고다이』(2008)도 냈다. 광주대 문예창작과 교수로 2008년 취직했다.

"그래서 그 난리가 나는 것도 모르고 있었다?"

"네⋯⋯."

"소설을 쓰느라 나라가 망해 버린 것도 모르고 있었다?"

"⋯⋯."

서기가 바람 빠지는 소리를 내며 짧게 웃었다.

"브라보! 이건 정말 노벨상 감이구먼."

(⋯⋯)

"제가 낸 소설책이 아직도 서점에 진열되어 있으니까요. 4년 전에 나왔고, 얼마 팔리지는 않았지만⋯⋯ 그래도 계속 서점에 있으니까요⋯⋯ 그건 다른 발명품들에선 상상도 할 수 없는 일이죠⋯⋯."

"4년 전에 나온 선생의 소설이 아직도 서점에 있다? 잘 팔리지도 않는데 계속 거기에 있다? 확실합니까?"

"네."

"허허, 그래요? 그게 사실이라면 그거야말로 소설 감이군요."

—「수인(囚人)」에서, 『갈팡질팡하다가 내 이럴 줄 알았지』, 문학동네, 2006, 199~208쪽

· · ·

레드 선!

자, 이제 시작합니다. 두 눈을 감고, 마음을 편안하게 가집니다. 예, 좋습니다. 머릿속의 모든 잡념을 비우십시오. 휴대전화도 다 끄시고 프리미어 리그 생각도 접으세요. 야한 생각은 절대 금물입니다. 정신이 산만해지

니까요.●31

　다 비우셨나요? 그러면 당신 앞에 잘생긴 남자가 한 명 앉아 있다고 상상하는 겁니다. 뿔테 안경을 썼고요. 키도 훤칠합니다. 눈매가 서글서글한 게 여간한 호남이 아닙니다. 지금 남자가 웃고 있네요. 씩, 웃는 모습이 매력적입니다. 요 앞의 여자분. 그렇다고 너무 좋아하시진 마시고요. 유부남이거든요. 애도 있답니다.

　남자의 이름은 이기호입니다. '이 기호, 저 기호' 할 때의 이기호요. 남자 직업은 소설가입니다. 왼손에 들고 있는 소설책 보이시죠? 여린 초록색 표지가 예쁘지요? 이기호의 두 번째 소설집입니다. 이름이 조금 길지만 다 읽어 보지요. 『갈팡질팡하다가 내 이럴 줄 알았지』. 소설 제목치곤 좀 우습다고요? 제목처럼 내용도 재미있답니다. 이기호 소설이라면, 제목이 이상하다고 할 수도 없겠네요. 이 남자 소설 제목이 대체로 다 이런 식이거든요. 남자 왼쪽의 동그란 탁자 보이시죠? 그 위에 놓인 검은 색깔의 책도 보이시나요? 그게 이기호의 첫 책 『최순덕 성령충만기』이랍니다.

●31　이 글은 「나쁜 소설―누군가 누군가에게 소리 내어 읽어 주는 이야기」의 꼴을 최대한 차용했다. 소설이 눈으로 읽는 게 아니라 듣는 것일 수도 있다는 기발한 발상에 무릎을 쳤다. 소설에선, 소설을 그냥 들려줄 뿐만 아니라 최면을 걸어 나중엔 수작까지 벌인다. 무엇보다 작가 스스로 읽는 소설보다 읽어 주는 소설을 지향한다. "저는 궁극적으로 제 소설의 방향을 읽는 소설보다 읽어 주는 소설 혹은 소리 내서 읽게 만드는 소설로 잡고 있습니다."(『박범신이 읽는 젊은 작가들』에서) 무슨 꿍꿍이일까. 이기호는 여기서 근대소설 이전의 소설 얘기를 하고 있는 거다. 소설이 입에서 입으로 전해지던 시절의 얘기를, 그러니까 교과서가 구비문학이라 정의하는, 소설 이전의 소설 얘기를, 의뭉 떨며 늘어놓는 거다. 이기호는 시방, 근대적 의미의 소설 장르에 노골적으로 반기를 들고 있는 거다. 이와 같은 이기호의 수법은, 제 속셈을 등 뒤에 숨기고 있다는 점에서 치밀하고 전략적이다.

이제부터 이 남자가 자기가 쓴 소설을 읽어 줄 겁니다. 그러니까 여러분은 각자 편한 자세로 남자가 읽어 주는 소설을 듣기만 하면 됩니다. 이 기호는, 허리띠를 풀고 바지 단추를 끄르고 지퍼도 내리는 게 좋다고 하지만 저는 점잖게 사양합니다. 영 남세스러워서요.

자, 다시 마음을 편하게 가지십니다. 저 멀리 희미하게 반짝이는 별이 보입니다. 그 별을 향해 걸어갑시다. 한 발짝 한 발짝, 천천히 걸음을 옮깁니다.

'에라이 뽕'의 서사학

이제 남자의 목소리가 들립니다. 목소리도 구수하니, 듣기 좋네요. 인터넷 문학 방송에서 디스크자키도 해 본 솜씨라 역시 다르네요. 남자가 시방 읽고 있는 소설은 「누구나 손쉽게 만들어 먹을 수 있는 가정식 야채볶음흙」이란 단편입니다.

텔레비전 요리 프로그램 자주 보시나요? 파마머리 아줌마가 한껏 과장되게 웃으며 애들 건강식에도 좋고 남편 정력에도 좋고 주부 피부에도 좋고 어쩌고저쩌고 떠들어 대며 이것저것 만들어 보이는 방송이요. 그 방송에서처럼 소설은 집에서 만들어 먹을 수 있는 야채볶음흙 조리법을 알려 줍니다.

아, 조심하세요. 야채볶음밥이 아니라 야채볶음흙입니다. 예, 맞아요. 흙이요. 흙 파먹는 얘기예요. 그 대목까진 아직 멀었지만, 저 뒤로 가면 흙을 맨 처음 먹게 된 사연이 나와요. 아주 서글픈 이야기랍니다. 세상의 모든 훌륭한 음식엔 저마다 사연이 들어 있는 거 다 아시죠? 그러니까 서사가 담겨 있는 것이지요.

　예를 들어 볼까요. 아구찜 좋아하시나요. 아구찜에도 서러운 사연이 깃들어 있답니다. 제 손으로 잡은 말짱하게 생긴 생선을 죄다 내다 팔아야 하는 가난한 남해 바다 어부의 소박한 식욕이 만들어 낸 별미이지요. 생각해 보세요. 온몸에서 물 뚝뚝 떨어지는 그 괴상한 몰골의 갯것을 누가 선뜻 먹으려 했겠습니까. 흙 요리도 마찬가지랍니다.

　아 참, 잊지 마세요. '흙을 어떻게 먹어.'란 선입견에서 벗어나야 합니다. 여러분은 5분 전만 해도 소설은 읽는 것이지 듣는 게 아니라고 알고 있었잖아요. 똑같은 얘기랍니다. 선입견에서만 벗어나면 흙은 더 이상 흙이 아니라 쌀이 되고 술이 됩니다. 무엇보다 흙을 요리하는 건 인류 평화를 위한 일이기도 하지요. 밥 때문에 싸울 일이 사라지니까요. 흙 파먹고 사는, 모두가 행복한 세상이 올 수 있는 것이지요. 세상은 넓고 흙은 사방에 널려 있으니까요.

　그런데 소설가가 소설만 쓰면 되지 왜 읽어 주기까지 하냐고요? 그렇게 할 일이 없냐고요? 무슨 말씀! 이기호가 요즘 얼마나 잘 나가는데요. 여기엔 긴긴 사연이 있답니다. 어디서부터 시작해야 하나. 좋아요. 옛날 얘기부터 하지요.

　이 남자의 첫 소설이 「버니」란 단편인데요. 요즘 젊은 애들이 시도 때도 없이 중얼거리는 거 있잖아요. 네, 맞아요. 랩(rap)이요. 그 랩으로 된 소설이에요. 소설에 얽힌 일화 하나 소개할까요? 이기호가 소설가가 되기 전 얘기에요. 소설가 한번 되겠답시고 1년이나 산속에서 홀로 수행하고 그랬다네요. 드디어 세상에 하나뿐인 걸작을 완성한 이기호. 월간지 《현대문학》에 응모하려고 알아봤더니, 웬걸, 응모 기준이 두 편 이상이더래요. 어쩌겠어요. 꼬박 나흘을 매달려 소설 한 편을 새로 썼겠지요. 한데 세상에, 그게 등단작으로 뽑혔답니다. 그때 이기호의 가슴에 바람 한 줄기 횅하니 지나갔다네요.

좌우지간 그 바람 탓인지 남자는 그 뒤로 별별 희한한 꼴의 소설을 내놓았는데요. 피의자 조서(調書) 형식의 소설(「햄릿 포에버」)도 썼고요, 성경 말씀의 어투만 따다가 소설(「최순덕 성령충만기」)도 지었어요. 어떻게 그게 가능하냐고요? 살짝 맛만 보여 드릴 게요. "3. 서울 땅 아현동에 스물두 살 된 처녀가 한 명 살았으니 그 이름이 최순덕이더라." 이런 식이랍니다. 말투만 흉내 낸 게 아니라 성경처럼 책도 2단으로 편집했지요.

행여 "이 남자, 변태 아냐?" 의심하실까 봐, 한 말씀 더 드려야겠네요. 마침 작가의 낭독도 끝났네요. 소설, 재밌지요? 막판엔 짠하고 그러지요? 세상에, 흙 파먹는 일이 민족상잔의 비극에서 비롯된 일이라니……. 저 남자, 이야기 지어내는 재주가 보통은 넘지요?

그건 그렇고, 누구는 이런 얘기를 퍼뜨리고 다니더라고요. 이기호 소설에 나오는 양반들이 대체로 하자가 있거든요. 왜 있잖아요. 염치없고 불량한, 하지만 어수룩하고 순진한 구석도 있는, 그래서 요즘 사람보다 서너 발짝 뒤처진 것 같은 치들이요. 맞아요, 성석제 소설에 이런 양반들이 자주 보이지요. 이기호는 숫제 '이시봉'란 이름의 고정 배역까지 뒀거든요. 이 소설, 저 소설에서 말썽이나 부리고 다니지요. 그런데 시봉이가 이 남자 소설의 전부인 양 말하고 다니는 사람이 있다네요. 페르소나 어쩌고 하면서 말이에요. 하지만 제 생각은 달라요. 이 남자 속에 얼마나 많은 얘깃

거리가 쟁여져 있는지 몰라서 하는 소리에요. 지금은, 아주 쪼끔만 맛보기로 꺼내 놓은 거예요. 아직 멀었어요.

가만 있자, 제가 무슨 얘기하고 있었죠? 아, 맞다. 변태. 이 남자가 반듯한 것만 보면 경기를 일으키는 건 아니고요. 대신 이렇게 얘기할 수는 있겠네요. 읽어 드릴 테니 잘 들으세요. 좀 전의 바람 얘기, 기억나세요? 나흘 만에 쓴 소설이 당선된 얘기요. 그거하고도 관계가 있겠네요.

나는 늘 우연이란, 지배해야 할 마땅한 어떤 영토 같은 것으로 배워 왔다. 그것이 근대소설이 갖춰야 할 가장 필수적인 기본기라는 가르침도 받았다. 이전 소설들이 우연으로 사건이 해결되는 반면, 근대소설은 우연으로 시작해 필연으로 끝나는 장르고, 그게 바로 논리라고. (……) 그러나 나는 그 논리가 버거워, 종종 우연으로 소설을 끝내 버리곤 했다. 며칠 밤을 지새우며 내적 필연성으로 주인공을 몰고 가기 위해 용을 쓰다가 그만, 제풀에 지쳐, 에라이 뽕! 이쯤에서 주인공 자살(혹은 즉사)! 뭐 이런 식이 되었던 것이다. (……) 누가 그렇게 말하지 않았던가. 소설은 그 사람이 살아온 이력만큼 나온다고. 나는, 에라이, 뽕! 만큼 살았으니, 에라이, 뽕! 같은 소설을 쓸 수밖에 없었던 것이다. 누가 뭐라 하더라도 그것이 나에겐 리얼리즘이었으니까. 그것이 내 태생이었으니까.

— 「갈팡질팡하다가 내 이럴 줄 알았지」에서, 『갈팡질팡하다가 내 이럴 줄 알았지』, 267~269쪽

나는 소설 노동자입니다

아직도 잘 모르시겠다고요. 좋아요. 그럼 소설 하나 더 읽어 드리죠. 「수인(囚人)」이란 단편이 좋겠습니다. 저뿐만 아니라 문단의 많은 이들이 이 남자의 대표작이라 꼽는 작품이랍니다.

다시 남자를 떠올리세요. 아까 그, 잘생긴 소설가요. 이번엔 한 손에 곡괭이를 들고 있네요. 어라? 삽도 있네요. 땅을 파려나. 그리고 보니 이 양반, 땅 파는 거 무지 좋아하네요. 좀 전에 읽어 드린 소설도 흙 파먹는 얘기고, 저번 책의 「발밑으로 사라진 사람들」은 씨감자 캐 먹는 얘기거든요. 땅 파면 뭐 나오나? 이 남자는 소설이 나온다고 하네요.

……잘 들으셨나요? 저런, 저 여자 분은 울고 계시네. 심란하지요? 그래요. 저도 착잡합니다. 기억나세요? 그 UN 심판관인가 뭔가 하는 양반이 "선생이 쓰는 이 소설이라는 것도, 따지고 보면 전구나 라디오 같은 발명품 아니냐?"고 다그쳤던 대목이요. 그때 소설가 주인공이 바로 대꾸를 못하잖아요. 이기호란 소설가가 바로 이 얘길 하고 싶었던 거랍니다. 그래서 이렇게도 써 보고, 저렇게도 써 보고 그랬던 거랍니다. 어이, 소설가 양반 제 얘기 맞죠? 봐요, 고개 끄덕이잖아요. 소설이 뭐 그리 대단한 거냐? 봐라, 세상 사는 데 티끌만치도 보탬이 안 된다. 여기다 대고 자꾸 예술이 어쩌고 하는 거 정말 우습다, 이러고 있는 겁니다.

소설이 그 모양이니 소설가도 잘난 거 하나 없는 게지요. 지식인? 웃기지 마라. 누가 누굴 가르친다는 거냐. 지금이 어떤 세상인데. 요즘 애들, 코웃음치고 간다. 예술가? 소설 써서 먹고 사는 게 얼마나 어려운데, 이 무슨 인민의 건빵 빼돌려 먹는 얘기란 말이냐. 뭐라도, 정히 없으면 흙으로라도 배를 채운 다음에 예술도 있고 인류애도 있고 그런 거 아니냐. 소설가란 작자가 만년필이나 연필 팽개치고 삽 들고 곡괭이 잡는 거, 이거 막돼먹은 말장난 아닙니다. 이기호란 남자, 직업란에 작가, 이렇게 안 적거든요. 꼭 노동자라고 써요. 소·설·노·동·자!

소설 끝에 나오는 문장 있잖아요. "그가 라이터를 켜면 그곳에 소설이 있었고, 그가 라이터를 끄면 소설이 사라졌다. 그는 반복해서 라이터를 켰다 껐다." 햐, 이거. 비평가연하는 양반들이 곧잘 써먹는 구절이랍니다. 뭐라더라? 서사의 종언 이후 근대문학의 위기를 단적으로 보여 주는 구절이라나? 하여간 잘도 갖다 붙이서.

어쨌든, 이기호란 남자는 의뭉스러운 데가 있어요. 꼭 약장수 같아요. 사람들 잔뜩 홀려 놓고는 나중에 홀라당 약 팔아먹잖아요. 아니, 이기호가 약을 판다는 얘기가 아니라, 이 아저씨가 졸았나, 나중에 저 하고 싶은 얘기 다 한다, 이 얘기잖아요!

저 남자, 지금도 씩 웃고 있네요. 또 무슨 얘길 풀어 놓으려고 저러시나. 기대되지요? 그럼 한번 기다려 봅시다.

이기호

박형서 소설의 안티 서사 전략에 관한 허접한 일 연구

박형서

개그소설의 사회적 정의를 중심으로

박
형서

who 1972년 강원도 춘천 출생. 한양대 국문과를 졸업했고 고려대에서 박사 과정을 수료했다. 2000년 《현대문학》으로 등단했다. 희한하게도, 여태 변변한 인사 나눈 적이 없다. 술자리에서 눈인사 정도 주고받은 게 전부다. 하여 개인적으로 아는 바도 없다. 그래도 오랜 친구 모양 괜스레 친근감이 든다. 그의 소설을 유달리 아끼기 때문이고, 그의 소설적 전략을 전폭적으로 지지하기 때문이다. 지식인 사회, 특히 교수 사회를 집요하게 조롱하고 있는데, 아마도 개인적 한(恨) 같은 게 서린 듯싶다. 나중에 진짜로 친해지면 꼭 물어봐야겠다. 소설에 관한 기존의 어떤 정의도 그의 소설을 설명하지 못한다. 의도적인 반발이고 고의적인 반항이다. 그렇다 보니 평단도 섣불리 그의 손을 들어 주지 못한다. 여기까진 알겠다. 한데 왜 독자마저 박형서를 외면하는지는 모르겠다. 장담컨대, 여간한 일본 대중소설보다도 훨씬 재밌다. 소설집 두 권이 있다. 『토끼를 기르기 전에 알아 두어야 할 것들』(2003)과 『자정의 픽션』(2006).

 유진용은 1999년 출간된 『알의 기원』에서 "세대교체를 통해 끊임없이 번식하는 인간의 기원을 에덴동산의 사과 한 '알'에서 찾을 수 있다. 인간은 여호와의 뜻을 거스르고 사과 한 '알'을 먹음으로써 끝없는 번식의 고통을 자초했다. 더불어 트로이전쟁의 단초가 된, 파리스 왕자가 불화의 여신 에리스로부터 받은 사과 한 '알'도 우리가 간과해서는 안 될 것."이라고 하였다. 하지만 수량을 나타내는 그 '알'과 논의의 초점인 이 '알'은 전혀 다른 개념의 알이다. 나이도 지긋하신 분이 왜 이런 헛소리나 하고 자빠졌는지 이유를 모르겠다.

―「〈사랑손님과 어머니〉의 음란성 연구 — '달걀'을 중심으로」에서, 『자정의 픽션』, 2006, 문학과지성사, 148쪽

문제 제기 ● 32

　　여가의 90퍼센트 이상을 텔레비전 시청에 헌납하는 현대 도시인에게 개그와 코미디의 상호 연관성과 양자 간 우월성에 관한 인식은 중차대한 사안이 아닐 수 없다. 개그와 코미디 중에서 어떤 게 더 웃기느냐에 관한 정보 습득 정도에 따라 여가 생활의 성패가 판가름 나기 때문이다. 더욱이

●32　이 글은 박형서의 단편 「〈사랑손님과 어머니〉의 음란성 연구 — '달걀'을 중심으로」의 오마주(hommage)다. 구차한 설명 없어도, 박형서가 소설이라고 철석같이 믿는 바를 여실히 증명한다고 판단했기 때문이다. 평론가 김형중도 『자정의 픽션』 말미에 해설을 붙이면서 이런 소리를 했다. "어째 자꾸 해설이 소설을 닮아 가는 듯하여 걱정이 되긴 하지만, 뭐, 겸손하게 작가의 문체가 갖는 전염력이 막강한 탓이라고 해 두고 대강 넘어 가기로 한다."(『자정의 픽션』, 266쪽) 아래 주석도 물론 새빨간 거짓말이며, 패러디다.

주5일 근무 체제가 겉으로나마 정착된 한국의 산업 여건에서 기하급수적으로 증가하는 텔레비전 시청 시간을 고려하면 개그와 코미디의 연관성에 관한 약삭빠른 파악은 날로 그 중요성이 더해진다 하겠다.

익히 알려진 대로 인류는 영원히 풀리지 않는 몇 가지 미스터리와 함께 누천년을 공존했다. '닭이 먼저냐 달걀이 먼저냐?'는 인류를 포함한 지구 생명체의 기원에 관한 생물학적이며 철학적인 질문이었고 '아빠가 좋아, 엄마가 좋아?'는 오이디푸스 이후 인류의 모든 자녀가 통과해야 할 존재론적 절차이자 의례였다.[33] 나아가 '자장면을 먹을까, 짬뽕을 먹을까?'는 지구에서 중국집이 몽땅 망하지 않는 이상 절대로 해결할 수 없는 인류 최후의 선택이라 할 수 있겠다.

그러나 개그와 코미디에 관한 연구는 앞서 언급한 불멸의 미스터리보다도 위급한 과제다. 여가를 잘 보내야 이튿날 직장에서 더 열심히 일할 수 있다는 명제는 마르크스 이후 시장 자본주의 체제의 기초 상식이 된 지 오래다. 허무맹랑한 개그 프로그램을 시청하다 열 받는다거나 지루한 코미디 프로그램을 보다 짜증이 나면 이튿날 개인의 근무 의욕은 현격히 감소하며 이에 따라 사회 생산성도 심대한 타격을 입는다. 따라서 개그와 코미디에 관한 진지한 탐구는 난국에 봉착한 한국 경제에 새 활로로까지 거론될 수 있는 것이다.

[33] 이 예민한 문제를 권력투쟁에 관한 마키아벨리적 성찰로 바라보는 혹자도 있다. '누구에게 잘 보여야 편해지나?' 또는 '누구에게 찍히면 인생이 꼬이나?' 차원의 정치학적 사고로 이해하는 것이다. 그러나 이러한 시각은 정치 환원주의의 위험이 있어 여기선 논외로 한다. 그래도 정히 궁금하시다면 『엄마 아빠가 가르쳐 주는 정치사회학』(마길아 · 배이리 공저, 만음사, 1998) 참조

실제로 한국의 지식인 사회는 현재 개그 프로그램과 한국 경제에 관한 연관성 분석으로 분주하다. 한국 경제가 이울기 시작했을 무렵 「마빡이」가 종영됐기 때문이다. 전 국민이 웃다가 차라리 울어 버렸던 저 전설의 개그 코너가 끝나기 무섭게 한국 경제도 급속히 추락했다는 사실은 시사하는 바가 크다 하겠다. ●34

위와 같이 정치, 경제, 사회, 역사적 맥락을 날카로이 검토한 끝에 필자는 한 명의 소설가를 주목하지 않을 수 없게 되었음을 여기서 알린다. 자랑스레 꺼내는 그의 이름은 박형서다. 다른 이유는 없다. 근자의 한국 소설 중에서 제일 웃겼기 때문이다. 일부 대목에선 '골 때린다'는 인상을 받기도 했으나, 이 또한 긍정적 반응이었으므로 대세엔 별 지장이 없다 하겠다.

무엇보다 박형서는 여태의 한국 소설과 전혀 다른 코드로 독자의 배꼽을 노린다는 점에서 주의를 요한다. 미리 결론을 밝히자면, 기존의 웃기는 한국 소설이 코미디였다면 박형서는 한국 소설 최초로 개그를 본격 도입했다고 구분할 수 있겠다. 이와 같은 맥락에서도 박형서 소설의 의의는 지대하다 하겠다.

필자는 이 글에서 박형서의 웃음 코드를 면밀히 분석한 다음에 기존의 웃기는 한국 소설과 박형서의 차이점을 섬세하게 파헤치고, 소설이 이렇

●34 대표적인 저서로 『마빡이를 기다리며』(박준형·정종철 외 공저, 도서 출판 갈갈이, 2006)가 있다. 이 탁월한 연구서는 놀라운 조사 방법론을 도입해 학계로부터 뜨거운 지지를 받았다. 「마빡이」가 방영된 다음 날의 주가 현황을 매주 조사했고, 「마빡이」 시청률과 GDP의 상관관계도 분석했다. 새 날자 감 떨어졌다 식의 나비효과와 세상은 헝클어진 실타래란 원리에 입각한 카오스이론이 이론적 근거로 적용됐다.

게 웃겨도 되는지를 예리하게 살필 예정이다. 그래도 시간이 남으면, 이렇게 웃겨도 소설이 될 수 있는 건지도 한번 따져 볼까 한다. 박형서 소설이, 연일 주가가 폭락하고 테레비는 졸라 따분하기만 한 작금의 위기를 타개할 수 있는 유일한 방책이란 소신에서 이 글이 비롯됐음을 엄숙히 밝히는 바다.

박형서의 웃음 코드 해부

이 장에선 박형서의 단편 두 편을 중심으로 그의 웃음 코드를 해부한다. 연구 대상으로 삼은 작품은 다음과 같다. 「논쟁의 기술」과 「〈사랑손님과 어머니〉 음란성 연구─'달걀'을 중심으로」. 두 작품 모두 그의 두 번째 소설집 『자정의 픽션』에 수록됐다. 이들 두 작품이 시범 케이스로 찍힌 이유는 다음과 같다. 첫째, 작품에 관한 미시적이고 심층적인 분석을 위하여. 둘째, 덜 웃겼던 것까지 굳이 떠들 필요가 없어서. 셋째, 필자가 워낙 바쁜 관계로.

① 논쟁의 기술

시종 쿡쿡 웃음 비어지는 작품이다. 두 교수 사이에서 벌어지는 논쟁을 소재로 삼는다. 76학번 교수와 82학번 교수는 『삼국지』에 등장하는 장판파 싸움의 실재 여부를 놓고 일대 격전을 치른다. 소설은 이 피 튀기는(막판에 진짜로 철철 피가 넘친다!) 싸움을 현장 중계하는 동시에 논쟁에서 승리하기 위한 필승 비책을 단계별로 안내하는 친절까지 베푼다. 은근히 겁주기, 얄밉게 웃기, 상대가 모르는 예를 들기, 반말하기, 딴청 부리기 등 실

생활에도 요긴한 조언으로 소설은 충만하다. 소상한 해설이 참으로 고마웠던, 비결 하나를 공개한다.

> 나도 따라 웃었다. 더 얄밉게 웃었다. 얄밉게 웃는 것만큼 적은 노력으로 큰 효과를 보는 논쟁의 기술도 드물다. 물론 아무렇게나 웃으면 안 된다. 너무나도 해맑게 웃어 버리면 그건 이쪽에서 백기를 드는 것과 같다. 논쟁 중에는 언제나 부자연스러운 웃음을 보여야 한다. 상대가 너무나 하찮기에 어이없어 웃는다는 인상을 주어야 하는 것이다. 특히 상대가 발끈해서 대들 때면 눈을 똑바로 쳐다보며 '까불다가는 다친다, 애야.' 하는 경고의 웃음을, 상대가 역사적 사료 혹은 세세한 연도를 줄줄 읊을 때면 허공을 보며 '하하, 귀엽군.' 하는 경탄의 웃음을 지어야 한다.
>
> —「논쟁의 기술」에서, 『자정의 픽션』, 20~21쪽

만인이 만인의 적인 시대, 논쟁은 유일하게 허용된 합법적 전쟁터다. 서로 총을 겨눌 수도 없고 긴 칼 들고 일합(一合)을 겨룰 수도 없으며 저주의 주문마저 읊을 수 없는, 심지어 너 한 대 나 한 대 식의 주먹다짐도 금지된, 이 우아하고 고상한 세상에서 논쟁은 인간의 존엄성을 지키며 서로 치고받을 수 있는 단 하나의 대결이다. "논쟁의 끝에는 언제나 한껏 웃어젖히는 승자와 극심한 치욕감에 휩싸여 눈물과 함께 실어 증세를 보이는 패자만이 존재한다." 그게 논쟁이다. 어떤 경우에라도 논쟁은 이기고 봐야 한다고, 소설은 강조한다. 소설은 웃길 뿐만 아니라 좆 같은 세상 헤쳐

나갈 삶의 지혜마저 전수한다.

②「사랑손님과 어머니」의 음란성 연구

웃다 지쳐 쓰러졌다. 제목에서 예상할 수 있듯이 소설은 주요섭의「사랑손님과 어머니」의 음란성을 성공적으로 증명한다. 박형서는 달걀의 상징을 끝까지 추적해「사랑손님과 어머니」가 하드코어 포르노그래피 수준의 음란물이란 놀라운 결론을 이끌어 낸다. 박형서의 치열한 문제의식과 빈틈없는 논리 전개, 독창적인 텍스트 접근이 돋보이는 수작이 아닐 수 없다. 기존 학설을 단박에 엿 먹이는, 박형서의 민첩한 문제의식이 돋보이는 구절을 인용한다.

> 아전인수를 일삼는 몇몇 학자들의 방조 내지는 조장 아래 이제껏 우리는 문화사에 등장하는 길고 두툼한 건 무조건 남근의 재현이며 남성성의 상징이라고 해석해 왔다. 그렇다면 야구는 난봉꾼들의 난봉 대결이며 다듬이질은 의류에 대한 성적 학대인가? 이런 불합리한 잣대에서 벗어나기 위하여 우리는 남근 중심적 사고에서 벗어나 불알 중심적 사고로 옮겨 가야 할 것이다.
>
> ─「〈사랑손님과 어머니〉의 음란성 연구 ─ '달걀'을 중심으로」에서, 앞의 책, 150쪽

박형서에 따르면, 텍스트는 무려 스물한 번이나 등장하는 달걀을 애써 벽장 따위에 숨기고 있으며, 이는 모녀의 성적 욕망을 감추려는 주요섭의 비겁한 전략이었다. 달걀의 어원은 닭의 알이고 알은 생명의 근원을 상징

한다. 박형서는 알이 모녀에 의해 불알의 다른 이름으로 구사되는 현장을 포착한다. 모녀가 경쟁하듯이 계란을 먹는 행위는 사랑방 손님과 번갈아 성행위를 갖는 일에 다름 아니었다.

> 달걀이 단백질이 되어 남성의 몸으로 들어가 다시 성기를 통해 뿜어져 나옴을 우리는 익히 알고 있다. 그렇다면 옥희가 달걀을 넙죽 받아먹는다는 것은, 남성이 건네주는 단백질을 신체적으로 받아들인다는 것은 정확히 무엇을 의미하는가? (……) 우리는 분연히 수줍음을 떨치고 일어나 눈앞에 놓인 짤막한 진실을 응시해야 한다. 달걀을 받아먹는다는 건 그 단백질을 자기 몸에 넣는다는 말이다. 즉 콘돔도 없이 벌어지는 성교를 의미한다.
>
> ―「〈사랑손님과 어머니〉의 음란성 연구 ― '달걀'을 중심으로」에서, 『자정의 픽션』, 160~161쪽

박형서에 의해 「사랑손님과 어머니」는 단순한 성장기 소설이 아니란 사실이 판명되었다. "옥희의 집은 평범한 가정이 아니라 한 남성을 두고 아귀다툼을 하는 매음굴"이었다. "모든 걸 도덕적이고 희망적으로 해석하고자 하는 선량한 욕망과 투쟁해야 한다."는 박형서의 용기 있는 결말에 박수를 보낸다.

결론을 대신하여: 기존의 웃기는 한국 소설과 박형서 소설의 차이에 대하여

코미디와 개그를 구분하려는 시도는 사실 무의미하다. 웃기기만 하면 장땡이어서다. 몇 년 전만 해도 깔끔한 차림의 배우가 무대 복판에 서서

입담으로만 웃기면 개그로 구분됐고, 온갖 해괴망측한 행색으로 서로 쥐어 패고 자빠지는 과장된 몸짓을 연발하면 코미디로 분류됐다.

그러나 요즘엔 '몸개그'란 신조어가 출현한 마당이다. 말로 웃기느냐 몸으로 웃기냐가 더 이상 기준이 되지 못하는 현실이다. 그럼 코미디와 개그는 마침내 살림을 합쳤는가. 하나 아직은 변별되는 지점이 존재한다. 코미디엔 옛날 옛적부터 전해 내려오는 서사가 여전히 작동한다. 사건이 발발하고 이에 따라 갈등도 발생한다. 반면 개그엔 그딴 게 없다. 다시 말해 개연성이 없다. 마빡이가 왜 제 이마를 벌겋게 부어오를 때까지 쉬지 않고 두들겨 패는지 박준형도 정종철도 설명하지 않는다.

기존의 웃기는 한국 소설과 박형서 소설의 차이가 바로 여기에 있다. 박형서는 여태 우리가 배우고 익혔던 소설의 꼴과 하등 상관없는 낯선 무언가를 소설이라고, 갈 데까지 가 보자는 태세로 우기고 있다. 예컨대 「두 유전쟁」이란 단편은 머리카락에서 하루 200만 배럴의 원유에 해당하는 고농축 유분이 흘러나오는 스물세 살 청년 성범수를 차지하기 위한 한미 양국의 긴박한 정보전을 보여 준다. 하도 어처구니가 없어 헛웃음이 터지는 소설이다. 여기엔 페이소스나 문학적 사명감 따위가 없다. 물론 개연성도 없다. 그냥 웃길 따름이다.

하나만 더 보자. 단편 「열한 시 방향으로 곧게 뻗은 구 미터 가량의 파란 점선」(《문학동네》 2007년 가을 호)은 이른바 '금부은부(金斧銀斧)' 설화를 고증하는 얘기다. 금부은부? 금도끼 은도끼 얘기 말이다. 성질 더러운 T교수와 그의 연구팀이 강원도의 한 연못에서 최첨단 장비 풀 세트를 동원해 연못에서 산신령을 불러내는 데 성공한다는 게 이 소설의 황당무계한 줄

거리다. 그래서 어쩌자는 거냐고? 어쩌긴, 웃자는 거지.

　박형서는 왜 그랬을까. 출생 연도를 보니 질풍노도의 시기는 지난 것 같고, 혹 세상에 불만이 많아서 이러는 걸까. 남대문에 불이라도 질러 보자는 심보가 발동한 걸까. 박형서는 자신의 두 번째 소설집 제목을 『자정의 픽션』이라고 붙인 이유를 설명하면서 꿍꿍이의 일단을 슬쩍 내비쳤다.

　내가 생각하는 '자정'이란 가리타니 고진이 그리워하는 '요란했던 근대' 이후의 시간이다. 동시에 서사문학이라는 대가족 안에서 소설이 태동하던, 태아처럼 웅크린 채 자신의 미래에 대해 홀로 자문해 보던 근대 이전의 저 먼 '새벽'을 의미하기도 한다.

— 작가의 말에서, 『자정의 픽션』, 281쪽

　뭔 소리냐고? 그건 여기서 생략한다. 앞서 강조했듯이 필자가 바쁜 관계로.

박형서

안드로메다 성운에서 날아온 외계인

천명관

<h1 style="text-align:center">천
명
관</h1>

1964년 경기도 용인에서 태어났다는 사실 말고는 개인 이력에 관해 딱히 적을 게 없다. 아는 게 없어서다. 고등학교 마치고 영화 판에서 이리 치이고 저리 치이다 시나리오 몇 편 썼다는 얘기만 겨우 주워들었다. 2003년 단편 「프랭크와 나」가 《문학동네》 신인상에 당선되며 등단했고, 이듬해 장편 『고래』로 《문학동네》 소설상을 수상하며 전업 작가의 길을 걷기 시작했다. 특히 『고래』는, 두고 두고 21세기 한국 소설의 문제작으로 인용될(수밖에 없는) 텍스트라고 나는 확신한다. 말하자면 『고래』는 소설(novel), 이야기(story), 이야기하기(story-telling) 사이의 고전적 경계를 아예 작살내 버린 소설이다. 하여 천명관에 대한 시각도 천차만별이다. 천명관 식으로 말해 '빤스 벗고 광분하는' 축이 있는가 하면 "소설을 물로 보냐?"며 불쾌감을 표시하는 부류도 적지 않다. 내 생각은 어떠냐고? 천명관에 관한 나의 소신은 이러하다. 천명관은 인간이 아니다. 외계인이다. 다시 말하지만, 이는 의심이 아니라 소신이다. 2007년에 단편집 『유쾌한 하녀 마

리사』를 발표했는데, 이 단편집 역시 천명관이 외계인이란 사실을 입증하는 증거로 쓰일 만하다.

과연 객관적 진실이란 게 존재할 수 있는 것일까? 사람들의 입을 통해 세상에 떠도는 이야기란 얼마나 신빙성이 있는 것일까? 칼자국이 죽어 가면서 금복에게 한 말은 과연 진실일까? 사랑하는 사람 앞에서 죽음을 맞이할 때조차도 인간의 교활함은 여전히 그 능력을 발휘할 수 있는 것일까? 여기서도 마찬가지, 우리는 아무런 해답을 찾을 수가 없다. 이야기란 본시 전하는 자의 입장에 따라, 듣는 사람의 편의에 따라, 이야기꾼의 솜씨에 따라 가감과 변형이 있게 마련이다. 독자 여러분은 그저 믿고 싶은 것을 믿으면 된다. 그뿐이다.

—「고래」에서, 문학동네, 2004, 117쪽

외계인, 불시착하다

돌발 퀴즈: 다음 소설가 중 외계인은?
① 박민규 ② 박형서 ③ 천명관 ④ 김태용

정답 및 풀이: 객관식 문제에서 답을 모를 때 선배들이 전수한 필살의 비법에 의거해 정답은 ③이다. 까딱 잘못하면 ①을 고를 수 있겠으나 ①은 출제자가 파 놓은 함정이다. 박민규는 외계인 행세를 하는, 또는 외계인으

로 위장한 지구인이다. 박민규의 정체는 선량하고 착실한, 한국의 가장이다. 앞으론 헷갈리지 마시길. 몇몇 상위권 학생이 ②를 고른 경우가 있는데 박형서는 '이단아' 또는 '골 때리는 작가'를 물을 때의 정답이다. ④를 선택한 학생도 문제의 취지를 잘못 파악한 경우다. 김태용은 '골치 아픈 작가'다.

소수 의견도 있다. 박민규와 황병승을 천명관과 함께 외계 생명체로 분류하자는 견해다. 이들의 문학이 하도 난데없어 지구인의 것으로 봐주기 어렵다는 주장인데, 생뚱맞은 것만 따지고 들자면 작금의 문단 풍토에서 지구인은 거의 남아나지 않는다는 오류를 해결하지 못하므로 소수 의견으로만 인정되고 있다. 이때도 천명관은 외계인으로 구분되며, 것도 지구로부터 가장 멀리 떨어진 은하계 출신으로 추측된다.

무엇보다 박민규와 황병승에겐 아류가 있다. 그들의 소설과 시는, 문학을 공부하는 요즘 학생들에게 하나의 본보기 모양 추종되고 추앙되는 현실이다. 서너 해만 지나면 문단엔 이른바 '박민규 계보' 혹은 '황병승 사단' 같은 패거리가 생겨날지도 모를 일이다. 그러나 천명관에겐 아류가 없다. 천명관을 흉내 냈다거나 천명관의 영향을 받았다고 여겨지는 소설이 출간됐다는 소식은 아직 들리지 않는다. 천명관의 소설은, 함부로 시늉조차 낼 수 없는 성질(또는 형질)의 것이다. 지구인의 소산이라고 보기엔 무리가 많다.

하여 정답은, 이래저래 ③이다. 어느 학설도 천명관이 외계인임을 부정하진 못한다. 아래는 천명관이 외계인으로 성립하는 과정을 증명하는, 이른바 '안드로메다의 정리'다.

공식 ① 출신 성분이 수상하다.

문단에서 소설가 천명관 이전의 천명관을 아는 사람은 많지 않다. 영화 판에서 고생 좀 했다는 것 말고는 알려진 바가 태무하다. 정규 문학 수업을 거치지 않고 문단에 진입(또는 영입, 혹은 투입, 아니면 개입)한 사례 중에서도 천명관은 유별나다. 예를 들어 김훈 역시 정규 문학 수업을 마치지 못했지만, 소설가 이전의 김훈은 신문지에 문학에 관한 글을 써 밥을 벌었다. 그러나 천명관의 과거는, 본인의 해명을 십분 수용하더라도 여전히 불투명하다.

수상쩍은 건 한두 가지가 아니다. 조리 있고 분명한 말투를 봐서는 공부깨나 한 듯도 싶은데 천명관은 자신의 학력을 '고졸'이라고 명시한다. 이것저것 주워들은 얘기도 많고 무엇보다 입심이 다부져 장돌뱅이가 의심되는 구석도 있다. 하나 그의 깊고 검은 눈동자를 일별한 적 있다면, 천명관은 당장에 각혈이라도 해야 마땅할 법한 섬약한 심신의 소유자로 판단하는 게 되레 어울린다.

저 먼 곳에서 도래한 나그네가 풀어 놓는 이야기보따리가 소설의 시초라고 서양의 발 모 씨가 진즉에 간파했다지만, 천명관은 저 먼 곳의 일에 대해선 굳게 입을 다문다. 대신 알아먹기 힘든 얘기만 연방 지껄여 댄다. 하여 문단은 그를, 하늘에서 뚝 떨어진 콜라 병이거나 불시착한 UFO에서 걸어 나온 외계 생명체 중 하나로 의심한다.

공식 ② 기초 질서를 유린하다.

국어 교과서가 가르치는 한국 문학의 조건은 크게 세 가지다. 우리나라

사람이, 우리나라 사람의 생활 감정과 사상을, 우리의 말과 글로써 적어야 한다. 즉 미국인의 생활에 관한 글이라면, 한국인이 한글로 썼다 해도 한국 문학이 될 수 없다. 이는, 여태 어느 누구도 문제 삼지 않았던, 한국 문학을 한국 문학이게끔 규정하는 최소한의 기준이자 기초 생활 질서다. 그것은 한국 문학의 법칙이다.●35

하나 이 가난한 약속마저도 천명관은 따르지 않는다. 세상 모두가 당연하다고 여겼던 절대 가치를, 천명관은 천연덕스러운 표정을 지으며 내팽개친다. 천명관이 소설이라 생떼 부리는 「프랑스 혁명사」를 보자. 19세기 영국 런던의 상류사회를 배경으로 삼은 단편이란다. 줄거리는 간단하다. 사상가 토마스 칼라일이 후배 존에게 『프랑스 혁명사』 초고의 교정을 부탁한다. 그러나 존의 하녀 위즐리 부인이 부주의로 원고를 태워 버린다. 이게 전부다. 역사를 뒤져 보니 토마스 칼라일은 실제로 『프랑스 혁명사』(1837)를 발표했고, 존이란 후배는 『자유론』의 저자 J.S.밀이다.

다른 단편(이라고 주장하는) 「유쾌한 하녀 마리사」도 사정은 비슷하다. 남편 토마스가 처제 나디아와 바람피우는 걸 눈치 챈 요한나가 독이 든 샴페인을 마시고 자살하려다 하녀 마리사의 실수로 토마스가 대신 그 샴페인을 들이켠다는 얘기다.

이쯤에서 우리는 비장한 어조로 물어야 한다. 이것들은 한국 소설인가.

●35 천명관은 『고래』에서 "그것은 OOO의 법칙이었다"란 구절을 일종의 추임새 모양 부린다. 소설에서 이 추임새는 잊어 먹을 만하면 등장한다. 어림잡아 수십 번은 넘는 듯싶다. 이를테면 이런 식이다. "금복의 바람기는 그렇게 아이러니하게도 하느님의 복음을 전파하는 목사와의 관계로 시작되었고, 그 이듬해 목사는 소원대로 평대 한복판에 번듯한 예배당을 세울 수 있었다. 그것은 헌금의 법칙이었다."(222쪽)

이딴 게 한국 소설이 응당 들려줘야 할 이야기인가. 여기서 한국인의 생활 감정과 사상은 어디에 있는가. 천명관, 당신은 누구인가. 어쩌자는 것인가.

공식 ③ 문단을 교란한다.

천명관을 둘러싼 여태의 소란을 간략히 정리하면, 신원이 불확실한 뜨내기가 어느 날 불쑥 문을 박차고 들어오더니 별의별 해괴망측한 얘기를 잔뜩 늘어놓고선 '이것이 소설이오.'라고 행패 부리는 상황쯤 되겠다. 이런 경우 집안의 최고 어르신이 '넌 어디서 굴러 들어온 놈이야!'며 호통을 쳐야 순리에 맞는 법이다. 하나 어떤 연유에서인지, 요즘의 젊은 문학을 안타깝게(또는 못마땅하게) 바라보는 어르신들은 좀처럼 천명관을 입에 담지 않는다. 볼멘소리가 불거진 건, 뜻밖에도 젊은 문학에 호의적인 쪽이었다.

예를 들어 가뜩이나 젊은 문학을 위하는(특히 끝까지 술자리에 남아 후배 술값 치르는 일을 흔쾌히 떠맡는) 은희경은 "의도적으로 글을 배제하는 실험소설이거나 혹 '글이여, 껍데기는 가라'식의 주장을 하기 위해 말을 전위로 내세운다면 거부감을 가질 이유가 없다. 그러나 그것도 아니면서 소설 장르만이 표현할 수 있는 미적, 예술적 긴장에 공을 들이지 않는다면 아쉬움이 남게 마련이다."(『고래』 심사평에서)라고 까칠한 심사를 드러냈고, 21세기 한국 소설의 산파로 일컬어지는 김영하도 『고래』를 읽고서 "인물의 내면, 묘사의 밀도를 생략하고 '순수한 이야기'만으로 가득 채운 이 작품이 과연 현대 소설이 나아갈 바일까? 만약 그렇다면 대저 소설이란 무엇인가?"(「소설, 너는 누구냐?」에서, 《시사저널》, 2005년 2월 1일자) 하고 따져 물었다.

그렇다면 천명관의 생각은 어떨까. 앞서의 상황과 딱 떨어지는 일화는 아닐 수 있겠지만, 아무튼 언젠가 모둠 순대 한 접시와 소주 두어 병 앞에 두고 한 얘기를 옮긴다.

"이러쿵저러쿵 말 많은 문단이 참 적응이 안 됩디다. 특히 평론가들은 뭔 얘길 하는 건지 도통 모르겠습디다. 라깡대고 지젝거리는 소리들 말입니다. 나 참, 기가 막혀서."[36]

공식 ④ 고향 별과 교신하다

여기까지만 놓고 보면 천명관은 간첩으로 오인될 수 있다. 사회 기초 질서를 위반하고 있다는 점에서 천명관의 돌발 행동은 간첩의 행동과 유사하다. 간첩이 지하철 환승 요령이나 로또 구입 요령 따위에 서투른 것 모양 천명관은 한국 소설에 관한 최소한의 약속에 무지하거나 무심하다.

천명관을 외국인 불법 체류자로 의심할 수도 있다. 소설에 만연한 이그조틱(exotic)한 정서 탓이다. 예컨대 "냉장고에 당신이 좋아하는 와인을 준비해 두었어요. 동 페리뇽 말예요."(「유쾌한 하녀 마리사」)에서 "동 페리뇽"은 평균의 한국인에게 일말의 감흥도 유발하지 못하는 소재다. 한국적 정서를 환기시키려면 '냉장고에 당신이 좋아하는 개장국 준비해 두었어요. 황구 말예요.' 쯤은 되어야 한다. 이와 같은 사례는 천명관 소설 곳곳에 널

[36] 그날 이후로 나는 천명관을 좋아한다. "라깡대고 지젝거리는 소리"를 듣고 난 웃다가 쓰러졌다. 시방 한국 평단에서 가장 자주 인용되는 두 외국 학자의 이름이 라깡과 지젝이다. 장르와 경향을 막론하고 21세기 한국 문학은 이 두 서양인에 의해 발가벗겨지거나, 작가의 본래 의도와 무관한 의미(또는 의의)를 획득한다. 말하자면 라깡과 지젝은, 당대 한국 문학의 최종 심급이다. 이 꼴을 천명관은 통렬하게, 것도 상스럽지 않으면서 재기 발랄하게 조롱한 것이다. 이 정도 유머 감각이면 말이다, 상당한 거다.

려 있다. 예를 들어 "폴 디미치는 85년식 머스탱을 몰고 뉴욕을 떠나 디트로이트를 향해 가고 있는 중이다. (……) 그의 차는 하이웨이를 벗어나 프리웨이로 막 접어들고 있다."(「더 멋진 인생을 위해」에서)란 구절에서 폴 디미치란 작자의 승용차가 얼마나 비싼 건지, 뉴욕에서 디트로이트까지 운전해서 가는데 얼마나 시간이 걸리는지, 하이웨이는 뭐고 프리웨이는 또 뭔지, 그러니까 도대체 뭘 어쩌자는 건지 평균의 한국인은 그저 막막할 따름이다.

한껏 과장된 번역 투의 문장도 의혹을 부추긴다. "그게 누군지 아세요, 토마스? 오! 그건 바로 나디아 울이었어요."(「유쾌한 하녀 마리사」에서) 따위의 문장을 21세기 한국 소설에서 조우하는 일 자체가 겸연쩍다. 저 옛날, 저작권료도 제대로 주지 않고 이 땅에 뿌린 해적판 해외 명작 전집에서나 읽었음 직한 문체다. ●37

그러나 온갖 추측과 소문에도 불구하고, 천명관은 외계인이 맞다. 어찌 이리 자신하느냐고? 이 두 눈으로 똑똑히 봤으니까. 그러니까 땅바닥이 새까매지도록 뽕나무가 오디를 떨어뜨리던 2007년 늦봄, 원주 토지문화관에서였다. 인터뷰 신청을 넣은 지 이태 만에 박경리 선생을 뵌 뒤(선생이 가

●37 이는 소설 속 대화라기보단 연극 대사라 봐야 타당하다. 천명관은 「유쾌한 하녀 마리사」에서 작심하고 연극을 흉내 내고 있다. 제한된 숫자의 등장인물과 한정된 무대, 과장된 대사와 얽히고설킨 갈등 그리고 막판의 반전까지, 소설은 외국의 희곡을 번역해 무대에서 상연하는 장면을 산문으로 다시 풀어쓴 듯한 인상을 풍긴다. 다른 단편으로부터는 영화를 보고서 그걸 산문으로 다시 풀어쓴 인상을 받았다. 장르도 가지각색이다. 누아르, 갱스터, 멜로까지. 그때마다 천명관은 각 장르의 문법에 충실하다. 그가 쓰는 건, 소설의 외피를 쓴 소설 바깥의 무엇이다.

시기 꼭 1년 전이었다.) 작가 집필실에 묵고 있던 김선우, 윤성희, 천명관 등과 새벽이 되도록 술을 마셨다. 이미 술이 거하게 오른 다음이었고 구름이 잔뜩 끼어 말 그대로 칠흑 같은 밤이었다. 갑자기 천명관이 옥상에서 별을 보자고 칭얼대기 시작했다. 그러더니 제 차 트렁크를 열어 보였다. 거기엔 수천만 원 어치의 천체 망원경 장비가 들어 있었다. 천명관은 "승용차 한 대 값"이라며 으스댔다. "날씨가 흐려 괜한 수고만 할 것."이라며 다들 반대했지만 천명관은 고집을 꺾지 않았다. 이윽고 천명관과 나는 장비를 짊어지고 김선우와 윤성희는 슈퍼에서 사 온 술을 들고 발소리 죽이며 계단을 올라(들키면 혼나니까) 옥상에서 다시 술을 마셨다. 한 시간이 훌쩍 넘었지만 별은커녕 달도 뵈지 않았고 설상가상 빗방울이 떨어지기 시작했다. 술에 취한 김선우는 흥얼흥얼 노래를 불렀고 나는 "이것이야말로 달밤의 체조가 아니고 무엇이더냐." 연방 투덜거렸다. 그러나 천명관은 초조한 듯 시계를 힐끗거리며 망원경 두 대 사이를 부리나케 오고 갔다. 들고 올라온 술도 바닥이 나자 우리는 툴툴대며 옥상에서 내려왔다. 그러나 천명관은 무언가 아쉬운 듯, 자꾸 고개를 들어 하늘을 봤다. 그 밤을 나는, 똑똑히 기억한다.

그땐 술에 취해서 몰랐던 거다. 그날 밤 천명관은 고향 별과 접선하기로 돼 있었던 거다. 그렇지 않고서야 한밤에 만취한 몸으로 옥상에 올라 비를 맞지는 않았을 거다. 천명관은 고향 별이 사무치는 거다. 그렇지 않고서야 전세 집 연연하면서 수천만 원어치 망원경을 차에 싣고 다닐 이유가 없는 거다. 한두 달씩 연락이 끊기곤 하는 것도 고향 별에 다니러가서였음이 분명하다. 천명관은 지구에 불시착한 외계인이다.

한참을 돌아서 왔다. 그리고 마침내 우리는 『고래』에 도달했다. 나에게 『고래』는 다음과 같은 소설이다.

내가 읽은 21세기 한국 소설 중에서 단 한 권만 고르라면 나는 주저 없이 『고래』를 집겠다. 21세기 한국 소설을 상징하는 단 한 권의 소설을 물어 오면 나는 머뭇대지 않고 『고래』라고 대답하겠다. 21세기 들어 내가 읽은 가장 황당무계한 소설, 가장 짜릿한 독서 체험, 가장 숨 가쁘게 읽은 소설, 가장 큰 스케일의 소설을 말해야 할 때도 나는 예외 없이 『고래』를 들이댈 것이다. 나에게 『고래』는 이와 같은 소설이다.

『고래』는 전율이었다. 책장을 다 덮고 나서도 한참 동안 나는 벅찬 가슴을 추슬러야 했다. 『고래』는 공포였다. 장편소설을 한 번도 써 보지 않은 작가가 마무리한 원고지 2000장이 훨씬 넘는 덩치 앞에서 나는 주눅 들었다. 『고래』는 흥분이었다. 한국 현대사를 전혀 다른 차원에서 해석한, 진짜 고래 모양 거대한 프로젝트를 접하며 나는 몸을 떨었다. 『고래』는 쾌(快)였다. 『고래』를 읽으며 나는 정말 오랜만에 독서의 재미를 만끽했다. 이처럼 강력하게 독자를 흡입하는 책을 나는 얼마 만에 만났던가. 무엇보다 『고래』는, 이데올로기였다. 소설에 관한 저 케케묵은 이데올로기는 『고래』로 인하여 무색해졌다.

그러나 나는 『고래』에 대하여 뭐라 토를 달지 못한다. 나는 『고래』 앞에서 이러쿵저러쿵 읊어 댈 깜냥이 되지 못함을 솔직히 고백한다. 내가 『고래』에 관하여 지껄일 수 있는 건, 기껏해야 『고래』의 저 광대한 뱃속에 설화·신화·기담·민담·전설·신파극·무협지·영화·만화·판타지·로맨스, 그러니까 이야기에 관하여 우리가 알고 있는 제반의 것이 깡그리 몽땅 들어 있다는 것 정도다. 여기에 덧붙인다면, 이야기에 관하여 우리가 알고 있는 제반의 것이 죄다 녹아 있다 보니 세상의 그 어떤 관습, 규범, 법칙, 문법을 동원해도 『고래』의 뱃속을 속속들이 해명하지 못한다는 사실이다. 나는, 여태 『고래』란 작품에 투하됐던 그 모든 찬사와 질시의 변(辯)은 하나같이 부분에 그친다고 생각한다. 여태의 그 모든 흥분과 비난의 변을 죄다 합한 것보다도 『고래』는 크다.

내가 감탄했던 건, 천명관의 기발한 발상도 아니고 현란한 입심도 아니다. 내가 놀랐던 건, 우리네 현대사를 『고래』만의 방식으로 장면 장면 편집해 새로이 재현한 전략이었다. 그건, 매춘부의 일대기 또는 건달의 인생을 통해 우리네 반백 년 역사를 돌이키게끔 했던 임권택 감독의 영화와 유사한 방식이었다.

나는 『고래』를 읽고서 21세기에도 대하소설이 쓰인다면 이런 식이 아닐까 혼자 생각했다. 박경리의 『토지』나 조정래의 『태백산맥』처럼 유장하지 않아도 대하소설이 될 수 있지 않을까 혼자 생각했다. 어차피 소설이 인간사 전체를 기록할 수 없는 노릇이라면, 아니 단순히 기록만 해선 안 되는 것이라면, 천명관의 『고래』 프로젝트는 이미 성공이 아닐까 다시 혼자 생각했다. 천명관은 제 첫 책에서 이미 필생의 역작을 써 버린 건지 모른다.

천명관 © 최욱현

디지털
기호로 존재하는
직가

듀나

듀나

 고리타분하기 짝이 없는 한국 문단이 거의 유일하게 문학적 의의를 인정하는 장르 문학 작가. 그러나 정작 그는 단 한 번도 모습을 드러낸 적이 없다. 하여 듀나의 얼굴은 물론 본명·연령·성별·고향까지, 듀나 본인에 의해 확인된 바는 전무한 형편이다. 언론에서 아무리 어르고 달래도 듀나는 미동조차 않는다. 꼬박 15년을 이메일 아이디 뒤에 숨어 살고 있다. 이 소설 같은 상황 자체가 한국 장르 문학의 현실을, 나아가 디지털 시대 문학의 자리를 넌지시 가리키고 있다고 나는 믿는다. 말하자면 듀나는, 디지털 기호만으로도 실존이 가능하다는 사실을 스스로 증명하는 존재 양식이다. 1994년 PC통신에 글을 쓰기 시작했고 1996년 잡지 《이매진》에 단편을 연재했다. 하나 듀나란 이름이 세간에서도 화제가 된 건 《시네 21》에 연재됐던 영화 칼럼 덕이 컸다. 칼럼에서 그는 여느 평론가에 버금가는 전문가적 식견과 풍부한 교양, 더불어 까다로운 취향을 한껏 펼쳐 보였다. 듀나의 SF에도 그가 쓴 칼럼과 비슷한 주석이 붙는다. 종종 등장하는 장르 문법이 SF 문외한에겐 생경할 때도 있지만, 듀나의 SF는 동시대적 일상을 기반으로 삼는다는 점에서 마이너리티(minority) 문학의 범주를 뛰어넘는다. 『나비전쟁』(1997), 『면세구역』(2001), 『태평양 횡단 특급』(2002), 『대리전』(2006), 『용의 이』(2007)등 소설집 다섯 권을 냈다. 영화 글쓰기도 여전하다. 지금도 듀나의 영화낙서판(http://djuna.nkino.com/movies)을 운영하고 있다.

'참, 용하게 살아남았구나!'라고 생각할지 모르겠네. 하지만 그렇지 않았어. 좀비들이 부글거리는 텅 빈 유령 도시에서 살아남는 건 새별이와 새봄이가 지금까지 해 온 것들 중 가장 손쉬운 방법이었어.

—「너네 아빠 어딨니?」에서, 『용의 이』, 북스피어, 2007. 59쪽

log-on

듀나(Djuna)는 이메일 아이디다. 다시 말해 듀나는 사람 이름이 아니다. 하나 듀나는, 현재 한국의 SF를 대표하는 작가의 이름이다. 사람은 못 되지만 작가는 된다. 이 아이러니 안에 듀나가 존재한다.

듀나는 얼굴을 드러내지 않는다. 하여 듀나는 이 두 음절의 아이디 말고는 알려진 바가 거의 없다. 문단에서도 그를 목격했다는 이는 아직 없다. 출판사는 알고 있을 거라고? 저런, 출판사도 오로지 이메일로만 연락

을 주고받는다. 심지어 듀나를 특집으로 다룬 텔레비전 프로그램도 그를 섭외하지 못한 채 방영됐다. 듀나의 SF를 읽었다는, 세칭 전문가 몇몇만 앉혀 놓고서 말이다.

나 역시 이메일로만 듀나와 접촉할 수 있었다. 듀나를 주목한 평론가, 듀나의 작품을 출간한 출판사, 듀나와 함께 온라인 동호회 활동을 했다는 SF 전문가를 취재했지만 죄다 허사였다. 아래는, 듀나와 내가 이태 넘게 벌인 숨바꼭질에 관한 기록이다.

1st Contact

2006년 1월. 듀나의 네 번째 소설집 『대리전』이 출간됐다. 중편 「대리전」과 세 편의 단편이 실려 있었다. 눈여겨본 작품은 「대리전」과 「토끼굴」. 특히 「대리전」에서 듀나 고유의 짓궂은 장난기가 눈에 띄었다.

2005년 9월 경기도 부천. 주인공 '나'는 외계인의 지구 관광 가이드다. 여기서 SF의 장르 문법이 동원된다. 외계인은 "앤시블"이란 이름의 초광속 통신 장치를 통해 7억 광년 떨어진 지구에 외계인의 정신을 송출한다. 그러니까 육체는 자기네 고향 별에 두고 정신만 떼어 내 여행을 보내는 것이다.[38] 지구로 보내진 외계인의 정신은 지구에 머무는 동안 인간의 육체를 임대한다. 다시 말해 인간의 육신이 외계인의 숙주로 사용된다. 하여

---

[38] 여기서 잠깐. 몸뚱어리는 꼼짝도 않고 머릿속만 자유로이 이동한다? 왠지 익숙한 느낌이 들지 않는가? 나로서는 하나의 풍경이 눈앞에 펼쳐진다. 컴퓨터 앞에 앉아 Internet Explorer Browser를 작동한 다음 서핑을 만끽하고 있는 듀나의 모습 말이다. "앤시블"은 '인터넷'에서 착안된, 듀나의 SF적 상징이다.

말 그대로 인간의 탈을 쓴 외계인이 지구 곳곳을 활보하는 상황이 연출되는 것이다. 허무맹랑한 상상이지만 어딘지 모르게 납득되는 구석이 있다. 그러고 보니 길거리에서 외계인으로 의심되는 몇몇을 본 것도 같다.

소설 막판, 어찌어찌하여 발발하는 우주 전쟁이 「대리전」의 하이라이트다. 한데 그 모양새가 참으로 볼만하다. 소위 은하계의 사활을 걸었다는 백척간두의 결전은, 겨우 이딴 식으로 전개된다. 헐렁한 트레이닝 바지를 입은 배 나온 아저씨들이 초등학교 운동장에서 헐레벌떡 뛰어다닌다. 그들의 손엔 장난감 총이 들려 있고, 총에선 "지구 방위대다! 항복하라!"는 소리가 윙윙거린다. 이렇게 되기까지엔 물론, 그럴 만한 사연이 있었다. 외계인의 인간 숙주가 하필 배 나온 아저씨였고, 고향 별에서 무기를 수송하지 못한 외계인들이 급한 대로 지구에서 구한 전자 부품과 장난감 껍데기로 광선총을 조립했기 때문이다. 「스타워즈」를 패러디한 할리우드 B급 영화식의 상상력이다.

여하튼, 이 소설에서 듀나에 관한 소중한 단서 하나를 얻었다. 듀나는 현재 부천에 살고 있다. 그렇지 않고선 삼정초등학교와 부천 홈 플러스, 부천대학 사거리를 이토록 속속들이 설명할 수 없다.

소설을 읽고서 인터뷰를 신청했다. 그러나 접촉 시도는 보기 좋게 실패했다. 어쩔 도리 없이 이메일로 인터뷰를 갈음했다. 아마도 듀나는, 하루 24시간의 대부분을 컴퓨터 앞에서 보내는 듯싶었다. 어느 시간대에 이메일을 보내도 답장은 별 시차 없이 속속 도착했다. 이메일은 모두 여섯 번 왕복했고, 내가 보낸 질문은 100개가 넘는다. 이메일 문답 중에서 주요 항목을 약간의 해석과 함께 옮긴다.

— 당신은 듀나인가.

"네."

— 그렇다면 증거를 대라.

"지금 이 답장을 쓰고 있잖아요."

— 당신은 30대 중반~40대 초반으로 보이고, 능숙한 외국어 실력으로
봐서는 한때 외국에서 공부를 한 것 같기도 하다. 만화나 영화 등
일부 장르의 마니아로도 추측된다.

"저랑 성향도 다르고 하는 짓도 전혀 다른 낯선 사람이 보이는군
요. 이 사람은 도대체 어디서 찾으셨습니까?"

— 왜 자신을 드러내지 않는가.

"이게 편해요. 온라인에서 덜 서툰 편이에요. 인터넷이 익명성을
보장하는 매체라면 왜 제가 그것을 활용하지 말아야 하는 걸까요?"

— 당신이 상금 5천만 원짜리 황순원문학상 수상자가 됐다 치자. 그래
도 안 나올 건가.

"그러고 싶은데요. 설마 안 갔다고 치사하게 상금을 안 주지는 않
겠죠?"

듀나의 본명은 이영수다. PC 통신 하이텔에 글을 올릴 때 아이디 듀나
옆에 공개한 이름이다. 그러나 듀나는 한때 공동 창작 집단이란 소문이 횡
행했다. 듀나가 제공하는 콘텐츠의 양과 질이 한 사람의 것으로 보기엔 너
무 방대했고 또 전문적이었기 때문이다.

한때 나돌았던, 듀나가 개인이 아니라 복수(複數)의 창작 집단이란 소문

은 일정 정도 맞다. 듀나는 자신의 아이디를 오빠, 6촌 동생과 공유한 적이 있었다. 여기서 듀나에 관한 새로운 정보가 도출된다. 듀나는 여자다.

듀나가 여자란 건 사실 말투에서 눈치챌 수 있었다. 그러고 보니 몇몇 글귀에선 여성적 자의식이 얼비치기도 했다. 그런데 하고 많은 이름 중에서 왜 하필 듀나일까. 듀나는 세 가지 이유를 들었다.

① 미국 작가 주나 반스(Djuna Barnes)에게서 따왔다.(주나 반스는 듀나가 좋아하는 작가 중 한 명이다.)

② 주나를 듀나로 표기한 건 미국 추리 작가 엘러리 퀸의 하인 이름이 듀나여서다.

③ 알파벳 D는, 무시하기에 너무 큰 글자였다.

— SF란 무엇인가, 그저 공상과학소설인가.

"장르는 정의로 설명될 수 없어요. 늘 그 정의에서 벗어나려 하니까요."

— SF는 문학인가.

"문학이죠. 이건 좀 이상한 질문이군요. 마치 문학이 일정 기준을 넘어서야만 도달할 수 있는, 고상한 무언가인 것처럼 들립니다. 문학은 가치 평가적인 개념이 아니에요."

— 듀나의 SF는 여느 SF와 다른 지점이 있다고 평론가들은 말한다. 문명 성찰적 성격이 강하고, 일부 마니아 사이에서만 소통될 법한 특정 코드를 별다른 부연 없이 끌어다 쓰는 바람에 다른 SF 작품보다 어렵다는 지적도 있다.

“제 건 굉장히 쉬운 편이에요. 복잡한 개념도 사용하지 않죠. 그렇다고 장르 입문에 이상적인 것도 아닌데. 그건 장르에서 쓰이는 농담을 인용하기 때문이지요. 전 제가 장르 내에서 차별화되는 존재라고 생각하지 않아요.”

듀나와 SF의 문학성을 놓고 논쟁할 의도는 없었다. 소위 ‘본격문학’에게만 지면을 허락하는 국내 유수의 문예지가 듀나의 SF를 게재하는 이유가 궁금했을 따름이다. 말하자면 듀나는 문단 관행을 깨면서까지 파격적인 대우를 받는 셈이었다. 그러나 예상했던 것보다 듀나는 훨씬 SF를 위하고 있었다.

“모든 이를 위해 글을 쓸 수는 없습니다. 그러려면 보편적인 독자를 가정해야 하는데, 전 그들이 누구인지 모릅니다. 책 속에서 낯선 개념과 마주치고 그 안에서 의미를 알아낼 수 없다면 그 책은 다른 매체를 향해 열려 있는 것입니다. 독자가 컴퓨터 자판 몇 번 두드리면 될 일입니다.”

듀나와 함께 PC 통신 하이텔에서 동호회 활동을 한 SF 전문가 박상준 씨에 따르면, 듀나는 1970년대 초반 태생의 여성이다. 대학에서 철학을 전공했고, 고전음악 동호회에서 활동하기도 했다. 이러한 추측을 엮어 질문을 던졌더니 “이런 것들을 알아서 뭐하시려고요?”라는, 시큰둥한 답변이 돌아왔다.

2nd Contact

2007년 12월. 듀나의 다섯 번째 소설집 『용의 이』가 출간됐다. 진즉에 겪은 바가 있어 이번엔 헛심을 쓰지 않았다. 부리나케 이메일을 보냈다. 인사

말 대신 정체를 묻는 질문을 다시 던졌고 짜증 섞인 답변이 즉각 배달됐다.

"10년 넘게 이름과 아이디에 대해 이야기하는 건 굉장히 지겨운 일입
니다. 이름, 농담과 같죠. 만나는 사람마다 계속 이름에 대해 언급하고
그게 평생을 간다고 생각해 보세요. 인터뷰를 할 때마다 그 이야기가
들어가면 정말 미칠 것 같아요. 그게 뭐 그리 대단한 일이라고."
— 대단한 일은 아닐 수 있다. 그러나 평범한 일은 또 아니다. 그래서
다시 묻는다. 당신은 2년쯤 전에 이렇게 대답한 적이 있다. "인터넷이
익명성을 보장하는 매체라면 왜 제가 그것을 활용하지 말아야 하는
걸까요?" 그때의 답은 여전히 유효한가.
"이미 평계가 생겼는데, 그 좋은 걸 왜 버려야 합니까?"

　듀나를 주목하는 건, 듀나의 SF가 소수 마니아만 열광하는 그네만의 스
토리가 아니어서이다. 듀나의 우주적 상상력은 오늘 우리네가 사는 모양
에서 출발한다. 이를 두고 영화평론가 정성일은 "동네 SF"라 명명한 바 있
다. 그러니까 듀나의 SF엔 SF답지 않은 구석이 있는 것이다. 듀나도 비슷
한 생각을 슬그머니 흘린 적이 있다.

전 사람들의 생각을 억압하고 싶지 않습니다. 가볍게나마 그냥 생각하
게 하고만 싶습니다. 그렇다면 SF로 위장한 글이야말로 가장 좋은 수
단이지요.

— 「끈」에서, 『태평양 횡단 특급』, 문학과지성사, 2002, 220쪽

내가 가장 좋아하는 듀나의 작품은 단편 「너네 아빠 어딨니?」다. 장르로 보자면 SF라기보다 호러에 가깝다. 그러나 당대 어느 본격문학보다 신랄하게 한국 사회를 당조짐한다. 빈부 격차, 가정 해체와 아동 학대, 무기력한 관료행정, 그리고 소비 자본주의의 참담한 몰골까지, 듀나의 현실 비판은 냉정하고 가차 없다.

200X년 서울의 어느 달동네. 열두 살 소녀 새별이와 여섯 살 소녀 새봄이가 주인공이다. 엄마는 도망갔고 아빠는 술에 취해 들어와 어린 딸을 때린다. 어느 밤 새봄이를 겁탈하려는 아빠를 언니 새별이가 살해한다. 새별이는 아빠를 창고 바닥에 암매장한다. 그러나 밤마다, 정확히 12시 24분이 되면 아빠는 좀비가 되어 부활한다. 지상에 나와 어기적거리는 아빠를, 새별이는 밤마다 죽이고 또 죽인다.

끔찍하다고? 저런, 결말은 파국에 가깝다. 서울은 두 소녀만 남기고 온통 좀비 세상이 되고 만다. 그런데도 듀나는 해피엔드라고 박박 우긴다. 두 소녀가 씩씩하게 잘 크고 있어서란다.

log—off

아무래도 듀나와 독대하는 건 불가능한 일일지 모른다. 기자로서 오기나 부아 같은 게 일기도 하지만 한편으론 다행이란 생각도 든다. 어떻게든 모양 꾸며 얼굴 내밀고 보는 문화 상업주의가 판치는 오늘, 듀나의 신비주의 전략엔 도리어 건강하고 풋풋한 측면이 있다. 문학을 하겠다는데, 얼굴이 무슨 상관이고 이름이 무슨 상관이냐는 듀나의 항변은 사실 전적으로 옳은 말씀이다. 기자로서의 욕심 따위는 거둬야 할 때도 있는 법이다.

　아니다. 이미 나는 듀나와 마주쳤던 사이일 수 있다. 지난 주말 부천 홈
플러스 계산대 앞에서 바투 붙어 있었을지 모르는 일이다. 이렇게 생각하
고 나니 한결 마음이 편안하다. 앞으론 할인점 같은 데서, 어딘지 모르게
수상쩍어 뵈는 또래 여자를 발견하면 꼭 말을 걸어 볼 작정이다. "듀나?"
하고 운을 떼 볼 생각이다. 운이 좋으면 "누구시죠?" 하고 고개 돌릴 수도
있는 거다. 이렇게 상상하고 보니 괜히 짜릿하다. 이런 걸 신문지 업계에
선, 길바닥에서 주운 특종이라 부른다.

듀나(?)

장르의 탄생, 청소년 소설

완득이, 다 이놈 때문이다. 완득이 이 녀석 때문에 거들떠도 안 봤던 청소년 소설이란 걸 들춰보게 됐다. 출판사마다 청소년 소설이 어쩌고저쩌고 하며 나팔을 불어 댔지만 여태 눈길 한 번 안 준 나였다. 얄팍한 상술이 빤히 보였기 때문이다.

생각해 보시라. 대저 청소년 소설이란 무엇인가. 청소년에 의한 소설인가, 청소년을 위한 소설인가. 그게 그거 아니냐고? 글쎄다. 다음의 예가 있다. 시방 출판사 이름을 걸고 운영되는 청소년 문학상 중에 창비청소년문학상과 문학동네청소년문학상이란 게 있다. 하나 이 둘의 성격은 완전히 딴판이다. 앞엣것은 성인 작가가 청소년 독자를 상정하고 쓴 소설을 심사하고, 뒤엣것은 19세 이하 청소년이 쓴 작품을 대상으로 삼는다. 대한민국의 내로라하는 출판사 두 곳에서 서로 다른 해몽을 내놓고 있는 것이다.

더욱이 우리는 진즉부터 유사품에 노출된 참이다. 이를테면 성장소설이란 게 있고, 1970년대엔 얄개 소설이 유행을 탔다. 뭐, 소년소설·학원소설·하이틴 로맨스 따위도 있다. 한국 문학은 아직, 이딴 것하고 청소년 소설을 분간하지 못한다.

논의 수준을 개별 작품으로 내리면 더 어지럽다. 은희경의 『새의 선물』은 열두 살 계집애 진희의 야무진 성장 일기다. 그러나 『새의 선물』을 청소년용으로 여기는 이는 아무도 없다. 10대의 열혈 연애담을 말할라치면 『춘향전』부터 읊어야 하고, 홍길동이야말로 한국 문학사에서 가장 반항적인 10대 캐릭터다. 학교란 공간을 주목하면 이문열의 『우리들의 일그러진 영웅』도 청소년 소설이어야 마땅하다. 그렇다면, 교과서에 실린 최인훈의 『광장』은? 이 위대한 이데올로기 소설은? 끙……. 답이 안 나온다.

최소한의 개념 정립도 없이 한국엔 청소년 소설이 활개를 친다. 유명짜한 작가가 제 어릴 적 기억을 담은 성장소설이나 중편소설 분량의 소품을 발표하면 출판사는 어김없이 청소년 소설이라고 레테르를 붙인다. 이도 모자라 출판사들은, 서양엔 이미 1960년대부터 'YA(young adult) 문학'이 성행했다며 부지런히 바람을 넣는다.

이유야 간단하다. 청소년 소설은 국내 출판사가 큰맘 먹고 장만한 신형 밥통이다.(고상하게 표현하면 블루 오션이다.) 한국 문학으로부터 기꺼이 이탈한 성인 독자를 신종 시장에서 벌충하려는 마케팅 전략이란 뜻이다. 물론 여기엔, 논술 비중이 커진 입시 제도가 톡톡히 역할을 했다. 오늘의 청소년이 머잖아 한국 문학의 주류 시장으로 성장할 것까지 계산에 넣으면 미래 가치 창출이란 부수 효과도 노릴 수 있다. 무언가 속셈이 있는 것이어서 출판사가 아무리 청소년 소설 노래를 불러도 나로선 영 흥이 나지 않았던 거다.

그러던 어느 날 완득이랑 맞닥뜨렸다. 2008년 4월의 일이다. 김려령의 『완득이』는 한마디로 '물건'이었다. 감히 비유컨대, 어디선가 홀연히 나타난 귀인이 어지러운 세상을 일거에 평정한 모양새였다. 『완득이』로 인하여 한국의 청소년 소설은, 일정 수준의 표준을 마련하게 됐다고 나는 생각한다.

내가 눈여겨본 대목은 『완득이』의 스타일이다. 『완득이』는 『난장이가 쏘아 올린 작은 공』의 오마주(hommage)로 의심될 만큼 두루두루 닮아 있다. 도시 빈민의 삶을 다룬 줄거리도 그러하고, 아버지가 난장이로 나오는 설정까지 그러하다. 무엇보다 당대의 사회 현안에 깊숙이 발을 담근 문제의식이 그러하다. 그러나 『완득이』는 '난쏘공'처럼 비장하거나 가혹하지 않다. 일본 명랑 만화 모양 유쾌하고 활달하다. 아니 시쳇말로 골 때린다. 이 점이 가장 다르다.

바로 여기서 『완득이』가 제시한 한국형 청소년 소설의 표준형을 가늠할 수 있다. 우선, 소설은 가벼워야 한다. 아무리 심각한 주제를 붙들고 있어도 독자를 향한 걸음은 경쾌해야 한다. 독자의 연령과 감각을 고려해야 하기 때문이다. 다음, 어떤 식으로든 사회 이슈를 건드려야 한다. 황순원의 「소나기」식의 순수하고 맑은 동심은, 징검다리 놓인 개울가 근방에서나 유효하다.(이런 데가 아직도 남아 있나? 아, 있다. 청계천!) 무엇보다 오늘의 청소년 소설엔 논술 대비용이란 당면 과제가 부여돼 있다. 따뜻한 정담보다 치고받는 논쟁이 지금의 청소년 소설에 더 적합한 까닭이다. 찬찬히 둘러보니 『완득이』풍의 청소년 소설은 의외로 널려 있었다. 이는 청소년 소설이 하나의 장르로 정착되고 있다는 얘기다. 다시 말해 장르 문법이 작동한다는 말이다.

끝으로 하나 더. 1990년대 한국 문학엔 아동문학 바람이 불었다. 그리고 10년쯤 흘러 오늘, 청소년 소설 바람이 다시 불고 있다. 10년 주기로 출판계를 강타하는 이 계절풍은, 뜻밖에도 386세대와 관련이 있다. 386세대가 가정을 꾸려 자식을 키우기 시작할 즈음, 이 땅엔 아동문학의 시대가 열렸다. 그때 동화를 읽고 동시를 외웠던 386세대의 자녀들이 자라나 시방 1318세대를 형성하고 있다. 그들을 겨냥해 시장에 나온 문학 신상품이 작금의 청소년 소설이다.

그러고 보니 한때 유행을 탔던 7080문화도 그 기준점이 386세대였다. 1990년대 이후 한국 문화는 경제권을 장악한 386세대에 의해 주도된 셈이다. 조만간 그네들도 쉰 줄에 접어든다. 이는, 8090문화의 전성시대가 임박했다는 사실을 새삼 가리킨다.

라파예트 호텔 1313호에서 모피어스와 네오가 첫 대면을 한다. 모피어스는 마주 앉은 네오에게 알약 두 개 중에서 하나를 고르라고 말한다. 하나는 빨간색이고 다른 하나는 파란색이다.

모피어스는 "파란 알약을 먹으면 얘기는 끝난다. 네 침대에서 잠이 깨서 네가 믿고 싶은 대로 믿으며 계속 살아가면 된다."며 빨간 알약을 권한다. 네오는 빨간 알약을 삼키고, 세상은 여태 알고 있던 세상이 아닌 전혀 다른 세상이었음을 깨닫는다.

여기서 '빨간 알약을 먹는 행위'(Taking the Red Pill)는 『이상한 나라의 앨리스』에서 앨리스가 흰 토끼를 쫓아가는 일과 같은 상징이다.(「매트릭스」의 첫 장면을 기억하시는지.. 네오가 되기 전의 키아누 리브스, 그러니까 토마스 앤더슨이 컴퓨터 앞에 엎어져 졸고 있을 때 모니터에서 깜빡이던 구절을 기억하시는지. 그 구절은 다음과 같다. "follow the white rabbit.") 해리 포터가 런던 기차역 9와 3/4 플랫폼에서 호그와트행 열차에 올라타는 일이나, 캔자스 소녀 도로시가 회오리바람에 휩쓸리는 사건,(『오즈의 마법사』) 네 남매가 옷장 안으로 숨어들어 가는 일(『나니아 연대기』) 모두 유사 상징이다.

우리가 살고 있는 세상은, 아니 우리가 살고 있다고 믿는 세상은 과연 우리가 알고 있던 그 세상과 같은 세상인가.

나는 당신과 같은 세상에서 살고 있는 것인가.

라파예트 호텔 1313호는 매트릭스 안에 있는 가상의 공간인데, 그러면 그 안에 있는 빨간 알약 역시 가상의 것인데, 그걸 삼킨 앤더슨은 어떻게 네오가 될 수 있었을까. 가상의 반대말은 현실이 아니라, 비(非)가상 아닐까.

김행숙
김태용
한유주

In-section 21세기 한국 문단 풍경
Choose life

그로테스크 라고요? 천만의 말씀, 리얼리즘 이랍니다

Taking the Red Pill

김행숙

김
행숙

1970년 서울에서 태어났다. 그러나 어린 시절의 기억은 부서지는 파도와 함께 부산에 있다. 초등학교 6학년 때 서울로 전학 왔고, 그 시절을 그는 "나는 언어의 섬이었다."고 회고한다. 고려대에서 국문학 박사를 땄다. 그와 함께 대학원 생활을 한 권혁웅에 따르면, 1920년대 동인지 문학을 연구한 김행숙의 박사 학위 논문은 교수들로부터 "최고의 성과"란 극찬을 받았다. 1999년 《현대문학》으로 등단해 시인이 됐고, 이후 김행숙은 당대 한국 시단에서 가장 난해한 시인으로 불린다. 그러나 당사자는, 이와 같은 세간의 평에 학을 뗀다. 단아하고 깔끔한 산문, 수더분한 말투와 카메라 앞에서 쑥스러운 표정을 짓는 김행숙에게서 세상과 소통하지 못하는 비범한 기운을 감지하는 건 쉽지 않다. 만취하면 식탁(본인은 의자라고 주장) 위에 올라가 춤을 춘다. 시집 두 권을 갖고 있다. 『사춘기』(2004)와 『이별의 능력』(2007). 현재 강남대 국문과 교수.

주소록을 만들기로 한 날이었어요. 애들은 종이에 썼어요. 여기에 내가 있고 여기에 내가 없고 저기에 내가 있고 저기에 내가 없고 3시에 바닷가에 있었고…… 정말 시들을 쓰고 있더라구요. 우린 모두 일목요연해지려고 모였다구.

우리에겐 특별한 날이잖아. 실용적인 주소록을 만들기로 해. 우린 모두 지쳤기 때문에 동의했어요. 무섭게 조용해졌는데, 전화벨이 울렸어요. 내가 모임에 빠진 거 애들이 아니? 이해해. 우린 너무 많아졌으니까. 나는 앰뷸런스에 실려 가는 중이야. 지옥행을 시도했거든.

네가 다시 아무렇게나 써 줘. 폭신한 침대에 내가 누워 있고 지옥문 앞에 내가 있고 다시 약국에 내가 있고 엄마 손에 잡혀 나는 어디론가 끌려가고 있고 꽃잎이 떨어져서…… 그런데 절대 시 쓰진 마. 그냥 아무렇게나 쓰면 돼.

―「주소록―사춘기 6」에서, 『사춘기』, 문학과지성사, 2003

김행숙은 어렵다

단언컨대 김행숙은, 당대 한국 시단에서 가장 난해한 시인이다. 김행숙의 시를 받아 든 독자의 반응은 대체로 하나로 모아진다. "도무지 무슨 말인지 알아먹을 수가 없다." 이와 같은 반응은, 일반 독자뿐 아니라 문학을 전문한다는 문단 대다수에게서도 공통적으로 발견된다.

겨드랑이에서 날개가 돋는 것 같다던 저 이상(李箱) 이후로 우리는, 해독 불가의 암호가 나열된 글 무더기와 모자이크 하듯이 끼워 맞춰 재구성된 언어의 집합체 따위를 이미 여러 차례 경험한 바 있다. 그러나 김행숙의 난해성은 차원이 다르다. 이를테면 이런 식이다.

눈사람은 좋겠다.

시간이 펑펑 남아도네. 눈보라처럼 어지럽게 아이들은 자라고 눈사람은 점점점 작아진다. 눈사람이 작아졌다! 엄마가 죽었다. 내가 예뻐지기 시작했을 때 아버지가 죽었다. 눈사람에 대한 애정과 관심 때문에 나는 점점 이상해진다는 말을 들었다. 내가 어떻게 보이는지 자세히 좀 말해 줄래? 요즘은 거울도 내 얼굴을 보여 주지 않아. 나는 아직 남아 있는데 마치 다 녹았다는 듯이.

내 눈사람들은 다 어디로 갔을까?
마치 찬장에서 설탕이나 기름병이 사라졌다는 듯이
사소하게
나는 시장에 간다.

— 「눈사람」에서, 『이별의 능력』, 문학과지성사, 2007

언뜻, 눈사람에 관한 시다. 눈사람이 시재(詩材)인 경우, 시는 낭만이 흐르는 노래가 되게 마련이다. 눈사람이 품은 아련한 이미지 때문이다. 그러나 김행숙의 눈사람은 그 어떤 정서적 환기도 불어넣지 못한다. 시는 마냥 멀겋고 비쩍 메말라 있다.

그렇다면 김행숙의 난해성은 이처럼 낯선 서정에서 비롯하는 것일까. 글쎄다. 김행숙이 부리는 어휘는 초등학생 수준에 가깝다. 우리말 사전 살살이 톺아야 찾아낼 법한 이른바 '우리가 잊어 먹고 사는 예쁘고 고운 우리말'도 없고, 몇몇 시인의 전매특허 모양 새로 빚어낸 조어(造語)도 없다. 하물며 황병승이 애용하는 소수 마니아만의 슬랭(slang)도 김행숙 사전엔 등재돼 있지 않다.

전위적 실험도 보이지 않는다. 행과 연을 모종의 음모에 따라 배치하거나, 활자 크기를 줄이거나 키우거나, 한 행이 서너 쪽 이어지거나, 맞춤법을 고의로 어기거나 등속의 번다한 작업을 김행숙은 도모하지 않는다. 모범적이고 올바르게, 그러니까 교과서가 가르치는 형식과 문법대로 반듯한 모양의 시를 쓴다.

환상성? 김행숙이 가끔 귀신을 화자로 기용한 예는 있지만, 김행숙이 펼쳐 보이는 세상은 너무 평범해 되레 비시적(非詩的)이다. 앞에 인용한 시편에서도 알 수 있다. 눈사람·거울·찬장·설탕·기름병·시장, 이딴 것만으로도 김행숙은 너끈히 시를 꾸린다. 것도 가장 난해한 시를 빚어낸다.

어쩌면 김행숙은, 일상과 생활의 시인이다. 누구처럼 저 먼 데로 여행을 떠나야 시가 나오는 것도 아니고, 평생 듣도 보도 못한 생경한 이름의 들꽃을 쪼그리고 앉아 들여다보지도 않는다. 김행숙의 시는 좀처럼 일상의 테두리를 벗어나지 않는다.

요즘 젊은 시인의 특징으로 꼽히는 엽기성하고도 김행숙은 무관하다. 요즘 젊은 시인과 달리 김행숙은 욕설은커녕 비어도 구사하지 않는다. 심지어 그에겐 요란한 비유도, 화려한 기교도 없다.

여러 조건을 조목조목 검토해 봐도, 아무리 검사하고 조사해 봐도 김행숙이 난해해야 할 까닭은 하나도 없다. 그런데도 김행숙은 소통되지 않는다. 재차 강조하지만, 무슨 말인지 알아먹을 수가 없다. 바로 이게 문제다.[39]

김행숙 시편에 붙이는 몇 개의 주석

나는 기체의 형상을 하는 것들.

나는 2분간 담배 연기. 3분간 수증기. 당신의 폐로 흘러가는 산소.

기쁜 마음으로 당신을 태울 거야.

(……)

나는 2시간 이상씩 노래를 부르고

3시간 이상씩 빨래를 하고

2시간 이상씩 낮잠을 자고

3시간 이상씩 명상을 하고, 헛것들을 보지. 매우 아름다워.

[39] 김행숙의 대학 동기 박진도 자신의 평론집에서 비슷한 감상을 적어 놓았다. 다만 박진은, 김행숙이 재미있다는 명제에서 시작한다. 김행숙을 읽기 전에 숙지해야 할 요령으로 여겨져 소개한다. "김행숙의 시는 재미있다. 너무 뻔해서 지겹지 않고, 전위 의식과 실험 정신에 불타는 시들처럼 골치 아프지 않고, 대단한 깨달음이나 진리를 전하는 시들처럼 심각하지 않고, 고도의 시적 기교나 수사학적 비유를 동원하는 시들처럼 어렵지 않다. 그런데도 당신이 김행숙의 시를 난해하다고 생각한다면 그것은 아마도 그의 시에서 뭔가 다른 걸 기대하고 요구하기 때문일 것이다. 그러다가 뜻대로 되지 않아 좌절하고 화를 내는 것이겠지. 그냥 있는 그대로 놓아두고 받아들이면 훨씬 더 재미있게 읽을 수 있을 텐데. 김행숙 시를 좋아하는 많은 독자들이 그렇게 하는 것처럼."(『달아나는 텍스트들』, 랜덤하우스코리아, 2008. 317쪽)

2시간 이상씩 당신을 사랑해.

(……)

그렇군. 하염없이 노래를 부르다가

하염없이 낮잠을 자다가

눈을 뜰 때가 있었어.

눈과 귀가 깨끗해지는데

이별의 능력이 최대치에 이르는데

(……)

나는 옷을 벗지. 저 멀리 흩어지는 옷에 대해

이웃들에 대해

손을 흔들지.

—「이별의 능력」에서, 『이별의 능력』

내가 수증기라고? 당신의 폐로 들어가 당신을 태워 버릴 거라고? 그럼, 2시간 이상씩 노래를 부르고 3시간 이상씩 빨래를 하고 2시간 이상씩 낮잠을 잔다는 건 뭐지? 2시간 이상씩 당신을 사랑하는데 나는 왜 옷을 벗고 이웃을 향해 손을 흔들지? 자아가 분열하는 건가? 아니지, 증식하는 거야, 무한 증식!

그렇게만 보면 되레 편할 수는 있겠다.(안타깝게도 그렇게만 보는 비평도 여럿 있다.) 하나 차분히 마음을 가라앉히고 다시 읽어 보자. 친절하게도 김행숙은 제목에 단서를 남겨 두었다. 이별의 능력. 여기서 시작하자. 이 시는 자아의 분열 따위와 관계가 없다. 말하자면 이 시는, 일종의 연애시다. 이별 뒤의 비애를 곱씹고 속으로 꾹꾹 삭히는 서글픈 사랑 노래다.

자, 여기에 막 남자를 떠나보낸 여자가 있다. 담배 피워 물며 가 버린 남자를 잊으려 애쓰는 여자다. 남자에 관한 기억은 좀처럼 지워지지 않지만, 그렇다고 그녀의 일상마저 무너져 내린 건 또 아니다. 그녀는 노래도 부르고 빨래도 하고 낮잠도 잔다. 그러던 어느 순간, 그러니까 눈과 귀가 깨끗해지는 시각, 이별의 능력이 최대치에 이른다. 남자를 잊을 수 있게 된 거다. 그러면 이제 이별 의례를 치러야 할 차례다. 옷을 벗고 손을 흔든다. 이로써 의식은 종결된다.

이렇게 읽고 보면 김행숙은 하나도 어렵지 않다. 그러나 여기까지 다다르는 게 쉽지 않다. 김행숙이 느끼는 그 가느다란 감정의 끈을 함께 붙들고 있는 게 어려워서다. 김행숙에겐, 여느 시인이 시 앞에 앉을 때의 마음가짐, 그러니까 하나의 사물이나 사건을 통해 무언가를 깨닫거나 그 깨달음을 독자에게 전달하고픈 의향이 없다. 김행숙은, 어떤 대상을 마주했을 때 그 찰나의 감정에 매달릴 따름이다. 누구보다도 자신의 느낌에 솔직하기에 김행숙은 친절하다. 반대로 그 어떤 것도 고려하지 않은 채 자신만의 느낌을 고집하기에 김행숙은 불친절하다. 조금 더 읽어 보자.

얼굴로부터 넘친 얼굴,
나는 당신이 모르는 표정을 짓지만
내 얼굴엔 무언가 빠진 게 있는 거야.

코로부터 넘친 코, 코에서 코까지 앞만 보고 달려가면 결국 코가 없고

귀로부터 넘친 귀, 귀에서 귀까지 귀를 막고 뛰어가면 세상은 온통 귓속 같고

입을 꽉 다물면 이빨은 자라지 않고, 편도선은 부풀지 않는가. 거품은 일지 않는가.

— 「해변의 얼굴」에서, 「이별의 능력」

이건 또 무슨 얼토당토않은 망발인가. 코가 코로부터 넘치고, 앞만 보고 달려가면 코가 사라진단다. 얼굴이 사라지는 악몽이라도 꾸는 걸까. 아니면 눈, 코, 입 없다는 계란 귀신이라도 본 걸까. 물론 아니다. 언뜻 엽기 또는 판타지가 먼저 연상되는 이 시편은 사실주의, 그것도 극(極)사실주의에 가까운 작품이다. 조금 전처럼 먼저 가정이 필요하다.

당신은 지금 손거울을 보고 있다. 얼굴에 조금만 가까이 가져가면 얼굴을 다 담지 못하는 조그만 손거울이다. 당신은 그 얼굴로 코를 바라보고 있다. 코까지 앞만 보고 달려가니 코만 보인다. 더 달려가니 코가 넘쳐 난다. 다시 말해 코의 윤곽을 다 보여 주지 못하므로 형체마저 흐려진다. 어디가 콧등이고 어디가 콧구멍인지 알 수가 없다. 이윽고 코는 사라진다.

혹시 이런 생각을 해 보셨는지. 어떤 모습의 얼굴이 진짜 얼굴일까. 증명사진에 등장하는 그 어색한 얼굴? 소위 '얼짱 각도'로 내려 찍은 연출용 표정? 목젖이 훤히 보이도록 크게 웃는 얼굴? 시간만 놓고 보자면 눈 감고 잘 때가 가장 지배적인 얼굴의 모습이 아닐까. 그럼 어떤 크기의 얼굴이 진짜 얼굴일까. 얼굴의 윤곽이 다 들어가야 얼굴일까. 접사 사진처럼 쌍꺼

풀이나 인중의 세로선만 보인다면 얼굴이라 할 수 없나. 초점이 맞지 않아 이목구비가 뭉개진 사진은 또 어떠한가. 실제로 위 시편은 해변에서 찍은 사진을 들여다보는 이야기다.

후설(Husserl)의 현상학 얘기가 아니다. 지금 나는 김행숙이 사물을 대할 때의 거리를 말하는 중이다. 우리가 통상적으로 인식하는 대상과의 거리보다 김행숙은 한 발짝 앞서 있거나 한 발짝 물러서 있다. 남들과 다른 지점에 서서 김행숙은 사물을 바라본다. 우리에게 일반적으로 이미지화된 사물을 바라보는 게 아니라 찰나적으로 엄습한 한순간의 사물 자체를 바라본다. 그뿐이다. 김행숙은, 제가 서 있는 자리에서 느낀 그 순간을 재현할 뿐이다.

김행숙이 한국 시사의 그 어떤 계통에도 속하지 않는 이유가 예 있다. 김행숙은 그로테스크와 무관하다. 김행숙은 리얼리스트다.

보이는 것만 믿는다

김행숙은 자신이 난해하다는 세간의 평에 차라리 경기를 일으킨다. "억울하다"고 항변하고 "뭐가 어렵냐"고 따져 묻는다. 그도 자신의 시가 평이하지 않다는 사실은 인정한다. 하나 거기까지다. 듣고 보니 그럴 만한 사연이 있었다.

"등단하자마자 시 몇 편을 발표했어요. 어느 평론가가 비평을 했는데 전체 맥락은 호의적이었어요. 그런데 '김행숙은 어렵지만 어쩌고…….' 하는 대목이 있었어요. 그걸 보고 꼬박 사흘을 울었어요."

"왜요?"

"벽이…… 너무 강고한 벽이 내 앞을 가로막고 있다는 느낌이 들었어요."

그럼에도 김행숙은 어렵다. 김행숙이 대상과 유지하는 거리에 나란히 서 있는 게 쉽지 않고, 김행숙이 경험한 찰나의 모습을 공감하는 것 역시 용이치 않아서다. [40] 하나 그렇게만 될 수 있다면 김행숙은 어느 서정시보다 아름답고 진실하고, 박진의 말마따나 재미있다. 끝으로 김행숙 시학을 엿볼 수 있는 시편을 소개한다. 읽고 보니 억울할 만하다 싶다.

발이 푹, 하고 빠지는 것이었다. 이건 실수라고 할 수도 없어, 나는 보이는 것만 믿으려고 애쓰는 사람인데, 이를테면 사거리라고 불리는 오거리. 실금같이 깨진 샛길에 대해서 세심했을 뿐.

나는 거리를 멋대로 산책했지만 함부로 기억하지 않는다. 단지 몇 사람의 안면만을 익혔을 따름이다. 이를테면 죽은 생선의 푸른 등을 내리치는 칼 든 사내와 사내의 냄새……

생선은 목을 치지 않고 토막을 친다고 사내가 낮게 우물거렸다. 생선은 참, 목이 없군요, 여자가 웃으며 말했다. 생선은 개보다는 장작에 가깝죠, 사내가 약간 우쭐거렸을 것이다. 그래 어쩌면 리얼리즘과 그로테스

[40] 김행숙 특유의 내성적 기질과 부지런한 학습으로 체득한 철학적 사유가 김행숙 시학을 지배한다는 서동욱의 분석은 흥미롭다. 서동욱은 "김행숙이 근대문학이 설정한 주체의 개념을 근본적으로 회의하고 의심한다."며 들뢰즈를 인용해 김행숙 시학을 풀이한다. 서동욱에 따르면 들뢰즈의 몇 구절은 놀랍게도 김행숙의 몇 시구와 정확히 맞아떨어진다.(《세계의문학》 2008년 봄 호, 358~380쪽)

크의 관계를 생각하고 진화론과 목의 관계를 생각했을지도 모른다.

기억하는 힘을 줄이기 위한 나의 노력은 미덕에 속한다. 나 역시 먹구름같이 모였다가 파래지거나 노래진다고 할 수도 있다, 있다니! 나는 보이는 것에 대해서만 믿음을 보이는 사람인데, 나는 여기 서늘해지는 목덜미.

— 「사소한 기록」에서, 『사춘기』

김행숙

Taking the Red Pill
그대는 오독을 벗어나지 못한다
김태웅

**김
태용**

김태용을 처음 알게 된 건 2007년 황순원문학상 1심 심사 때다. 심사 위원들은 김태용을 2심 후보로 추천했다. 그러나 그때 그는 자격에 미달했다. 황순원문학상은 작품집 한 권 이상을 발표한 작가의 작품을 심사한다. 1심이 열렸던 건 2007년 봄이고, 그의 첫 소설집이 출간된 건 그해 11월이다. 그러니까 김태용은 단편 몇 편만으로도 이미 문학성을 검증받은 상태였다. 하나 평론가가 추천하는 소설과 일반 독자가 애독하는 소설은 종종 엇나가곤 한다. 내 생각에 김태용이 그런 경우다. 쌍둥이자리여서 그런지 지적인 게임 같은 걸 즐기는 편이지만, 하여 소설을 읽을 때 작가가 숨겨 놓은 단서나 슬쩍 가려 놓은 암시 따위를 찾아내는 일에 흥미를 느끼는 성격이지만 솔직히 나에게 김태용은 버겁다. 내가 몇 점 깔고 두어야 하는 바둑판 건너편의 상수(上手) 모양 무슨 꿍꿍이 속인지 헤아릴 길 막막하다. 그래도 나는, 세상과의 불화를 은근히 즐기는 듯한 그의 삐딱한 포즈가 마음에 든다. 내가 그를 여기서 말하는 가장 큰 이유다. 1974년 서울에서 태어났고, 숭실대 문예창작과를 졸업했다. 2005년《세계의문학》봄 호에 단편「오른쪽에서 세 번째 집」을 발표하며 등단했다. 소설집은 한 권.『풀밭 위의 돼지』(2007). 2008년 한국일보문학상을 받았다.

돼지에게도 언어가 있을까. 언젠가 풀밭에 누워 그녀에게 물어본 적이 있다. 그녀는 아무런 대답도 하지 않고 피시시, 바람 빠지는 소리를 내며 웃었다. 장난삼아 퀠퀠퀠 퀠퀠, 이라고 돼지 소리를 흉내 내 보았다. 퀠퀠퀠퀠. 그녀도 나의 농을 받아치며 말했다. 퀠퀠. 퀠. 퀠퀠퀠퀠 퀠퀠. 퀠퀠퀠 퀠퀠. 퀠퀠퀘퀠. 퀠. 퀠퀠퀠 퀠퀠 퀠. 퀠퀠퀠. 퀠 퀠퀠퀠퀠 퀠. 퀠퀠. 퀠. 퀠에에퀠. 우리는 한동안 돼지처럼 퀠퀠거리며 대화를 했다. 대화의 끝에서 나는 말했다. 퀠퀠 퀠퀠 퀠 퀠퀠 퀠퀠퀠 퀠퀠퀠퀠.(내가 먼저 죽거든 돼지랑 이야기해.) 그녀도 내 말을 알아들었는지 다음과 같이 대답했다. 퀠.

—「풀밭 위의 돼지」에서,『풀밭 위의 돼지』, 문학과지성사, 2007, 42쪽

다시, 오독을 시작하며

오독은, 김태용이란 영토 안에 들어서기 위한 일종의 입국 허가서다. 김태용은 아예 자신의 첫 저작에서 오독의 위험을 경고한다. 아래는 소설 말미 '작가의 말'에서 따온 글귀다.

오독의 과정이 곧 글쓰기라고

말한다면 다시 그대들은 오독을 하고 말 것이다.

—301쪽 ●⁴¹

이런 경우는 사실 흔하지 않다. 소통 불능의 소설로 악명(!) 높은 박상륭이나 김록도 독자를 향해 오독 운운하지는 않는다. 외려 박상륭은 자신의 작품이 어렵다는 세간의 평에 민감하게 반응한다. 가령 박상륭은 "이는, 비견(裨見)에는, 판켄드리야의, 白 Albedo에로의 상승이었기보다는, 黑 Nigredo에로의 하강으로 이해되어지는데, '몸의 우주'에로의 귀락(歸落)이 거기 있었던 듯하다."(『소설법』에서) 등속의 완전난감의 구절을 써 놓고는 "내 잡설(雜說, 작가가 자신의 작품을 일컫는 말)은 하나도 어렵지 않은데 왜 이해를 못하겠다고 그러느냐."고 되레 따져 묻는다. 반면에 김록은, 벽하고 얘기하는 것 모양 아예 반응이 없다.

형이상학의 세계를 지향하는 듯한 박상륭이나, 언어에 관한 편집증적 집착을 보이는 김록을 떠올리면 그나마 김태용은 양호한 편이다. 앞뒤 맥락이 잘 들어맞진 않지만 그래도 줄거리는 얼추 엮이기 때문이다. 무엇보다 김태용에게선 모종의 전략 같은 게 만져진다. 도대체 어쩌자고 이러는 건지 그 꿍꿍이를 정확히 집어낼 도리는 없으나, 그가 소설에서 무언가를 한창 도모 중이란 낌새는 알아챌 수 있다.

하여 나는 그의 첫 단편집 『풀밭 위의 돼지』를 읽고서 '오독을 부르는

●⁴¹ 김태용은 2008년 현재 『풀밭 위의 돼지』 한 권의 창작집만 냈을 뿐이다. 하여 여기선 쪽수만 표기한다.

이름, 김태용'이라고 썼다. 딴에는 장고(長考) 끝의 한 수였다. 작가가 소설 안에 오독이란 덫을 쳐 놓고 독자를 기다리고 있다는 인상이 들어서였다.

그러나 며칠 뒤 술자리에서 조우한 작가는 "책을 다시 읽어 보시죠."라며 말을 걸었다. 시비를 거는 게 아니라 넌지시 암시를 주고 있다는 느낌이 일었다. 그래서 다시 읽었다. 그리고 또 읽었다. 이 글은 그 뒤에 얻은 새로운 오독의 산물이다.

오독의 전개

이 시대 평균의 독자가 서사문학으로부터 기대하는 바는 자명하다. '옛날 옛적에'로 시작해 '아들 딸 낳고 행복하게 잘 살았대.'로 갈무리하는 태곳적 양식까지는 아니더라도, 하나의 완결된 구조를 갖춘 이야기를 독자는 당연히 바라고 예상한다.

그러나 김태용 소설은, 바로 이게 안 된다. 김태용은 기승전결의 서사 구조를 아낌없이 내다 버린다. 예컨대 "나는 서른 살이 되었고 나를 죽였다. 처음부터 죽일 생각은 없었다."라는 문장의 변주가 되풀이되는 단편 「편백나무 숲 밖으로」를 읽은 다음, 나는 김태용 소설에서 한 편의 완결된 서사를 깨끗이 포기했다. 소설의 맨 마지막 단락을 보자.

> 서른 살, 나는 나 자신을 죽였다. 죽어 있는 나를 바라보면서 왜 도무지 당신은 변하지 않는 거지요, 라고 묻고 싶었다. 그때는 정말 인생이 무의미하다고 생각했다. 나는 결코 기억에 의존하는 인간이 아니다. 여전히 나는 인생이 무의미하다고 생각한다. 그리고 어쩌면 올해 나는

서른( ) 살이 될지도 모른다.

— 250~251쪽

독자가 소설에서 한 편의 이야기를 기대하는 건, 공감하기 위해서다. 끝내 이루지 못한 사랑 타령에 눈물 찔끔거리거나, 시시껄렁한 농담에 별 생각 없이 낄낄대고 싶어서다. 하여 독자는 작가의 의중을 짐작하든, 추측하든, 오해하든, 여하튼 무언가 반응을 취할 수 있어야 한다. 그래야 독서란 행위가 진행된다. 그렇지 않고선, 단 한 줄의 독서도 성립하지 않는다. 독서는, 작가와 독자 간의 커뮤니케이션이다.

그러나 김태용은 도무지 타협의 여지를 내어 주지 않는다. 독자가 반응할 수 있는 기회를 사전에 막아 버린다. 김태용은 그러니까, 독자에게 소통이 아니라 독해를 요구하는 셈이다. 독해가 안 되면? 어쩔 수 없다. 김태용은 자신의 소설을 독해하지 못하는 독자까지 염려할 만큼 너그럽지는 못하다.

그렇다고 두 손 놓고 드러누워 있을 수만은 노릇이다. 하여 무턱대고 오독을 시도해 본다. 앞서 인용한 「편백나무 숲 밖으로」를 다시 보자. 서른 살에 나 자신을 죽인다는 건, 이전의 무언가와 단절을 선언하는 의례일 터이다. 이는 문학에 관한 작가의 생각일 수 있고, 작가 개인사의 영역일 수도 있다. 다만 작가가 여기서 어떠한 결심을 내리고 있다는 사실만큼은 분명해 보인다. 그런데 서른 다음에 쳐 놓은 빈 괄호는 뭐지?

오독은 계속 이어진다. 김태용은 선배 작가 윤대녕을 드러내 놓고 패러디한다. 소설 제목은 윤대녕의 「편백나무 숲 쪽으로」에서 따왔고, 소설의 설정은 「은어낚시통신」을 닮았다. 윤대녕은 소위 1990년대 한국 소설을 상징하는 인물이다. 윤대녕에겐 무엇보다 윤대녕 식의 서사 전략이 있다. 어느 날 갑자기 전보 따위의 연락을 받고 불쑥 여행을 떠나 낯선 곳에서 자신의 기원과 조우하는 여정을, 윤대녕은 반복하고 또 변주했다. 김태용이 비트는 대목이 바로 이 지점이다.

> 나는 한 통의 전보를 받게 된다. 전보를 받은 것은 처음이었다. 전보라는 통신 수단이 여전히 존재하고 있다는 것에 참으로 의아해하며 한참 망설이다가 전보의 수령을 허락했다. 전보에는 다음과 같이 씌어 있었다.
>
> 돌아오라. 돌아오라.
>
> (……)
>
> 돌아오라니. 떠난 적이 없는 내가 어디로 돌아간단 말인가. 나더러 죽으란 소리가 아니면 그 무엇이냐. 전보를 구겨 버렸다. 그 누군가에게 불쾌한 나의 심정을 가능하다면 직접적으로 노출시켜 다음과 같이 전보를 보내야 마땅할 것이다.
>
> 떠나라. 떠나라.
>
> ─242쪽

시대가 변했으니 선배가 하던 식으론 문학을 절대 못 하겠다는, 후배의 각진 강단을 읽었다면 너무 좋게만 읽은 것일까. 어차피 이 또한 오독에 불과하니 기왕이면 좋게 보기로 한다.

아무래도 김태용은, 언어를 부리는 업에 있으면서도 언어를 믿지 못하는 괴질에 걸린 듯싶다. 서양 철학사에 출연하는 몇몇 인사가 이 병을 앓고 있다는 소문은 익히 들은 바 있다. 한국에도 이 병균이 침투해 보균자 발생이 종종 보고되는 현실이다. 김태용도 그 바이러스에 감염된 게 틀림이 없다. 김태용의 증세는, 그러니까 언어에 관한 작가의 독한 의심과 깊은 회의는 책 곳곳에서 두루 확인된다.

> ─ 나는 어른들이 어떤 현상과 단어의 뜻을 알지 못하기 때문에 또 다른 언어로 무지를 숨긴 채 도망치고 있다는 것을 깨달았다. 언어는 현상의 의미나 사건의 진실을 밝혀 주는 것이 아닌 오히려 의미와 진실을 은폐시키기 위해 사용하는 도구에 불과할지도 모르겠다는 생각이 들었다.
>
> ─52쪽

> ─ 언어의 도움을 빌려 나는 이런저런 외형을 가진 이런저런 인간이다, 라고 말하는 순간 나는 더 이상 내가 아닌 것이다.
>
> ─231쪽

> ─ 언어가 사람을 죽일 수도 있구나. 언어만이 사람을 죽일 수 있구나. 언어가 아니면 그 무엇이 사람을 죽일 수 있는가.
>
> ─242쪽

김태용의 언어 강박증은 종종 애들 말장난식으로 표현되기도 한다. 이야기 전개와 별 관계없는, 아니, 서사 진행을 외려 훼방 놓는 언어 놀이를 김태용은 뜬금없이 벌이곤 한다. 특히 아래 단락은, 소리 내 읽으면 훨씬 큰 효과를 얻을 수 있는 김태용의 유쾌한 말놀이 현장이다. 반복과 변주가 어울리면서 묘한 음률을 자아낸다.

> 그녀와 나는 아이를 우리의 이불 위에 올려놓고 굴렸다. 아이는 숨이 넘어갈 정도로 웃으며 좋아 미치겠다는 표정을 지었다. 아이를 정말 좋아 미쳐 버리게 만들 작정으로 그녀에게 이불을 든 채로 일어나라고 했다. (……) 아이의 몸이 공중으로 솟아올랐다가 이불에 떨어졌다. 아이는 좋아 미치겠다는 표현으로는 설명이 안 될 만큼 좋아 죽겠다고 환호를 냈다.●42
>
> —49쪽

무엇보다 김태용의 말놀이가 빛을 발하는 장면은, 역시 돼지의 언어(라고 그가 주장하는) "퀠"에 있다. 단편 「풀밭 위의 돼지」에서 김태용의 인물은 "퀠" 한마디로 모든 의사를 교환한다. 통상의 언어 따위는 필요 없다는 작가의 투철한 딴죽 의식이 에서 도드라진다.

> 대화의 끝에서 나는 말했다. 퀠퀠 퀠퀠 퀠퀠퀠 퀠퀠퀠 퀠퀠퀠퀠.(내가 먼저 죽거든 돼지랑 이야기해.) 그녀도 내 말을 알아들었는지 다음과 같이 대답했다. 퀠.
>
> —42쪽

●42 강조는 인용자.

작가가 먼저 "퀠"이 돼지의 언어라 우겨 대니 일단은 인정하고 넘어간다. 흥미로운 건, 이 "퀠"이란 의성어와 대응하는 의미 구조다. 이를테면 "내가 먼저 죽거든 돼지랑 이야기해."와 "퀠퀠 퀠퀠 퀠퀠퀠 퀠퀠퀠 퀠퀠 퀠퀠."은 음절 수도 같고 어절 수도 같다. "내가 먼저 죽거든 돼지랑 이야기해."란 문장과 5개 덩어리로 구분된 12자의 "퀠"은 그대로 상응한다. 김태용은 다른 용례에서도 글자 수와 띄어쓰기에 유념하며 "퀠"을 적재적소에 배치한다.

그러니까 김태용은 아무 생각 없이 장난치는 게 아닌 거다. 무언가 꿍꿍이를 숨겨 놓고 있는 거다. 나름의 규칙을 정해 놓고 이 규칙이 어떤 반응을 야기하는지 지켜보고 있는 거다.

그래, 여기까지는 나도 알겠다. 하나 그 꿍꿍이의 실체는 여전히 모르겠다. 다만 이렇게 의심해 볼 수는 있다. 김태용은 시방 언어를 마구 학대해 언어가 괴로워하는 모습을 즐거운 눈으로 지켜보는 중일지 모른다.

오독을 갈무리하며

빛이 있으면 그림자가 있다. 마찬가지로 다수의 독자가 공감하는 소위 제도권 안쪽의 문학이 있으면, 그 경계 안쪽의 문학에 시종 시비 걸고 연방 감자 바위 날리는 제도권 바깥의 문학도 있다. 이는 별개의 개념이 아니다. 한 가지 사물의 두 가지 모습이다. 동전의 양면이다.

나에게 김태용 소설은 그런 의미로 다가왔다. 그 유구한 제도권 바깥의 전통을 김태용은 나름의 방식으로 계승하고 있다고 믿었다. 나는, 김태용의 장난(또는 작업, 아니면 실험)의 의의가 여기에 있다고 생각한다.

다만 이런 장난(또는 작업, 아니면 실험)이 독자에게 어떤 의미가 있는 건지는 잘 모르겠다. 한 문예지 좌담에서 공개한 작가의 생각을 옮긴다. 작가 자신은 자신의 작업이 재미있다고 밝히고 있는데, 글쎄다. 내가 주목한 건, 김태용의 시대관이고 그에 따른 글쓰기 전략이다.

> 타인들에게 어떤 감동이나 지식을 준다든가, 그런 의미가 아니고, 그런 시대도 사실 지났고, 그러나 그런 시대를 여전히 강요하고 있고, 그렇더라도 글을 통해서, 언어를 통해서 그런 역할을 할 수 없다고 생각을 하고. (……) 그래서 내가 왜 글을 쓰는가, 그렇다면 이 글을 읽는 그 대상들은 과연 누구일까, 생각은 하지만 결론은 안 나거든요. (……) 답이 뻔하지만 알면서도 갈 수밖에 없는 것. 그게 글쓰기의 재미고. 글 쓰는 것 자체가 지루하긴 하지만 한편으로는 재미있는 작업인 것 같아요.
>
> — 「Play, play, Play, and」에서, 《문예중앙》 2006년 여름 호, 330쪽

김태용 © 문학과지성사

카프카를 닮은 그녀

Taking the Red Pill

한유주

<h1 style="text-align:center">한
유
주</h1>

1982년 서울 출생. 이 책에서 소개하는 서른 명 중에서 가장 어리다. 그러나 작품은 가장 난해한 축에 속한다. 두 살 터울인 김애란과도 사뭇 다르다. 김애란은 늘 방긋 웃는 표정이지만 한유주에게선 좀처럼 활달한 기운이 느껴지지 않는다. 말수가 적고, 낯을 가린다는 인상을 받았다. 개인적으로 10년 뒤 모습이 가장 궁금한 작가다. 한 인터뷰에서 중산층을 가장한 서민층에서 자랐다고 자기 가족을 소개한 바 있다. 홍익대 독문과를 졸업했고 서울대 대학원에서 미학을 전공 중이다.(까지만 공개하기로 그와 약속했다.) 그가 독문학 전공자란 사실은 중요하다. 독일에 관한, 그러니까 독일 역사와 독일 문학에 관한 깊은 사색은 한유주 소설의 주요 모티브 중 하나여서다. 2003년《문학과사회》신인문학상을 수상하며 등단했다. 창작집 『달로』(2006)가 있다.

 사람들은 생각하고, 또 생각한다. 그렇게 세상에서 가장 비밀스러운 동시에 모든 사람들이 알고 있는 독백들이 움튼다. 말하고 싶다, 말하고 싶다, 말하고 싶다. 입속의 세 치 뼈, 한 덩어리의 혀가 감추고 있는 유령과도 같은 기억, 기억들. 말하고 싶다, 사람들은 생각하고, 또 생각한다. 말하고 싶다, 말하고 싶다. ……말하고…… 싶다.

—「암송」에서, 『달로』, 문학과지성사, 227쪽

Monologue, Kafkaesk; ●43 카프카 풍의 독백

한유주는 말이 없다. 아무래도 한유주에겐 말하는 행위 자체에 거부감이 있는 것 같다. 몇 마디 물어봐도 돌아오는 답은 매번 단문에 그친다. 심지어 소설에서도 그는 말하길 주저한다. 그 이유를 한유주는, 소설에다 밝힌 바 있다.

내가 말을 하지 않는 것은 틀린 말을 할까 봐 두렵기 때문입니다. 잘 있었나요. 벌써 일곱 번째 쓰는 편지입니다.

—「K에게」에서, 《문학과사회》 2006년 겨울 호

●43 내가 아는 한, 작가의 이름이 형용사로 변용돼 사전까지 등재된 유일한 사례다. 즉, Kafkaesk는 영어 사전에 나오는 어휘다. 뜻은 '전율, 불안, 소외, 좌절 등의 감정을 동반한 부조리하고 악명 높은' 정도로 번역할 수 있겠다. 우리말로는 '카프카에스크'로 발음된다. '박민규적인' 또는 '천명관스러운' 따위의 어휘도 이참에 기대해 본다. 실제로 문예지에선 '박민규 식으로 말해서'란 관용구가 종종 쓰이는 형편이다.

한유주는 소설에서 카프카에게, 혹은 카프카 소설 『성』의 화자 K에게 무작정 편지를 쓴다. 왜 그는, 이미 죽어 그가 쓰는 편지를 받아 볼 길 만무한 카프카에게, 또는 소설 안에서나 존재하는 가공의 인물에게 편지를 쓰고 있을까.

아무튼 여기서 단서 하나는 건질 수 있다. 카프카. 어쩌면 우리는, 당대 한국 문학에서 가장 난해한 작가 중 하나로 꼽히는 한유주로 가는 이정표를 저 괴팍한 유대인 소설가에서 찾을 수 있을지 모른다. 우선 아래에 마구 늘어놓은 구절 네 개를 읽어 보시라.

> 수치스러운 역사와 치기 어린 독백들과 밤낮이 열네 번 오가는 동안에 씌어진 문장들이 그런 식으로, 책꽂이가 놓인 바닥으로 흘러넘쳤고, 마른 후에는 더러운 얼룩으로 남았다. (……) 지겨운 이야기들, 처음의 몇 페이지를 넘기기 어려운 이야기들과 빛바랜 수사와 다닥다닥 붙은 행간들이 버섯의 몸이 되어 주었다.

> 그러나 그들은 말을 잊은 것이 아니라, 말하는 방법으로부터 잊혀진 것이었다. 사람들은 소리로, 체취로, 뿌연 영상으로 모든 것을 기억한다. (……) 기억은 망각의 뒷면이었고, 망각은 기억의 뒷면이었다.

> 책 속엔 얼마나 많은 말들이 들어 있는가! 그것들은 의당 기억을 불러일으키겠지. 마치 말들이 기억을 불러일으킬 수 있기나 한 것처럼!

말이란 서투른 등산가이며 서투른 광부이다. 그래서 그것은 산의 정상
에서도 산의 깊은 곳에서도 보물을 꺼내 오지 못한다.

　　앞의 두 인용문은 한유주의 것이고, 다음의 인용문 두 개는 카프카의
것이다.[44] 두 눈으로 똑똑히 지켜보셨듯이, 카프카와 한유주의 문제의식
은 놀랍게도 유사하다. 이 두 사람 모두, 언어의 무기력과 궁핍함을 문제
삼고 있다. 말이 불러일으키는 기억, 그 기억된 것(또는 기억이라 여겼던 것)
의 한계를 둘은 알아 버린 것이다.
　　한유주의 독백은, 여기서 시작한다. 말하고 싶은데, 말을 걸고 싶어 죽
겠는데 막상 어떻게 말해야 적확하게 말하고 싶은 바를 전달할 수 있는지
모르겠는 거다. 겨우 기억 하나를 되살렸는데, 그 장면이 본래 그 장면의
기억이었는지 아니면 부지불식간에 윤색을 거친 기억이었는지 자신이 없
는 거다. 하여 이렇게 중얼거리는 거다.

　　장면은 간결하고, 아무런 부연도 하지 않는다. (……) 그것이 우리의
야만이다.

─「그리고 음악」에서, 『달로』, 119쪽

[44] 앞의 두 단락은 한유주의 『달로』, 13쪽과 19~20쪽에서 인용. 뒤의 두 단락은 프란츠 카프카의
『꿈같은 삶의 기록』, 솔, 2004, 12쪽.

한유주에겐 그늘이 있다. 1982년생이란 나이와 어울리지 않는 그늘이다. 색깔로 표현하자면, 잿빛에 가깝다.(이때도 우리는 카프카를 떠올릴 수 있다.) 한유주를 맨 처음부터 주목했던 소설가 이인성도 한유주의 그늘을 소설에서 읽어 냈다.

> 여담을 적자면, 이 소설을 되풀이해 읽다가, 나는 혹시 작가의 남자 친구나 가까운 누군가가 자살을 했던 건 아니었을까, 그 치명적 순간부터 행위가 생성되는 시간—이야기가 멈춘 건 아닐까, 막연히 상상했었다. (……) 사실로서가 아니라 상상으로라도 그와 유사한 어떤 체험의 순간이 이 작가 속에 깊은 심연을 파 놓은 듯하다.
>
> — 이인성, 「한유주의 〈달로〉에 대한 단속적 독후감」에서, 이인성 홈페이지(www.leeinseong.pe.kr)

그렇다고 한유주가 제 상처를 드러낸 적은 없다. 대표작으로 꼽히는 단편 「달로」를 보자. 화자 '나'가 소설을 통틀어 보여 주는 행동이라곤, 기껏해야 강물에 비친 제 얼굴을 바라보는 일이다. 굳이 하나를 보탠다면, 달을 향해 장대높이뛰기를 하다 강에 빠져 죽은 '그'를 강가에 나가 회상하는 것이고.

그러니까 소설에서 사건은 발생하지 않는다. 사건이랄 법한 사건은 소설에서 없다. 아무 일도 일어나지 않았으니 딱히 이야기랄 것도 없다. 다시 말해 한유주는 이야기 하나 들려주지 않고서 소설 한 편을 완성한 셈이다.(사실 이것만 해도 상당한 재주다!)

한유주가 이야기를 들려주지 않는 건, 앞서 적은 대로 이야기를 들려주는 방법을 몰라서다. 교과서가 가르쳐 준다지만 바로 그 교과서의 방식이 한유주는 싫다. '치기 어린 독백과 빛바랜 수사'가 그는 끔찍이도 싫다. 하여 그는, 다음과 같은 해괴한 방법을 착안한다.

> 일주일 전 국경을 넘을 때 우리는 애써 가짜 여권을 내밀지 않는다. (주어가 복수(複數)인 문장이다. 단편 「베를린 · 북극 · 꿈」은 복수 인칭의 소설이다. 이런 인칭이 예전에도 있었나? 여하튼 시제도 맞지 않는다.)
>
> —「베를린 · 북극 · 꿈」에서, 『달로』, 124쪽
>
> 나는 여자가난자당해죽어있는것을보았습니다나는초소안으로(……) 그래서이번 임무에 나는 자원했습니다. (무려 스무 줄이나 띄어쓰기 없이 다닥다닥 붙어 있는 문장이다. 작가는 "말의 덩어리를 뱉어낸다는 느낌을 주고 싶었다."고 설명했다.)
>
> —「세이렌 99」에서, 앞의 책, 83~84쪽
>
> 오후 다섯 시, 누군가의 사랑이 패하는 시각. (이 구절에 각주를 달아 놓고는 막상 각주에선 "……"만 달랑 적었다. 부연을 포기한 이유를 물었더니 그는 "독자가 채워 넣게 하고 싶었다."고 답했다.)
>
> —「암송」에서, 앞의 책, 211쪽

막상 한유주에겐 들려줄 얘기도 마땅치 않다. 남들은 소설로 쓸 만한 경험이 넘쳐 나는지 몰라도, 그의 기억 안에는 그만한 경험이 남아 있지 않다. 세상에서 믿지 못할 게 기억이어서다. 이 대목이 중요하다. 소설을

업으로 삼는다는 자가 들려줄 얘기가 없다고 자백하고 있다. "경험은 초라했고 그래서 가진 것이 없었다."(「지옥은 어디일까」에서)고 털어놓고 있다. 하찮고 보잘것없는 일도 한껏 부풀리고 그럴싸하게 포장해 내놓는 게 소설가의 업일진대, 막상 자신은 못하겠다는 거다.

> 나에게는 과거가 없거나, 아니면 온전히 과거만이 존재한다. 거짓말이다. 평화, 평화, 나는 어떤 사건도 겪지 못했다. 한 줄의 문장, 한 줄의 전파, 나에게는 과거가 없다. 거짓말이다. 한 줄의 폭력, 한 줄의 평화, 나는 한 줄의 과거로 스크랩된다. 거짓말이다. 거짓말이다. 거짓말이다.
>
> —「그리고 음악」에서, 앞의 책, 111쪽

자신의 이야깃거리를 남에게 전달하는 행위를 소설의 기본 전제라 한다면, 한유주는 바로 이 전제를 허물고 있다. 21세기 초엽 한유주 소설이 놓인 자리가 여기에 있다. 이야기 없는 소설, 아니, 이야기를 거부하는 소설은 이로써 성립한다. 한유주가 입을 다물기로 작정한 건, 헛된 말만 무성한 오늘 그가 선택한 가장 독한 방식의 문학적 태도다. 급기야 한유주는 닥치는 법을 배워야 한다고 주장한다.

> 우리의 세대는 수사학이 선인 세대다. 수사를 제외하면 우리에게 대체 무엇이 남을까? 우리에게 언어는 다만 치장일 뿐이다. 치장된 언어는 윤리적으로 거짓말보다 더 나쁘다. 그러므로 우리는 옳지 않다. 가상의 세대에 걸맞은 가상의 언어— 우리는 닥치는 법을 배워야 한다.

나는 두 입술을 맞물린다. 그러나 이 텅 빈 상태가 사라지지는 않는다.

거부. 무엇에 대한?

우리는 레토릭으로 무장된 세대다.

—「그리고 음악」에서, 앞의 책, 110~111쪽

푸가(fuga)에 대하여

한유주 소설 중에서 내가 가장 좋아하는 건 「죽음의 푸가」다. 일정 기준 이상의 서사가 있어서다. 다시 말해 겨우 읽어 낼 수 있어서다. 소설은, 아우슈비츠 학살 사건을 회고하는 형식을 띤다. 그러나 아무리 봐도, 소설이라기 보단 한 편의 고급스러운 에세이라 해야 마땅할 듯싶다. 소설은, 시간과 공간을 수시로 오가며 인류의 참극을 증언하고, 살아남은 자들의 '나는 죄가 없다.'는 변명 어린 주장을 조롱한다. 한유주의 다른 소설과 마찬가지로 이번에도 소설 안에서 발발해 소설 안에서 마무리되는 사건은 등장하지 않는다.

내가 눈여겨본 건 되레 소설 제목이다. "죽음의 푸가." 아우슈비츠 수용소의 체험을 노래한 독일 시인 파울 첼란의 대표작에서 따왔다. 한유주는 제목만 빌려온 게 아니라 푸가의 형식도 차용했다. 이에 대해 평론가 허윤진은 "푸가와 대위법의 관계에 대한 조금의 생각만 있으면 「죽음의 푸가」가 그렇게 난해하다는 평가를 받을 것 같지는 않아요."라고 친절히(?) 설명한 바 있다. ●45

●45 《문예중앙》 2006년 여름 호, 318쪽

「죽음의 푸가」가 "천구백사십이 년" "천구백사십오 년" "천구백칠십
팔 년" "천구백구십오 년"과 같은 연도를 중심으로 서사를 분절하는
것은 시간 단위의 반복을 통해 서사를 구조화하고, 죽음의 '푸가'라는
명칭에 걸맞게, 주제를 재현하는 하나의 성부(聲部)를 다른 성부가 따
라가면서 모방하는 대위법적 양식을 드러낸다.

— 허윤진, 「Sonogram Archive Serial Number 6002」에서, 『5시 57분』, 문학과지성사, 2007, 31〜32쪽

안타깝게도 나에겐 푸가에 대한 조금의 생각도 없는 형편인지라, 푸가
에 관한 조금의 생각이라도 들어 볼 요량으로 바쁘다는 클래식 담당 기자
붙들고 설명을 부탁했다.(다행히 그는 나보다 후배다.) 클래식 담당 기자는,
푸가의 핵심은 주제의 반복(변주를 가미한 주제의 반복)이라고 설명했다. 종
이 위에 오선지도 그리며 뭐라고 했는데 거기는 내 용량 밖의 세계였다.
여하튼 조언을 듣고서 '주제의 반복'을 되뇌며 찬찬히 다시 읽었다.

그랬더니 정말 뭐가 보이기 시작했다. 한유주는 「죽음의 푸가」 한 작품
말고도 수시로 푸가의 양식을 적용하고 있었다. 그건, 마치 시에서 운(韻)
을 두는 것과 같았다. 그러고 보니 한유주는 언젠가 인터뷰에서 "여기에 배
치했더니 일상의 느낌이 안 나네요."라고 대답한 바 있다. 배치……. 계산
된 결과란 말이다. 다시 말해 생각나는 대로 써 내려간 게 아니란 얘기다.

「죽음의 푸가」에 얽힌 일화 하나. 독일 철학자 아도르노는 2차 대전 직
후 "아우슈비츠 이후 시를 쓴다는 것은 야만적이다."라고 일갈한다. 그러
나 1952년 파울 첼란이 수용소에서의 체험을 문학적으로 증언한 「죽음의
푸가」를 발표하자 아도르노는 『부정의 변증법』(1966)에서 자신의 발언을

취소한다. "해를 거듭하는 고통은 고문당하는 사람이 울부짖듯이 표현의 권리를 갖는다. 때문에 아우슈비츠 이후에는 어떠한 시도 씌어질 수 없다는 말은 잘못이었다."

한유주가 굳이 「죽음의 푸가」를 인용한 까닭을 상상한다. 아우슈비츠에 관한 허다한 풍문과 온갖 참견의 말 속에서 파울 첼란의 「죽음의 푸가」가 유독 두드러지는 건, 아우슈비츠에서 살아 나온 자에게만 허용된 진정성 때문이다. 한유주가 아직 방법을 찾지 못한, 하나 꼭 들려주고 싶은 이야기가 아마도 여기에 있지 않을까 혼자 상상한다.

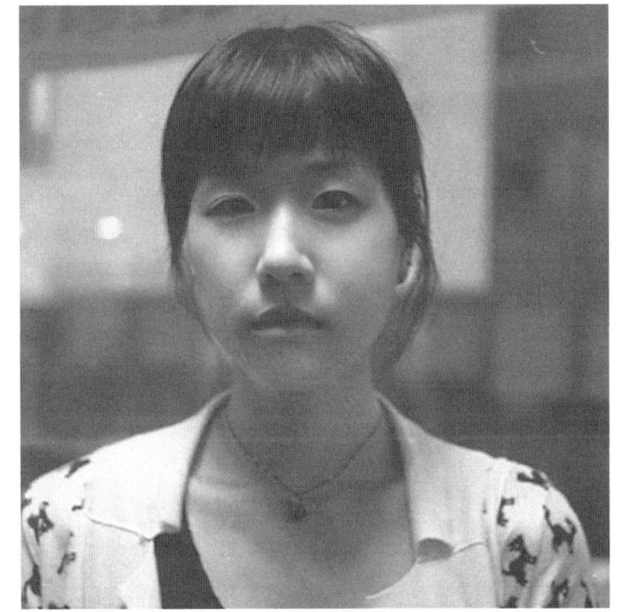

한유주

21세기
한국문단
풍경

Choose life.

Choose Life. Choose a job. Choose a career. Choose a family. Choose a fucking big television, choose washing machines, cars, compact disc players and electrical tin openers. Choose good health, low cholesterol, and dental insurance. Choose fixed interest mortage repayments. Choose a starter home. Choose your friends. Choose leisure-wear and matching luggage. Choose a three-piece suite on hire purchase in a range of fucking fabrics. Choose DIY and wondering who the fuck you are on a Sunday morning. Choose sitting on that couch watching mind-numbing, spirit-crushing game shows, stuffing fucking junk food into your mouth. Choose rotting away at the end of it all, pishing your last in a miserable home, nothing more than an embarrassment to the selfish, fucked up brats you spawned to replace yourself.

Choose your future.

Choose life.

영국 감독 대니 보일의 1996년 작품 「Trainspotting」 오프닝에서. 지금은 할리우드 자본의 충실한 주구가 되어 영락없이 돈에 전 몰골이지만, 그때만 해도 풋풋했던 이완 맥그리거(빌어먹을 나랑 동갑이다!)가 상점에서 물건을 훔치다 걸려 경찰에게 정신없이 쫓기는 장면에서. 이기 팝의 「Lust for Life」가 흥겹게 울리는 와중에 이완 맥그리거가 거친 아일랜드 악센트로 주저리주저리 읊어 대는 대사. 1990년대 영화 좀 봤다는 1970년대생이 소중히 여겼던 명장면 중 하나.

호주에 머물던 1996년, 나는 이 영화를 네 번 봤다. 그중 한 번은 이른바 '컬트 타임(Cult time)'에 봤다.

서양엔, 한국처럼 대형 극장 체인이 영화 유통망을 장악한 게 아니어서 시내 곳곳에서 영업 중인 소형 극장을 만날 수 있다. 이들 소형 극장은, 금요일 자정 무렵엔 한 영화만 서너 달 이상 틀어 주곤 한다. 금요일 자정 무렵이면 피 끓은 젊음이 잠을 이루지 못하고 길거리로 뛰쳐나가는 시간. 소형 극장은 그들을 겨냥한 레퍼토리로 그들의 입맛에 가장 맞는 한 작품을 골라 딱 그 시각에만 공개한다. 하여 서양의 피 끓은 젊음 중에선 한 영화만 열 번이고 스무 번이고 관람하는 경우가 발생한다. 이렇게 물리도록 한 영화만 보다 보면 숭배하는 마음이 생기고 따라 하고 싶은 욕심이 일어난다. 그 원조가 「Rocky Horror Picture Show」다. 그 영화에 길들여진 피 끓은 젊음은 영화 속 인물의 코스튬을 완비하고 극장에서 그들의 행동을 모방하는 의례를 거행한다. 이와 같은 현상을 동반하는 영화를 컬트 영화라 이른다. 컬트는 금요일 심야 상영 극장에서 비롯된 문화 현상이다.

1996년의 「Trainspotting」이 바로 그러했다. 특히 오프닝에 서양의 피 끓는 젊음은 열광했다. 이완 맥그리거와 같이 '까까머리'로 극장에 들어선 그들은, 스크린에서 이완 맥그리거가 뛰기 시작하면 극장을 뱅뱅 돌며 함께 뜀박질을 했다. 「Lust for Life」를 따라 부르는 건 물론이고, 이완 맥그리거의 저 긴 독백도 토씨 하나 안 틀리고 줄줄 외우며 이완 맥그리거가 자동차에 부딪혀 튕겨 나갈 때까지 뛰고 또 뛰었다.

Trainspotting.

영국에 기차가 처음 생겼을 때, 그러니까 영국 사회가 급속한 산업화로 몸살을 앓을 때, 젊은 놈들이 기차역에 들어오는 기차 번호를 알아맞히며 소일했던 놀이의 이름이다. 그만큼 온종일 기차역에 죽치고 앉아 그따위 쓸데없는 짓이나 하며 청춘을 허비하는 젊은 놈이 허다했다는 얘기다.

영화도 딱 청년 백수의 얘기다. 하나 청년 백수를 다룬 영국의 영화는 한국의 백수 소설보다 훨씬 신랄하다. 이완 맥그리거의 독백 마지막 대목을 보자. 독백은, 남들처럼 평범하고 무난한 인생을 선택했을 때의 결말을 다음과 같이 요약·정리한다.

저 소파에 앉아 좆 같은 정크 푸드 입안에 처넣으며 영혼 망치고 정신 흐리는 텔레비전 오락 프로그램이나 고르는 짓이고, 네 자신을 대신하려고 퍼질러 놓은 못된 새끼들이 마냥 부끄럽게 여기는 이놈의 허름한 집구석에서 마지막 숨을 내쉬고 끝내 썩어 가는 삶을 선택하는 짓.

내가 요즘의 젊은 문학에 바라는 한 가지가 있다면, 그건 「Trainspotting」에서 봤던, 흥겨운 되바라짐이다.

손민호의 문학터치 2.0

21세기 젊은 문학에 관한 발칙한 보고서

1판 1쇄 찍음 2009년 1월　5일
1판 1쇄 펴냄 2009년 1월 12일

지은이 | 손민호
발행인 | 박근섭, 박상준
편집인 | 장은수
펴낸곳 | (주)민음사
출판등록 1966. 5. 19. (제16-490호)
서울시 강남구 신사동 506 강남출판문화센터 5층 (135-887)
대표전화 515-2000 팩시밀리 515-2007
www.minumsa.com

값 15,000원

ISBN 978-89-374-8245-8　03810